Farina – 2

Ina Knobloch lebt und arbeitet in Frankfurt und Costa Rica. Nach ihrer Promotion in Botanik hat sie bei verschiedenen Medien volontiert und erstmals publiziert. Seither arbeitet sie als Regisseurin, Produzentin und Schriftstellerin. Für ihre Recherchen hat sie die ganze Welt bereist und Medizinal- und Duftpflanzen aufgespürt, die in ihre fiktionalen wie nicht-fiktionalen Werke einfließen, von Piratengeschichten bis zum Parfümeur von Köln.

Dieses Buch ist ein Roman, basierend auf einer wahren Geschichte, der Geschichte von Johann Maria Farina (geboren 1685 in Santa Maria Maggiore, Piemont, gestorben 1766 in Köln), dem wohl größten Parfümeur der Historie. Nach »Farina – Der Parfümeur von Köln« (Emons 2015) erzählt dieser Roman die Fortsetzung der Geschichte bis 1716.
Die Kundenliste der Farinas (siehe Seite 268) liest sich wie das »Who is who« des 18. und 19. Jahrhunderts. Der Abdruck erfolgt mit freundlicher Genehmigung der Firma Johann Maria Farina gegenüber dem Jülichs-Platz. Im Anhang findet sich ein Glossar.

INA KNOBLOCH

Farina –
Der Duft von Köln

HISTORISCHER ROMAN

emons:

Bibliografische Information der Deutschen Nationalbibliothek
Die Deutsche Nationalbibliothek verzeichnet diese Publikation
in der Deutschen Nationalbibliografie; detaillierte bibliografische
Daten sind im Internet über http://dnb.d-nb.de abrufbar.

FSC
MIX
Papier aus verantwor-
tungsvollen Quellen
FSC® C083411
www.fsc.org

© Emons Verlag GmbH
Alle Rechte vorbehalten
Umschlagmotiv: shutterstock.com/Nejron Photo
Umschlaggestaltung: Nina Schäfer
Gestaltung Innenteil: César Satz & Grafik GmbH, Köln
Lektorat: Christina Kuhn
Druck und Bindung: CPI – Clausen & Bosse, Leck
Printed in Germany 2016
ISBN 978-3-95451-994-1
Historischer Roman
Originalausgabe

Unser Newsletter informiert Sie
regelmäßig über Neues von emons:
Kostenlos bestellen unter
www.emons-verlag.de

Für meine Mutter

Nichts ist, was Gift ist,
allein die Dosis macht,
dass ein Ding kein Gift ist.

Frei nach Paracelsus
(ca. 1493 – ca. 1543)

1. KAPITEL

BELLEJECK

Eine traditionsreiche Kölner Narrenfigur, die schon vor über 500 Jahren bekannt war, auch Schellennarr (»Belle« bedeutet Klingel / Schelle und »Jeck« Narr), die inzwischen wieder eine Rolle beim Kölner Karneval spielt. Nur zu Karneval war es dem Volk erlaubt, die Obrigkeit aufs Korn zu nehmen. Dabei spielt der Bellejeck eine zentrale Rolle, trägt satirische Reime vor und macht mit seinen Schellen auf sich und sein Narrengefolge aufmerksam.

Köln, Ende Februar / Anfang März 1715

Giovanni roch das Unheil, als er auf die Straße ging. Der Schnee schmolz unter der spätwinterlichen Sonne und vermischte sich mit dem Unrat der Gassen zu hässlichem braunen Matsch. Alles in allem kein Tag, um auf die Straße zu gehen. Hätte Giovanni auch nur ansatzweise geahnt, was auf ihn zukommen würde, wäre er ganz sicher im Haus geblieben und hätte sich in sein Labor verkrochen. Er hatte es zwar gerochen, doch der junge Mann mit der einzigartigen Nase ging nicht so selbstsicher durch das Leben, wie es schien. Seine fast übernatürliche Gabe war ihm manchmal selbst unheimlich.

Es hätte doch absurd geklungen, wenn er seinem Bruder Baptist gesagt hätte, dass er das Haus nicht verließ, weil er Unheil roch. Zumal er am Tag zuvor mit Baptist gerade noch darüber gestritten hatte, dass er besser persönlich ginge und keinen Boten schicken wolle. Jetzt, da er Teilhaber der »Fratelli Farina« war, sollte er sich gefälligst Zeit für das Geschäft nehmen und nicht herumflanieren, hatte Baptist gewettert und süffisant hinzugefügt: »Jetzt kannst du deine Nase nicht mehr nur in die schönen Dinge des Lebens stecken! Vanitas, mein Lieber!«

Die Litanei war noch weitergegangen. Gerade jetzt an Karneval stünden die Leute Schlange – und zwar nicht für sein Wässerchen! Kurz: Baptist glaubte noch immer nicht so recht daran, dass Giovannis »Eau de Cologne« das Geschäft der Farinas zum Erfolg führen würde. Obwohl genau das zu Weihnachten ja der Fall gewesen war. Dickköpfig, wie Giovanni auch sein konnte, hatte er durch den Disput erst recht darauf beharrt, persönlich den Boten zu spielen, und konnte jetzt schlecht einen Rückzieher machen.

Und es war ausgerechnet Giovannis einflussreicher Freund Levallé, dem er versprochen hatte, persönlich eine Rosolie seines exquisiten Aqua mirabilis vorbeizubringen. Levallé war nicht nur ein einflussreicher Freund, sondern fast Familie, schließlich war Giovanni Taufpate von Levallés ältestem Sohn. Daher gestand er Levallé auch einen Fauxpas zu: Giovanni hatte es eigentlich untersagt, dass sein edles Duftwasser weiterhin »Aqua mirabilis« genannt wurde – viel zu beliebig, verwechselbar und keinesfalls einzigartig. Nun war Levallé eben nicht nur ein Freund seit vielen Jahren, auch die Auftragsbücher waren nicht gerade voll. Ansonsten tat Giovanni tatsächlich, als ob er nicht wüsste, wovon die Leute redeten, wenn sie nach seinem Aqua mirabilis fragten. Sein »Eau de Cologne« war ein Parfüm feinster Sorte, betonte er stets. Es war etwas völlig Neues, Musik für die Nase, und sollte auf keinen Fall mit den unzähligen und oft miserablen Wunderwassern in einem Atemzug genannt werden.

Selbstverständlich war auch Giovannis »Eau de Cologne« genießbar – hervorragend sogar –, niemand konnte einen besseren Brand destillieren als Giovanni, aber die Einzigartigkeit seines flüssigen Goldes war eine andere, eine ätherische. Es war ein ganz und gar den Körper einhüllendes, erfrischendes, belebendes Elixier, mit nichts Irdischem auf dieser Welt vergleichbar.

Auch die Kölner werden es schon noch begreifen, dass nicht jedes Aqua mirabilis Wunder bewirkt, sondern dass der Duft allein ein Wunder ist, dachte Giovanni, als er auf den Heumarkt zusteuerte und der Gestank bäuerlicher Ausdünstungen immer heftiger wurde. Giovanni zog ein Seidentuch aus der Tasche und hielt es sich schützend vor die Nase. Es war nicht irgendein edles Tuch aus feinster Seide, das fast täglich über die Ladentheke der Farinas wanderte, es war Giovannis größter

Trost. Nicht, weil dem Gewebe die zarten, frischen Düfte von Bergamotte, Neroli, Jasmin, Lavendel und allen anderen Essenzen entströmten, die Giovannis »Eau de Cologne« so einzigartig machten. Das zeichnete die Tücher der Fratelli Farina neuerdings alle aus. Diese Beduftung der Tuchware hatte dem Geschäft schon einigen Erfolg beschert und war für Giovanni das selbstverständliche und unverzichtbare Odeur, das ihn stets begleitete. Das Besondere an diesem Stück Stoff, das sich Giovanni jetzt unter die Nase hielt, war der Duft einer Frau, den die Seide ventilierte. Nicht irgendeiner Frau, es war das Odeur von Giovannis großer und einziger Liebe: Antonia Brentano.

Keine Woche war es her, dass er mit diesem Tuch sanft ihren Venushügel gestreichelt und gierig ihre süßen Säfte aufgesogen hatte. Und unerträglich der Gedanke, dass sie jetzt schon bald wieder zu ihrem widerlichen Gatten zurückkehren würde. Es tröstete ihn auch wenig, dass Antonia mit den Kindern einen eigenen Flügel im Schloss Gondo bewohnte und Bernardo weniger begegnete als der Dienerschaft. Allein, dass sie mit seinem Erzfeind unter einem Dach wohnte, machte ihn ganz wahnsinnig, auch wenn es nur für ein paar Wochen im Jahr war.

Gedankenverloren drückte Giovanni sein »Zauberläppchen«, wie er das Tuch liebevoll nannte, fester an die Nase, als ihn ein närrisch gekleideter, wild umherspringender Mann von hinten anrempelte. Dabei bimmelte er mit seiner Glockenkappe so laut, dass Giovanni für den Bruchteil einer Sekunde der Schutz seiner Ohren wichtiger war als seine Nase – und das bedeutete viel bei Giovanni Maria Farina.

Dem Bellejeck folgte ein nicht minder wildes, tanzendes, singendes und vermummtes Volk. Giovanni hätte es vorher wissen müssen, er lebte nun lange genug in Köln: Der Donnerstag vor Fastnacht war kein guter Tag, um auf die Straße zu gehen. Gerade eben konnte er dem Schlag der Pritsche entgehen, mit der der närrische Bauernanführer herumwedelte. Mit der anderen Hand malträtierte er eine Pomeranze, deren feinherber Geruch Giovanni etwas besänftigte, was dem jecken Bauernführer nicht entging. »Der feine Herr liebt die Pomeranzen viel mehr als die Wanzen, sein Wunderwasser macht ihn auch nicht schöner, und für uns Bauern hat er auch nur Höhner«, sang der Jeck schief und schrill, begleitet von seinem sonderbaren Orchester.

Giovanni beeilte sich und bog in die nächste Gasse ab, obwohl die Salzgasse überhaupt nicht auf seinem Weg lag. Der Kölner Karneval hatte so wenig mit dem eleganten venezianischen Treiben zu tun, dass Giovanni sich fragte, ob er sich jemals daran gewöhnen würde. Natürlich wusste er, dass die hiesigen Bauern ihn für arrogant hielten und sein »Eau de Cologne« für völlig überteuert. Sollten sie doch bei Feminis kaufen, wenn sie billige Wässerchen haben wollten.

Darüber hatte er schon oft mit seinem Bruder Baptist gestritten, der der Meinung war, sie sollten im Laden ein Aqua mirabilis anbieten, das sich das Volk auch leisten kann. Giovanni war da ganz anderer Ansicht, billige Essenzen und schlechter Branntwein beleidigten nur die Nase. Dafür hätte er nicht in Baptists Firma einzusteigen brauchen.

Nun musste er leider zugeben, dass ohne die Hilfe der Medici die erlesene Kundschaft, die sie brauchten, vielleicht noch nicht einmal ausreichend wäre, um zumindest so viel »Eau de Cologne« zu verkaufen, dass sie wenigstens die Ingredienzien hätten bezahlen können. Aber darüber brauchte er sich den Kopf jetzt nicht zu zerbrechen, die Medici hatten zu Weihnachten so viele Rosolien gekauft, dass die Farinas unbeschwert ins Jahr 1715 hatten feiern können. Für den Moment war es auch nicht mehr weiter tragisch, dass die Gewinne aus den Investitionen in die South Sea Company noch auf sich warten ließen. Über billige Waren fürs einfache Volk brauchte er sich jetzt wenigstens keine Gedanken zu machen.

Es war verständlich, dass ihn manche Leute für arrogant hielten und leider auch einige ehrenwerte Bürger. Aber lieber arrogant als unerträgliche Gerüche, war das Credo von Giovanni, den das Odeur von Fäkalien mehr schmerzte als ein handfester Hieb. So hatte ihn auch weniger das tölpelhafte Herumgeschubse als vielmehr die Ausdünstungen und Flatulenzen des Bellejeck und seines Gefolges gestört.

Gedankenverloren, mit dem Tuch dicht an der Nase, schlenderte Giovanni weiter durch die Gassen, umringt von immer mehr lärmenden Jecken mit sonderbarem Mummenschanz. Vor allem Weibsbilder liefen kreischend durch die Stadt. Unversehens fand er sich in einer Menschenmenge vor dem Dom wieder. Ein Mob, der ihn umkreiste, stinkend, grapschend, widerlich. Überall waren Hände, schmutzige Finger, die ekelerregend zu seinem Körper fanden. Alkohol hing in der Luft, vermischte sich mit dem fauligen Atem bäuerlichen Gesindels. Giovanni schnappte nach Luft, suchte nach einem Ausweg aus der immer dichter werdenden Rotte von Leibern. Er wusste nicht, ob Männlein oder Weiblein ihn verhöhnte, und schrie jetzt aus vollem Halse. Mal waren es kleine, mal grobe, ledrige Hände, die ihn scheinbar lustvoll betatschten.

Es war ein Alptraum. Giovanni schlug jetzt wild um sich, halb benommen, halb in wilder Raserei. Sein geliebtes Tüchlein hielt er fest umklammert, und als er mit den Armen in der Luft herumfuchtelte, wehte es wie eine kleine Friedensflagge in der Luft.

Weit und breit war kein Ordnungshüter zu sehen. Die Polizei ließ den Mob gewähren, Narrenfreiheit an Fastnacht. Wie sollte es auch anders sein in Köln, wenn der Bellejeck mit seinem Gefolge die närrischsten aller Tage einläutete? Noch immer schlug Giovanni um sich, doch langsam schienen die geifernden Greifer sich zu entfernen und ihm eine Gasse in die Freiheit zu gewähren. Es geschah, als Giovanni ein letztes Mal ausholte, um sich den Weg aus dem tobenden Mob zu bahnen: Seine Rosolie flog in hohem Bogen über die närrischen Köpfe und zerschellte laut klirrend auf dem harten Pflaster vor dem heiligen Dom.

Giovanni hatte nicht bemerkt, dass die grapschende Meute ihm nicht nach Leib und Leben getrachtet, sondern geschickt nach ganz irdischen Gütern gegriffen hatte. Gut, dass er keinen Beutel mit Münzen bei sich trug, den wäre er jetzt sicher auch los gewesen. Schlimm genug, dass er jetzt zu Levallé mit leeren Händen kommen würde.

Als Giovanni noch geschockt nach Luft schnappte und überlegte, ob er den Vorfall der Polizei melden solle, stieg ihm plötzlich der wohlvertraute, beruhigende Geruch seines frischen und belebenden »Eau de Cologne« in die Nase.

Und nicht nur ihm. Die Narren verharrten, der Mob blieb still, die Glocken des Bellejecks verstummten, und alle schnupperten verzückt das Odeur, das vor den Toren des heiligen Doms wie ein herrlicher Dschinn den Scherben entstieg. Betört und berauscht, beglückt, friedlich und sich umarmend löste sich die Menschenmenge auf, und Giovanni stand plötzlich fast allein vor den Scherben seines Lebenswerks. Zwar war es nur eine Rosolie, und Giovanni war der Gralshüter des Jungbrunnens, den er immer wieder zum Sprudeln bringen konnte, aber es erschütterte ihn zutiefst.

Das mit dem Gralshüter des Jungbrunnens war vielleicht ein wenig übertrieben, aber gefallen hatte Giovanni die virtuose Beschreibung seines Freundes Antonio Vivaldi schon. Vielleicht lag sein anfänglicher Schock über die eine zerbrochene Flasche daran, dass sie vor dem heiligen Dom zu Bruch gegangen war und jetzt wie Scherben zerbrochenen Glücks vor ihm lag, wie ein schlechtes Omen, wie ein Memento mori. Vor allem wenn er daran dachte, wie ihm die Rosolie entrissen worden war. Ihm wurde übel beim Gedanken an die erniedrigenden, ekelerregenden, einschüchternden Sekunden. Minuten? Stunden?

Doch das Odeur seines vaporisierten »Eau de Cologne« hatte Giovanni beruhigt und erfrischte ihn nun vollends. Der göttliche Duft hüllte auch den Kölner Dom wie eine schützende Aura ein. Strammen Schrittes setzte er jetzt seinen Weg fort zur feudalen Residenz seines lieben Freundes Levallé in der Rheingasse. Obwohl der Grund seines Besuchs im wahrsten Sinne des Wortes entfallen war, wollte Giovanni auf gar keinen Fall umkehren und sich erneut den Weg durch die Narren bahnen. Er würde sich von Levallé später die Kutsche spannen lassen und bei seiner Ankunft im Ladengeschäft der Farinas dem ehrenwerten treuen Kutscher eine oder vielleicht auch zwei Rosolien anvertrauen, die er sicher und unbeschadet in die Rheingasse zurückkutschieren würde. Levallé würde das verstehen, sie kannten sich nun lange genug.

Levallé verstand nicht nur, er amüsierte sich auch köstlich. »Wie konntest du dich nur am heutigen Tag zu Fuß auf die Straße wagen? Das ist närrisch! Die Welt steht heute kopf, gut ist böse, böse ist gut, oben ist unten, und die Weiber haben das Sagen. Das ganze Jahr gehen ihnen die Männer an die Wäsche, und sie fügen sich geduldig, und einmal im Jahr dürfen sie es eben den Mannsbildern zeigen. Dafür geben sie dann wieder den Rest des Jahres Ruhe. Lass den Bauerntölpeln doch auch ihr Vergnügen. Aber was mischst du dich da ein?«

Giovanni lehnte sich zurück und schwenkte die klare Flüssigkeit in seinem Glas. Bevor er einen Schluck nahm, inhalierte er den frischen leicht bitteren Geruch, der dem Genever entstieg. Langsam breitete sich der Alkohol in seinem Körper aus, und als die wohltuende Wirkung des Wacholders einsetzte, war er bereit zu antworten. »Ich weiß, ich bin schon so viele Jahre in Köln und sollte wissen, dass dies der einzige Tag im Jahr ist, an dem man ganz sicher nicht auf die Straße gehen sollte. Zumindest unsereins nicht. Aber trotzdem vergesse ich immer, wie es hier zugeht. Für mich gehört der Karneval immer noch zu Venedig – herrlich! Ausgelassen und trotzdem nonchalant, und zu keiner anderen Jahreszeit triffst du so viele interessante Menschen aus aller Welt. Und hier begrapschen dich die Barbaren wie Freiwild und rauben dich obendrein noch aus.«

»Stopp, stopp, stopp.« Lavalle hob beschwichtigend die Hand. »Die Kölner sind feine Bürger und die Bauern kein Gesindel!« Und bevor er fortfuhr, nippte er ein wenig theatralisch an seinem Genever. »Wenn das Volk einmal im Jahr den Adel aufs Korn nimmt, kann das auch sehr amüsant sein. Aber was du schilderst, klingt beunruhigend.«

»Allerdings!«, erwiderte Giovanni empört. »Amüsant war an dem Vorfall gar nichts, und ich überlege immer noch, ob ich die Sache nicht melden soll.«

»Würdest du die Täter denn wiedererkennen?«

»Wenn andere vom Wiedererkennen sprechen, meinen sie stets das Antlitz mit den Augen, ich würde allerdings meine Nase benutzen und mich im Zweifelsfall lächerlich machen.«

Levallé verdrehte die Augen. »Man könnte meinen, deine Gabe wäre eine Behinderung, wenn man dich so reden hört.«

»Nun, eine Bürde ist sie jedenfalls oft.«

»Mag sein, aber wenn du mit deiner schweren Bürde …«, Levallé zwinkerte seinem Gegenüber amüsiert zu, bevor er ernst fortfuhr, »… also, wenn du recht hast, dann waren die Übergriffe alles andere als normal. Das sind Unruhen, und wenn du mich fragst, können das nur die Protestanten gewesen sein.«

Giovanni setzte sich erstaunt auf. »Wieso die Protestanten? Die hat der Rat doch gerade erst aus der Stadt getrieben?«

»Gerade deshalb! Und zwei ihrer Kirchen haben sie auch noch abgefackelt, wer immer das auch war, die Protestanten selbst sicher nicht.«

»Und du meinst, sie haben sich gerächt? An mir unschuldigem Bürger?« Giovanni begann erst langsam zu verstehen, was Levallé sagte, und er musste zugeben, dass er bislang die Ausführungen des Christoph Andreae zur Vertreibung der Protestanten aus Köln für eine etwas übertriebene theatralische Inszenierung gehalten hatte. Aber Giovanni musste eingestehen, dass er sich nie sonderlich für die Tuchhändlerfamilie und die anderen, die aus Köln gejagt worden waren, interessiert hatte, obwohl sein Bruder und seine Mutter dauernd davon geredet und beide ja auch geholfen hatten, dass der Pfälzer Kurfürst die Vertriebenen in Mülheim aufgenommen hatte.

»Ich habe es gesehen, Giovanni, wie die Häscher die Protestanten durch die Gassen gejagt und gedemütigt haben. Die Andreaes haben es noch gut getroffen und schnell gehandelt, wer länger blieb, wurde wie Freiwild gejagt. Es sind deine Landsleute, Giovanni, du hast Glück, dass du in die richtige Kirche gehst.« Levallé lachte. »Das ist ja auch nicht schwierig hier in Köln, so viele Kirchen habe ich selbst in Rom nicht gesehen.«

Giovanni hatte keine guten Erinnerungen an die Flüchtlinge aus seiner Kindheit, was aber vor allem daran lag, dass die armen Menschen unter erbärmlichen Umständen durchs Land gezogen waren und selbstverständlich kein florales Odeur vaporisiert hatten. Das heißt, die meisten hatten erbärmlich gestunken, als sie in seinem Heimatort Santa Maria Maggiore ankamen. Und im Jahr seiner Geburt muss es besonders schlimm gewesen sein. Mit dem Edikt von Fontainebleau hatte Ludwig XIV. Hunderttausende Hugenotten in die Flucht geschlagen, und es kamen jedes Jahr neue. Bei einem Verbrechen wurde in katholischen Städten und Gemeinden vorzugsweise Protestanten und Juden die Schuld in die Schuhe geschoben und umgekehrt.

Als Giovanni nichts erwiderte, gab Levallé zu bedenken: »Solange der Sonnenkönig lebt und regiert, wird sich die Situation auch nicht verbessern, zumindest nicht für die Protestanten. Aber ihr seid ja glücklicherweise Katholiken, und du solltest meine Beziehungen an den Hof nutzen, solange der König noch lebt – und das wird nicht mehr lange sein.«

»Nichts wäre mir lieber als das, mein verehrter Freund – aber gegen den Hofparfümeur habe ich keine Chance, auch wenn mein ›Eau de Cologne‹ viel edler und raffinierter ist als alles, was der König unter die Nase gehalten bekommt.«

»An Überzeugungskraft mangelt es dir jedenfalls nicht, du solltest mich nach Paris begleiten und meine Cousine mit deinem Duft bezirzen, alles Weitere wird sich ergeben. Aber erst nach meiner Kur in Aachen. Daher bat ich auch nur um das eine Fläschchen. Ich werde nach der Kur nicht nach Köln zurückkehren, sondern direkt nach Paris weiterreisen.«

Giovanni, der noch immer ein wenig benommen war von den Ereignissen am Dom, kramte, statt zu antworten, seine Uhr aus dem Rock. »Ich weiß nicht, Levallé, es ist schon spät.«

Als einzigen seiner Freunde nannte er Levallé nicht bei seinem Vornamen Bernard. Es war eine Mischung aus Respekt, weil Levallé mit dem französischen König indirekt verwandt war, und einer Abneigung dem Namen gegenüber, denn seit seiner Kindheit war ihm niemand mehr verhasst als Bernardo, der das eheliche Bett mit seiner geliebten Antonia geteilt hatte und noch immer mit ihr unter einem Dach wohnte.

Levallé kannte Giovanni nun schon seit so vielen Jahren, und die manchmal zerstreute Art seines Freundes amüsierte ihn. Geduldig wartete er, bis Giovanni fortfuhr. »Gib mir ein wenig Zeit, ich muss mit Baptist sprechen, er beschwert sich ohnehin schon, dass ich mich nicht genug um das Geschäft kümmere. Und die Messe in Frankfurt darf ich auf keinen Fall versäumen, vor allem wegen Antonia.«

Bei dem Gedanken an Antonia zog Giovanni das Seidentuch aus seinem Rock und hielt es sich sehnsüchtig unter die Nase. Levallé wechselte taktvoll das Thema, und die beiden parlierten noch ein wenig über Gott und die Welt – vor allem über die Welt, um die es zurzeit nicht zum Besten bestellt war. Die Bauern rebellierten, weil sie sich von dem Eiswinter 1709 und den darauffolgenden Missernten und Hungersnöten noch nicht richtig erholt hatten und sich von der Obrigkeit mit den Folgen alleingelassen fühlten; sie sprachen über die Bauern, die rebellierten, den Frieden von Utrecht, der nicht den rechten Freihandel ermöglicht hatte und den Spaniern nach wie vor die Handelsherrschaft über die lukrativen Kolonien in Südamerika gewährte, und die Pest, die wieder zurückgekehrt war. Und natürlich die Giftmorde, dem Lieblingsthema von Levallé, der die Hinrichtungen der Brinvilliers und der Tufania als »Köpfung der Hydra« bezeichnete, der längst zahlreiche Köpfe gefolgt waren. Alles in allem keine erbaulichen Themen, aber sie lenkten Giovanni von seinen eigenen, vergleichsweise geradezu lächerlichen Problemen ab.

Giovanni steckte sein trostspendendes Taschentuch wieder in den Rock und zog noch einmal seine Uhr heraus, woraufhin er hektisch aufsprang und sich zum Gehen anschickte. »Levallé, mein Freund, es ist höchste Zeit. Den Kutscher schicke ich umgehend mit einer, nein, besser mit zwei Rosolien zurück. Ich hoffe, wir sehen uns bald.«

»Denk an Paris! Aber vorher solltest du mich unbedingt in Aachen besuchen. Ich möchte dir gern jemanden vorstellen. Die Medici und der Kurfürst haben sich dort auch für die Fastenzeit avisiert. Du bist herzlich eingeladen, Antonia natürlich auch.«

Giovanni fröstelte noch auf dem ganzen Heimweg, obwohl er bequem in der Kutsche saß. Nach Antonias Abreise hatte er sich derart in die Arbeit gestürzt, sich ganz in seinen Düften verloren, um die Leere in seiner Brust zu füllen. Nur einen einzigen Brief hatte er Antonia geschrieben und nie daran gedacht, dass Antonia vielleicht in Gefahr sein könnte – nach allem, was im letzten Jahr geschehen war. Bernardo besaß Mittel, Macht und Ingredienzien, um fast jeden unauffällig zu beseitigen, wenn er es wollte. Aber nein, dachte Giovanni, Antonia hatte ihm glaubhaft versichert, dass er sich das nicht trauen würde. Wenn ihr etwas zustieße, würden ihre Eltern und vor allem die Medici – er selbst natürlich auch – sofort eine umfangreiche Untersuchung einleiten und Bernardos wenig ruhmreiche Vergangenheit ans Licht bringen. Gerade als er sich beruhigt zurücklehnen wollte, sah Giovanni den Tumult am Heumarkt und war einmal mehr froh, dass er in dem schützenden Korpus der Kutsche saß. Ganz konnte er seine Neugier jedoch nicht unterdrücken und hielt neugierig seine Nase aus dem Kutschfenster: Blut! Er konnte es deutlich riechen.

2. KAPITEL

PAULLINIS »HEILSAME DRECK-APOTHEKE«

Das Werk des Arztes und Universalgelehrten Christian Franz Paullini erschien 1696 im Verlag Friedrich Knoche, Frankfurt am Main. Darin verbreitete er die Lehre der »heilsamen« Wirkung von Kot, Urin, Knochen, Speichel und sonstiger unappetitlicher tierischer oder menschlicher Auswürfe. Die »Heilsame Dreck-Apotheke« avancierte zu einem wahren Bestseller.

Genfer See, Anfang März 1715

Die noch winterkalte Sonne warf messerscharfe Strahlen auf die vielen bunten Butzenscheiben des Schlosses Gondo. Antonia, die nur ungern in dem meist finsteren Gemäuer weilte, empfand ausnahmsweise einmal Freude in den Hallen ihres verhassten, aber leider vor Gott anvertrauten Gatten. Ihre Freude lag weniger an den bunten Strahlen, die über den Schlossflur tanzten, als vielmehr an der Tatsache, dass sie – bis auf die Dienerschaft – mit den Kindern ganz allein im Schloss weilte, was an den wenigen Tagen im Jahr, die sie tatsächlich im Schloss verbrachte, äußerst selten vorkam. Und wenn Antonia recht überlegte, war es bis jetzt überhaupt noch nicht vorgekommen, jedenfalls nicht, seit sie Giovanni wiedergetroffen und die dunklen Machenschaften ihres »ehrenwerten« Gatten entlarvt hatte. Noch immer wurde ihr übel, wenn sie daran dachte, wie sie auf Bernardos gestreute Lügen hatte hereinfallen können, Giovanni würde sie nicht lieben und fühle sich zu Männern hingezogen. Aber am schlimmsten war, dass er es dann auch noch geschafft hatte, sie mit seinem Reichtum zu blenden und so zu bezirzen, dass sie schließlich seinem Werben nachgegeben und ihn geheiratet hatte. Schon als Kinder waren Giovanni und Bernardo Erzfeinde gewesen, und Bernardo hatte alles darangesetzt, Giovanni zu zerstören, und ihm das Wichtigste seines Lebens genommen: seine große Liebe. Es hatte Jahre gedauert, bis sie das Spiel durchschaut und wieder zueinandergefunden hatten. Das Einzige, was Antonia noch bei ihrem verhassten Gatten hielt, waren ihre gemeinsamen Kinder, die bedauerlicherweise auch ihren Vater abgöttisch liebten.

Jedenfalls hatte Antonia riesigen Spaß, mit ihren Kindern und Cecilia, die schon Antonia großgezogen hatte und sich jetzt um deren Kinder kümmerte, in dem weitläufigen Schloss mit seinen unzähligen Erkern, Kammern und Nischen Verstecken zu spielen. Gerade waren sie im Ostflügel des Erdgeschosses angelangt, und Antonia stand am Anfang des Korridors, hielt sich die Augen zu und zählte, während Cecilia sich mit Anna und Anton versteckte. Während Anna die schon ein wenig erschöpfte und schnaufende Cecilia hinter sich herzog und nach einigen Metern in einen Wandschrank bugsierte, in den sie sich ebenfalls quetschte, suchte Anton nach einem eigenen Versteck und war fast erschrocken, als sich ausgerechnet die größte Tür öffnen ließ. Außer in ihrem eigenen Westflügel – und dort auch nur in den oberen Etagen, die Antonia mit den Kindern, Cecilia und ihren Hausmädchen bewohnte – waren die Türen zu den Zimmern und Sälen stets verschlossen oder bewacht. Bernardo wollte das edle Mobiliar angeblich vor schmutzigen Kinderfingern schützen.

Allerdings war Anton nicht nur erstaunt, als sich die riesige Tür quietschend öffnete, sondern vor allem neugierig. Zwar hatte er die meisten Säle des Schlosses in Anwesenheit seines Vaters bereits gesehen, aber was sich hinter dieser Tür verbarg, davon hatte er keine Ahnung. Vorsichtig schloss er die Tür von innen und achtete darauf, dass sie möglichst leise wieder ins Schloss fiel. Anton brauchte ein paar Minuten, um sich an das schummrige Licht zu gewöhnen, und wäre beinahe die breite, ausladende Treppe hinabgestürzt. Zum Glück hatte er gerade in dem Moment, als er nach vorn schleichen wollte, bemerkt, dass er sich auf dem oberen Absatz einer Treppe befand. Es war nicht so eine Kellertreppe, wie er sie vom Westflügel kannte, die schmal und staubig und von mancher Spinnwebe durchzogen hinabführte. Die Köchin hatte sie manchmal mit in die düsteren Gewölbe genommen, wenn sie Vorräte holen musste.

Im Gegensatz dazu war diese Treppe hochherrschaftlich aus Marmor.

Anton schlich neugierig hinab. Die Darstellungen nackter Frauen, Männer und Kinder in eindeutigen Posen, mit und ohne Gewalt, sah er zunächst nicht. Seine Augen waren ganz im Bann der unzähligen Folterinstrumente, die fein säuberlich an den Wänden aufgereiht waren oder von der Decke hingen. Die furchterregenden Folterinstrumente umrahmten ein riesiges Bett, das in der Mitte des Saals aufgebahrt war wie ein Altar. Anton war gelähmt vor Schreck. Noch nicht einmal ein leiser, heiserer Schrei drang aus seinem weit aufgerissenen Mund.

Antonia suchte noch immer scherzhaft nach ihren Kindern und Cecilia, obwohl sie längst das Kichern aus dem Wandschrank gehört hatte. Übermütig rannte sie über den Korridor, rief immer wieder: »Anna, Anton, Cecilia, wo seid ihr nur? Ich kann euch gar nicht finden!« Sie öffnete hier eine Tür und dort, ohne zu schauen, was sich dahinter verbarg. Hauptsache, die Suche machte ordentlich Geräusche und die Kinder hatten ihren Spaß daran, wie sich ihre Mutter vermeintlich abmühte, um sie zu finden. Als Antonia die meisten Türen schon zweimal geöffnet hatte, ging sie endlich zu dem Wandschrank, um mit gespielt großem Erstaunen festzustellen, dass sich die Kinder ja so gut versteckt hätten, dass sie sie beinahe überhaupt nicht gefunden hätte.

Als sie jedoch feststellen musste, dass sich in dem Versteck nur Anna und Cecilia befanden und von Anton keine Spur war, musste sie ihren Schreck nicht spielen. »Wo ist Anton?«, schrie sie, ohne zu wissen, weshalb sie plötzlich von Panik erfasst war. Antonia wusste selbst, dass sie nirgends richtig gesucht hatte, da sie sicher war, alle in diesem einen Wandschrank zu finden. Trotzdem konnte auch Cecilia sie nicht beruhigen. Nachdem sich das etwas in die Jahre gekommene Kindermädchen mühsam aus dem engen Wandschrank geschält hatte, legte sie beruhigend eine Hand auf Antonias Arm. »Du hast doch bestimmt nicht richtig gesucht und weißt, dass Anton viel besser stillhalten kann als Anna.«

Antonia nickte und versuchte, ihre Unruhe zu unterdrücken. Es dauerte eine Weile, bis Antonia mit Cecilia und Anna im Schlepptau alle Räume, Nischen und Erker durchkämmt hatte und schließlich zu der großen Tür kam, die sich auch zu Antonias Verwunderung öffnen ließ. Immer wieder rief Antonia so laut sie konnte nach Anton, und auch Anna und Cecilia riefen nach ihm. Noch bevor Antonia etwas sehen konnte, umgab sie eine düstere Beklemmung. Während Anton die nackten Leiber auf den Gemälden am Treppenabgang nicht bemerkt hatte, waren die orgiastischen Darstellungen das Erste, was Antonia förmlich ansprang, als sich ihre Augen langsam an das Dämmerlicht gewöhnt hatten. Fast im selben Augenblick hörte sie leises Gewimmer. Wie ein Häufchen Elend hockte Anton am Fuße der Treppe. Antonia stürzte fast die Treppe hinunter, nahm ihren Sohn sofort in die Arme und drückte sein Köpfchen an ihre Brust. Die Utensilien des Horrorkabinetts konnte sie noch aus den Augenwinkeln sehen. Ihr Herz raste, während sie die Treppe hinaufging.

Auch um sich selbst zu beruhigen, redete Antonia besänftigend auf Anton ein. »Du Versteckkünstler! Beinahe hätten wir dich gar nicht gefunden. Jetzt brauchen wir aber erst mal eine Pause.« Als Antonia den Korridor erreicht hatte, küsste sie ihren Sohn sanft auf die wuscheligen Haare und setzte ihn ab. Cecilia sah die Leichenblässe in Antonias Gesicht und wusste das Stichwort »Pause« sofort richtig zu deuten. Mit Anna an der Hand, gefolgt von Antonia und Anton, steuerte sie zielsicher auf die Küche zu und gab der Magd die richtigen Anweisungen.

Als wenig später der Duft von Kaffee, Kakao, Vanille und Zimt durch die Küche zog, kehrte langsam Farbe in Antonias Gesicht zurück. Als die gute alte Cecilia das Märchenbuch von Giovanni Straparola aus der Rocktasche zog und mit ihrer sonoren Stimme anfing, vorzulesen, beruhigte sich Antonia auch langsam wieder. Schon als Kind hatte sie Cecilias Märchenstunde geliebt und sich fast immer damit beruhigen lassen. Dabei konnte Cecilia gar nicht richtig lesen, sie kannte die Geschichten viel mehr auswendig und entfernte geschickt allzu bedrohliche Szenen. Und so kam es auch, dass Cecilia manchmal aus Straparolas Buch Märchen von Giambattista

Basile »vorlas«. Anna liebte vor allem – genau wie Antonia, als sie klein war – »La gatta cenerentola«, während Anton lieber das Märchen »Die drei Zitronen« mochte.

Für einen Moment hatte Antonia die Kammer des Schreckens vergessen, doch als Cecilia das Buch lautstark zuklappte, waren die Bilder wieder in ihrem Kopf, vor allem die Mordinstrumente umkreisten ihre Gedanken wie der Teufel die armen Seelen. Sie bat Cecilia, die Kinder für einen Mittagsschlaf ins Bett zu bringen, und versuchte dabei, so sorglos wie möglich zu klingen. Cecilia verstand und schaffte es mal wieder glänzend, die zunächst maulenden Kinder mit Keksen und Kapriolen zum Lachen zu bringen und mit der Aussicht auf eine lange Ballnacht zum Mittagsschlaf zu überreden.

Eigentlich hatte sich Antonia auf den Abend gefreut, Bernardo hatte ein paar Familien aus den Landgütern der Umgebung eingeladen und extra für die Kinder einen Mummenschanz organisiert und für die Erwachsenen zahlreiche ausgefallene venezianische Masken. Es kam selten vor, aber manchmal empfand Antonia trotz allem Zuneigung für ihren angetrauten Gatten. Er schien all das Glück und Vergnügen, das er in seiner Kindheit nie gehabt hatte, für seine Kinder doppelt und dreifach zu wünschen und gab sich auch allergrößte Mühe, es Anna und Anton zu geben. Wobei sein Verständnis von Glück und Vergnügen vor allem ein materielles und frei von den Schlägen war, die seine Kindheit geprägt hatten. Wärme und Geborgenheit kannte Bernardo nicht.

Den Kindern schien diese Fürsorge zu genügen, Wärme und Geborgenheit bekamen sie mehr als genug von Antonia, Cecilia und den Großeltern, sodass sie den Vater, der sie verwöhnte wie Prinz und Prinzessin, trotzdem abgöttisch liebten. Was für Antonia auch der einzige Grund war, weshalb sie noch gelegentlich in das Schloss und zu ihrem Gatten zurückkehrte. Doch jetzt zitterte sie am ganzen Leib bei dem Gedanken daran, in welches Horrorschloss sie ihre Kinder geführt hatte, und lauschte dem leisen Schnarchen von Cecilia, die mit dem Märchenbuch auf dem Schoß zwischen den Kindern eingeschlafen war.

Auch Anna und Anton waren die Augen inzwischen zugefallen, und ihr Atem ging ruhig und gleichmäßig. Nur Antonias Herz raste noch immer, und an Schlaf war nicht zu denken. Ihre Gedanken kreisten um die Folterwerkzeuge im Keller und den seltsamen Geruch in dem Gewölbe, der sie mindestens ebenso erschauern ließ. Und obwohl sie genau wusste, dass der Horror sie für Wochen umklammern würde, konnte sie nicht anders, als zu dem Hort des Schreckens zurückzukehren.

Das Quietschen der riesigen Tür schien ihr jetzt noch lauter als am Morgen, aber es war wahrscheinlich nur die Stille, die sie ansonsten umgab, die dem Geräusch dämonische Dimensionen verlieh. Höllenschlund, dachte Antonia, als sie langsam die Marmortreppe hinabstieg und ihr ein ekelerregender Geruch entgegenschlug, der ihr schon vorher aufgefallen war. Es war ein Odeur von Verwesung und Fäkalien, durchsetzt von Rose, Ambra und Moschus. Der Geruch war nicht stark, aber deutlich genug, um bei Antonia Übelkeit zu erregen.

Dieses Mal ignorierte sie die kopulierenden Leiber, Leichen und Schänder, die sie auf den Bildern an der Wand hinabbegleiteten. Die winterliche Sonne stand inzwischen deutlich im Westen, schickte ihre Strahlen durch die schmalen Fenster auf der gegenüberliegenden Seite und tauchte den Saal in ein schaurig schummeriges Licht.

Jetzt konnte sie das schwere, hohe Eisenbett deutlich erkennen. Blutroter Samt hüllte das riesige Lager ein. Eiserne Ketten mit massiven Hand- und Fußfesseln entsprangen den Pfosten und lagen sorgsam aufgebahrt auf dem Samt. In einem offenen Kasten auf dem Bettrahmen waren Stapel von Hostien und zahlreiche Altarkerzen aufbewahrt. Antonia hatte von den schwarzen Messen der Montespan, der Mätresse des Sonnenkönigs, und unzähligen anderen Aristokraten gehört. Als sie die Utensilien jetzt sah, erschauerte sie. Aber das war ja längst noch nicht alles, überall waren Handschellen, Ruten und Peitschen in allen Varianten, von der Decke hingen Galgen, an den Wänden standen Folterbänke, und blutverschmierte dicke Knüppel lagen achtlos auf dem Boden. Jetzt konnte Antonia auch die Reste von Fäkalien erkennen, die den Gestank dominierten. Obwohl das Gröbste und Übelste wohl weggewischt war, klebten in den

Ecken noch Zeugnisse der schrecklichen, grausamen Orgien, die hier wohl stattgefunden hatten.

Antonia, die das alles immer noch nicht glauben konnte und wollte, näherte sich jetzt zaghaft einem Bücherregal. Zahlreiche Ausgaben von Paullinis Werk »Heilsame Dreck-Apotheke« sprangen Antonia als Erstes ins Auge. Jetzt erinnerte sie sich, dass Bernardo ihr erzählt hatte, er würde in einen Frankfurter Verlag investieren, der ein medizinisches Werk fürs Volk von dem Gelehrten Friedrich Paullini herausbrachte. Inzwischen hatte Antonia auch mitbekommen, was für ein »Gelehrter« Paullini war, erzählte er den armen Leuten doch, dass, wenn sie sich nur genug Exkremente auf ihre Krankheiten schmieren würden, sie schon gesund würden. Unfassbar, was die Menschen alles so glaubten und mit was sich die gelehrten Quacksalber die Taschen füllten.

Natürlich brauchte es dafür auch noch skrupellose Helfer, und dafür war Bernardo genau der Richtige. Durch seine Finanzierung konnte Paullini so viele Bücher drucken lassen, dass der Preis für jedes einzelne so günstig wurde, dass es sich fast jeder Bürger leisten konnte. Und die »Dreck-Apotheke« hatte sich buchstäblich wie Mist verbreitet. Bernardo hatte damit ein glänzendes Geschäft gemacht, und Antonia hatte ihn auch noch heimlich bewundert – bis sie einen Blick in das Buch geworfen hatte.

Aber Bernardo hatte mal wieder gezeigt, dass er selbst aus Scheiße ein Vermögen machen konnte, darüber hatte selbst Antonia heimlich geschmunzelt. Doch jetzt gefror ihr das Lächeln im Gesicht. Die angeblich medizinische Schrift, die sich wie ein Lauffeuer in die Haushalte einfacher Leute verbreitet hatte, war umgeben von Büchern über schwarze Messen, Erotik, satanische Riten, Hexenwerke, aphrodisische Rezepturen, Alchemie und Magie. Hinter der »Dreck-Apotheke« steckte noch viel mehr als Scharlatanerie. Unter dem Deckmantel der Medizin wurden widerliche Orgien veranstaltet.

Die Illustrationen in den Büchern, die die »Dreck-Apotheke« umgaben, stellten Dinge dar, die Antonia nie für möglich gehalten hatte: Menschen, die sich über Tiere und andere

Völker stellten, trieben Dinge miteinander, die fern jeglicher normaler Vorstellungskraft lagen. Selbst niederste Tiere taten sich gegenseitig so etwas nicht an, von den blasphemischen Akten ganz zu schweigen. Auch Säuglinge waren dargestellt, die auf widerlichste Art den Trieben und Ritualen geopfert wurden. Urinieren auf Gesichter und nackte Leiber zum puren Vergnügen, zur Steigerung der Lust, waren noch die harmlosesten Darstellungen.

Antonia schüttelte sich, ihr wurde so schlecht, dass sie sich beinahe übergeben musste. Nur mühsam konnte sie sich die Treppe wieder hinaufschleppen. Sie war sich jetzt gewiss, was sie zuvor nur in einer sehr viel harmloseren Variante geahnt hatte: Ihr Haus war ein Hurenhaus, ein Folterzentrum, hier wurde Satan gehuldigt, es wurde gequält, geschändet und Gott gelästert.

Antonia musste an die frische Luft. Irgendwie musste sie den Abend überstehen. Am nächsten Morgen würde sie mit den Kindern sofort nach Frankfurt abreisen und nie wieder in dieses Horrorschloss zurückkehren. Ja, sie hatte lernen müssen, dass Bernardo ein liederlicher Kerl war, der sie und Giovanni bitterböse hinters Licht geführt hatte, und sie hatte auch geahnt, dass es in dem Schloss Räume gab, die wie in einem Bordell genutzt wurden. Aber Mord, Totschlag, Blasphemie, Kot und Urin zur Befriedigung? Niemals wäre sie hierher zurückgekehrt, wenn sie davon gewusst hätte. Da konnten die Kinder ihren Vater noch so lieben, später würden sie es verstehen.

Zu so etwas konnten doch nur kranke, irre Menschen, die hinter Schloss und Riegel gehörten, fähig sein, dachte Antonia. Aber jetzt musste sie erkennen, dass dieser Horror Teil ihres Hauses, ihres Mannes und der feinsten Gesellschaft Europas war. Denn Bernardos Gäste gehörten inzwischen entweder zum Hochadel oder zur Elite der Reichen. Bernardo konnte treiben, was er wollte, nur nicht hier, das hatten sie vereinbart, und dennoch hatte sie dieses Babylon im Keller entdeckt.

3. KAPITEL

COLOGNY

Cologny ist eine kleine politische Gemeinde in der Schweiz am Genfer See, heute bekannt als Zentrum des Weltwirtschaftsforums (WEF). Kulturhistorisch ist sie aber vor allem berühmt durch die Villa Diodati, wo Mary Shelley ihren späteren Bestseller »Frankenstein« entworfen haben soll. Die Villa existierte bereits zu Giovanni Maria Farinas Zeit.

Genfer See, Anfang März 1715

Obwohl Bernardo alles andere als feinfühlig war, merkte er sofort, dass etwas nicht stimmte. Mit Antonia hatte er zumindest so etwas wie einen Waffenstillstand erreicht, und ihre Konversationen bezogen sich meist auf das Wohl der Kinder und fanden stets in einem unterkühlten, aber nicht feindseligen Ton statt. Was jetzt aus ihren Augen sprühte, als er sie kurz begrüßte, waren allerdings purer Hass und Entsetzen. Bernardo ahnte, was passiert sein musste. Noch bevor er den Mantel abgelegt hatte, kontrollierte er die Türen zum »Tempel«-Abgang und wusste sogleich, dass er mit seiner Ahnung recht gehabt hatte. Das Portal war unverschlossen und schien höhnisch zu quietschen und zu knarzen, als er die Klinke hinunterdrückte und die Tür nur einen Spalt öffnete.

Bernardo trug den Schlüssel stets bei sich, und außer ihm hatte nur noch Chantal, seine angebliche Cousine, die ebenfalls im Schloss residierte, einen. Erzürnt schloss er ab, drehte den Schlüssel dreimal um, rüttelte noch einmal an der Tür und stürmte in den Salon von Chantal. Wütend hielt er ihr den Schlüssel unter die Nase und schnaubte: »Wie konnte das passieren? Außer dir hat sonst niemand einen Schlüssel!«

Angewidert schob Chantal die Hand mit dem Schlüssel zur Seite. »Hör auf, dich lächerlich zu machen. Du traust mir nicht mehr, dabei solltest du dir lieber selbst nicht trauen: Du warst zuletzt unten und wolltest alles noch mal kontrollieren.«

Bernardo schnaubte noch immer vor Wut und musste sich doch eingestehen, dass er selbst einen Fehler begangen hatte. Ohne weiter darauf einzugehen, befahl er Chantal: »Verlege die Einladung für heute Abend nach Cologny! Wir müssen sofort alles rausschaffen.«

Amüsiert zog Chantal die Augenbrauen hoch. »Oh, haben wir nicht aufgepasst, und dein entzückendes Weib hat mal wieder die Nase in Dinge gesteckt, die sie nichts angehen? Ich könnte mir gut eine einfachere Lösung vorstellen. War Antonia nicht schon immer kränklich? Die Ärmste würde ein paar Tage das Bett hüten, und der ehrenwerte Dr. d'Emiris würde leider feststellen, dass er nichts mehr machen kann, und du würdest dich nach ein paar weiteren Tagen tragisch trauernd von deiner geliebten Gattin verabschieden und hättest die Kinder für immer für dich.«

Bernardo schlug wütend mit der flachen Hand auf den Tisch, sodass die fast randvoll gefüllte Teetasse gefährlich ins Wanken geriet. Das feine Geschirr nicht beachtend, schrie Bernardo Chantal an: »Soll ich meine Kinder vielleicht von einer Hure großziehen lassen?«

Chantal, die sich schon lange durch nichts mehr aus der Ruhe bringen ließ und schon gar nicht von Bernardo, schrak theatralisch zusammen, bevor sie ganz gelassen antwortete: »Du eiferst doch bei allem den Gepflogenheiten des Hofstaats von Versailles nach – wohldosierte Vergiftungen gehören dort noch immer zum guten Ton, ebenso, dass Huren Königskinder großziehen, wobei sie Mätressen genannt werden.« Dabei lächelte Chantal Bernardo überlegen an, bevor sie mit scharfem Ton fortfuhr: »Hör auf, so mit mir zu reden, jeden Moment kann einer von deinen Lakaien hereinkommen und den Tee abräumen. Vielleicht steht auch schon einer vor der Tür und horcht. Du kannst nicht alle vier Wochen die Bediensteten austauschen. Weißt du, wie spät es ist? Niemals werden wir die Utensilien und erst recht nicht die Gäste heute noch nach Cologny verfrachtet bekommen, wir brauchen mindestens sechs Stunden über den See, nicht zu reden von der Zeit, bis wir das Schiff beladen haben. Wen meinst du eigentlich alles mit den Gästen? Deine herzallerliebsten Kinder und ihre goldigen Freundinnen und Freunde?«

Chantal wusste genau, wen Bernardo meinte und was er vorhatte, und es fiel ihm sehr schwer, die Provokationen zu überhören. So fuhr er sie nur unwirsch an: »Du weißt ganz genau, um was und wen es geht – und lass meine Kinder gefälligst aus dem Spiel! Beschäftige die Herren heute Abend meinetwegen auf dem Kahn und bring sie morgen rüber nach Cologny.«

»In Cologny ist das Labor noch nicht einmal fertig, die ganze Villa ist noch nicht richtig ausgestattet, und den Tempel willst du schon umsiedeln? Ich weiß, dass wir hier nicht mehr lange weitermachen können, die Tufania hat unter Folter wohl auch meinen Namen genannt. Aber so schnell geht das nicht mit dem Umzug.«

Bernardo sah besorgt durch das Fenster auf die immer tiefer sinkende nachmittägliche Sonne, die den leicht bewölkten Himmel schon fast rosa färbte. »Nicht alles! Wir machen den Tempel heute zu einem richtigen Spielzimmer. Verwandel das Bett in eine Bühne für den Mummenschanz. Dann stellen wir überall Stühle hin und verteilen wohlriechendes Potpourri auf dem Boden. Hilf mit deinen Essenzen noch ein wenig nach: Neroli, Jasmin, Veilchen, was weiß ich! Alles, was blumiglieblich ist.«

Bernardo lief besorgt und nachdenklich in Chantals Salon auf und ab. Chantal ahnte schon, dass die Neuinszenierung im Tempel nicht alles sein würde, was Bernardo wieder einmal aushecke. Darüber musste sie sich allerdings keine weiteren Gedanken machen, denn Bernardo fuhr ausnahmsweise einmal zügig und enthusiastisch fort. »Und nimm Feminis Aqua mirabilis, und zwar genau das Wunderwässerchen, das so ähnlich riecht wie Farinas ›Eau de Cologne‹. Stopp, warte! Wir haben ja auch noch ein paar Flaschen ›Eau de Cologne‹ von Farina. Verteil beides unten großzügig. Wenn einer fragt, sag, das wäre ›Eau de Cologny‹. Und ja, wir werden mit der Herstellung eines Duftwassers beginnen, und zwar genau in Cologny, in der Villa Diodati. Auf Feminis ist ja kein Verlass mehr, und eine bessere Tarnung für die Villa gibt es nicht.«

Chantal fröstelte. Ihr wurde die ganze Sache zu groß. Bernardo war mittlerweile in so viele verschiedene Geschäfte verwickelt, dass sie es kaum mehr durchschauen konnte. Wobei das Spinnennetz, das sie durch den Hochadel gesponnen hatten und mit dem sie immer mehr »Beute« an Land zogen, Chantal durchaus gefiel. Adlige Edelmänner, die gierig auf Chantals außergewöhnliche Dienstleistungen im Tempel warteten, waren der Quell des lukrativen Handels. Zusammen mit der Goldmine und dem Alchemielabor wäre dieses Geschäftsfeld mehr als ausreichend gewesen. Aber Bernardo konnte nicht genug bekommen. Chantal wurde ganz schwindelig, wenn sie daran dachte, in was Bernardo alles neu investierte, jetzt also auch noch in Asphalt und Parfüm, Mumien aus Ägypten, verschiedene Villen und Schlösser, als wären Gold, Drogen und Mätressen nicht schon lukrativ genug. Es schien, als hätte Bernardo inzwischen überall seine Finger im Spiel. Ein riskantes Spiel, das hoffentlich gut ausging, und Chantal hatte keineswegs vor, ihr luxuriöses Leben aufs Spiel zu setzen.

Sie war noch ganz in Gedanken, als Bernardo mit seinen Anweisungen fortfuhr. »Die Galgen und Seile, die von der Decke hängen, nutzen wir für die Darsteller. Sie sollen in ihren Kostümen über Zuschauerköpfe schweben, singen und musizieren. Statt der Peitschen hängen wir überall venezianische Masken auf. Die Bibliothek bleibt, wir tauschen nur die meisten Bücher aus. Paullini und die anderen Honoratioren werden nicht ausgetauscht, alles andere schon. Lass aus der Bibliothek alles zusammentragen, was zurzeit gerade gelehrt und gelesen wird, und nach unten bringen. Hörst du mir überhaupt zu?«

Chantal nickte ausnahmsweise brav, und fast im Gehen hauchte sie verführerisch in Bernardos Richtung: »Ich weiß, Absinth und Laudanum für deine Frau. Nur nicht zu stark, sonst merkt sie's. Keine Bange, ›die grüne Fee‹ ist schon unterwegs.«

Weg war sie. Bernardo sah ihr hinterher und schüttelte den Kopf. Er zweifelte stark daran, dass sie den Ernst der Lage erkannt hatte. Das Schloss Gondo durfte auf keinen Fall in Verruf geraten. Er hatte schon genug zu tun mit Dr. d'Emiris, der Villa Diodati, dem Labor und dem »Kinderheim« und »Lazarett« auf

Burg Frankenstein, und dies waren ja keineswegs seine einzigen Unruheherde. Es fehlte gerade noch, dass jetzt auch noch auf seinem Stammsitz alles aus dem Ruder lief.

Doch als Bernardo einige Stunden später den Tempel noch einmal kontrollierte, konnte er es selbst schwer glauben, wie Chantal den Saal verwandelt, ja fast verzaubert hatte. Er konnte es kaum abwarten, Antonias Augen zu sehen, und war sich fast sicher, dass sein Plan aufging.

Wie erwartet hatte Antonia große Schwierigkeiten, sich beim Diner auf belanglose Plaudereien zu konzentrieren. Am liebsten hätte sie sofort ihre Sachen gepackt und wäre mit den Kindern zu ihren Eltern nach Frankfurt gefahren. Aber zum einen war es viel zu spät gewesen, um aufzubrechen, und zum anderen hätte sie nicht gewusst, wie sie es den Kindern hätte erklären können. Ganz abgesehen davon wollte sie das Schloss auch nicht als Rückzugsort verlieren. Die Gedanken kreisten schwer in ihrem Kopf, der auch immer schwerer zu werden schien. Als die Pest zwei Jahre zuvor Frankfurt wieder heimgesucht hatte, waren ihr das Schloss am See und die saubere Bergluft wie ein Paradies vorgekommen. Was vielleicht auch daran gelegen hatte, dass sie in dieser Zeit Bernardo so gut wie nie zu Gesicht bekommen hatte. Aber auch bei dem großen Brand der Judengasse in Frankfurt vor wenigen Jahren war das Schloss ein willkommener, sicherer Rückzugsort gewesen. Wo war Giovanni eigentlich gewesen, als all das passierte? Antonia wusste es nicht mehr. Vielleicht hätte sie ihn einfach nur um Hilfe bitten sollen.

Es gab fast in jedem Jahr Wochen und Monate, in denen die Kinder hier sicherer als in Frankfurt gewesen waren. Selbst ihre Mutter kam manchmal mit in die Schweiz. Lange genug hatte es gedauert, bis die Eltern Antonias Liaison mit Giovanni akzeptiert und den wahren Charakter von Bernardo erkannt hatten. Antonia hatte ihnen von Bernardos teuflischen Machenschaften sofort erzählt, als sie diese entdeckte. Doch es hatte einige Zeit gedauert, bis sie wirklich begriffen. Inzwischen unterstützten die Brentanos ihre Tochter jedoch, so gut es ging, und räumten ihr Freiräume ein, damit sie Giovanni so oft wie möglich treffen konnte. Oder standen ihr einfach nur bei und begleiteten sie.

Heute wäre so ein Tag gewesen, an dem Antonia sich sehnlichst den Beistand ihrer Eltern gewünscht hätte, mehr noch, als sie sich nach Giovanni sehnte. Doch sie selbst hatte abgelehnt, dass ihre Mutter sie begleitete. Zu anstrengend für die paar Tage, hatte sie gemeint, dabei wäre sie froh über die Begleitung gewesen. Denn es war nicht allein das Vergnügen der Kinder und das Wiedersehen mit ihrem Vater, das Antonia veranlasst hatte, in die Schweiz zu reisen. In Basel wollte sie die Ware überprüfen, die sie für die Frühjahrsmesse in Frankfurt bestellt hatten, und von dort mit der Ware nach Frankfurt weiterreisen. Die Kinder freuten sich schon auf die Schifffahrt, und sie hätte die Unterstützung der Eltern wirklich gut gebrauchen können. Dann wäre sie auch jetzt auf diesem Horrorschloss nicht so allein gewesen.

Gedankenverloren nippte Antonia an ihrem stark nach Zimt riechenden Gewürzwein und wechselte ein paar belanglose Floskeln mit ihrer Nachbarin. Den edel gedeckten Tisch mit den üppigen Speisen und dem raffinierten Dekor würdigte sie kaum eines Blickes. Ihr elegantes Kleid, an dem sich die smaragdgrüne Seide wie ein rauschender Wasserfall über ihre schmale Taille und die Hüften ergoss, trug sie mit Anmut und Eleganz, aber nicht mit dem für sie so typischen koketten Charme. Ihre Kinder hingegen schienen den Vorfall am Nachmittag vergessen zu haben und waren überglücklich mit ihren ausgefallenen Kostümen und Masken.

Als die Mummenschanztruppe laut musizierend, tanzend und gestikulierend hereinspaziert kam, sprangen alle Kinder jubelnd und klatschend auf. Bernardo gab den ebenfalls verkleideten Bediensteten unauffällig ein Zeichen, die Gäste aufzufordern und zu einer Polonaise zu führen. Nach und nach folgten alle den Bediensteten und Schaustellern durchs Schloss. Wären die Kinder nicht gewesen, wäre Antonia einfach sitzen geblieben, hätte sich etwas Luft zugefächert und eine kleine Unpässlichkeit vorgetäuscht. Aber so blieb ihr nichts anderes übrig, als der Truppe zu folgen. Obwohl Cecilia direkt bei den

Kindern war, wollte Antonia sie heute einfach nicht mehr aus den Augen lassen.

Halbherzig tanzte sie hinterher und versuchte dabei, die Kinder stets im Auge zu behalten, was ihr meist auch gelang. Als sie schon kreuz und quer durchs Schloss getanzt waren, belustigt und erheitert durch kleine Einlagen der Artisten und Jongleure, gelegentlich auch vom Mummenschanz erschreckt, erreichten sie schließlich das Parterre des Ostflügels. Schon als die ersten Gäste um die Ecke bogen, zuckte Antonia unwillkürlich zusammen. Als sie aber sah, dass die Gäste, allen voran die Kinder, in dem »Schlund zur Hölle« – wie es ihr vorkam – verschwanden, schrie sie laut: »Neiiiiin! Neiiiin! Neiiin!« Sie versuchte, sich einen Weg zu den Kindern zu bahnen. Doch Musik, Gesang und fröhliches Geschrei waren jetzt so laut, dass Antonias Hilferuf unterging. Auch kam sie nicht so recht vorwärts, ständig schien sie jemand daran hindern zu wollen, dass sie einschritt. Bis Bernardo sie barsch am Arm packte und ihr zuraunte: »Bist du verrückt geworden? Willst du allen den Abend verderben und den Kindern keinen Spaß lassen?«

Antonia war so perplex, dass sie fast erstarrte. Bernardo konnte unmöglich die Gäste in dieses Sodom und Gomorra führen, schon gar nicht die Kinder. Aber instinktiv wusste Antonia, dass Bernardo so etwas tatsächlich nie tun würde. Sie fühlte sich wie in Trance, als Bernardo sie zur weit geöffneten Tür führte, und konnte nicht glauben, was sie am Fuße der Treppe sah: einen wunderschönen, mit unzähligen Kerzen hell erleuchteten Saal. An den Wänden waren lange Fackeln angebracht, dazwischen Bilder aus aller Herren Länder mit interessanten exotischen Landschaften, Blumen, Tieren und Früchten. Wo keine Bilder hingen, zierten venezianische Masken die Wände. In der Mitte des Saals befand sich eine Bühne, auf die der Mummenschanz schon hinaufgeklettert war und mit seinen artistischen Darbietungen begonnen hatte. Auf beiden Längsseiten der Bühne waren Stühle aufgereiht, die inzwischen schon fast alle besetzt waren. Am Ende des Saals stand ein Cembalo, und der Spieler begleitete die Darbietungen. Der dunkle Boden war über und über mit wohlriechenden getrockneten Blüten bedeckt, und der zarte Geruch von Giovannis erfrischendem »Eau de Cologne« stieg ihr in die Nase. Jetzt wurde Antonia tatsächlich schwindelig, die Farbe wich ihr aus dem Gesicht, und hätte Bernardo sie nicht aufgefangen, wäre sie wahrscheinlich die Treppe hinabgestürzt.

Von dem gigantischen Feuerwerk, das Bernardo für die Gäste am Ufer des Sees inszeniert hatte, bekam Antonia nichts mehr mit und schon gar nicht, was die Herren der Gesellschaft auf dem etwas entfernt ankernden Kahn trieben, während sich Damen und Kinder von den Schaustellern an der Nase herumführen ließen.

4. KAPITEL

JUNGBRUNNEN

*Seit der Antike sucht die Menschheit nach einem Jungbrunnen, oft als Quelle
oder Bad dargestellt. Vom Mittelalter bis in die Neuzeit wurde der Jungbrunnen
mehr und mehr zu einem Produkt der höchsten Kunst der Alchemie, ähnlich wie
der Stein der Weisen.*

Aachen, März 1715

Levallé hatte sich noch nie so reif für die Fastenzeit gefühlt
wie dieses Mal. Die Kölner lernten langsam so zu feiern, wie
er es aus Venedig und Paris kannte, auch wenn Giovanni das
anders sah, und das war leider auch mit einer gewissen Völlerei
verbunden. Die Knöpfe seiner Weste versuchte Levallé erst
gar nicht mehr zu schließen. Als er sich zur Kur nach Aachen
begab, fühlte er sich im wahrsten Sinne des Wortes überreif.

Es war zwar jedes Jahr dasselbe, aber in diesem Jahr besonders
schlimm. Fast jeden Tag war ein Maskenball gewesen, und
Levallé hatte keinen auslassen können, denn es gab keine bessere
Möglichkeit, wichtige Kontakte zu pflegen und zu knüpfen,
als bei diesen Veranstaltungen. Nun hätte er es bei dem ge-
schäftlichen Teil und einem kleinen Aperitif bewenden lassen
können, aber dafür war Levallé leider zu sehr ein Genießer.
An einigen Tagen hatte er sogar zwei Veranstaltungen besucht
und bei keiner den kulinarischen Verlockungen widerstehen
können.

Er bewunderte Giovanni für seine Disziplin, niemals würde
sein lieber Freund so über die Stränge schlagen wie er. Etwas
verschroben wirkte Giovanni zwar immer, vor allem wenn er
alle Speisen beschnupperte und einen Kommentar dazu abgab.
Falls seine Nase die Zutaten dann nicht für frisch oder erlesen
genug befand, ließ er sie ohnehin stehen. Beim Wein war er
mindestens ebenso wählerisch – nicht immer zur Freude der

Gastgeber. Was den einen arrogant erschien, kam den anderen allerdings gelegen: Sie engagierten Giovanni, um ihre Einkäufe zu prüfen. Das wiederum erzürnte so manchen Händler und damit die zünftige Konkurrenz in Köln.

Giovannis Nase war eine durchaus heikle Gabe, und Levallé freute sich schon auf die Kommentare seines Freundes zu dem kargen Fastenmahl, das sie im Aachener Kurhotel allabendlich zu sich nahmen. Vor allem war Levallé auf Giovannis Urteil über die Aachener Heilwässer gespannt, die eine wahre Panazee sein sollten, aber doch ziemlich gewöhnungsbedürftig schmeckten. Nach Rosen roch und schmeckte das Wasser der Rosenquelle keinesfalls, aber es roch zumindest edel und klar und nicht nach Schwefel wie die anderen.

Auf jeden Fall war Levallé nach drei Wochen Kur mit seinem Antlitz wieder deutlich zufriedener als bei seiner Ankunft. Das lag vielleicht nicht unbedingt an dem Heilwasser, sondern einfach nur daran, dass er von den ohnehin kargen Speisen sehr wenig zu sich genommen und sich von Bier, Wein und Brand ferngehalten hatte. Und er hatte sich fest vorgenommen, auch an dem heutigen Abend darauf zu verzichten, was vielleicht etwas schwieriger würde, da sich die ganze Gesellschaft in der Redoute versammeln würde und es bekannt war, dass das »Eau de vie« dort weder den thermischen Quellen Aachens entsprang noch den diätischen Vorschriften entsprach, aber ganz hervorragend sein sollte.

Dafür hatte sich Levallé zu Mittag nur eine wässrige Gemüsebrühe gegönnt und war nach der – zwar sehr angenehmen – Thermaldusche nicht mehr so sicher, ob er sich an seine Vorsätze halten würde. Es waren eigentlich nicht nur seine Vorsätze, sondern auch die Anweisungen seines Arztes. Schon sein Vorgänger, der berühmte Dr. Franciscus Blondelius, hatte ihm die jährliche Trink- und Fastenkur verordnet und war selbst das beste Beispiel für den Erfolg seiner Kuren. Fast so alt wie Methusalem war Blondelius geworden. Noch kurz bevor er mit neunzig die wohlverdiente letzte Ruhe fand, hatte er wie das blühende Leben ausgesehen, und Levallé war sich damals, mit kaum dreißig Lenzen, fast gebrechlicher vorgekommen.

Mit seinen Befürchtungen sollte Levallé recht behalten. Kaum dass er die Redoute betreten hatte, stieg ihm der verführerische Duft heißer, mit Vanille gewürzter Schokolade in die Nase. Als er dabei an den Lindenblütentee dachte, den ihm sein Medicus verordnet hatte, rebellierte sein ausgezehrter Körper. Ganz schwach wurde er, als er die große Kanne mit verführerischer Schokolade auf dem Tisch der Damen sah, die ihn schon erwarteten.

Natürlich konnte die zarte Maria Sibylla Merian den kräftigenden Trunk aus der Neuen Welt gut gebrauchen. Trotz ihres Alters hatte sie noch immer mädchenhafte Züge, und wenn man sie auf ihre Reisen und die Insekten ansprach, sprühten ihre Augen vor Begeisterung und leuchteten wie die eines Kindes. Antonia und Giovanni würden über diesen Gast sicher hocherfreut sein. Und natürlich auch über Anna Maria de' Medici, mit der sich die Merian angeregt unterhielt, als er den Tisch erreichte.

»Möchten die Damen noch ein wenig ungestört plaudern?«, fragte Levallé daher galant, bevor er die Damen formvollendet begrüßte.

Selbstverständlich wusste Levallé, dass er erwartet wurde, und nahm die Aufforderung, sich zu setzen, ohne Umschweife an. Als ihm der Kellner sofort eine Tasse hinstellte und von der köstlichen heißen Schokolade anbot, war es um seine Vorsätze ganz geschehen. Und da er ohnehin schon sündigte, konnte er auch bei dem Marzipan- und Dattelkonfekt, das auf der Etagere verlockend angerichtet war, nicht widerstehen.

Als er sich gerade genussvoll eines der wundervoll verzierten Marzipantörtchen in den Mund schieben wollte, überrumpelte ihn Giovanni von hinten. »Hmm, das duftet köstlich. Wenn ich geahnt hätte, dass deine karge Fastenkur so aussieht, hätte ich mir die Kur vielleicht auch überlegt.«

Vor Schreck ließ Levallé das Törtchen fallen und konnte es gerade mit der linken Hand noch auffangen und daran hindern, auf seinem Rock aus feinster Wolle und Seide eine peinliche Spur zu hinterlassen. »Du hinterhältiger Schnüffler!«, schimpfte Levallé scherzhaft. »Siehst du, was du angerichtet hast?«, zeterte er weiter und hielt dabei Giovanni das zerquetschte Törtchen unter die Nase. Giovanni reagierte, wie er fast immer reagierte: Er schnupperte.

Dabei hielt er Levallés Hand mit dem zerquetschten Törtchen darin und ließ sich mit seiner Nase Zeit. »Rosenwasser, Schale der Bitterorange, ein wenig Neroli und ein Hauch von Veilchen und natürlich Mandeln, Zucker und Orangeat.« Nach einer kurzen Pause ergänzte Giovanni noch: »Allerfeinste Qualität, gute Wahl.« Dann ließ er die Hand fallen und sah zu den beiden Damen, die sich königlich amüsierten. Für einen Moment wirkte Giovanni pikiert, aber als Levallé ebenfalls laut losprustete, stimmte auch er in das Gelächter ein.

»Na, habe ich dir zu viel versprochen?«, fragte die Medici an die Künstlerin Merian gewandt und zwinkerte ihr dabei verschwörerisch zu. Die Merian hatte nicht nur von der Medici viele kuriose Geschichten über Giovanni gehört, sondern auch von Antonia, die sie noch aus Frankfurt kannte. Amüsiert schüttelte sie den Kopf und wollte gerade ihre Freude, Giovanni endlich kennenzulernen, zum Ausdruck bringen, als Antonia den Saal betrat.

Da Levallé ohnehin schon seine Fastenregel durchbrochen hatte, bestellte er jetzt allerlei exotische Getränke und Speisen, deren Ingredienzien Giovanni selbstredend sofort herausriechen konnte. Ergänzend zu Giovannis Ausführungen wusste Maria Sibylla Merian zu vielen exotischen Gewürzen, Früchten und Gemüsen aufregende Geschichten zu erzählen und hatte ihre exzellenten Zeichnungen über Pflanzen und Insekten aus Surinam dabei. Giovanni war zum ersten Mal in seinem Leben mehr fasziniert von dem, was er sah, als von dem, was er roch. Die Zeichnungen waren einzigartig. Aber nicht nur die Detailgenauigkeit der Pflanzen, vor allem die der Insekten, die mit, auf, in und von den Pflanzen lebten, faszinierte den Parfümeur.

Wenn die Merian von ihren Insekten und deren seltsamen Verwandlungen erzählte, hörte es sich an wie eines der zahlreichen wunderbaren Märchen aus Giovanni Francesco Straparolas Märchensammlung. Die Schmetterlinge, die die Merian zeichnete, stiegen wie Phönix aus der Asche oder wie eine Prinzessin aus einem gläsernen Sarg. Niemals zuvor hatte sich Giovanni Gedanken darüber gemacht, was aus dem lästigen Gewürm wird, das sich durch die Pflanzenwelt frisst, und genauso wenig hatte er darüber sinniert, woher die Schmetterlinge kamen. Fast schämte er sich deshalb, dafür brillierte Giovanni mit Beschreibungen von Düften, die vielen der von der Merian gezeichneten Pflanzen entströmten.

Auf dem inzwischen abgeräumten Tisch breitete die Merian einige ihrer sorgsam kolorierten Stiche aus: eine sich rankende Passionsblume mit ihren Früchten, den Larven oder besser Raupen des Heliconia-Falters in verschiedenen Entwicklungsstadien. Bis ins letzte Detail war das Gewürm dargestellt, wie es genüsslich an einem Blatt weidete, während« eine andere Raupe bereits Eier legte, daneben der zugehörige zarte Falter, der soeben seinem Kokon entschlüpft war. Aber auch schillernd bunte Wanzen, die sich an dieser Pflanze gütlich taten, hatte die Merian in allen Facetten skizziert. Ebenso bei ihren detaillierten Darstellungen verschiedener Zitruspflanzen, Bananen, Kakao und Rosen. Mehr passte nicht auf den Tisch.

Während alle die unglaubliche Vielfalt und Genauigkeit der exotischen und heimischen Gewächse und ihrer symbiotischen Mitbewohner bewunderten, konzentrierte sich Giovanni auf die Düfte, die die Blüten, Blätter und Früchte in seinem Geruchsgedächtnis hervorriefen.

Levallé, der eigentlich nur ein paar Kunstwerke von der Merian hatte erwerben wollen, hatte eine Idee, wurde aber von Antonia unterbrochen, die nicht genug von den Reisen der Merian nach Südamerika hören konnte und davon träumte, mit Giovanni einmal dorthin zu reisen. Die Medici wiederum wollte vor allem wissen, wie es um die South Sea Company stand, was auch für Giovanni und Levallé von großem Interesse war, schließlich hatten sie dort nicht unerheblich investiert.

Alles in allem ein heiterer Nachmittag, vor allem nachdem die Runde auch noch verschiedene »Eau de vie« aus diversen Obstsorten verköstigt hatte, was Levallés Idee entsprungen war. »Um einmal zu sehen, wie Giovanni die Welt sieht.« Als keiner verstand, was Levallé meinte, ergänzte er: »Der Brand ist glasklar, und nichts ist zu sehen, aber Giovanni ›sieht‹ die Früchte, aus denen der Schnaps gebrannt wurde, mit der Nase. Er kann mit Farben und Formen, die er mit den Augen sieht, viel weniger anfangen.«

Nach Giovannis erster perfekter Ausführung wurde ein Spiel daraus. Maria Sibylla Merian zeichnete, was die anderen rochen und schmeckten. Giovanni hielt sich jetzt bei den Ausführungen zurück, half ein wenig nach, ergänzte hier und dort oder korrigierte höchstens ein wenig. Am Ende hatte die Merian formvollendete Skizzen von Mirabellen, Birnen, Kirschen und Himbeeren auf das Papier gebracht und erntete dafür allergrößte Bewunderung. Wobei sie nach den vielen Gläsern »Eau de vie« sicher auch für weniger perfekte Skizzen Beifall geerntet hätte.

Obwohl das Spiel auch für Antonia sehr vergnüglich war, wäre sie mit Giovanni lieber schon längst entschwunden und wurde langsam ungeduldig. Aber Giovanni war ganz in seinem Element und vergaß völlig die Zeit. Schließlich war es Levallé, der die Runde beendete und einen großen Krug Mineralwasser der Rosenquelle bestellte, bevor er der Merian einige ihrer Werke abkaufte und als Zugabe noch eine Rosolie von Giovannis »Eau de Cologne« gab.

Auch die Medici erwarb für ihre Kunstsammlung einige Werke der Forscherin und Künstlerin und wiederholte, was sie zuvor mit Levallé abgesprochen hatte: »Die perfekte Transmutation, meine Liebe, ganz wie das ›Eau de Cologne‹ auch uns verwandelt, verjüngt, erneuert. Es ist ganz sicher auch für jeden Künstler und Wissenschaftler inspirierend.«

Maria Sibylla Merian hätte den Hinweis nicht gebraucht, sie war ganz hingerissen von dem frischen, frühlingshaften Duft, der edel und vollkommen der Rosolie entstieg. Doch sie hätte noch viel mehr ein Aqua mirabilis benötigt, das sie von innen heraus erneuern würde. Wie schlecht es ihr wirklich ging, hatte sie niemandem erzählt. Auch erwähnte sie es jetzt nicht, als sie sich als Erste von der Runde verabschiedete.

Antonia wollte den Augenblick nutzen und Giovanni ebenfalls zum Aufbruch auffordern. Doch Levallé ließ sie noch nicht gehen. Er bestellte noch verschiedene andere Mineralwässer und hielt sie Giovanni unter die Nase. Levallé traute Giovanni, oder besser Giovannis Nase, viel zu, aber ob er tatsächlich die verschiedenen Mineralwässer am Geruch unterscheiden konnte, wollte er unbedingt wissen. Natürlich brachte Giovanni diese Meisterleistung zustande. Aber dass er auch noch die meisten Mineralien herausschnüffeln konnte, übertraf Levallés Erwartungen bei Weitem. Schwefel war ja noch einfach, Eisen ging auch noch, aber Zink und Fluor und was Giovanni sonst noch alles so roch, war einfach unglaublich. Levallé schüttelte den Kopf vor Bewunderung, und Giovanni bemerkte es nicht einmal.

»Welches Wasser benutzt du eigentlich für deine Destillate?«, fragte Levallé unvermittelt nach der eindrucksvollen Demonstration.

Giovanni stutzte einen Moment, bevor er antwortete: »Das beste Quellwasser, das ich in Köln bekommen kann. Was sonst?«

Levallé lächelte. »Was meinst du – wäre das als Panazee bekannte Heilwasser aus Aachen nicht ein viel besserer Quell für dein ›Eau de Cologne‹?«

Giovanni grämte sich fast, dass er nicht selbst auf die Idee gekommen war. Natürlich wusste er, wie wichtig die Qualität des Wassers für sein Parfüm war, aber an die Heilquellen in Aachen hatte er noch nicht gedacht. Nomen est omen: Vor allem das Wasser der Rosenquelle erfrischte seine Nase. Frei von störendem Schwefelgeruch, rein, weich und frisch entstieg der Geruch dem klaren Lebenselixier.

»Das wird sicher kostspielig«, warf Giovanni zweifelnd ein und hatte dabei schon die mahnende Stimme seines Bruders im Ohr, der peinlichst darauf achtete, dass ihnen die Ausgaben nicht über den Kopf wuchsen.

»Lass das mal meine Sorge sein, du kannst mich ja mit ein paar deiner Rosolien entschädigen«, gab Levallé nicht ganz uneigennützig zurück. Er war davon überzeugt, dass Giovannis Duft einmal die Welt erobern würde, und wollte doch gern ein wenig daran beteiligt sein.

Anna Maria de' Medici hingegen war sicher, dass Giovannis

»Eau de Cologne« tatsächlich ein Jungbrunnen, eine Panazee, ein Allheilmittel war, das wahre Wunder vollbringen konnte. Obwohl Giovanni ausdrücklich darauf bestanden hatte, dass sein Aqua mirabilis ausschließlich ad decorum, also ein reines Parfüm, war, nahm sie dennoch täglich ein paar Tropfen zu sich. Natürlich verstand sie Giovannis Befürchtungen, dass sein »Eau de Cologne« von einem der vielen Giftmischer missbraucht und mit ein paar Tropfen Arsenik oder Ähnlichem versetzt werden konnte – gerade im Hinblick auf Antonias Gatten. Aber sie wusste auch, wie wohltuend, reinigend und erfrischend sein Elixier war. Leider konnte sie ihren geliebten Mann, Jan Wellem, nicht davon überzeugen. Zu ihrem größten Bedauern vertraute er einem Quacksalber, der Quecksilber für das Mittel der Wahl hielt, und benutzte das »Eau de Cologne« tatsächlich nur sehr gelegentlich als Parfüm.

Die Vorstellung, dass das Rosenwasser aus Aachen, die Panazee der Kurstadt, künftig die Basis von Giovannis Elixier werden würde, gefiel der Medici außerordentlich gut. »Ich glaube, das ist eine wunderbare Nachricht, die sich hier wie ein Lauffeuer verbreiten wird. Und ich bin sicher, dass dann kein Kurgast Aachen ohne dein ›Eau de Cologne‹ verlassen wird. Aber vor allem sollten wir die Kunde nach Versailles tragen.« Dabei warf die Medici Levallé einen verschwörerischen Blick zu und fuhr an Giovanni gewandt fort: »Du solltest darauf vorbereitet sein! Aber bis dahin ist ja noch ein wenig Zeit, mein Lieber. Und jetzt, meine verehrten Freunde, werde auch ich mich zurückziehen.«

Damit läutete die Medici, zu Antonias großer Erleichterung, endgültig das Ende des Abends ein. Nur drei Tage hatte Antonia gemeinsam mit Giovanni in Aachen, und davon war einer schon fast verstrichen. Wenn das so weiterging, würde sie auch an den anderen beiden Tagen nicht viel von Giovanni haben. Sie war zwar ganz gerührt, wie alle Freunde helfen wollten, dass Giovannis »Eau de Cologne« ein großer Erfolg wird, aber ihr Herz sprach eine andere Sprache. Da half auch ihr großes Verständnis dafür, dass Giovanni nicht mit Luxusartikeln im Laden versauern wollte, wenig.

Natürlich wusste Antonia sehr wohl, dass Giovanni über die nötigen Mittel verfügen musste, um für sie beide eine Zukunft gestalten zu können, aber im Moment sehnte sie sich einfach nur nach Zweisamkeit. Ein paar Tage, an denen sich alles nur um sie beide und ihre Liebe drehen würde. Und obwohl es Antonia war, die nie länger Zeit hatte und stets sehr bald wieder abreisen musste, war sie diejenige, die stets ungeduldig wurde.

Giovanni hingegen war frei von Unmut und überglücklich, als sie das Hotelzimmer erreichten und er seine Antonia endlich in die Arme schließen konnte. Lange und gierig küssten und umarmten sie sich, zogen langsam, genüsslich und zugleich ungeduldig ihre Kleider vom Leib. Giovanni liebkoste jeden Zentimeter ihres Körpers und inhalierte fast süchtig den Atem ihrer Haut. Er fing an den Zehen an und ließ keine Stelle aus, bis er ihre Ohrläppchen erreicht hatte. »Du riechst nach Rose und Lilie, meine Liebste«, flüsterte er ihr ein wenig verwundert ins Ohr.

Antonia, die schon ganz im Rausch der Erregung war, erwiderte unbedacht und abwesend: »Bernardo lässt mir jeden Tag ein Rosen- und Lilienbad bereiten.« Gleichzeitig versuchte sie, Giovannis Körper zu erobern.

Doch allein schon die Erwähnung von Bernardos Namen ließ Giovanni erstarren. Sogleich fiel die Erregung von ihm ab wie eine zu groß gewordene Hülle, wie der Kokon der Schmetterlinge. Doch Giovanni hatte sich nicht in einen Schmetterling verwandelt, er kam sich viel mehr vor wie ein elendiger Wurm. »Ich dachte, du sprichst nicht mehr mit ihm, nur noch das Allernötigste, und hast sonst nichts mehr mit ihm zu schaffen?«, wollte er wissen, als er sich steif auf den Rücken gelegt hatte.

Antonia war völlig verwirrt und auch ein wenig wütend. »Was? Wie bitte? Natürlich habe ich nichts mit Bernardo! Das würdest du doch wohl als Erster riechen!«

Auch Giovanni war verwirrt, aber nicht wütend, sondern jetzt unsicher. »Ja, natürlich würde mir der Gestank nicht entgehen, aber hast du nicht gerade gesagt, er lässt dir jeden Tag ein Bad mit Rosen- und Lilienduft bereiten?«

Antonia musste sich zusammenreißen, sie wollte jetzt auf

keinen Fall einen Streit und atmete einmal tief durch, bevor sie antwortete: »Die Betonung liegt auf ›lässt bereiten‹«, und dabei ließ sie sich etwas genervt auf das Kissen fallen.

Es dauerte ein paar Minuten, bis Giovanni reagieren konnte oder wollte. Nach einer fast eisigen Stille überwand er sich und entschied sich zu einer zarten Liebkosung. Wenig später liebten sie sich leidenschaftlich, als wäre nichts gewesen.

Dennoch blieb in den drei Tagen etwas wie bittere Galle zwischen ihnen, wie ein kleiner Giftstachel, nur ganz wenig, nur ganz winzig. Und erst am dritten Tag, kurz bevor sich ihre Wege wieder trennen mussten, war dieses Gift fast ganz verschwunden.

Antonia hatte nichts mehr vom Schloss und schon gar nicht mehr Bernardos Name erwähnt. Dabei hatte sie so ein Bedürfnis gehabt, Giovanni von den denkwürdigen Ereignissen vor und während des Maskenballs zu erzählen. Sie wusste nicht einmal mehr, was Traum und was Wirklichkeit war. Hatte sie sich die widerliche Folterkammer tatsächlich nur eingebildet, und die Phantasie war mit ihr durchgegangen? War da immer nur einfach ein Saal gewesen, und Bernardo hatte die Tür nur aus Angst, die Kinder könnten die Treppe hinunterstürzen, verschlossen gehalten? Antonia wusste nicht mehr, was sie glauben und was sie nicht glauben sollte. Auch Bernardos ungewöhnliche und völlig neue Bemühungen um sie verwirrten Antonia. So gern hätte sie mit Giovanni darüber gesprochen. Aber jetzt musste sie warten, bis sie sich in einigen Wochen in Paris wiedersehen würden.

5. KAPITEL

THEATRUM ANATOMICUM

Der Begriff entstand im 18. Jahrhundert und stand für einen Anatomie-Hörsaal zur öffentlichen Obduktion und für Lehrveranstaltungen, bei dem die Bänke für die Studierenden wie in einem Amphitheater um den Seziertisch angeordnet waren. In Köln wurde 1715 ein erstes Theatrum Anatomicum eingerichtet.

Köln, April 1715

Giovanni konnte nicht lange von seiner Zweisamkeit mit Antonia zehren. Kaum war er aus Aachen zurückgekehrt, überschüttete ihn sein Bruder Baptist mit Arbeit – ungeliebter Arbeit. Giovanni musste die Bücher überprüfen, das Geschäft lief äußerst schleppend. Hatten sie sich zur Karnevalszeit vor Kunden kaum noch retten können, schien vor allem in diesem Jahr zur Fastenzeit auch ein äußerst sparsamer Luxuskonsum zu gehören.

Baptist war nach Maastricht zu Verhandlungen mit ihrem Onkel gereist, und Giovanni musste sich allein ums Geschäft kümmern – was er äußerst ungern tat. Überhaupt war der Laden nicht so sehr seine Sache, außer die Kundschaft war an Düften interessiert. Zwar war Giovannis »Eau de Cologne«, das er semper idem, immer in gleicher hervorragender Qualität und Mischung, produzierte, der Fokus seines Geschäfts, aber wenn der geneigte Kunde oder die geneigte Kundin nach einem anderen ganz individuellen Duft verlangte, war ihm auch dies ein Vergnügen. Schweren, beleibten Herren mit kräftigen Ausdünstungen riet er stets zu leichtem Neroli und anderen Zitrusnoten, vielleicht mit einem leichten Tiefgang von Moschus und Rose. Die rothaarigen, feurigen Charaktere beruhigte er gern mit dem leichten und doch blumigen Duft von Frangipani und entspannendem Lavendel. Zarten blonden Geschöpfen hingegen riet er gern zu etwas schwererem Jasminduft und Tuberose.

So ganz pauschal konnte man das natürlich auch nicht sagen. Giovanni schnüffelte stets, sobald die Türglocke läutete, und hatte schon ein gesamtes Duftbouquet vor Augen – oder besser in der Nase –, das mit dem Odeur des Kunden harmonierte, ihn stimulierte oder ausglich, je nachdem und stets ganz individuell.

Giovanni hasste es jedoch und konnte sich manches Mal nur schwer beherrschen, wenn ein Kunde hereinkam, sein Odeur penetrant verbreitete, dann nach einem Elfenbeinkamm fragte und sich keinesfalls beraten ließ, wie er sein Fluidum verbessern könnte. Und so ein Tag war heute. Baptist war länger in Maastricht geblieben als ursprünglich geplant, und eigentlich hätte er heute wieder im Laden stehen sollen, und Giovanni hätte sich endlich in seinem Labor austoben können.

Die Kölner wussten in der Regel, wer von den beiden Farinas im Laden stand, und richteten ihren Besuch danach. Baptist war ein exzellenter Berater, was luxuriöse, exquisite Utensilien betraf, und kannte stets den neuesten Trend, und Giovannis Fähigkeit, Düfte zu komponieren und individuell zu analysieren, war ohnehin längst bekannt. Also kamen die Kölner, die nach Luxuswaren suchten, an Baptists Tagen und diejenigen, die an Düften und Aquae mirabiles oder an »Eau de Cologne« interessiert waren, an Giovannis Tagen.

Heute hatten sie sich nicht darauf verlassen können. Es kostete Giovanni manchmal allergrößte Überwindung, Kunden zu bedienen, die nicht an seinen Düften interessiert waren. Nichts durfte er sagen über das penetrante Moschus oder den schalen Ambra, den sie verströmten, nichts über ihren beißenden Schweiß oder gar Flöhe in der Perücke – die er ebenfalls riechen konnte.

Als die Türglocke erneut läutete, war Giovanni erstaunt über den reinen Geruch, der mit dem Luftzug hereinwehte. Männlich, ja, aber kein alter, sich zersetzender Schweiß, vermengt mit klebrigen Düften, sondern ein frischer, sauberer, männlicher Schweiß, versetzt mit etwas Neroli. Es dauerte nur ein paar Sekunden, bis Giovanni den Geruch zuordnen konnte. Er war hocherfreut, dass Professor Thomas Steinhaus einmal wieder persönlich bei ihnen vorbeischaute. Er war der einzige Mann, den er kannte, der ebenso penibel wie er selbst war, sich tagtäglich den Schweiß vom Körper wusch und dafür zunächst heißes, klares Wasser mit Seife verwendete und erst danach den Körper mit einem Düftchen krönte. Natürlich nicht irgendein Düftchen. Professor Steinhaus war geradezu ein enthusiastischer Fan von Giovannis »Eau de Cologne«. Nichts würde der Bildung übler Körpergerüche besser vorbeugen als dieses wunderbare Wunderwasser, betonte der Gelehrte stets und zerbrach sich dabei den Kopf, wie dieses Fluidum die Miasmen bekämpfte oder unterdrückte. Stets versuchte er, Giovanni die Rezeptur zu entlocken, verstand natürlich, dass er dies niemals tun würde.

Noch kurz bevor die Ladentür geöffnet wurde, war Giovanni drauf und dran gewesen, den Laden einfach zu schließen. Was immer noch besser gewesen wäre, als den nächsten Kunden, der durch die Tür hereinspazierte, anzuschnauzen. Und Giovanni war kurz davor, den Nächsten, der den Laden betrat, üble Gerüche verströmte und dann noch nach irgendeinem überflüssigen Französischkram fragte, völlig unangemessen zu behandeln. Das wäre sicher nicht gut für das Geschäft gewesen. So aber war er hocherfreut, den Professor zu riechen und dann auch zu sehen.

»Herr Professor Steinhaus, welch eine freudige Überraschung für meine Nase! Ich kann nicht oft genug betonen, wie gut Ihnen mein ›Eau de Cologne‹ steht.«

Steinhaus lachte, zwar war er ganz Giovannis Meinung, doch dessen Redensart erheiterte ihn immer wieder. Wenn ihm etwas gut stand, dann war es seine Robe, und auf den perfekten Sitz selbiger, in allerfeinster Qualität, achtete der Gelehrte immer. Doch darüber wollte er mit dem Parfümeur lieber nicht diskutieren. Stattdessen antwortete er: »Und genau deswegen bin ich hier, verehrter Herr Farina. Meine Rosolie geht zur Neige, und ohne Ihr Düftchen in der Nase kann ich gar nicht arbeiten.«

Giovanni war inzwischen Komplimente gewohnt, sein Ruf als exzellenter Parfümeur eilte ihm voraus. Aber dies aus dem Munde von Professor Steinhaus zu hören war ein besonderer

Ritterschlag. Mit dem Gelehrten durchdrang er regelrecht das Wesen der Düfte, und die beiden konnten stundenlang über das Thema philosophieren und schwadronieren. Schon lange hatten sie keine Zeit mehr für einen solchen ausschweifenden Duftexkurs gehabt. Dabei hatte ihre erste Begegnung ganz und gar keinen »duften« Anlass gehabt.

Steinhaus war mit der heiklen Aufgabe betreut worden, die Todesursache der Leiche am Dom zu ergründen. Nicht, dass der Mann irgendjemand von Bedeutung gewesen wäre, keineswegs. Vielmehr hatte er zu den vielen Flüchtlingen gehört, die sich seit Jahren vor den Häschern des französischen Königs in Sicherheit brachten und keinesfalls zum Katholizismus konvertieren wollten. Diese Hugenotten waren auch in Köln äußerst ungern gesehen und konnten sich dort schon gar nicht niederlassen. Aber ein ermordeter Hugenotte am Kölner Dom war nun auch ganz und gar nicht gut für die Stadt, der Mob, der täglich durch die Tore der Stadt drang, war schon aufgebracht genug. Da brauchte es nicht viel, um einen Sturm zu entfachen. Man hatte ja gesehen, was an Fastnacht los war.

Jedenfalls war der tote Hugenotte der erste »Kunde« von Professor Steinhaus gewesen. Bei seiner Sektion konnte der Professor jedoch keinerlei Gewalteinwirkung oder verdächtige Verfärbungen, Schwellungen oder sonstige Veränderungen, die auf eine Todesursache hinwiesen, erkennen. Da aber jede Menge Diebesgut in den vielen Manteltaschen des Toten gefunden wurde, lag der Verdacht schon nah, dass jemand nachgeholfen hatte. Und zu gern hätte der Professor auch eine Fremdeinwirkung festgestellt.

Da zu dieser Zeit Giovannis Parfüm und sein Eintritt in die Firma seines Bruders Baptist in Köln gerade in aller Munde – oder vielleicht besser in allen Nasen – war, war Steinhaus auf die Idee gekommen, den neuen Farina zu befragen, ob er vielleicht eine Ursache riechen könne. Steinhaus musste zugeben, dass es ein etwas niederträchtiges Ansinnen war, denn wenn er als Professor der Medizin keine Ursache fand, konnte auch der wundersame Parfümeur sicher nichts riechen.

Und so war es auch gewesen. Das heißt, natürlich hatte

Giovanni etwas riechen können. Viel zu viel, nach Giovannis Geschmack, vom schlechten Wein, billiger Brand und altem Hasen, inklusive allerlei Gewürzen, hatte Giovanni sämtliche unverdauten Speisen herausgerochen, die der Tote noch kurz vor seinem Ableben in einer sicher sehr billigen Taverne zu sich genommen hatte. Von den Ausdünstungen ganz zu schweigen. Was auch unversehens dazu geführt hatte, dass Giovanni ganz blass um die Nase wurde und sogleich ohnmächtig unter dem Seziertisch verschwand. Womit die Untersuchung schnellstmöglich zu Ende und Giovanni nach Hause gebracht wurde.

Alles in allem war Professor Steinhaus trotzdem zutiefst beeindruckt, obwohl er in seinem Fall keinen Zentimeter weitergekommen war. Das musste er ja auch nicht, es war einfach ein natürliches Herzversagen. Gott hatte den Dieb gestraft.

Nicht wissen konnte Steinhaus, dass Giovanni sehr wohl ein wenig Arsenik und auch Quecksilber und ein wenig Schierling gerochen hatte und vor allem schon längst wusste, wie der Halunke zu Tode gekommen war und durch wen. Aber das zu verraten hätte niemandem geholfen. Obwohl Sophia und Paolo Feminis nicht gerade zu ihren besten Freunden gehörten, waren sie doch im weitesten Sinne Teil der Familie, und Paolo kam aus dem gleichen italienischen Dorf wie die Farinas. Die Aufklärung des Vorfalls hätte ganz sicher auch einen Schatten auf ihre Familie und das Geschäft geworfen. Wobei der Grund ihres Schweigens ein anderer war: Mitleid.

Steinhaus schien Giovannis Gedanken lesen zu können. Gerade als dieser eine wunderschöne Rosolie seines formidablen »Eau de Cologne« aus dem Regal holte, fragte er: »Erinnern Sie sich noch an den toten Hugenotten? Ein Mord wäre schön gewesen. Also verstehen Sie mich nicht falsch. Aber der natürliche Tod eines Diebs aus den Reihen der Hugenotten hat bei den Kölner Bürgern doch für erheblichen Unmut gesorgt, und das haben sie wiederum die armen Flüchtlinge spüren lassen. Mit den Flüchtlingen haben sich wiederum Bauern und Gesindel solidarisiert, und so kommt eines zum anderen. Als anständiger Bürger hat man Karneval ja kaum auf die Straße gekonnt. Am Dom muss es ganz besonders schlimm gewesen sein. Ich habe gehört, dass Sie das auch zu spüren bekommen haben, ist das richtig?«

Neugierig auf eine Antwort wartend, sah der Professor Giovanni in die Augen. Dieser wollte weder an das eine noch an das andere Ereignis erinnert werden und wand sich mit einem abwesenden »Ja, ja« aus der Affäre, bevor er geschickt das Thema wechselte: »Ist Ihr Theatrum Anatomicum denn inzwischen fertig?«

Steinhaus, der bei diesem Thema gleich Feuer und Flamme war, vergaß seine vorherigen Ausführungen und erwiderte enthusiastisch: »Leider nein, aber so gut wie, und wir benutzen es schon. Der Saal ist trotzdem fast immer voll, und die Objekte sind sehr interessant. Leichen gibt es derzeit ja genug. Sie glauben gar nicht, was wir so alles auf den Tisch bekommen. Die offizielle Eröffnung ist am 3. Mai. Sie müssen unbedingt kommen und sind herzlich eingeladen, auch zu unserer anschließenden Zusammenkunft. Sie werden hocherfreut sein, es wird alles nach Ihrem wunderbaren ›Cologne‹ duften, es wirkt wie ein Schutzschild für mich.«

Sosehr Giovanni sich geschmeichelt fühlte und an den medizinischen Künsten des werten Professors interessiert war, so wenig sicher war er sich, ob er sich noch einmal freiwillig den Ausdünstungen des Todes, vor allem der verrottenden inneren Organe, widmen wollte. Auch wenn sein Parfüm die Flatulenzen der Zersetzung übertünchen sollte, er würde sie dennoch riechen. Daher versuchte er immer noch, das Gespräch in eine andere Richtung zu dirigieren. Tatsächlich interessierten ihn auch die vielen Leichen, denn er hatte schon Gerüchte gehört. »Stimmt es, dass die Pest wieder auf dem Vormarsch ist?«

Steinhaus schüttelte den Kopf. »Die Pest wird nicht bis hierher kommen, die Masern machen mir viel mehr Sorgen. Die Fastnachtsflut war schlimm, der ganze Unrat hat im Norden die Städte und Felder geflutet, das Vieh stirbt wie die Fliegen, und die armen Leute hat es auch erwischt. Hier bei uns geht es ja noch – aber in den Norden, da sollten Sie jetzt nicht hinreisen.«

»Das hatte ich auch nicht vor. Die Kälte ist nichts für mich, und meiner Nase hat der Norden auch viel weniger zu bieten als der Süden. Wenn ich das höre, hoffe ich nur, dass mein Bruder gesund zurückkommt. In Maastricht muss der Sturm auch fürchterlich gewütet haben. Wir brauchen dringend neue Waren, aber es scheint kein Schiff anzukommen.«

»Ja, koloniale Waren sind derzeit rar. Ich bräuchte dringend wieder Chinin, aber kein Apotheker kann liefern. Alle Güter sollen wohl mit der großen Silberflotte Neu-Spanien kommen, aber wo die steckt, weiß kein Mensch. Gut, dass Ihnen Ihr wunderbares ›Eau de Cologne‹ nicht ausgegangen ist. Ich bin ja schon ganz süchtig danach.«

Steinhaus nahm es schnell an sich, als würde die Rosolie in Zeiten des Mangels auch gleich verschwinden. Dann kramte er umständlich in seinem Rock und holte ein paar Silbermünzen heraus, die Giovanni besorgt entgegennahm.

»Tatsächlich? Das hört sich ja gar nicht gut an. Aber wenigstens die englischen Schiffe sollten einiges mitbringen. Wir benötigen dringend Frangipani und Tuberosen für die Handschuhe. Wenn ich im Sommer nach Paris reise, möchte ich außer dem ›Eau de Cologne‹ auch exquisit duftende Handschuhe mitnehmen, und zwar feinere Ware, als die Kollegen aus Grasse feilbieten. Aber ohne die Essenzen sehe ich schwarz.«

Als wären das nicht schon genug schlechte Nachrichten, kam im selben Moment Paolo Feminis zur Tür herein und schlich fast unterwürfig auf die Theke zu. Seit dem Vorfall mit dem Hugenotten verhielt sich Feminis den Farinas gegenüber beinahe wie ein Knecht und wirkte ganz im Gegensatz zu früher harmlos und gebrechlich. Doch sein Geruch war immer noch unverzeihlich, zumindest für Giovanni. Eine leichte Alkoholfahne umgab ihn stets – auch wenn es in letzter Zeit besser geworden war –, aber dass er Bernardos leiblicher Vater war, stank Giovanni im wahrsten Sinne des Wortes. Es war nicht zu überriechen. Giovanni musste sich sehr zusammenreißen und verabschiedete zuerst höflichst den Professor, der ihm schnell noch eine Zusage für den 3. Mai abrang, bevor er Paolo Feminis ein wenig knurrend empfing. »Paolo, was führt dich denn zu uns? Hoffentlich nicht wieder ein ›tragisches‹ Missgeschick.«

Feminis nahm seinen Dreispitz herunter, knetete nervös mit

den Händen darauf herum und schüttelte den Kopf so heftig, dass die Perücke gefährlich wippte. »Nein, nein, nein, Giovanni. Wir können endlich in Frieden leben, Sophia und der Kleinen geht es auch gut. Aber wir haben fast nichts mehr im Laden. Könnt ihr uns ein wenig aushelfen?«

Giovanni verdrehte die Augen. »Schau dich um. Sieht es hier so aus, als hätten wir genug auf Lager?«

Zerknirscht betrachtete Feminis die sehr locker bestückten Regale, nagte verlegen an seinem Hut, sodass Giovanni den Eindruck bekommen musste, die arme Familie hätte jetzt gar nichts mehr zu kauen. Doch er ließ sich von Feminis' Theatralik nicht beeindrucken, zuckte nur entschuldigend mit den Schultern und versuchte, Feminis wieder elegant loszuwerden. »Paolo, es tut mir wirklich leid. Baptist ist in Maastricht und kommt hoffentlich beladen zurück, vorher kann ich nichts für dich tun.«

Feminis nickte resigniert und schlich mit einem kurzen Abschiedsgruß zur Ladentür. Kaum dass sich die Tür hinter ihm geschlossen hatte, stürzte Giovanni hinterher und schloss den Laden endgültig zu. Für heute hatte er genug!

Wann war er das letzte Mal zum Experimentieren im Labor gewesen? Wann hatte er sich das letzte Mal seinen wissenschaftlichen Traktaten und Büchern widmen können? Wann hatte er das letzte Mal an Antonia geschrieben? Giovanni wusste es nicht genau, es war jedenfalls schon viel zu lange her. Stattdessen stand er wie ein Verkäufer im Laden oder brütete über den Handelsbüchern. Und er musste zugeben, dass er eine neue Passion hatte, die ihn viel zu oft ablenkte: sein Neffe und Patenkind.

Wie hatte Giovannis Mutter Lucia, die jetzt stolze Großmutter war, gelacht, als seine Schwägerin Anna-Maria verzweifelt versucht hatte, eine Amme für ihren zweiten Sohn zu finden. An keine Brust der Welt hatte der Kleine gewollt, außer an die seiner Mutter. Und was für ein Näschen! Der Kleine hatte schon kurz nach der Geburt mehr geschnuppert, als mit den Äuglein versucht, die Welt zu erfassen.

»Genau wie Giovanni! Ich fasse es nicht. Ganz genau wie

Giovanni. Zwei Jahre hing er an meiner Brust, und sonst war ihm nichts recht!«, hatte Lucia immer wieder mit Erstaunen und Begeisterung wiederholt. Und so war es kein Wunder, dass Baptists zweiter Sohn auf den Namen Giovanni Maria, also eigentlich schon ganz deutsch Johann Maria, getauft worden war.

Jetzt war der Kleine, wie von seiner Großmutter Lucia vorausgesehen, mit zwei Jahren endlich der Brust entwachsen und ein pfiffiger kleiner Naseweis, der Giovanni allergrößte Freude bereitete. Zum ersten Mal konnte er Antonia verstehen, wie sie fast verliebt von ihren Kindern sprach und riesige leuchtende Augen bekam. Bei Johanns älterem Bruder hatte Giovanni diese Freude nicht empfinden können, aber bei dem Kleinen war es etwas ganz anderes. Besonders jetzt, während Baptists Abwesenheit, nutzte er jede mögliche Minute, um mit Johann zu spielen. Und sie taten, was Giovanni schon als Kind unter Spielen verstanden hatte: Sie schnüffelten sich durch die Welt, von der Küche bis zu Giovannis Labor, oft auch draußen, am Rhein oder in den Gassen der Altstadt. Und so kam er zurzeit nur wenig zu den sonstigen Dingen, nach denen er sich sehnte.

6. KAPITEL

SENCKENBERG

Der berühmte Arzt, Naturforscher und Stifter Johann Christian Senckenberg wurde 1707 in Frankfurt geboren und promovierte später über die pharmazeutische Wirksamkeit von Maiglöckchen (er starb 1772, ebenfalls in Frankfurt). Sein Vater Johann Hartmann Senckenberg (1655–1730) war Stadtphysicus von Frankfurt, seine Mutter Anna Magdalena war fast dreißig Jahre jünger als der Vater.

Frankfurt, April 1715

Antonia saß mit der Feder in der Hand vor einem weißen Blatt Papier und brachte keinen gescheiten Satz zustande. Fünf Papiere hatte sie schon verworfen, verkleckert und verknüllt lagen sie im dafür bereitstehenden Korb. So war es ihr noch nie ergangen. Normalerweise drängten die Worte aus ihrem Kopf in die Feder und auf das Papier, wenn sie an ihren geliebten Giovanni dachte. Aber jetzt starrte sie auf die hinunterbrennende Kerze und den fast vollen, hell leuchtenden Mond, der direkt in ihr Arbeitszimmer strahlte.

In ihrem Kopf herrschte nur Leere, obwohl er voll war, zu voll. Antonia war völlig ausgebrannt. Die Reiserei hing ihr noch in den Knochen, obwohl sie schon seit fast zwei Monaten wieder in Frankfurt war. Und die Frühjahrsmesse hatte ihr den Rest gegeben. Sie hatte das Gefühl, nicht genug für die Kinder da zu sein und schon gar nicht für das Geschäft ihrer Eltern oder die Flüchtlinge, für die sie sich engagierte.

Inzwischen war der Mond hinter dicken Wolken verschwunden, und Regen prasselte an Antonias Fenster. Wenn die Gedanken nur so fließen würden wie die Tropfen vom Himmel, dachte Antonia und legte zum zigsten Mal die Feder aus der Hand.

Vielleicht war sie aber auch einfach nur verweichlicht. In der Schweiz hatte sie keine Pflichten, ein wundervolles Schloss,

53

einen zauberhaften Garten, herrliche Luft, jede Menge Angestellte und einen phantastischen Blick auf den See.

In Frankfurt stand sie jeden Morgen um sechs Uhr auf, half in der Küche, im Laden, unterrichtete die Kinder, spielte mit ihnen, half bei Wohlfahrtsveranstaltungen und jetzt vor allem im Flüchtlingsheim in Neu-Isenburg. Sicher tat sie dies alles freiwillig und gern, aber ihre Energie und ihr Enthusiasmus waren nicht mehr so wie früher.

So vieles hatte sie Giovanni schreiben wollen, vor allem von dem Lazarett im Hugenotten-Quartier, von den vielen ausgezehrten Körpern, die an allerlei Krankheiten litten und im wahrsten Sinne des Wortes aufgeblüht waren, als Antonia den Krankensaal mit Giovannis »Eau de Cologne« beduftet hatte. Der Frankfurter Stadtphysicus Dr. Senckenberg hatte es gar nicht glauben wollen, und doch war auch er betört von dem frühlingshaften und gleichzeitig so edlen Geruch.

Als Antonia noch voller Energie aus Aachen zurückgekommen war, hatten die Brentanos ein kleines Essen gegeben und eben auch den Stadtphysicus geladen. Seine detaillierte Schilderung von dem Leid der Flüchtlinge, vor allem nach dem Winter, hatte Antonia sehr berührt, und spontan hatte sie zugesagt, ihn bei der Krankenpflege im Lazarett zu unterstützen. Vielleicht war es ein Fehler gewesen, vielleicht fehlte ihr einfach die Kraft dazu.

Inzwischen war die Kerze ganz hinuntergebrannt, und Antonia hatte immer noch keine Zeile geschrieben. Sehnsüchtig roch sie an ihrem Tüchlein mit Giovannis »Eau de Cologne« und flüsterte: »Liebster, wir sind wie zwei Königskinder, die nie zueinanderfinden.«

Kaum hatte sie die Worte ausgesprochen, schrieb sie den Satz aufs Papier und wusste, dass sie diesen Brief nie abschicken würde. Vielleicht war ihr Kopf morgen gnädig. Antonia war mit den Kindern bei dem Stadtphysicus zum Tee eingeladen und hoffte auf ein inspirierendes Gespräch.

Mit einem Korb voll Zitrusfrüchten und noch ein paar Spezereien machte sie sich mit den Kindern am frühen Nachmittag auf den Weg in die Hasengasse. Für die Brentanos war der Start ins Jahr nicht einfach gewesen, der frühe, harte Winter hatte auch die Zitrusernte bitter getroffen und die Preise in die Höhe schnellen lassen. Mit besonderer Sorgfalt hatte Antonia daher die »goldenen Äpfel der Hesperiden« in ihrem Korb platziert, jede einzelne Frucht mit Holzwolle geschützt.

Die wertvolle Fracht war ein Geschenk für den Physicus, der sich stets mit besonderer Sorgfalt um die Gesundheit von Antonias Kindern kümmerte, ohne einen Heller dafür zu nehmen. Natürlich wusste Senckenberg wie kaum ein anderer vor allem die formidable Heilwirkung der Früchte zu schätzen. Ohne Brentanos Früchte hätte er es bei der Pestwelle vor zwei Jahren sehr schwer gehabt. So wurde auch eine etwas seltsame, gar makabre Begrüßung der Brentanos üblich, wenn sie mal wieder einen Korb voller Zitrusfrüchte zu Senckenbergs brachten.

»Ah, wie wunderbar! – Da kann die Pest ja kommen«, entfuhr es Johann Senckenberg auch heute wieder, bevor er seine Gäste begrüßte. Seine Frau Anna schüttelte den Kopf und hieß Antonia und die Kinder mit einer herzlichen Umarmung willkommen. Obwohl Senckenberg vom Alter her Antonias Vater hätte sein können, war seine Frau kaum älter als Antonia, und die beiden waren eng befreundet, genau wie die Kinder, die auch in etwa im gleichen Alter waren.

So stürmte Anton auch gleich in Heinrichs und Christians Zimmer, und die kleine Anna war glücklich, dass mit der Nachbarstochter Rebecca noch ein Mädchen im Haus war. Wenige Minuten später stürzten die Buben schon wieder aus dem Zimmer und mit einem Ball unter dem Arm gleich ganz nach draußen. Die stets besorgte Antonia, die ihre Kinder nie aus den Augen ließ, es sei denn, sie waren in der Obhut von Cecilia, ihrer Mutter, einer Lehrerin oder sonst einer vertrauenswürdigen Person – wozu sie ihren Gatten ganz sicher nicht zählte, aber es ließ sich dennoch gelegentlich nicht vermeiden, dass Bernardo mit den Kindern allein war –, wollte gleich hinterher, aber Anna hielt sie zurück. »Beruhige dich, Antonia, die Kinder spielen nur auf dem Fettmilchplätzchen und bleiben ganz sicher hinter der Schandsäule.«

Antonia lief es jedes Mal eiskalt über den Rücken, wenn sie dieses Mahnmal erblickte, das an die Schandtaten Vinzenz Fettmilchs erinnerte. Sie fröstelte ganz sicher nicht deshalb, weil sie Mitleid mit dem Schicksal von Fettmilch gehabt hätte, sondern weil sie dabei stets auch an seinen auf dem Brückenturm aufgesteckten Schädel denken musste. Drei Jahre hatten er und seine Genossen die Bürger aufgewiegelt und in Angst und Schrecken versetzt und schließlich die armen, unschuldigen Juden geplündert und gemeuchelt. Bis die Stadt sich endlich eines Besseren besann und den Mörder und Aufrührer mit allen Mitteln jagte und ihn in seinem Haus dingfest gemacht hatte. Jetzt spielten die Kinder dort ganz unbeschwert, wo einst das Haus des Mörders stand.

Fast ein Jahrhundert war das jetzt her. Abgerissen hatte man das Haus und eine Schandsäule errichtet, damit die Frankfurter nie vergessen würden, was damals passiert war. Aber jetzt fing die Hetze schon wieder an, als wäre nichts geschehen und als wären der Platz und die Säule nichts weiter als ein Platz zum Verweilen für die Bürger. So sahen es auch die Kinder und gaben sich laut ihrem Spiel hin. Inzwischen waren auch die Mädchen nach draußen geschlendert, setzten sich auf den Sockel der Säule, direkt unter die mahnende Gedenkschrift, und dachten gar nicht daran, sie zu beachten.

Antonia sah nachdenklich aus dem Fenster. Erst am Tag zuvor war sie in der Judengasse gewesen, bei den Rothschilds, die noch immer unter den Folgen der Feuersbrunst von 1711 zu leiden hatten, genau hundert Jahre nach dem Fettmilch-Aufstand. Sie konnte die Angst der Menschen dort gut verstehen.

»Antonia, lass uns Tee trinken, die Kinder kommen schon rein, wenn sie Hunger und Durst haben, und passieren wird ihnen auf dem Plätzchen sicher nichts.« Anna strich ihrer Freundin über den Rücken und nahm sie bei der Hand, um sie vom Fenster wegzuziehen.

Noch immer grübelnd ließ Antonia den Vorhang fallen und folgte Anna. Sie roch den feinen Bergamotte-Tee, und ihre verdrießlichen Gedanken waren beinahe wie weggeblasen. »Warte!«, gab sie zurück und eilte schnell zur Garderobe, um ihre Mappe zu holen, die sie auf dem Weg umständlich unter den Arm geklemmt hatte, bevor sie sich an den liebevoll gedeckten Tisch setzte. Das elegante Bergamotte-Aroma stieg Antonia in die Nase, und sie wunderte sich einmal mehr, wo die Schale dieser Zitrusfrucht jetzt überall die Welt bereicherte.

Giovanni war der Erste gewesen, der dieses köstliche Aroma entdeckt und in seinem wunderbaren »Eau de Cologne« verarbeitet hatte. Überall hatte er erzählt, wofür dieses edle feinherbe Aroma noch geeignet wäre. Wenn Giovanni jetzt an all diesen Produkten beteiligt wäre, bräuchte er keine Zukunftssorgen mehr zu haben. Aber er würde es auch allein mit seinem Parfüm schaffen, Antonia war sich ganz sicher.

Ein wenig schwermütig rührte sie in ihrer Teetasse und hörte gar nicht richtig zu, als ihr Anna ein Stück von dem frischen, duftenden Hefezopf abschneiden wollte und sie nach der Größe fragte. »Liebes, was ist los, geht es dir nicht gut?«, fragte Anna besorgt.

Antonia schüttelte den Kopf. »Nein, nein, alles in Ordnung. Es war nur alles ein bisschen viel die letzten Wochen, und manchmal weiß ich gar nicht, wohin mit meinen Gedanken.«

Anna ließ sich nicht so leicht abwimmeln und hakte nach. »Da ist doch etwas, das dich bedrückt. Erzähle es, oder wofür sind sonst Freundinnen da?«

Antonia musste lachen, denn es war genau das, was ihr oft fehlte – die Freundin, der man alles anvertrauen kann. Lachend antwortete sie daher: »Du bist es, die mir fehlt! Aber nein, es ist alles gut. Ich fühle mich nur manchmal so ausgelaugt, so leer und unausgefüllt und gleichzeitig überfordert. Ich weiß, ich bin undankbar.«

Anna verneinte energisch und legte Antonia sanft die Hand auf die Schulter. »Oh nein, du bist unglaublich tapfer! Ich könnte das nicht, so ein Leben führen wie du. An deiner Stelle hätte ich mich wahrscheinlich schon längst von einer Brücke gestürzt oder würde Laudanum schon zum Frühstück trinken oder wäre in ein Kloster gegangen. Oder nein, ich wäre wahrscheinlich einem der noch immer bestehenden Tufania-Bünde beigetreten und hätte meinen Gatten – nach Möglichkeit bei einem der Gelage – in eine misslich-tragische Totenstarre geführt.«

»Das wäre natürlich eine hübsche Lösung meines Problems, liebe Anna, aber leider rechnet Bernardo mit genauso einem eleganten Attentat, und er schützt sich mindestens ebenso gut wie Ludwig XIV. Ich bin auch sicher nicht die Einzige, die Bernardo gern loswürde. Aber ich möchte weder vor Gott sündigen noch vor meinen Kindern, er ist schließlich ihr Vater, und leider lieben sie ihn sehr.«

Anna nickte. »Du bist tapfer! Aber wie kommt Giovanni damit klar? Ist eure Liebe so stark, dass er durchhält, bis die Kinder groß sind?«

Das war eine Frage, die sich Antonia häufig stellte. Nachdenklich antwortete sie nur: »Ich bete dafür.«

Bevor Anna weiter nachfragen konnte, kamen die Mädchen hereinspaziert, und jede hielt stolz einen kleinen Maiglöckchenstrauß in der Hand. »Oh, blühen sie schon?«, fragte der alte Senckenberg sofort interessiert. »Da, am Fuß der Säule, scheint immer die Sonne drauf, das sind immer die Ersten«, antwortete Rebecca keck und hielt sich den duftenden Strauß unter die Nase. Antonia fühlte sich ebenfalls von dem Duft magisch angezogen, und nicht nur das lieblich-florale Maiglöckchenodeur weckte Erinnerungen an eine unbeschwerte Zeit.

Antonia musste an ihre erste wirklich berauschende Begegnung mit Giovanni denken, als der Pfeil des Cupido sie mitten ins Herz getroffen hatte, und das tatsächlich unter der antik anmutenden Marmorstatue des römischen Liebesgottes, mitten in der wunderschönen Gartenanlage der Isola Bella im Lago Maggiore. Aber eigentlich war es Giovannis geniale Nase gewesen, die Antonia im wahrsten Sinne des Wortes verführt hatte – oder umgekehrt, wie Giovanni stets behauptete.

Natürlich hatten sie sich schon als Kinder gekannt, aber bei dieser Begegnung vor vielen Jahren auf der Isola Bella war ihre Liebe für immer entflammt, und dennoch hatten sie sich nicht für ewig vereinen können. Sie hatte damals ein smaragdgrünes Kleid aus Samt und Seide getragen und Maiglöckchenduft aufgelegt. Sie erinnerte sich noch genau, wie Giovanni sie zunächst förmlich mit der Nase »gesehen« hatte. Nicht, dass er auffällig geschnüffelt hätte, nein, er hatte die Augen geschlossen und dabei ein ganz verzückt beglücktes Gesicht bekommen. Erst etwas später hatte er sie wiedererkannt, seine Kameradin aus Kindertagen. Und viel später hatte er ihr verraten, dass er Maiglöckchenduft zwar betörend fand, aber verzaubert hatte ihn ihr ganz persönlicher Geruch, und er würde sie allein daran für immer und überall wiedererkennen.

Und so war es gewesen, beim Maskenball in Venedig, wo sie sonst niemand erkannt hatte, Giovanni hingegen hatte sie sofort allein durch ihren betörenden Duft gefunden. Sie konnte sich verkleiden, wie sie wollte, Giovannis Nase war nicht zu täuschen. Der Duft der Maiglöckchen gehörte seither zu einer duften Geheimsprache der beiden. Giovanni wollte diesen Geruch auch nicht in seinem Parfüm haben, er sollte für Antonia rein und unverfälscht bleiben und gehörte nicht zu seiner Klaviatur der Düfte, mit der er »die Welt erobern« wollte. So hatte es ihr Giovanni jedenfalls einmal erklärt.

Lange hatte Antonia nicht mehr daran gedacht und auch bei ihrem letzten Treffen in Aachen ihr kleines Fläschchen Maiglöckchenöl vergessen. Erst durch den Duft der ersten Maiglöckchen im Jahr, der inzwischen das Esszimmer der Senckenbergs erfüllt hatte, kamen ihr wieder all diese Gedanken. Erst jetzt sah sie auch das Bild an der Wand gegenüber, das den berühmten Astronomen Nikolaus Kopernikus mit einem Maiglöckchen in der Hand darstellte.

Der alte Senckenberg sah Antonias Blick und nahm den Faden gern auf. »Ja, viele haben vergessen, dass Kopernikus auch ein Physicus war. Das Maiglöckchen eint unsere Zunft und ist auch ein höchst interessantes Studienobjekt. Nicht ungefährlich, aber hochwirksam. Aber wie sagte schon der gute Paracelsus: ›Nichts ist, was Gift ist, allein die Dosis macht, dass ein Ding kein Gift ist.‹«

Antonia sah den Physicus erstaunt an. »Ich wusste weder, dass der Herr Kopernikus sich etwas anderem gewidmet hat als den Sternen, noch dass das Maiglöckchen für die Heilkunde steht. Den Äskulapstab und die Schlange kenne ich als Symbol desselbigen, aber das Maiglöckchen – nein.«

Senckenberg lächelte das Lachen eines weisen alten Mannes. Antonia bewunderte ihn als väterlichen klugen Ratgeber, aber sie konnte Anna nicht verstehen, wie man einen so alten Mann begehren konnte. So sah sie ihn auch an wie eine wissbegierige Schülerin, als er antwortete: »Oh ja, meine Liebe, diese wunderbare kleine Blume betört mit ihrem Duft, tötet mit ihrem Gift und heilt auf so vielfältige Weise. Sternengleich sind ihre Blüten, weiß wie die Unschuld, und dennoch steckt eine so ungehörige Kraft in ihr. Nehmen wir hingegen die unvergleichliche Rose, auch mit wunderbarer Heilkraft, aber ohne die Stärke des Gifts. Oder kennen Sie eine andere Blume, der diese Kraft innewohnt?«

So hatte Antonia über die im Frühling allgegenwärtige Blume noch nie nachgedacht und musste einen Moment überlegen. »Vielleicht die Narzissen?«

Anerkennend nickte der Physicus. »Interessant! Ja, auch die Narzissen verströmen einen wundervollen Duft und sind durchaus giftig und heilsam zugleich – aber sie kommen in ihrer Stärke und Kraft lange nicht an Maiglöckchen heran.«

»Ziert deshalb das Porträt von Kopernikus Ihre Wand?«

Senckenberg schüttelte den Kopf. »Nein, das ist nur ein interessanter Aspekt an dem großen Mann. Es ist die Kunst der Astronomie, die mich fesselt, und für die Leistungen in selbiger bewundere ich Kopernikus. Meine Passion, für die ich leider viel zu wenig Zeit habe. Aber ich stehe mit ein paar großen Astronomen unserer Zeit in regem Briefkontakt. Vor allem mit Edmond Halley, ein sehr interessanter Mann und für einen Engländer auch sympathisch. Ich habe ihn vor vielen Jahren in der Loge kennengelernt. Seine astronomischen Fähigkeiten sind unglaublich, manchmal fast unheimlich. Gerade erst hat er mir geschrieben, dass sich Anfang Mai der Himmel verfinstern und die Sonne hinter dem Mond verschwinden wird. Na, das geht vielleicht doch etwas zu weit, manche nennen ihn schon spöttisch Nostradamus.«

Ungeachtet der drohenden Finsternis, fragte Antonia den

Physicus neugierig: »Sie sind in einer Loge? Erzählen Sie mir, mir kommen immer nur Gerüchte zu Ohren.«

Senckenberg winkte ab. »Das ist nichts für Damen. Aber fragen Sie doch Ihren Gatten, meine Liebe, er gehört doch inzwischen auch dazu, und Logen-Treffen finden häufig bei Ihnen auf dem Schloss statt.«

Antonia schluckte, das war nicht gerade die Antwort, die sie hören wollte. Bernardo hatte es in die Bruderschaft geschafft, das war erschreckend. Sie wusste von Anna Maria de' Medici, wie einflussreich die Logen, Orden und Bruderschaften waren, es war eine große Ehre, aufgenommen zu werden. Jan Wellem hatte den Hubertusorden gegründet und war sehr einflussreich bei dem Orden vom Goldenen Vlies, aber die Bruderschaft der Schlange galt als die mächtigste und am weitesten verzweigte Organisation. Eigentlich zum Wohle der Menschheit, dem Wissen und der Wissenschaft. Antonia wollte lieber nicht darüber nachdenken, für was Bernardo die Geheimgesellschaften nutzte, und sie konnte nur vermuten, dass es der Hubertusorden war, der ihn aufgenommen hatte, die anderen standen wahrscheinlich noch auf seiner Liste. Sie wechselte lieber das Thema.

»Erzählen Sie mir von Halley, was ist das Besondere an seiner Arbeit?«

»Oh, er hat schon vor vielen Jahren die Venus- und Merkurpassage vermessen, um die Größe des Sonnensystems zu bestimmen, eine unglaubliche Leistung und höchst spannend. Ach, und er hat Sir Isaac Newton – auch ein ganz wunderbarer Wissenschaftler – dazu bewogen, seine ›Principia‹ zu vollenden, und sie auch herausgebracht. Selbst die Tiefe des Meeres hat er für seine Forschungen nicht gescheut. Stellen Sie sich vor, er ist mit so einem Tauchglockenmonster sogar in der Themse abgetaucht. Ich könnte Ihnen Geschichten erzählen – aber ich will Sie nicht langweilen und meine liebe Anna auch nicht.«

Antonia war ganz gefesselt von Senckenbergs Ausführungen und hatte darüber die Anwesenheit ihrer Freundin Anna beinahe vergessen. Verstohlen sah sie zu ihr hinüber, um zu sehen, ob sie beleidigt verstummt war. Aber ganz im Gegenteil: Anna saß zwischen den beiden Mädchen und half ihnen beim Zeichnen. Vor ihnen stand der Strauß mit Maiglöckchen, den die Mädchen nun versuchten, möglichst naturgetreu auf das Papier zu bekommen. Den Bleistift etwas spitz in der Hand, tat sich die kleine Anna mit der Zeichnerei deutlich schwerer als ihre Freundin Rebecca, war aber mit solch einem Eifer dabei, dass Antonia genau wusste, was sie als Nächstes besorgen musste. Hätte sie die Kinder doch mit nach Aachen genommen und Anna bei Maria Sibylla Merian in die Zeichenschule gegeben, was hätte das Kind für eine Freude gehabt. Bei dem Gedanken an die Merian fiel ihr blitzartig ein, was sie versprochen hatte und was sie eigentlich noch erledigen wollte.

Recht unvermittelt und hektisch stand Antonia auf, holte ihre Mappe, die sie auf einem Stuhl am Eingang des Esszimmers deponiert hatte, und schritt etwas gemächlicher zurück zum Tisch. Dabei holte sie die Werke von Maria Sibylla Merian aus der Mappe, die diese ihr für eine mögliche Veräußerung überlassen hatte.

Antonia war bestürzt gewesen, dass so eine begnadete Künstlerin, Forscherin und Weltreisende sich um ihr Auskommen sorgen musste. Einem Mann mit gleichen Qualitäten wäre es sicher nicht so ergangen, er hätte längst einen reichen Mäzen, der überdies dafür sorgen würde, dass die außergewöhnlichen Werke zu Höchstpreisen gehandelt würden. Aber sie war nun einmal eine Frau. Die Ungerechtigkeit der Welt würde erst enden, wenn Frauen ihren gleichberechtigten Platz in der Gesellschaft haben – aber das würde noch Jahrhunderte dauern, wenn es denn überhaupt einmal so weit käme, dachte Antonia, als sie die Werke auf dem inzwischen abgeräumten Tisch ausbreitete.

»Ich hatte es ganz vergessen: Sie kennen doch die Merians und auch Maria Sibylla. Ich habe sie vor ein paar Wochen in Aachen getroffen, wo sie zur Kur weilt. Die Reisen haben an ihr gezehrt und vor allem die Krankheiten, die sie sich in der Wildnis eingefangen hat. Sie möchte ein paar ihrer Werke veräußern und hat kaum die Kraft dazu, sich darum zu kümmern. Ich habe selbst ein paar Stiche erworben, die Medici auch,

Giovanni, Levallé, wir alle. Sie ist eine unglaubliche Künstlerin, und ich helfe gern, ihre Werke zu Ehren zu bringen.«

Nun standen alle, bis auf die Buben, die sich nach einer schnellen Stärkung in Heinrichs Stube verzogen hatten, um die unglaublich detaillierten, farblich so exakten und doch mit einem ganz eigenen künstlerischen Stil dargestellten Blumen und Insekten zu bewundern. Besonders die Tulpen stachen in der kleinen Sammlung hervor.

Anna schüttelte den Kopf. »Was gäbe ich darum, so den Pinsel führen zu können.«

Die kleine Anna war ganz enthusiastisch. »Ich will auch mal so malen«, sagte sie, während Rebecca ganz pragmatisch von sich gab: »Wenn ich mir das noch länger anschaue, werde ich nie wieder zeichnen«, und frustriert den Griffel aus der Hand warf.

Der alte Senckenberg lachte. »Ihr drei seid tolle Künstlerinnen – aber die Frau Merian ist schon was ganz Besonderes. Ich habe es sehr bedauert, als sie weggezogen ist. Als Kind war ich mit meinen Eltern oft bei den Merians, und schon als junges Mädchen hat sie gezeichnet wie eine Göttin. Viel kann ich mir nicht leisten, aber so ein, zwei Werke werde ich ihr gern abkaufen. Lass mal sehen.«

Noch während der alte Senckenberg die Kunstwerke eingehend studierte, um sich für zwei zu entscheiden, hatte er eine Idee. »Antonia, Sie sind doch in Kürze in Durlach bei dem Markgrafen geladen. Wenn mich nicht alles täuscht, hat er eine große Schwäche für Tulpen und auch für selbige in der Kunst. Wenn Sie die Werke dort präsentieren, wäre das sicher sehr hilfreich für die tapfere Maria Sibylla.«

Antonia zog die Augenbrauen hoch, sagte aber nichts. Sie war doch sehr erstaunt, wie gut der alte Senckenberg über ihre Pläne informiert war. Anna hatte sie nichts erzählt, und die Kinder wussten nur, dass sie sich zu Ostern mit ihrem Vater treffen würden. In der Loge verbreiteten sich die Informationen anscheinend wie ein Lauffeuer. Dabei war es Antonia nicht leichtgefallen, Bernardos Plänen zuzustimmen, aber er hatte mal wieder die Kinder zuerst gefragt, und ohne Kinder wollte sie auf keinen Fall Ostern feiern.

Nachdem sie einmal tief durchgeatmet hatte, entschloss sie sich, nicht auf den unerwarteten Informationsfluss einzugehen, sondern diplomatisch zu antworten. Doch bevor sie ihre inzwischen wohlsortierten Sätze aussprechen konnte, übernahm Senckenberg lachend das Wort.

»Sie wundern sich sicher, woher ich diese Information schon wieder habe. Nun haben Sie vielleicht eine Vorstellung, wie gut vernetzt die Logen sind. Aber es ist der wissenschaftliche Austausch, der radikale antiklerikale Ansatz, der mich reizt. Details zu erforschen, ohne Angst vor der Kirche zu haben, nur so können wir die Gesellschaft in eine neue, bessere Zeit führen. Tagtäglich sehe ich das Leid der Menschen. Wenn ich aus Kirchenmündern höre, dass Baden und körperliche Reinlichkeit Teufelswerk sind, und sehe, was der Dreck mit den Menschen macht, wie sie von einem zum anderen die Seuche übertragen, dann müssen wir im Verborgenen forschen. Sie wissen, wie es stinkt, wenn die Menschen nicht baden und sich waschen, im Lazarett könnten wir ohne die Waschungen gar nicht arbeiten. Wir Protestanten haben es noch einfach, aber glauben Sie mir, auch viele Katholiken wünschen sich eine Reformation – ohne den Heiligen Vater aufgeben zu müssen. Ich nehme an, Sie gehören auch dazu, so wie ich Sie bei der Arbeit mit den Kranken beobachte. Aber genug geredet, ich kaufe gern diese beiden Tulpenbilder, und das richten Sie auch bitte dem Kurfürsten aus.«

Antonia war ganz sprachlos ob des ungewohnten Redeschwalls des Physikus. Aber vor allem schockierte sie seine Aussage über die Loge, denn es konnte nichts anderes bedeuten, als dass Bernardo schon länger Mitglied war. Überall hatte sie gehört, dass die Fäden der Politik jetzt in den Händen geheimer Bünde lägen. Wenn sich Bernardo dort etablieren, gar zum Großmeister würde, hätte sie kein Druckmittel gegen ihn mehr in der Hand. Die Informationen über seine unrühmliche Vergangenheit wären dann wertlos. Ganz offiziell würden sie gelöscht werden. Antonia fröstelte es.

Eigentlich hatte sie sich auf einen gemütlichen Plausch mit Anna gefreut, und jetzt hatte sie immer noch kaum ein Wort mit ihrer Freundin gewechselt. Antonia hatte deswegen ein schlechtes Gewissen und dachte einmal mehr: Reden ist Silber, Schweigen ist Gold, für Annas Schweigen gibt es sicher einen Grund.

Aber sie genoss auch das Gespräch mit dem klugen Mann. Ihr fehlte einfach der geistvolle Gedankenaustausch mit Giovanni, gemeinsam hatten sie die Welt in Düften vermessen, sie Ländern, Orten, Religionen, Kriegen und natürlich der Liebe zugeordnet: Krieg roch wie Asche und Blut; die Liebe wie frischer Schweiß auf einer duftenden Rose; Venedig roch wie Zitronen und feuchte Steine mit salziger Meeresbrise und einem Hauch Weihrauch; Paris wie die Sünde pur: Moschus, Ambra, Rose und Zibet zugleich und so weiter. So hatten sie Stunden über die Welt philosophieren können, als stünde sie ihnen für alles offen. In ihren Briefen hatten sie ihren Gedankenaustausch fortgesetzt, und jetzt war ihr die Feder so schwer in der Hand gewesen, dass die Gedanken nicht mehr fließen wollten. So entsetzt sie darüber war, so froh war sie auch darüber, dass ihr Geist noch nicht verdorrt und der Esprit des Physikus auf sie übergesprungen war.

Aber mit Anna hätte sie vertrauliche Gespräche führen können, über Dinge, die ihr Herz bewegten, Gefühle, die sie sonst nicht auszusprechen wagte, und Ahnungen, die sie ansonsten für sich behielt. Niemals hätte sie diese Dinge in Anwesenheit des alten Senckenberg geäußert. Dafür bekam sie Informationen über Bernardos Logennetzwerk aus erster Hand, die sie sonst nie erfahren hätte. Der alte Senckenberg war einfach nicht von der Abscheulichkeit dieses »Monsters« – wie Antonia ihren Gatten manchmal heimlich nannte – zu überzeugen.

Je mehr Geld Bernardo anhäufte und dadurch Macht und Einfluss gewann, desto unwichtiger wurden seine Vergangenheit in Armut, sein gefälschter Grafentitel und seine abscheulichen Taten, unter denen vor allem die Ärmsten der Armen zu leiden hatten. Menschen, für die sich niemand einsetzte, die niemand beschützte und verteidigte, Sklaven der Gesellschaft. Und jetzt noch die Loge. Anna hatte gewollt, dass Antonia es aus dem Mund ihres Gatten hörte. Sie hatte hören sollen, wie der alte Senckenberg den selbst ernannten Grafen Gondo schätzte, trotz aller Warnungen von Anna. Männer unter sich hatten ihre eigene Wahrnehmung. Macht und Geld verschleierten den Charakter, selbst Verderbtheit wurde unkenntlich in der goldenen Hülle.

Antonia hatte es verstanden, ein Blick zu ihrer Freundin, die wissend und unschuldig dreinblickend über ihrer Teetasse Antonia zuzwinkerte, hatte genügt. Niemals wäre sie so schockiert darüber gewesen, dass Bernardo sich in eine Loge geschlichen hatte, wenn Anna es ihr erzählt hätte. Anna selbst war empört darüber, das konnte Antonia ihr ansehen, aber die Tatsache, dass der Physikus mit einer solchen Leichtigkeit, ja gar Freude darüber sprach, brachte erst zum Ausdruck, wie gefestigt der einstige hinterlistige Bauernjunge inzwischen in der Gesellschaft war und dass es gar keinen Sinn hatte, mit dem alten Senckenberg darüber zu diskutieren. Antonia würde sich nur lächerlich machen, so wie es ihre Freundin wahrscheinlich schon getan hatte.

Die belanglosen Worte, mit denen sie dem alten Senckenberg antwortete, drangen wie von selbst aus ihrem Mund, ebenso wie die rasche Verabschiedung mit einer fadenscheinigen Begründung. Anna sprang ihr jedoch zur Seite. »Oh ja, das hattest du ja erwähnt, beeil dich, sonst kommt ihr noch zu spät.«

Als Antonia in der Hasengasse vor dem Haus der Senckenbergs stand, wusste sie schon nicht mehr, mit welcher Ausrede sie ihren plötzlichen Aufbruch eigentlich begründet hatte. Dafür wusste sie umso genauer, was sie Giovanni heute Abend schreiben würde.

An diesem Abend verfasste Antonia einen langen Brief an Giovanni, ohne die Feder ein einziges Mal abzusetzen, es war gar, als würde die Feder selbst ihre Hand führen. Sätze und Worte flossen direkt aus ihrem Kopf auf das Papier. Nachdem sie voller Liebe ihre Unterschrift hinzugefügt hatte, fühlte sie sich so leicht wie schon lange nicht mehr.

7. KAPITEL

Metamorphose

*Der Begriff stammt aus dem Griechischen und bedeutet Verwandlung
oder Umwandlung und bezieht sich in der Zoologie vor allem auf die
Entwicklungsstadien von Tieren, deren Jugendstadium eine völlig andere Gestalt
hat als ihr adultes Stadium. Das beste Beispiel sind Schmetterlinge, die die
berühmte Naturforscherin Maria Sibylla Merian studierte.*

Köln, April 1715

Giovanni musste den Brief von Antonia gleich mehrfach lesen
und vor allem riechen. Gierig sog er den Duft von Maiglöckchen, Tinte und einem Hauch von Antonias Odeur auf wie
ein Ertrinkender Wasser. Lange hatte sie ihm nicht mehr so
bewegende Zeilen geschrieben, und er selbst musste sich eingestehen, dass ihm die Feder in den letzten Wochen nicht gerade
leicht zwischen den Fingern saß. Es waren zu viele Sorgen und
zermürbende Gedanken, die den Griffel schwer in der Hand
werden ließen. Und obwohl viele Zeilen besorgniserregend
waren, hüpfte sein Herz beim Lesen. Er fühlte sich wie ein
Schmetterling zwischen Kokon und unendlicher Freiheit.

Bei diesem Gedanken suchte er die Zeichnung der Merian,
die er erworben hatte, und betrachtete den Schmetterling darauf
in all seinen Lebenslagen. Niemand hatte je zuvor die Metamorphose dieser Tiere so detailgetreu wiedergegeben wie die
Merian. Giovanni musste gar zugeben, dass er die gefräßigen
Raupen früher nie mit den leichten, eleganten Schmetterlingen
in Verbindung gebracht hatte. Und schon gar nicht beobachtet
hatte, wie sich die gefräßigen Würmer verpuppen und in einen
wunderschönen Schmetterling verwandeln.

Und je länger er die Darstellung betrachtete, desto mehr kam
er sich selbst wie ein Schmetterling vor, dürstend nach dem
Duft einer lieblichen Blume, flatternd wie sein Herz beim Lesen

von Antonias Zeilen und eingeengt wie in einem Kokon, wenn er zum Warten verdammt war. Nun fehlten auch ihm nicht mehr die Worte für einen langen Brief an Antonia. Merians Buch »Der Raupen wundervolle Verwandlung und sonderbare Blumennahrung« zusammen mit dem Maiglöckchenduft hatten eine Kaskade von Erinnerungen in ihm hervorgerufen. Giovanni stellte sich vor, selbst eine Raupe zu sein, die sich allmählich in einen Schmetterling verwandelt. Er erinnerte sich an seine erste erotische Begegnung mit Antonia, auch wenn er damals noch scheu, unschuldig und knabenhaft war, mitten in der Metamorphose zwischen Kind und Mann. Doch kaum ein anderes Erlebnis hatte ihn so sehnsüchtig geprägt wie diese Begegnung.

Niemals würde er begreifen können, wie er sich damals so sehr in seinen Düften hatte verlieren können, dass ihm seine Liebe entglitt – nur kurz, aber mit tragischen Folgen. Natürlich wäre es ohne die bösartige Intrige von Bernardo niemals geglückt, dass Antonia jemals einem anderen die Ehe versprochen hätte, aber er hätte achtgeben müssen, mehr Zeit für Antonia und offene Ohren für die Gerüchte haben müssen. Lächerlich hatte es in seinen Ohren geklungen, dass geraunt wurde, er wäre dem anderen Geschlecht zugetan. Nun war es aber genau diese Behauptung gewesen, die Antonia in die Arme des Intriganten getrieben hatte. Er mochte nicht mehr darüber nachdenken, ihre Herzen hatten wieder zueinandergefunden, und das war das Wichtigste, was zählte.

Giovanni hatte sich seither vorgenommen, Gerüchte und ihre möglichen Folgen ernster zu nehmen. Und was Antonia jetzt schrieb, musste sehr ernst genommen werden: Bernardo war angeblich in einer Loge, und zwar nicht in irgendeiner, sondern in dem Hubertusorden, der von Jan Wellem gegründet worden war. Wer auch immer ihm den Zutritt verschafft hatte, Giovanni musste sich dieses Mal vorbereiten. Es war gefährlich, Namen zu kennen, wenn man nicht selbst zur Bruderschaft gehörte, daher sollte nichts auf Antonia, Senckenberg oder ihn selbst verweisen.

Noch einmal sog er den Duft des Briefes ein, bevor er ihn

wehmütig in den Kamin warf, wie Antonia darum gebeten hatte. Im selben Augenblick klopfte es an der Tür. Giovanni zuckte zusammen, doch er brauchte nicht zu fragen, wer vor der Tür stand. Kaum hatte er die Nase von dem Feuer ab- und der Tür zugewandt, konnte er seinen Bruder riechen und machte keine Anstalten, sich vom Feuer zu entfernen.

»Komm rein, Baptist!«, rief Giovanni, während er dem Brief zusah, wie er langsam zu Asche wurde.

Verwundert näherte sich sein Bruder. »Verbrennst du etwas?«

»Ja.«

»Nun mach es nicht so spannend. Ich muss mit dir reden, aber erst sagst du mir, was du da verbrennst.«

»Meine Perücke«, gab Giovanni frech zurück. Obwohl aus edelstem Haar und sorgsam von seiner kleinen Schwester Anna gefertigt, konnte er das Ding nicht ausstehen. Die Perücke kratzte wie alle Perücken und roch nach Flohpulver, was bei der künstlichen Haarpracht ebenfalls unumgänglich war. Giovanni parfümierte seine Perücke zwar, aber er müsste sie häufiger waschen lassen, was wiederum der Haltbarkeit alles andere als zuträglich war.

Baptist sah natürlich die Perücke, die achtlos über der Stuhllehne hing, und verzog das Gesicht. »Giovanni, du nimmst weder mich noch das Geschäft wirklich ernst! Also, was verbrennst du da?«

»Erstens geht dich das nichts an, das ist privat, und zweitens nehme ich das Geschäft und dich auch sehr wohl ernst – nur eben auf meine Weise«, gab Giovanni trotzig zurück.

Baptist schüttelte den Kopf, atmete einmal tief durch und holte die Pfeife aus seinem Rock, die er erst einmal genüsslich und sorgfältig stopfte, bevor er antwortete. Doch weder zur Antwort noch zum Genuss kam es, denn Giovanni kam ihm unwirsch zuvor.

»Hör auf! In meinem Arbeitszimmer wird nicht geraucht, das weißt du genau, und dass ich Tabakgeruch nicht ausstehen kann, weißt du ebenso.«

Mit diesen Worten bekräftigte Giovanni einmal mehr, wie lästig ihm die Störung war. Zwar wusste Baptist ganz genau, dass Giovanni den Tabakgeruch nicht mochte, aber manchmal vergaß er es einfach, und manchmal wollte er seinen Bruder auch einfach ein wenig ärgern, wie früher, als sie noch Kinder waren. Heute war so ein Tag, weshalb er die Pfeife auch nicht einfach wegsteckte.

»Dann lass uns in den Salon gehen. Mir ist jetzt nach Rauchen, und gerade du solltest es eigentlich auch mögen. Per fumum, durch den Rauch, der Ursprung des Parfüms und die Kommunikation mit den Göttern. Und außerdem ist Tabak gesund!«

Widerwillig gab Giovanni nach, konnte sich aber eine weitere Bemerkung nicht verkneifen. »Wenn du wenigstens Weihrauch rauchen würdest und wohlriechende Kräuter in deiner Pfeife hättest, aber dieses stinkende Zeug aus der Neuen Welt! Das kann gar nicht gesund sein.«

Trotzdem folgte Giovanni seinem Bruder, ohne noch einmal zu versuchen, ihn daran zu hindern, die Pfeife fertig zu stopfen und zu rauchen. Stattdessen wedelte er demonstrativ den Rauch aus seinem Gesicht und wäre beinahe mit seiner Schwägerin zusammengestoßen, die mit dem kleinen Johann an der Hand gerade aus der Küche kam. Wie der große Giovanni wedelte auch der kleine Johann mit seinem Händchen, verzog dabei das Gesicht und gab ein kaum verständliches »Pfui, pfui« von sich.

Jetzt musste auch Giovanni lachen und konnte nicht mehr sauer sein. Er sah den beseelten Blick in den Augen seiner Schwägerin, der ihn schmerzlich an Antonia erinnerte, wenn sie von ihren Kindern sprach, und nahm das kleine zarte Händchen, das sich ihm entgegenstreckte, liebevoll in seine Hand. Trotz aller Zuneigung zu seinem Lieblingsneffen konnte er sich eine Frage nicht verkneifen. »Bist du nicht manchmal eifersüchtig auf den kleinen Kerl?«

»Das musst du gerade sagen!«

»Wieso, was meinst du? Und ja, ich bin manchmal eifersüchtig auf Antonias Kinder, aber das ist auch etwas anderes, das sind nicht meine Kinder, sondern ausgerechnet die meines Erzfeindes. Sie können nichts dafür, dennoch stehen sie zwischen uns. Wären sie nicht, wären Antonia und ich längst vereint.«

»Und wäre Bernardo nicht gewesen, wären seine Eltern vereint gewesen. So hatte Maria den ekelhaften Pietro heiraten müssen, und Paolo Feminis konnte nie wieder in unser Dorf zurückkehren. Tja, Kinder verändern manchmal die Welt, aber wir alle waren einmal Kinder. Das meinte ich auch eben: du als kleines Kind! Du hingst länger an Mutters Rockzipfel als jedes andere Kind, das ich jemals kennengelernt habe, und du hingst länger an Mutters Brust, als es für Vater beinahe erträglich war. Wir, wie alle anderen anständigen Kinder, haben uns brav mit der Milch der Amme begnügt, aber du hast Mutter auf eine fast obszöne Art jahrelang beschlagnahmt.«

Der große Giovanni errötete leicht, während der kleine Johann neugierig die Ohren spitzte, als Baptist fast flüsternd mit spielerisch erhobenem Zeigefinger seinem Sohn gegenüber ergänzte: »Du hast wenigstens nur zwei Jahre deine Mutter ausgesaugt, aber viel besser war das auch nicht.«

Jetzt wurde auch der Kleine etwas rötlich im Gesicht, während sich der Große wieder gefangen hatte und trotzig erwiderte: »Ich hätte mir wahrscheinlich meine Nase verdorben, wenn ich die saure Milch der fetten Amme mehrmals täglich hätte inhalieren müssen. Ich wusste eben damals schon, was gut für mich ist!« Und an den kleinen Johann gewandt: »Sehr schlau von dir, mein Kleiner, aus dir wird noch etwas Großes werden!«

Zufrieden setzte sich Giovanni auf den ausladenden, mit dunkelgrünem Samt bezogenen und üppig verzierten Sessel und nahm seinen kleinen Neffen auf den Schoß. Fast beseelt sog er den lieblich-milchigen, unschuldigen Duft des Kleinkinds ein. Baptist nahm auf dem gegenüberstehenden, ebenso üppig dekorierten Sessel Platz und nahm einen tiefen Zug aus seiner Pfeife, bevor er mit resignierter Stimme antwortete: »Ach Brüderchen, gut, dass du keine Kinder hast!«

»Was soll das heißen? Ich verstehe mich doch hervorragend mit deinem Kleinen«, gab Giovanni empört zurück und nickte dabei dem kleinen Johann aufmunternd zu, der ebenfalls grinsend nickte.

»Ja, eben, mit meinem Kleinen. Aber mit meinem Großen konntest du nie etwas anfangen, ein typischer Junge, der lieber mit dem Holzschwert spielt, als an Tiegeln und Phiolen zu schnüffeln, und damit kannst du nichts anfangen. Hättest du eigene Kinder, wäre es nicht anders. Solange sie deine Interessen teilen, kannst du dich stundenlang und liebevoll kümmern, mit anderen Kindern kannst du nichts anfangen.«

Baptist stöhnte, als wären ihm die Worte schwergefallen, während ihn vier erstaunte Augen durchdringend ansahen. Giovanni atmete tief ein, als wollte er für einen ganzen Wortschwall Luft holen, und stieß sie dann doch nur wieder aus, denn er wusste, wie recht sein Bruder hatte. Stattdessen antwortete er nur: »Lassen wir das, ich habe ohnehin nicht mehr vor, Kinder zu bekommen. Du wolltest mich aber sicher nicht deshalb sprechen. Geht es wieder um meine mangelnde Anwesenheit im Laden? Oder die fehlende Unterstützung bei der Buchführung oder eher um meine Versäumnisse beim Einkauf?«

Baptist schüttelte etwas genervt den Kopf und rief, bevor er zu einer Antwort ausholte, nach seiner Frau. »Anna-Maria, ich glaube, der Kleine hat Hunger, und wo ist eigentlich Giovanni?«

»Joseph!«, kam es lautstark aus dem Flur zurück.

Anna-Maria erschien lächelnd mit Joseph, dem vier Jahre älteren Bruder von Johann, an der Tür. Joseph wollte, seit er in die Schule ging, nicht mehr Giovanni genannt werden und verbesserte seine Eltern seither umgehend, wenn diese ihn mit der italienischen Variante seines Vornamens riefen. Wobei sich seine Mutter deutlich mehr Mühe gab, auf diesen Wunsch einzugehen, als sein Vater dies auch gleich betonte. »*Joseph* und ich gehen kurz rüber nach Mülheim, er braucht dringend ein neues Hemd, und wir könnten auch wieder ein paar Seidentücher im Laden gebrauchen.«

Baptist hob erstaunt den Kopf. »Heute ist Sonntag!«

Anna-Maria, die Giovanni eigentlich sehr gern mochte, die aber mit den Kindern und der Arbeit oft überfordert war, konnte sich ausnahmsweise einen kleinen Seitenhieb nicht verkneifen. »Wenn dein Bruder öfter im Laden stehen würde und ich nicht so häufig übernehmen müsste, könnte ich das auch unter der Woche erledigen, aber so muss ich den Sonntag dafür opfern, und die Andreaes haben mich dazu freundlicherweise heute zum Tee eingeladen. Das habe ich dir auch schon letzte Woche erzählt. Und Johann lasse ich euch hier, er scheint sich ganz wohl bei euch zu fühlen. Ansonsten müsst ihr Lucrecia rufen, sie ist in der Küche. Ich lasse euch gleich auch noch ein wenig Gebäck bringen.«

Baptist zuckte resigniert mit den Schultern, die Vorwürfe schienen die Brüder wieder zu einen, und der kleine Johann grinste glücklich, dass er auf dem Schoß des Onkels bleiben durfte.

»Also«, fing Baptist an, als seine Frau und sein Ältester verschwunden waren, »nichts von alledem, obwohl Anna-Maria natürlich recht hat – aber lassen wir das.«

Bevor Baptist fortfuhr, zog er umständlich eine Rosolie mit einer fast goldenen Flüssigkeit aus seiner Rocktasche.

»Was ist das?«, wollte Giovanni sofort argwöhnisch wissen, und ohne zu antworten hielt ihm Baptist die nun geöffnete Flasche unter die Nase. Giovanni fächerte sich das sich entfaltende Odeur so zu, dass er den Duft am besten analysieren konnte. Er wiederholte den Vorgang ein paarmal, bevor er zu einem Ergebnis kam, das er mit deutlichem Ärger in der Stimme kommentierte. »Nicht schlecht! Etwas zu viel Rosmarin und Jasmin, das Bergamotteöl ist nicht gerade von erlesener Qualität, und der Brand enthält zu viele Fuselöle. Aber was soll das? Wolltest du dich jetzt auch als Parfümeur versuchen? Das finde ich weder amüsant noch erfolgversprechend.«

Baptist lächelte mit dem wissenden Blick des älteren Bruders. »Ach, Giovanni, was denkst du von mir? Ich weiß doch, dass du der Beste bist und ich nur Zeit verschwenden würde mit der Nachahmung deines wunderbaren ›Eau de Cologne‹. Schau dir bitte mal das Etikett an.«

Nachdenklich nahm Giovanni die Flasche näher in Augenschein und setzte sich etwas umständlich aufrecht, denn sein kleiner Neffe war inzwischen auf seinem Schoß eingeschlafen und beeinträchtigte seine Bewegungsfreiheit deutlich. Trotzdem schaffte er es irgendwie, die Rosolie so zu halten, dass er das Etikett deutlich sehen konnte.

»Es gleicht dem unseren fast aufs Haar«, war Giovannis erste Reaktion.

»Schau noch einmal genau hin«, insistierte Baptist.

Giovanni musste ein wenig die Augen zusammenkneifen, bis er entdecken konnte, was Baptist meinte. »Da steht ›Eau de Cologny‹ – was soll das? Woher hast du das? Und vor allem: Wer stellt das her?«

»Das waren ja gleich drei Fragen, lieber Bruder. Die erste kann ich dir schon mal nicht beantworten, nur mutmaßen. Ich könnte mir vorstellen, dass uns jemand Ärger und Konkurrenz machen möchte. Die anderen beiden Fragen kann ich dir beantworten, und damit nähern wir uns auch deiner ersten Frage noch einmal an: Ich habe die Flasche von Andreae, den Anna-Maria mit Joseph gerade besucht. Er geht oft zu Feminis, Paolos Aqua mirabilis für den Magen ist wirklich hervorragend, und Andreae hat es seit der Vertreibung häufig am Magen. Nun, jedenfalls war er mal wieder bei Feminis im Laden, Paolo war nicht da, nur Sophia, und sie war der Meinung, dass wir die Sache mit dem ›Eau de Cologny‹ wissen sollten. Dreimal darfst du raten, woher das Duftwässerchen stammt.«

Giovanni brauchte nicht lange nachzudenken, bei der Erwähnung von Paolo Feminis wusste er gleich, wer dahintersteckte. Aber es traf ihn dennoch wie ein Schlag der Erkenntnis, denn er hätte gleich daraufkommen müssen, dass ein so offensichtlich nachgeahmter Duft nur von einem stammen konnte. »Von Paolos missratenem Sohn Bernardo, dem selbst ernannten Grafen von Gondo, dem Gatten meiner Geliebten! Wie konnte ich nur so blind sein!«

Baptist nickte.

»Aber warum Cologny?«

Bevor Baptist antwortete, stand er auf, ging zum Bücherschrank und nahm aus dem unteren Fach eine gerollte Karte, die er umständlich auf dem kleinen Beistelltisch, der zwischen ihren beiden Sesseln stand, ausrollte. Dann beugte er sich über Johann und Giovanni, hob behutsam seinen kleinen Sohn vom Schoß seines Bruders und kommentierte seine Aktion mit einem kryptischen Hinweis. »Schau dir die Karte in Ruhe an, ich befreie dich inzwischen erst mal von deinem kleinen Wärmekissen und bringe es in Lucrecias Obhut.«

Während Baptist den kleinen Johann dem Dienstmädchen übergab, starrte Giovanni auf die Karte, die den Genfer See und seine Umgebung zeigte. Er fragte sich, ob Baptist ihn damit quälen wollte, die wunderschöne neue Heimat seiner Geliebten und seines verhassten Widersachers genauer in Augenschein zu nehmen. Wobei dies überhaupt nicht Baptists Art war. Noch während er grimmig auf die Karte starrte, kam Baptist unbemerkt zurück in den Salon. Sein Geruch hing noch so deutlich im Raum, dass Giovanni tatsächlich die Rückkehr seines Bruders entgangen war, und er schrak deutlich zusammen, als dieser ihn ansprach. »Kannst du sehen, was ich meine?«

Giovanni ließ sich seine Überraschung nicht anmerken und antwortete umgehend und unwirsch: »Nein, außer dass mich der Anblick von Antonias neuer Heimat am schönen Genfer See quält, sehe ich nichts Außergewöhnliches.«

Baptist nickte. »Ich habe auch eine Weile gebraucht, aber Cologny rief irgendeine Erinnerung in mir wach. Auf der Durchreise haben wir einmal in Cologny haltgemacht.«

Während er die Worte aussprach, zeigte Baptist mit dem Finger auf einen winzigen Ort an der Südostspitze des Genfer Sees. Giovanni beugte sich tiefer über die Karte und sah jetzt auch den feinen Schriftzug »Cologny«, während Baptist fortfuhr: »Ich habe Erkundigungen eingeholt, auch dabei war mir Andreae eine große Hilfe. Bernardo hat die Villa Diodati in Cologny gekauft oder gemietet und lädt dort zu geheimen Treffen der Reichen und Mächtigen, er nennt es ›Zentrum der Weltwirtschaft‹. Lächerlich! Ich kann mir schon vorstellen, was er dort veranstaltet, nach allem, was wir wissen. Und vermutlich stellt er in den Gewölben der Villa das Parfüm her, das er Paolo für einen Schleuderpreis verscherbeln lässt. Vermutlich hat er Paolo mal wieder erpresst. Den Feminis geht es noch schlechter als uns, die Wirtschaftskrise hat sie deutlich härter getroffen. Sophia hat Andreae die Flasche aufgeschwatzt, damit er uns warnt. Paolo wird von Bernardo mal wieder unter Druck gesetzt, und wenn er nicht alles verlieren will, muss er seiner Brut folgen! Bernardo versucht erneut, uns zu vernichten, die Krise kommt ihm gerade gelegen. An seinem ›Eau de Cologny‹ verdient er keinen Pfifferling, ganz im Gegenteil, er wird noch was obendrauf legen, und Paolo muss es viel, viel günstiger verkaufen, als wir dein wunderbares ›Eau de Cologne‹ anbieten können. Er verlangt noch nicht einmal halb so viel dafür.«

Erschöpft ließ sich Baptist in den Sessel sinken. Giovanni tat es ihm gleich, er war sprachlos. Einen Moment saßen sich die Brüder wortlos gegenüber, bis Giovanni betroffen erwiderte: »Ich hätte es ahnen müssen, dass Bernardo seinen Kampf noch nicht zu Ende gefochten hat. Er hat gewartet, bis seine Macht gefestigter ist und Antonias Hinterlegung beim Notar kaum mehr von Wert ist. Und das ist noch nicht alles: Antonia hat mir geschrieben, dass er im Hubertusorden aufgenommen worden ist. An Ostern treffen sie sich in der Loge des Markgrafen Karl Wilhelm von Baden-Durlach. Antonia wird auch dabei sein – wegen der Kinder.«

Grimmig sah Giovanni seinen Bruder an, bevor er fortfuhr: »Die Metamorphose des tölpelhaften Bauernjungen zum reichen und mächtigen Grafen strebt ihrer Vollendung entgegen.«

Kopfschüttelnd ließen sich die beiden Brüder erneut in ihre Sessel sinken und nahmen einen tiefen Schluck von dem edlen Brand, den Baptist zuvor bereitgestellt hatte.

8. KAPITEL

PENTAGRAMM

Fünfeck, seit der Antike von mystischer Bedeutung, steht auch für den fünfzackigen Stern, den sogenannten Drudenfuß, gilt als Schutzsymbol und ziert zahlreiche Staatsflaggen, Zeichen der Freimaurer, Symbol des Lebens, später mit der Spitze nach unten als Symbol Satans umgedeutet.

Durlach, Ostern, April 1715

Die morgendlichen Sonnenstrahlen durchbrachen den zarten Blätterwald mit seinem ersten Grün und setzten lichte Akzente auf dem bunten Flickenteppich des Waldbodens. Es roch nach Frühling, die feuchte Erde durchdrang die Luft der ersten warmen Sonnentage des Jahres. Veilchen, Schlüsselblumen, Leberblümchen und der erste Bärlauch verströmten ihre lieblichen und kräftigen Düfte zu gleicher Zeit und vermengten sich zu einem interessanten Odeur. Auch das Moos schien zu pulsieren und seinen Atem zu ventilieren. Antonia hatte schon lange nicht mehr ein solch intensives Naturerlebnis gehabt wie im Hardtwald in der Nähe von Durlach. Sie war so fasziniert von dem Farbenspiel der Natur, dass sie weder die Markgräfin hörte, die sich langsam und anmutig auf ihrem Vollblutaraber genähert hatte, noch die Wildschweine, die durchs Unterholz streunten. Daher wäre Antonia beinahe aus ihrem ebenfalls sehr eleganten, aber doch sehr unsicheren Damensattel gerutscht, als Magdalena von Württemberg sie unvermittelt ansprach. »Meine liebe Antonia, Sie werden die Schwarzkittel doch nicht durch die Lappen gehen lassen?«

Als die Markgräfin sah, dass sie Antonia völlig überrascht hatte und diese beinahe aus dem Sattel gerutscht wäre, musste sie laut lachen, eilte ihr aber sogleich zu Hilfe. Trotz des schwierigen Seitsitzes dirigierte sie ihr Pferd mühelos an die Seite von Antonia, übernahm deren Zügel, sodass sie sich mit beiden

Händen wieder richtig in Position bringen konnte. Errötend stammelte Antonia eine Entschuldigung und kam sich unglaublich tollpatschig vor. Eigentlich hatte sie mit den Kindern und den anderen Müttern reiten wollen, aber sie hatte in diesem entsetzlichen Sattel nicht mithalten können. Pferde und Reiten waren ohnehin nicht ihre Stärke, sie hatte einzig und allein der Kinder zuliebe mit Reitstunden begonnen. Allerdings hatte sie darauf bestanden, auf einem englischen Sattel die Reitkunst zu erlernen, den auch die Kinder nutzten. Mit diesem Damensitz, auf dem sie jetzt saß, kam sie deshalb überhaupt nicht zurecht. Äußerst selten begleitete sie Bernardo zu einer der Jagdgesellschaften und ganz sicher nicht aus Vergnügen.

Nur ungern ließ sie sich jetzt ausgerechnet von der Markgräfin wieder in den Sattel helfen, was dieser ganz offensichtlich nicht entgangen war. »Machen Sie sich keine Gedanken, liebe Antonia. Diese Sättel sind schrecklich, und wenn Jagdgöttin Diana nicht schon in dieser unbequemen Haltung zu Rosse gewesen wäre, würde ich fast vermuten, die Herren hätten diesen Sattel einzig und allein erfunden, um uns Damen zu quälen. Aber man gewöhnt sich daran, und mein Pferd scheint es sogar lieber zu mögen, wenn man es nicht mit den Schenkeln in die Zange nimmt.«

»Danke«, war das Einzige, was Antonia, noch immer etwas unsicher im Sattel, zu antworten wusste. Aber die Markgräfin schien gar nicht mehr zu erwarten, sondern froh zu sein, eine Zuhörerin außerhalb ihres üblichen gesellschaftlichen Kreises zu haben. Sie fuhr mit ihrem Monolog fort: »Um die Lappen brauchen Sie sich auch nicht zu kümmern. Es war ein Scherz, es ist nicht unsere Aufgabe, darauf zu achten, dass die Tiere nicht durchgehen. Es freut mich sogar zu beobachten, wenn die Tiere durch die Lappen gehen und die Freiheit wiedererlangen. Das ist doch keine gerechte Jagd. Aber was ist schon gerecht? Wir Damen müssen schließlich allzu häufig zu Dingen lächeln, die alles andere als gerecht sind.«

Wissend nickte die Markgräfin Antonia zu, die immer noch nicht recht wusste, was sie sagen sollte. »Kommen Sie«, fuhr die Gräfin fort und dirigierte beide Pferde zu einer Kehrtwende. »Wir reiten zum Lager zurück, das Fest soll nicht ohne uns beginnen.«

Gemächlich ritten die Damen auf dem kreisrunden Weg durch den Hardtwald. Antonia hatte schon Gerüchte gehört, dass der Markgraf hier Zufahrtsschneisen für sein neues Jagd-schloss schlagen ließ. Andere hatten von gar Größerem gespro-chen. Das alles ging sie nichts an und würde sie auch wenig interessieren, wäre Bernardo nicht so bedenklich vertraulich mit dem Markgrafen, dessen Ruf als ›Libertin‹ fast Bernardos Ruf ebenbürtig war. Erst jetzt kam ihr der Gedanke, dass die Markgräfin mit ihr über den ausschweifenden Lebensstil ihrer beider Männer hatte reden wollen. Aber noch bevor sie den Gedanken zu Ende gedacht hatte, hatten sie das Festlager im Zentrum des kreisrunden Wegenetzes erreicht.

Narren und Zwerge erheiterten das Publikum, vor allem die Kinder. Antonia war froh, Anna und Anton so fröhlich zu sehen. Die beiden waren schließlich auch der einzige Grund, weshalb sie zugesagt hatte, Ostern nicht mit ihren Eltern und Geschwistern, sondern mit Bernardo zu feiern. Ihr Verdacht, Bernardo würde die Kinder bestechen, um sie zu manipulieren, war wohl nicht unbegründet. Dagegen war sie machtlos.

Giovanni konnte leider wenig mit ihren Kindern anfangen. Obwohl er es nie gesagt hatte, war Antonia sich sicher, dass er sie »nicht riechen« konnte, dass sie ihn zu sehr an Bernar-dos Odeur erinnerten. Aber die Kinder waren nun mal das Wichtigste in Antonias Leben. Wie entsetzlich musste es für die Markgräfin sein, dass zwei ihrer drei Kinder bereits gestor-ben waren. Eine Mutter sollte niemals am Grab ihrer Kinder stehen müssen. Liebevoll und gedankenverloren legte sie die Arme um ihre Kinder, die noch immer gebannt den Gauk-lern und Feuerschluckern zuschauten. Nun war auch Antonia überrascht, wie der Zauberkünstler ein dickes Ei aus seinem Ohr hervorzauberte und es gleich darauf in die Menge warf. Obwohl keiner sich Hände und Kleidung mit Ei verschmieren wollte, griffen alle reflexartig in die Luft, und Anton schaffte es tatsächlich, das Ei zu fangen – ohne dass es zerbrach und die glibberige Masse sich ergoss. Die praktisch veranlagte Anna rief sogleich: »Das ist gekocht!«, doch im selben Moment rief auch der Zauberkünstler: »Öffne es!«

Anton tat, wie ihm befohlen wurde, und er traute seinen Augen kaum: In der Hühnerschale steckte ein köstliches goldbraunes Schokoladenei. »Wer suchet, der findet«, tönte es noch einmal von der Bühne, und jetzt warf nicht nur der Zauberkünstler ein Ei, sondern alle Gaukler warfen Eier und anderes Konfekt in die Menge. Es wurde gegrapscht und geschubst, als würde die erlesene Gesellschaft ansonsten darben und nichts bekommen. Antonia musste schmunzeln und dachte: In ihrer Einfalt sind doch alle Menschen gleich.

Ohne dass Antonia sein Herankommen bemerkt hatte, stand plötzlich Bernardo direkt hinter ihr und flüsterte ihr ins Ohr: »Der Osterhase hat auch dir ein Ei gebracht, du musst nur auf den Boden schauen!«

Antonia entfuhr ein spitzer Schrei, der die Kinder sofort aufmerksam machte, und sogleich entdeckten sie ihren Vater.

»Papa, Papa, schau mal! Wir haben ganz viele Schokoladeneier gefunden!«, schrie Anton und streckte ihm sein Hemd entgegen, das er mit beiden Händen fest und von sich hielt, um die Beute darin zu lagern. Anna hingegen hielt ein wunderschön bemaltes Ei sorgfältig zwischen Daumen und Zeigefinger ihrer rechten Hand und hielt diese direkt unter Bernardos Nase.

Bernardo bewunderte die Eierbeute seiner Kinder ehrfürchtig und lobte sie: »Toll! Ich bin stolz auf euch! Und ich glaube, der Osterhase hat eurer Mutter auch ein Ei gebracht.«

Antonia stand immer noch wie angewurzelt da und wusste nicht, was sie tun sollte. Bernardo führte etwas im Schilde, das war ihr klar. Aber sie wollte auf keinen Fall streiten oder die Kinder enttäuschen. Noch während sie überlegte, bückte sich Anna und hob das Ei auf. »Mama, jetzt schau doch mal, das ist für dich!«

Antonia lächelte gezwungen und erwiderte so liebevoll, wie es ihr möglich war: »Danke, mein Liebling!« Sie war froh, dass ihr die Demütigung erspart geblieben war, sich vor ihrem verhassten Gatten hinzuknien. Sie fragte sich, was das Geschenk sollte, und wunderte sich plötzlich über das Gewicht des Eis.

Erst jetzt betrachtete Antonia das Ei und erkannte, dass es komplett mit Blattgold überzogen war und in der nachmittäglichen Sonne wundervoll funkelte. »Ein Goldei!«, juchzten Anton und Anna und weckten das Interesse zahlreicher anderer großer und kleiner Gäste. Bernardo nutzte das Überraschungsmoment, nahm Antonias Hände mit dem goldenen Ei in die seinen und kniete vor ihr nieder. »Für die schönste und wundervollste Frau auf unserer Erde.«

Antonia errötete und wusste mit all den Augenpaaren, die auf sie gerichtet waren, nicht, was sie tun sollte. Bernardo, der noch immer Antonias Hände in seinen hielt, stand auf und raunte in Antonias Ohr: »Öffne es«, so leise, dass es die umstehenden Neugierigen nicht hören konnten, die Kinder jedoch sehr wohl.

»Ja, Mami, öffne es! Bitte, bitte!«, war denn auch die prompte Reaktion von Anna, die von dem goldenen Ei unglaublich beeindruckt war. Antonia hätte es am liebsten fallen lassen und wäre weggerannt, aber das konnte sie ihren Kindern nicht antun und vor der ganzen Gesellschaft schon mal gar nicht. Es blieb ihr nichts anderes übrig, als wenigstens so zu tun, als würde sie versuchen, es zu öffnen. Aber Anna und Anton hatten den Mechanismus längst durchschaut, sie sahen das winzige Scharnier und den Verschluss auf der anderen Seite und deuteten mit ihren kleinen Zeigefingern gleichzeitig darauf. »Da, Mama!«

Notgedrungen öffnete Antonia die eiförmige Goldschatulle und konnte ihren Augen nicht trauen, was sie sah: Statt der erwarteten Schokolade funkelte ihr ein goldener Ring mit einem riesigen Rubin in Form eines Pentagramms entgegen. Antonia wusste nicht, was sie tun sollte, alle Augen waren auf sie gerichtet, und ihre Kinder jubelten. Und sie hatte auch nicht viel Zeit, darüber nachzudenken, der Mund stand ihr noch offen, als sich Bernardo vor ihr hinkniete, den Ring sanft aus ihrer Hand nahm und ihn an ihren linken Mittelfinger steckte. Mit beiden Händen nahm er daraufhin die Hand und küsste den Ring, nachdem er nur für sie hörbar geflüstert hatte: »Der Ring des Salomon für die Königin aller Königinnen.«

Später konnte sich Antonia kaum daran erinnern, wie sie zur Karlsburg gekommen war. Die Pferdekutschen hatten schon bereitgestanden, als Bernardo Antonia theatralisch den pompösen Ring angesteckt hatte. Frauen und Kinder wurden ins markgräfliche Schloss zurückkutschiert, und die Herren der Gesellschaft wollten sich noch einmal der Jagd hingeben. Antonia hatte riechen können, um was für eine »Jagd« es sich handelt: Den schweren Geruch von Rosen, Ambra, Moschus und anderen aphrodisischen Elixieren konnte auch die frische Waldluft nicht verbergen.

Die Huren mussten mit den Kutschen eingetroffen sein. Der Ruf des Markgrafen eilte ihm voraus. Wohl auch deshalb war die Zunge der Markgräfin so spitz und bitter geworden, nicht allein wegen des Todes ihrer beiden Kinder. Vielleicht hing auch beides zusammen. Es hieß, der Markgraf hätte sich mal wieder in fremden Laken gewälzt, als sein Sohn ihn am nötigsten gebraucht hätte und er ihn vielleicht auch hätte retten können. Es waren nur Gerüchte, aber sie waren Antonia wie Blitze durch den Kopf geschossen, als sie Chantals unverkennbare Silhouette aus dem Augenwinkel erspähte, gerade als die Kutschen losfuhren.

Sie muss den Markgrafen mehr hassen als ich Bernardo, hatte Antonia gedacht und sich gründlich getäuscht. Die Zunge der Markgräfin war zwar spitz wie eine Lanze, wenn sie von den amourösen Vergnügen ihres Gatten sprach, konnte aber weich wie Butter werden, wenn sie von ihm als fürsorglichem, klugem Landesvater erzählte. Der Stolz in ihrer Stimme, wenn sie seine rühmlichen Leistungen erwähnte, war unüberhörbar, ebenso die Betonung, dass es sich dabei um ihren Gatten handelte.

Und mit ebendieser Stimme sprach die Markgräfin jetzt, als sie voller Bewunderung den Ring an Antonias Hand inspizierte. »Er ist vollkommen, und würde er nicht in so strahlend neuem Glanz funkeln, würde ich fast meinen: Er ist es! Sie können sehr stolz auf Ihren Grafen sein.«

Die Damen hatten sich im kleinen Salon der Karlsburg zum Tee versammelt, und Antonia hörte sich nur sehr ungern die

Lobeshymne auf ihren Gatten an und wäre auch den Ring am liebsten gleich wieder losgeworden. Es war schlimm genug, dass sie durch die Kinder an Bernardo gefesselt war, so ein auffälliger Ring schien für alle auch noch ein besonderes Bündnis zu besiegeln. Dennoch trieb sie die Neugier dazu, nachzuhaken, was es mit dem Ring und den Worten der Markgräfin auf sich hatte.

»Der Ring?«, fragte die Markgräfin erstaunt. »Es geht immer um den Ring, den Ring und die Schlange, den Ring des Salomon, den Ring der Nibelungen, den Ring Karls des Großen. Es ist immer derselbe Ring, und niemand weiß, wo er ist, oder doch? Karl Wilhelm ist besessen von dem Ring und dem Vermächtnis Karls des Großen, dem letzten Träger des Rings.«

»Das ist eine Sage«, entgegnete Antonia, »eigentlich viele verschiedene Sagen. Mein Gatte ist nicht romantisch und würde mir nie wegen eines Märchens einen opulenten Ring schenken. – Wobei meine Kinder nicht nur die Märchen von Basile lieben, sondern auch das Nibelungenlied, und natürlich geht es da um den Ring. Aber Bernardo hat sich nie für diese Bücher interessiert.«

Die Markgräfin nickte energisch. »Oh ja! Er und Karl Wilhelm haben die ganze Literatur dazu im Detail studiert. Ihr Gatte ist wirklich wundervoll, auch wenn er gewissen Freuden frönt, die wir Damen nicht zu schätzen wissen. Aber was will heute ein Mann von Rang und Namen machen? Es geht doch um den Ruf, oder? Wer nicht dem Sonnenkönig nacheifert, macht sich doch lächerlich. Und Ihr Gatte ist für seinen ausgezeichneten Geschmack bekannt, sowohl was Sie, meine Liebe, als Gattin an seiner Seite betrifft als auch seine Mätressen.«

Antonia lag es auf der Zunge zu sagen: »aber von zweifelhafter Herkunft«, allein um die Markgräfin zu schocken und gegen Bernardo aufzubringen. Aber wahrscheinlich würde sie sich mal wieder nur unbeliebt machen. Es war unfassbar, wie Bernardo mit all seinen Lügen und dem Betrügen auch noch zum Liebling des Hochadels avancierte. Statt zu antworten, betrachtete Antonia das Schmuckstück an ihrem Finger. Der Ring selbst war eine goldene Schlange, die sich in den Schwanz biss, der fünfkantige Edelstein saß auf dem Rücken, eingefasst, wie von einer Hand. Er war schwer und hatte gleichzeitig etwas Bedrohliches und Magisch-Faszinierendes.

Aber mit dem Vermögen, das Bernardo besaß, konnte man alles herstellen. Er besaß ohnehin die Mine mit dem reinsten Gold des Kontinents, und Edelsteine wurden überall gehandelt. Natürlich konnte Bernardo den dicksten und größten Klunker bekommen, wenn er nur wollte. Warum hatte sie diesen Ring nur angenommen und sich anstecken lassen? Vor der ganzen Gesellschaft, wie der Beweis einer großen Liebe? Sie wollte gar nicht darüber nachdenken, was Giovanni sagen würde, wenn er das gesehen hätte. Vielleicht hatte Bernardo auch genau das bezweckt, dass irgendjemand Giovanni Bericht erstatte. Sie stellte sich vor, wie jemand »unschuldig« Farinas Laden betrat, Giovanni vielleicht noch mit Lob für sein Parfüm umschmeichelte und ganz nebenbei von der großen Liebe zwischen dem Grafen Gondo und seiner Gattin Antonia erzählte, die erneut mit dem edelsten Ring, den die Gesellschaft je gesehen hatte, besiegelt wurde.

Antonia schauderte, sie musste Giovanni unbedingt schreiben und von dem denkwürdigen Ereignis berichten, bevor einer von Bernardos Schergen wieder Salz in die Wunden streuen konnte.

»Der Ring«, riss die Markgräfin Antonia aus den Gedanken, »darf ich ihn mir noch einmal genauer ansehen?«

Ohne eine Antwort abzuwarten, nahm sie Antonias Hand und betrachtete eingehend den Ring. »Sogar die Pyramide ist perfekt«, bemerkte die Markgräfin. Antonia entdeckte erst jetzt die sorgsam in den Rubin eingravierte Pyramide, während die Markgräfin den Ring plötzlich öffnete und anerkennend nickte. Antonia betrachtete die winzige Ausbuchtung in dem Ring und den filigranen Klappmechanismus, den sie selbst wahrscheinlich nie entdeckt hätte. Was sie darin entdeckte, war ein fusseliges Wurzelstück, das sie als Dreck eingeordnet hätte, würde die Markgräfin nicht so bewundernd daraufblicken.

»Ihr wisst, was das ist?«, fragte sie dann auch gleich.

Antonia schüttelte den Kopf.

»Ein Stück Alraune, ganz so, wie es bei Salomons Ring gewesen sein soll«, ergänzte die Markgräfin voller Bewunderung.

Die Alraune als Heil- und Zauberpflanze kannte Antonia natürlich, hatte sie doch zahlreiche Pflanzenwerke studiert, allein um Giovanni bei seinen Ausführungen über die Destillate, Mazerate und Pressungen verschiedener Pflanzenteile folgen zu können. Sie hatte Plinius, Dioskurides, Matthioli, Bock, Paracelsus und Hildegard von Bingen gelesen und erinnerte sich jetzt an die aberwitzigen Geschichten, die über die Alraune erzählt wurden. Und sie hatte bei Paolo Feminis ein Alraunenelixier gesehen. Wobei Giovanni behauptet hatte, Paolo würde betrügen, er könne es riechen, dass in seinem Elixier keine echte Alraune steckte, sondern nur Zaunrübe. Über solche Betrügereien hatte sich schon Paracelsus aufgeregt, und es waren sicher nicht weniger geworden.

Antonia konnte sich immer noch keinen Reim darauf machen, was Bernardo wieder im Schilde führte, und nahm sich vor, den Ring, sobald sie in ihrer Kammer war, abzulegen. Sie suchte nach einer Ausrede, sich zurückzuziehen. »Alraunen fördern den Schlaf, ich glaube, ich spüre schon die Wirkung.«

Antonia wusste, dass die Ausrede nicht sehr elegant war, aber sie konnte die Markgräfin, die von Bernardo anscheinend ganz angetan war, nicht länger ertragen.

Aber so leicht ließ die Markgräfin Antonia nicht davonkommen. »Von Ihrem Gatten hört man nur das Beste, was die Qualität seiner Waren betrifft. Die Alraune wie der Rubin werden von höchster Qualität sein. Ich beneide Sie, meine Liebe!«

Dabei hätten die Hände der Markgräfin keine Unze Platz mehr für einen weiteren üppigen Ring gelassen, wenn sie die Finger noch hätte bewegen wollen.

»Genauso hat Karl Wilhelm den Ring des Salomon beschrieben«, fuhr die Markgräfin fort, ohne Antonias vornehm unterdrücktes Gähnen zu beachten. »Und jetzt soll der Ring mit den sterblichen Überresten von Karl dem Großen in einer geheimen Gruft ganz in der Nähe weilen. Nun, wir Damen sind nicht eingeweiht, aber es kommen einem doch immer

Gerüchte zu Ohren, von dem Ring, der Bruderschaft der Schlange und den alchemistischen Wundern. Ziehen Sie den Ring nie aus, meine Liebe!«

Antonia wollte gerade aufstehen und sich ungeachtet ihrer Unhöflichkeit, Kopfschmerzen vortäuschend, zurückziehen, als ihr einfiel, dass sie der Merian versprochen hatte, auch dem Markgrafen und der Markgräfin ihre Werke zu zeigen. Sie wusste, dass der Markgraf ein großer Sammler der Blumenkunst war, aber damit, dass die Markgräfin mit einer solchen Verzückung reagierte, hatte Antonia nicht gerechnet.

Nachdem Antonia einige Werke auf dem großen Tisch in der Mitte des Salons ausgebreitet hatte, nahm die Markgräfin zielsicher die Tulpenzeichnungen in die Hand, die paradiesisch farbenfrohen Gemälde von Bananen, Passionsblumen, Granatäpfeln mit exotischen Schmetterlingen und anderen Insekten ließ sie liegen.

»Tulpen sind Karl Wilhelms und meine Zauberpflanzen, er will sie in seinem neuen Schlossgarten mehren wie seinen Ruhm und Reichtum. Die Bilder werden ihn erfreuen.«

»Sie werden das Schloss wieder zu seinem alten Glanz führen?«

»Nein, meine Liebe. Karl Wilhelm will etwas erschaffen, nachdem sich die Herrscher von ganz Europa umschauen werden, genau dort, wo wir heute Morgen waren. Dort, wo der große Karl ruht, soll ihm für immer ein Denkmal gesetzt werden.«

»Wenn Sie von Karl dem Großen sprechen, dann reden wir doch von Aachen, aber wir waren heute Morgen im Hardtwald, vor den Toren von Durlach.«

»Mehr kann ich Ihnen nicht sagen, außer dass das Schloss im Hardtwald errichtet wird und strahlen soll wie die Sonne. Die Tulpen im Schlossgarten werden seinen Ruhm und Reichtum unterstreichen.«

Obwohl die Markgräfin mit einem ganzen Harem junger Frauen betrogen wurde, leuchteten ihre Augen stets, wenn sie von ihrem Gatten sprach, und sie schien von Antonia zu erwarten, dass sie Bernardo ebenso bewunderte. Doch Antonia dachte bei den Tulpen nur an Giovanni und wünschte ihm so sehr Ruhm und Reichtum, dass sie fast vergaß, wo sie war. Da sich inzwischen auch einige andere Damen interessiert genähert hatten und die Bilder der Merian bewunderten, nutzte Antonia die Gelegenheit, um sich zurückzuziehen.

Während es sich Damen und Kinder bei knisterndem Kaminfeuer in dem seit dem Pfälzer Erbfolgekrieg leider nur noch zur Hälfte stehenden Schloss gemütlich gemacht hatten, waren die Herren auch nach der erfolgreichen Jagd noch nicht bereit zur Rückkehr. Und wie Antonia vermutet hatte, bestand die Jagd nur zu Teilen aus einer Hetze auf vierbeinige Waldbewohner. Chantal hatte die schönsten Mädchen und Knaben gekauft, die sie finden konnte. Und was die Herren der feinsten Gesellschaft in den extra dafür vorbereiteten Zelten trieben, schlug selbst die Wildschweine in die Flucht.

Doch jetzt standen sie fromm in ihren Kutten, als hätten sie noch nie ein Weibsbild gesehen. Jeder trug eine Fackel in der Hand, und der Eingang zur Gruft, in der sie verschwanden, war kaum zu erkennen. Wie eine Schlange, die sich in den Bauch von Mutter Erde zurückzieht, pilgerten die – bis auf Bernardo, aber das wusste ja keiner – hochgeborenen Männer in die Gruft, auf die wenige Wochen später der Grundstein für eine neue Ära gelegt werden würde: Karlsruhe.

9. KAPITEL

MUMIA

Ein bis ins 20. Jahrhundert vertriebenes Pulver aus Mumien, das als Allheilmittel verkauft wurde und von zahlreichen Alchemisten aus frischen tierischen oder menschlichen Leichen gefälscht wurde.

Köln/Paris, April/Mai 1715

Giovanni roch den Frühling überall, obwohl die üblen Ausdünstungen der Stadt alles zu übertünchen schienen. Aber es gab noch die kleinen Oasen, grüne Flächen zwischen den Häusern an den Kirchen, am Rhein, und überall dort schoben sich die Krokusse, Maiglöckchen, Bärlauch und Veilchen in regelmäßigen Abständen aus der Erde, bis der Frühling nicht mehr zu leugnen war. Giovanni fand seine Oasen am Ufer, wo Gevatter Rhein mit dem üblichen Frühjahrshochwasser auch den üblichen Wintergestank weggewischt hatte und nun Platz ließ für die Boten der Frühlingsgöttin.

Wobei es an diesem letzten Aprilwochenende so heiß war, dass Giovanni froh war, die Stadt endlich verlassen zu können. Er sehnte sich nach der frischen Bergluft seiner Heimat, den ersten Bergnarzissen, die frech ihre Köpfe reckten und wie einen gehauchten Kuss ihren betörenden Duft verströmten. Schneeweiß waren dann die Bergwiesen und ihr Atem so stark, dass Narziss ihn taumeln ließ.

Viel lieber würde er sich mit seiner geliebten Antonia auf den Wiesen wälzen, wie einst als Kind, als sie auf den Almen getollt, Narzissen geerntet und sich kindisch geneckt hatten – statt sich mit ihr sittsam bei einem Fest in Paris zu treffen. Inständig hoffte er, dass sie noch Zeit haben würde, mit ihm einen Umweg in seine Heimat zu unternehmen, bevor sie in ihr düsteres Schloss zurückkehren musste.

Die Erinnerungen kamen jetzt oft in seinen Träumen, die

guten wie die schlechten: Wie er mit Antonia Blumen pflückte, wie er mit seiner kleinen Schwester Anna durch die blühenden Almwiesen spazierte und ihr Mythen und Legenden erzählte, aber auch wie Bernardo und seine Kumpels ihn mit einem stinkenden, verwesenden Hasenkadaver in eine Scheune gesperrt hatten.

Vielleicht waren die Erinnerungen an die Kindheit mit seinem kleinen Neffen Johann zurückgekehrt, der so gern Geschichten aus der Heimat seines Vaters hörte, die er noch nie gesehen hatte. Er hörte sie aber nicht nur gern, er roch sie auch gern. Aus seinen Essenzen zauberte Giovanni einen Heimatfrühling aus Kräuter-, Narzissen-, Zitronen-, Orangen- und Lavendeldüften. Inzwischen konnte Johann jeden einzelnen Duft herausriechen und merkte es auch, wenn Giovanni einen fremden, unbekannten Geruch hineingeschmuggelt hatte. Der Kleine war Giovannis große Freude und half ihm auch manchmal dabei, wenn er sich vor der lästigen Buchhaltung oder der Arbeit im Laden drücken wollte. Mit großen Kulleraugen stand er dann vor seinem Vater und bat mit dem unwiderstehlichen Charme eines kleinen Kindes, mit seinem Onkel im Labor »arbeiten zu dürfen«.

Zu tun gab es in Giovannis Labor immer etwas, und er überwachte auch stets die Destillation des Brandes, für die er zwei Lehrlinge abgestellt hatte. Das edle »Eau de vie«, das Lebenswasser, wie das Destillat oft genannt wurde, benutzte er nicht nur für sein »Eau de Cologne«, sondern auch für alle anderen »Eaux admirables«, die sie im Laden verkauften. Kein anderer Destillateur konnte einen so reinen Brand herstellen wie Giovanni. Jahrelang hatte er im Labor getüftelt, bis er die richtige Prozedur gefunden hatte. Gemeinsam mit dem Schmied hatte er schließlich noch selbst Hand angelegt und den Rücklauf verlängert, damit er besser kühlen konnte, und den Überlauf, damit er besser trennen konnte. Wieder und wieder hatte er destilliert, bis der feinste Alkohol aus dem Kupferrohr sprudelte, den man sich vorstellen kann. Unverdünnt trinken konnte man diesen reinen Brand längst nicht mehr, aber zu edelsten Wässerchen verarbeiten.

Dreimal hintereinander ließ er jetzt seine Lehrlinge destillieren, damit das Lebenswasser rein, hochprozentig und frei von Fuselstoffen war. In den ersten Apparat kam der Wein, in den zweiten das erste Destillat und in den dritten das zweite Destillat. Sie hatten lernen müssen, wann der Vorlauf zu Ende ging und wann der Nachlauf das Destillat zu verwässern drohte. Und sie hatten lernen müssen, dass Giovanni es sofort roch, wenn sie statt ihres Verstands und ihrer Nase ihre Zunge nutzten, um das Ergebnis zu prüfen.

Wenn er das Geheimnis seiner Destillierkunst nicht so streng hätte hüten wollen, hätten die ersten beiden Lehrlinge wohl kaum die ersten vier Wochen ihrer Lehrzeit in Lohn und Brot gestanden und nachfolgende sicher auch nicht. Giovanni war ein strenger Meister, aber keiner war so gut wie er, und das wussten auch die beiden Lehrlinge. So hielten sie sich fortan zurück, wenn die Dämpfe des Brandes verführerisch in der Nase kitzelten. Ohnehin wurden sie schon allein davon ein wenig trunken.

Giovanni konnte natürlich die Feinheit und Reinheit des Alkohols riechen, seinen Lehrlingen aber brachte er bei, wie sie mit dem Lappen testen konnten, ob »das Wasser schon Feuer fängt«. Erst wenn der Lappen mit dem Destillat beim Anzünden sofort und vollständig verbrannte, war der Brand konzentriert genug.

Die Reinheit und Feinheit des Farina-Alkohols sprach sich – sehr zu Paolo Feminis' Verdruss – in Köln und im ganzen Umland wie ein Lauffeuer herum, vor allem bei Apothekern und Medizinern, denn diese wussten schließlich am allerbesten, was schlechter Brand bei den Patienten anrichten konnte. Seinen kleinen Neffen nahm er selbstverständlich nicht mit zu den Gewölben mit den bacchantischen Dämpfen, sondern nahm ihn nur mit in seine wohlriechende Kammer der Düfte.

Vor seiner Abreise hatte er die Lehrlinge schuften lassen, bis sie vor lauter Erschöpfung tatsächlich »Eau de vie« zur Belebung benötigten, aber stattdessen brühte ihnen Giovanni einen heißen, starken Kaffee und nahm dabei die duftige Mischung alkoholischer Ausdünstungen mit heißem Kaffeedampf wohlwollend zur Kenntnis. Niemals hätte er den Burschen die Destillen und den Wein in seiner Abwesenheit überlassen, lieber schickte er sie zu Baptist in den Laden, wo sie sich hoffentlich geschickt anstellen würden.

Als Giovanni gerade die letzte Flasche seines Lebenswassers sorgsam versiegelte, kam einer der Burschen, den er in den Hof geschickt hatte, um auf eine Lieferung zu warten, schreiend in das Gewölbe gestürzt. »Die Südfrüchte, die Südfrüchte sind da!«

Giovanni stellte die Flasche ins Regal und eilte nach oben. Es waren die letzten Kisten vor seiner Abreise. Der Händler stand erwartungsvoll neben seiner Lieferung und forderte seinen Preis. Doch wie immer ließ sich Giovanni nicht aus der Ruhe bringen, ließ die Kisten öffnen und überprüfte fast jede einzelne Pomeranze, Zitrone, Orange und vor allem die Bergamotten mit seiner Nase. Der Händler tippelte ungeduldig von einem Fuß auf den anderen. Er hatte gehofft, dass der andere Farina die Ware abnehmen würde und ihn anstandslos entlohnte.

Wenn er immer auf diesen Schnüffler treffen würde, hätte er die Farinas wahrscheinlich schon von seiner Kundenliste gestrichen – wobei das für seinen Ruf wohl auch nicht förderlich gewesen wäre. Dabei hatte er so anstrengende Kunden eigentlich gar nicht mehr nötig. Aber jetzt, wo er schon mal da war und die Kisten abgeladen hatte, konnte er sie schlecht wieder aufladen und weiterziehen.

Stoisch setzte Giovanni seine Arbeit fort, rieb an den Schalen, roch und sortierte in Windeseile, bis er schließlich zu seinem Urteil kam. »Fast die Hälfte der Früchte wurde zu früh geerntet, einige sind schadhaft und überhaupt nicht zu gebrauchen, manche von minderer Qualität und nur wenige wirklich erlesen. Wollen Sie, dass sich das herumspricht, oder können wir uns auf einen Preis einigen, der der Qualität der Ware entspricht?«

Mit diesen Worten und einem äußerst missbilligenden Blick ließ er die letzte geprüfte Pomeranze in die darunterstehende Kiste fallen und sah den Händler kritisch an. Dieser hatte geahnt, was ihm bei dem Parfümeur blühte, und akzeptierte ohne weitere Diskussion, denn er wusste genau, welche Berühmtheit die Nase dieses Farinas in Köln schon erlangt hatte. Es war eine Krux: Die Fratelli Farina nicht zu beliefern bedeutete fast schon ein Eingeständnis, dass man schlechte Ware hatte und sich der strengen Prüfung des Herrn Farina nicht unterziehen wollte. Belieferte man diese italienischen Krämer hingegen, lief man Gefahr, entweder keinen anständigen Preis für seine Ware zu bekommen oder seinen Ruf zu ruinieren. Die letzten Male hatte er Glück gehabt, dass der treuherzige Bruder die Ware anstandslos abgenommen hatte, weil der Parfümeur wohl nicht in der Stadt gewesen war. Der Händler ließ die Münzen in seinen Beutel gleiten und verschwand schlecht gelaunt.

Baptist hatte die Szene schmunzelnd von seinem Arbeitszimmer aus beobachtet, er wartete, bis der schmollende Pomeranzenhändler aus dem Hof verschwunden war, und gesellte sich dann amüsiert zu seinem Bruder. »Ich hoffe, den armen Händler hast du nicht ganz vergrault, erschlagen am Heumarkt möchte ich ihn auch nicht finden.«

Giovanni war noch ganz vertieft in die duftenden Pomeranzen und von Baptists Bemerkung ganz verwirrt. »Warum sollte er am Heumarkt erschlagen werden?«

»Nun, dieses Schicksal hat jedenfalls den Betrüger ereilt, dem du wegen der gepanschten Ambra ordentlich die Leviten gelesen hast. Erinnerst du dich nicht an Karneval, als du Levallé besucht hast und in einen Tumult am Dom geraten bist? Auf dem Rückweg hast du von der Kutsche aus gesehen oder gerochen, dass jemand niedergeschlagen wurde. Du hast jedenfalls sehr ausführlich von den Ereignissen berichtet. Am Heumarkt ist tatsächlich jemand niedergeschlagen worden. Wie es scheint, war es der Händler, der nicht nur uns seine gepanschten Waren andrehen wollte. Wer es war, ist noch nicht herausgekommen, aber ich glaube, die Untersuchungen wurden eingestellt. Es war eben nur ein Halunke, der in die Aufstände an Karneval hineingeraten war.«

Giovanni hielt beim Sortieren der Früchte kurz inne. »Erinnere mich nicht an diesen Tag. Und diesem Gauner weine ich ganz sicher keine Träne nach. Während meiner Abwesenheit kaufst du am besten keine Zutaten für unsere ›Eaux admirables‹

und schon gar nicht für mein ›Eau de Cologne‹, der Vorrat sollte reichen, bis ich zurück bin.«

Baptist nickte. »Sehr wohl, kleiner Bruder! Dein Auftritt an Karneval war immerhin für das Geschäft gut. Ganz Köln war von deinem Parfüm benebelt wie von Ambrosia. Tagelang haben die Kölner von dem göttlichen Duft geredet, der den Dom wie der Atem Gottes eingenebelt haben soll. Und sei ganz beruhigt, ich werde mir diesmal schon nichts andrehen lassen, kümmer dich um deine Früchte, und ich mach den Laden wieder auf.«

Bevor Giovanni etwas erwidern konnte, war Baptist schon durch die Hintertür im Haus verschwunden. Er zuckte mit den Schultern und widmete sich wieder seinen Pomeranzen. Es waren die letzten Früchte, die Giovanni extrahieren und destillieren würde, bevor er nach Paris reiste. In das Geheimnis dieser Prozedur weihte er die Lehrlinge noch nicht einmal ein.

Im Grunde war Giovanni ein misstrauischer Mensch, vielleicht konnte man auch sagen, die Welt habe ihn zu einem misstrauischen Menschen gemacht. Zu oft schon hatten windige Händler versucht, ihm übel riechende Fälschungen als vermeintlich edle Essenzen anzudrehen, Geraniumöl als Rosenöl, Fichtenharz als Weihrauch, Pasten aus getrocknetem Blut als Moschus, Pfeifenstrauch als Jasmin und so weiter. Es gab fast keinen teuren Rohstoff, dessen Fälschung Giovanni nicht schon angeboten worden war. Aber besonders schlimm war es mit Ambra. Obwohl Giovanni diesen schweren Modeduft nicht sonderlich mochte, wusste er dennoch die heilsame Wirkung von Ambra zu schätzen, und auch im Laden war das edle Odeur sehr gefragt. Genau wie bei den Scharlatanen unter den Händlern, die Ambra fälschten und dabei Dreck sprichwörtlich in Gold verwandelten.

Bei Giovanni hatten die Scharlatane keine Chance. Welch widerliche Mischungen ihm als Ambra feilgeboten worden waren, darüber konnte Giovanni nur die Nase rümpfen. Ambra, dieser Auswurf der Pottwale, den die Meeresgöttin sanft an den Stränden der südlichen Ozeane ablegte und der dort von der Sonne in eine duftende, heilsame und aphrodisische Substanz verwandelt wurde, war so begehrt und wertvoll, dass es für Halunken eine geradezu verlockende Herausforderung war, eine Fälschung zu kreieren. Mit Gips, Storax, tierischen Exkrementen, Zistrosenharz, Gummi, Reis und unzähligen anderen Substanzen wurde gemischt und gepanscht und das Ergebnis anschließend als edelstes Ambra angepriesen.

Von dem sagenumwobenen Mumia ganz zu schweigen. Er selbst hielt nichts von der angeblichen Wundermedizin aus zermahlenen ägyptischen Mumien, aber sein Bruder hatte darauf bestanden, das angebliche Allheilmittel im Laden zu führen. Die Leute waren ganz verrückt danach, und solange sein »Eau de Cologne« den Laden noch nicht tragen konnte, musste sich Giovanni bei der Wahl der Waren seinem Bruder unterordnen.

Für das Geschäft hatte Baptist eindeutig die bessere Nase, wobei das vielleicht die falsche Wortwahl war. Denn riechen konnte er es ganz gewiss nicht, schon gar nicht Mumia. Viel zu oft hatte sich Baptist gemahlenen Hühnerdreck oder Ähnliches, vermischt mit ein wenig Bitumen, als Mumia andrehen lassen. Giovanni hätte den Betrug natürlich sofort gerochen, und inzwischen waren die beiden Brüder übereingekommen, dass Giovanni die Nase möglichst in alle Waren hielt, die die Farinas für den Laden ankauften.

Daher konnten sich die Kunden der Fratelli Farina sicher sein, dass sie nur edle, echte Essenzen bekamen, und das war selbst in wirtschaftlich schwierigen Zeiten Gold wert. Denn die Reichen hatte die Not am wenigsten getroffen, und für sie war das Beste gerade gut genug. Und sie wussten, dass sie das bei den Fratelli Farina bekamen. Ja, selbst Apotheker, die sonst die Nase rümpften und kein gutes Haar an den Farinas ließen, kamen manchmal heimlich, wenn sie für ihre Rezepturen edelste Ausgangsstoffe benötigten.

Giovanni hatte daher dafür gesorgt, dass bis zu seiner Rückkehr der Vorrat an den verschiedensten Essenzen, Destillaten, Aromen und vor allem seinem »Eau de Cologne« ausreichen würde.

Bis zu seiner Abreise blieb nicht mehr viel Zeit, und er beeilte sich, die Agrumen zu extrahieren und zu destillieren. Das Schälen der Zitrusfrüchte überließ er noch den Lehrlingen, die er dabei streng überwachte. Die Extraktion übernahm er selbst und ließ alles in sein Labor bringen. Der Einzige, den er dabei duldete, war der kleine Johann. Für den Jungen war die mühsame Prozedur ein allergrößtes Vergnügen, und der sonst stets auf Effizienz achtende Giovanni gewährte seinem kleinen Schützling den Spaß, obwohl Johanns »Hilfe« ihn wertvolle Stunden kosten würde.

Giovanni hatte dafür gesorgt, dass der Kleine ein eigenes Schüsselchen, Schwämmchen und die Schalen von ein paar weniger edlen Agrumen bekam. Voller Eifer presste und quetschte der Kleine die Schalen mit dem Schwämmchen, dem er anschließend nur mühsam ein paar Tröpfchen Öl abringen konnte. Giovanni war in dieser Kunst inzwischen schon sehr geübt und konnte allein in der Geschwindigkeit mit den Herstellern in Kalabrien mithalten.

Ein paar Jahre lang hatte er versucht, das Öl direkt von den dortigen Herstellern zu beziehen, aber die Qualität war schauderhaft – was nicht an den kalabrischen Produzenten lag. Selbstverständlich hatte er zuvor die mühsame Reise nach Süditalien angetreten, sich vor Ort von der Qualität überzeugt und sich auch reichlich mit dem Öl eingedeckt. Aber er konnte schließlich nicht jedes Jahr bis an die Stiefelspitze reisen und ließ es sich liefern. Auf seltsame Weise schien sich jedoch das reine Bergamotteöl auf dem langen Weg von Kalabrien nach Köln regelrecht zu verwässern oder zumindest mit Neroli- oder Pomeranzenöl zu vermischen, manchmal gar mit Olivenöl.

Da Giovanni sich nicht mit minderer Qualität zufriedengeben wollte, hatte er beschlossen, fortan die Schalen selbst zu extrahieren. Anfangs war er wenig effektiv gewesen, aber mittlerweile rang er ihnen regelrecht den letzten Tropfen ab – was dem kleinen Johannes selbstverständlich nicht gelang. Aber nach getaner Arbeit war der Junge glücklich und stolz und roch wie eine frisch geerntete Pomeranze.

Das Fruchtfleisch und die ausgepressten Schalen wollte Giovanni nicht wegwerfen, und er destillierte anschließend alles zusammen zu einem erfrischenden Hydrolat. Das ganze Gewölbe roch dabei, als würde die Sonne leuchten, frisch, sauber und hell. Der kleine Johann war voll in seinem Element und klatschte in die Hände vor Freude. Er war überglücklich, dass er Giovanni helfen durfte, vor allem als er die letzten Tropfen des Zitronenwassers kosten durfte.

Johann war Giovanni so sehr ans Herz gewachsen, dass er immer öfter daran dachte, wie sehr er ihn auf seiner langen Reise vermissen würde. Es war das erste Mal, dass Giovanni eine solche Bindung zu einem Kind hatte – abgesehen von seiner kleinen Schwester Anna. Aber damals, als Anna gerade einmal drei Lenze zählte, war er ja selbst noch ein Kind gewesen, und trotzdem hatte er sich damals schon mächtig erwachsen gefühlt und wollte sie beschützen. Jetzt würde er sie endlich wiedersehen, und zu seinen wehmütigen Gedanken mischten sich die Sehnsüchte nach seiner kleinen Schwester und natürlich Antonia, die er stets mit sich im Herzen trug.

Verträumt, aber dennoch hoch konzentriert frischte Giovanni seine Reiseapotheke auf, bevor er irgendetwas anderes packte, und musste dabei an seine allererste große Reise, seine Kavaliersreise, denken, die ihm den Duft der Welt eröffnete und ihn vom Jungen zum Mann reifen ließ. Andächtig hatte er damals vor der Abreise seiner geliebten und inzwischen verstorbenen Großmutter Caterina dabei zugesehen, wie sie das wunderschöne hölzerne Kästchen mit seinen vielen Fächern, Vertiefungen und Schubladen mit zahlreichen Fläschchen wohlriechender Essenzen bestückt hatte. Und ein wenig hatte er das Gefühl, dass sie ihm jetzt aus dem Himmel wohlwollend zulächelte.

Seine jetzige Reise nach Paris verlief ohne nennenswerte Zwischenfälle. Obwohl Giovanni an sich sehr gern in der Welt unterwegs war und immer wieder neue Gerüche entdeckte, würde er sich wohl nie an die fremden Betten, Kammern und Ausdünstungen in den Gasthäusern gewöhnen. Er war froh, in Paris in der Rue Saint-Antoine im Stadtpalais von Levallé absteigen zu können. Levallé war nicht nur einer seiner wenigen Freunde überhaupt, er war neben Antonio Vivaldi auch der Einzige, der seine bis ans Schmerzliche grenzende Geruchsempfindlichkeit nicht nur respektierte, sondern auch verstand, und Giovanni sehnte sich schon nach seiner sauberen Kammer mit frischem, wahrscheinlich nach Neroli duftendem Wasser und peinlichst sauberen Laken.

So wie Giovanni eine Nase für Düfte hatte, hatte Levallé eine Nase fürs Geschäft, und seine enge Verwandtschaft zu der inzwischen leider verblichenen Louise de Vallière war dabei äußerst hilfreich gewesen. Anfänglich hatte Giovanni es anrüchig gefunden, dass Levallés Tante eine Mätresse des Königs gewesen war, aber mittlerweile hatte auch er begriffen, dass in Versailles andere Gesetze galten und Louise gar keine andere Chance gehabt hatte.

Levallés Freundschaft zu Giovanni war keinesfalls gespielt, dennoch konnte er nicht verleugnen, dass ihn das Geschäft lockte. Giovannis Düfte hatten ihn schon bezaubert, noch bevor er Giovanni überhaupt kennengelernt hatte. Als er vor etwa fünfzehn Jahren in Paris ein paar Handschuhe erworben hatte, war er so betört von dem Duft gewesen, dass er persönlich nach Grasse gereist war, um den Meister zu finden. Statt eines Meisters hatte er einen Jungen gefunden, der auf seiner Kavaliersreise bei einem Parfümeur in die Lehre ging. Er war damals auch noch jung gewesen, und sie hatten sofort Freundschaft geschlossen, aber Levallé hatte auch den Riecher für das Geschäft gehabt, das dieser unglaublich begabte junge Künstler bringen könnte.

Wären nicht Krieg, Hungerskatastrophen und noch ein paar sehr private Stolpersteine hinzugekommen, wäre Giovanni sicher schon längst Hoflieferant beim Sonnenkönig. Sicher genoss der Parfümeur des Königs einen ausgezeichneten Ruf, aber es gab durchaus Mittel und Wege, das Interesse des Herrschers zu wecken. Wahrscheinlich aber nicht mehr allzu lang, denn um den Gesundheitszustand des immerhin schon beinahe siebenundsiebzigjährigen Königs war es nicht zum Allerbesten bestellt.

Nun war Levallé ein hartnäckiger Mensch, und er hatte für Giovanni eine Audienz beim Sonnenkönig arrangieren können, was vielleicht auch daran lag, dass Levallé Giovanni mehr als Aromateur und Heilkundigen angepriesen hatte denn als Parfümeur, was er Giovanni noch schonend beibringen musste.

Einen Jungbrunnen hatte er angepriesen, den der charmante junge Italiener, der nun in Köln residierte, erfunden habe. Mit einem ähnlichen Trick hatte er bereits Giovannis Schwester Anna als Perückenmacherin in den Werkstätten des Louvre untergebracht. Denn in dieser Zeit gab es nichts, wonach die Reichen und Adligen sich mehr sehnten als nach der ewigen Jugend.

Das hätte er aber nicht getan, wenn er nicht gesehen hätte, welches Talent Anna in der Haarkunst hatte. Im Handumdrehen konnte sie den Damen der Gesellschaft aus deren eigenen Haaren Kunstwerke auf den Kopf zaubern, die jedem noch so prachtvollen Gewand die Schau stahlen. Gleiches wusste Anna auch mit totem Haarwerk zu bewerkstelligen und fertigte Perücken, die selbst dem unattraktivsten Grafen zu königlichem Glanz verhalfen. Aber zum Strahlen brachte die Pracht erst Giovannis Parfüm. Nur wenige Tropfen, dezent eingearbeitet in die Perücken und Frisuren, schenkten jedem Träger eine fast überirdische Aura und ließen die älteren Herrschaften weit jünger wirken, als sie waren.

Dabei war Levallés Hilfeleistung nicht ganz uneigennützig, doch die Provision, die er ausgehandelt hatte, beglich Anna mit Vergnügen, denn sie wusste, wem sie ihren Erfolg zu verdanken hatte. Als sie an der neuen Perücke für Giovanni gerade letzte Hand anlegte, wurde ihr wieder einmal bewusst, wie sehr sie ihn vermisste, und sie konnte es kaum abwarten, ihn am Abend wiederzusehen.

Giovanni ging es ähnlich, und er war sehr froh, dass er an seinem ersten Abend in Paris nicht gleich zu einer Gesellschaft oder einem Empfang musste. Zu viele Menschen strengten ihn stets an, natürlich vor allem die Gerüche, die sich bei einer solchen Ansammlung ventilierender Ausdünstungen ungewaschener, gepuderter und parfümierter Körper unweigerlich bildeten. Ohne einen Bisamapfel an seinem Gürtel oder Wams konnte er Räume oder Säle mit solch olfaktorischen Zumutungen gar nicht betreten. Antonia hatte ihm ein ganz besonderes Stück mit ihrer beider Initialen aus purem Gold fertigen lassen. Die Buchstaben umarmten das zarte Gitter, das so fragil schien wie die Bande zwischen den Liebenden, die immer wieder getrennt wurden. In das Innere des kugeligen Schmuckstücks füllte Giovanni selbstverständlich keinen »Bisam«, denn Moschus war ganz bestimmt kein Geruch, der ihm zu Wohlbefinden verhalf. Manchmal füllte er die Goldkugel einfach nur mit winzigen Stücken frischer Bergamotteschalen, ein anderes Mal waren es Bergkräuter aus seiner Heimat, aber meist nahm er einen winzigen Schwamm, den er mit seinem »Eau de Cologne« tränkte und in das Schmuckstück steckte.

Für den heutigen Abend würde Giovanni diese zusätzliche Duftquelle nicht benötigen, und er beließ sie in der kleinen Schatulle, in der er seinen goldenen Bisamapfel stets aufbewahrte. Nachdem er sich in seinem blitzsauberen Gästezimmer mit Neroli- und Pomeranzenwasser erfrischt hatte und in frische Beinkleider geschlüpft war, gab er nur ein paar Tropfen seines Parfüms auf seine Kleidung und schritt bestens gelaunt in den Salon seines Freundes Levallé.

Als er den erlesen eingerichteten und dekorierten Raum betrat, warteten nicht nur sein Freund Levallé und seine reizende Frau Helen, sondern auch seine Schwester Anna, die es nicht hatte erwarten können, Giovanni in die Arme zu schließen. Beinahe hätte sie ihr Glas fallen lassen, so eilig hatte es Anna, ihren großen Bruder zu herzen. Giovanni war ganz gerührt, wusste aber nicht so recht, wie er mit seinen sentimentalen Gefühlen umgehen sollte, und drückte seine Schwester nur kurz. Anna, die ihn kannte und liebte, wie er war, merkte zweideutig an: »Mein geliebtes Bruderherz, du hast dich überhaupt nicht verändert!«, bevor sie Giovanni den Gastgebern überließ. Während der wenig förmlichen, dafür umso herzlicheren Begrüßung der Freunde stand der livrierte Diener mit seinem silbernen Tablett und den kristallenen Gläsern darauf wie ein perfektes Accessoire im Eingang des Salons. Nun, da die wenigen Gäste versammelt waren, hüstelte der zurückhaltende Bedienstete, um seinen Herrn auf den perlenden Aperitif aufmerksam zu machen. Da Levallé allergrößten Wert darauf legte, dass dieses wunderbare Getränk möglichst kühl und frisch aus der Flasche getrunken werden sollte, reagierte er auch umgehend. Levallé nahm zwei

Gläser vom Tablett und reichte sie Anna und Giovanni mit den Worten: »Meine geschätzten Freunde, jetzt müssen wir erst einmal auf euer Wohl trinken«, bevor er seiner Frau ein Glas reichte und sich selbst eines nahm.

Giovanni roch genüsslich die erlesene Kombination der vergorenen Rebsorten mit der raffinierten Flaschengärung und war voll des Lobes. »Es geht nichts über einen edlen Champagner nach einer so anstrengenden Reise. Du kennst mich wirklich gut, Levallé. Er ist wirklich ausgezeichnet, blumig, leicht fruchtig, mit einer feinen Säure und sanften feinen Perlen. Das gibt es nur hier. Allein dafür lohnt die weite Reise.«

Levallé, der den Champagner nicht nur selbst liebte, sondern auch dabei den richtigen Riecher für das Geschäft hatte, antwortete lachend: »Mönche können doch auch überaus nützlich sein. Niemand kann einen besseren Champagner brauen als der alte Franziskaner Dom Pérignon. Wenn wir die Verkorkung noch ein wenig optimieren, können wir ganz Europa damit beglücken. Die Engländer sind ganz verrückt nach unserem perlenden Gold. Hoffentlich bleibt uns der alte Pérignon noch ein paar Jahre erhalten!«

Schmunzelnd fragte Giovanni: »Du hast dir den Handel nicht zufällig gesichert?«

»Du kennst mich mittlerweile zu gut, lieber Giovanni. Natürlich, und das wird ein glänzendes Geschäft werden, wenn wir den Transport in den Griff bekommen. Wir haben schon extra dickwandigere Flaschen herstellen lassen, mit einer formidablen Füllmenge, die gerade genug und nicht zu viel für einen Abend ist. Aber, wie gesagt, die Verkorkung ist noch nicht perfekt, wie Kanonen donnern die Korken noch zu häufig raus, obwohl wir schon mit Kordeln arbeiten. Aber auch dafür werden wir noch eine Lösung finden, das habe ich Pérignon versprochen. Die Methode wird er hoffentlich nicht mit ins Grab nehmen, dafür habe ich ihm versprochen, dass sein Name nie in Vergessenheit geraten wird. Aber lasst uns zu Tisch gehen, der Champagner regt schließlich nicht nur die Zunge, sondern auch den Magen an.«

Erst jetzt wurde Giovanni bewusst, dass er den ganzen Tag

nichts gegessen hatte, und er nahm die Aufforderung dankend an. Inzwischen waren auch die beiden Jungen der Levallés erschienen und kicherten mit Anna. Sie hatte die ersten Perücken für die beiden gefertigt, dabei war Paul erst acht und Peer gerade einmal sechs. Stolz wie Pfaue ließen sie sich von Anna das Haupt schmücken, wobei diese den beiden die Perücken zunächst einmal verkehrt herum aufgesetzt hatte, weshalb sie immer noch kicherten.

Eigentlich wäre es ja an Giovanni gewesen, Peer und Paul etwas mitzubringen, da er der Pate von Paul war und nicht Anna. Vor lauter Vorfreude hatte er es jedoch vergessen, sich überhaupt über die beiden Jungen Gedanken zu machen. Dabei hatte er sich fest vorgenommen, wenn schon nicht als Vater, dann wenigstens als Pate und Onkel vorbildlich zu handeln. Insgeheim musste Giovanni seinem Bruder zustimmen, dass es eigentlich gut war, dass er keine Kinder hatte.

Zu Tisch benahmen sich die Jungen vorbildlich, was vielleicht am strengen Blick von Helen Levallé lag, vielleicht aber auch nur an der guten Erziehung. Giovanni hatte nicht viel Erfahrung mit Kindern am Tisch. Seine Neffen waren meist schon zu Bett, wenn er zu Abend aß, und mittags blieb er gern für sich. Die Erwachsenen konnten sich jedenfalls vortrefflich unterhalten, und Giovanni merkte gar nicht, als das Kindermädchen die beiden Jungen still und leise von ihrer anstrengenden Tischhaltung erlöste. Statt der Nudeln mit Trüffel zur Vorspeise hatten die Kinder einen großen Teller mit dampfenden Erdäpfeln bekommen, die derzeit in Paris groß in Mode waren. Dazu gab es Speck und weißen Käse mit Kräutern, was die beiden Heranwachsenden mit Hingabe und in großen Mengen verspeisten, sodass für sie der erste auch der letzte Gang war und sie wohlgenährt den Tisch verließen, während für die Erwachsenen Wein, Brot und Gänsestopfleber als Zwischengang aufgetragen wurde.

Giovanni war so üppige Abendmahle nicht mehr gewohnt, aber er roch die erlesene Qualität der Speisen, die feinen Gewürze und die besten Trüffel, die er seit Langem gerochen hatte.

»Selbst bei unserem Sonnenkönig wirst du so erlesene Trüffel nicht bekommen. Aber du wirst morgen sehen, was in Versailles gereicht wird.«

»Morgen habe ich bereits eine Audienz beim König?«, warf Giovanni entsetzt ein, als er von dem Arrangement erfuhr, das Levallé für ihn schon am kommenden Tag mit dem Hof getroffen hatte. Dabei hatte Giovanni gehofft, morgen endlich Antonia zu treffen. Nein, eigentlich hatte er gehofft, dass er sie heute Abend schon bei den Levallés treffen würde. Da Giovanni nicht gewusst hatte, wann er eintreffen würde, und Antonia eine Einladung für den heutigen Abend nach Saint-Cloud von der Prinzessin Liselotte von der Pfalz erhalten hatte, war es Levallé selbst gewesen, der Antonia geraten hatte, die Einladung anzunehmen. Was er jetzt allerdings bitter bereute, als er seinen Freund so scheinbar verloren vor sich sah. Und die Audienz beim König war nun wirklich nicht zu verschieben.

Levallé, der Giovannis Gedanken erahnen konnte und seinem Freund ein paar unbeschwerte Tage mit Antonia von Herzen gegönnt hätte, aber seine ganzen Kontakte hatte spielen lassen müssen, um überhaupt eine Audienz bei dem König für Giovanni zu erwirken, erwiderte fast entschuldigend: »Es war leider kein anderer Termin möglich. Ich sehe deinen Augen an, wen du lieber getroffen hättest. Aber glaube mir, es war selbst für mich schwer, eine Audienz für dich zu bekommen.«

Giovanni nickte, schluckte und versuchte, sich darauf zu konzentrieren, was ihm am morgigen Tag bevorstand.

»Erzähl mir, wie er ist, der große König. Du hast ihm doch sicher schon mit deinem Champagner Aufwartungen gemacht.«

Levallé lachte. »Oh, erinnere mich nicht daran. Es ist schon einige Jahre her, und es war meine erste Audienz. Ich wusste natürlich von der schrecklichen Tortur, die dieser fürchterliche Kurpfuscher Dr. d'Aquin dem armen König angetan hatte. Dieser Scharlatan hatte dem König erzählt, dass es für seine königliche Glorie notwendig sei, ihm alle Zähne zu ziehen. Das muss man sich mal vorstellen! Ich begreife es bis heute nicht, warum der König, der sonst nicht zimperlich ist, was ungehorsame Untertanen betrifft, diesen Medicus nicht hat vierteilen lassen. Stattdessen soll er geantwortet haben, dass er für seine Glorie zu allem bereit sei, auch zum Sterben. Nun, diese Geschichte kennt hier jeder, aber über die Folgen war ich mir nicht bewusst. Selbstredend war er allein schon von dem Bouquet des göttlichen Champagners angetan, aber als er beherzt ein Glas hinunterstürzte, schäumte er aus seiner Nase heraus, als wäre er vom Teufel besessen. Ich erspare euch weitere Details, aber sei vorbereitet, das Odeur aus dem Schlund des göttlichen Königs riecht, als käme es direkt aus der Hölle. Aber wage nicht, einen seiner Leibärzte zu kritisieren, das darf nur Liselotte von der Pfalz – und das tut sie reichlich und oft –, für alle anderen ist eine solche Kritik lebensgefährlich.«

Giovanni nickte, und da er in Gedanken immer noch bei Antonia war, fragte er nicht weiter nach dem König, sondern nach der Pfalzprinzessin, die dem Herrscher näherstand als so manche Mätresse.

Noch als er überlegte, wie er das Thema wechseln konnte, ohne unhöflich zu wirken, warf Anna ein: »Liselotte von der Pfalz ist trotz ihres Alters immer noch eine wunderbare Frau.«

»Kennst du sie persönlich?«, fragte Giovanni erstaunt.

»Oh ja, sie hat einige Perücken für ihren missratenen Sohn bei mir bestellt, und glaube mir, ihre Zunge ist so spitz wie die Feder, mit der sie ihre unzähligen Briefe schreibt. Treffsicherer und unterhaltsamer geht es kaum, über die Maintenon, die gnädige Mätresse und heimliche Gattin des Königs, soll sie einmal geschrieben haben: ›Wo der Teufel nicht hingelangt, schickt er eine alte Frau‹, und ein anderes Mal: ›Sie ist eine alte Zott, eine Hexe und eine Rompompel.‹«

»Das gefällt mir fast noch besser«, warf Helen ein, und alle mussten herzlich lachen. Die Sympathien für die fast achtzigjährige Frau an der Seite des Königs hielten sich in diesem Kreis jedenfalls in Grenzen.

Die Pfalzprinzessin passt zu Antonia, dachte Giovanni: das Schicksal tapfer ertragen und sich nicht unterkriegen lassen. Ihm wurde ganz warm ums Herz, und er war froh, dass Antonia wenigstens einen interessanten Abend mit einer interessanten Dame verbringen würde.

10. KAPITEL

Elisabeth Charlotte, Prinzessin von der Pfalz, später Herzogin von Orléans, genannt Liselotte von der Pfalz (1652–1722), war die Schwägerin von Ludwig XIV. und Mutter des späteren Regenten Frankreichs, Philippe II. von Orléans.

Saint-Cloud bei Paris, 2. Mai 1715

Während der ganzen Fahrt von Paris nach Saint-Cloud hatte sich Antonia gegrämt und geärgert, dass sie nicht ihrem Herzen gefolgt war, sondern der Etikette. Gesellschaftlich wäre es ganz unmöglich gewesen, eine Einladung von Liselotte von der Pfalz auszuschlagen – der Schwägerin des Königs. Wer so weit gekommen war, sollte sich glücklich schätzen, vor allem wenn er aus einer zwar wohlhabenden, aber doch einfachen italienischen Kaufmannsfamilie kam. Sie hörte die Stimme ihres Vaters, als säße er neben ihr: »Die Einladung kannst du unmöglich ausschlagen! Giovanni kannst du später noch sehen.« Auch Levallé hatte ihr zugeredet, den Empfang auf keinen Fall abzusagen, und schließlich war sie selbst daran schuld, dass es überhaupt zu der Audienz gekommen war.

Hätte sie sich mit der Markgräfin in Durlach nicht so blendend verstanden gehabt, säße sie jetzt vielleicht gar nicht in der Kutsche. Selbstredend war auch die Markgräfin ganz hingerissen von Giovannis »Eau de Cologne« gewesen, und als Antonia leichtfertig behauptet hatte, dass Giovanni nur ein Entree am französischen Hof bräuchte, um erst den Hofstaat und dann die ganze Welt mit seinem Duft zu verzaubern, hatte die gute Magdalena Wilhelmine sofort mit einem »Nichts leichter als das« reagiert und auf die zerstörte Hälfte des Durlacher Schlosses gezeigt.

Antonia hatte zunächst überhaupt nicht verstanden, was das

Durlacher Schloss mit Giovannis Ambitionen am französischen Hof zu tun hatte, bis ihr dämmerte, dass es ja auf höchstpersönlichen Befehl des Sonnenkönigs im Pfälzer Erbfolgekrieg zerstört worden war. Gerade als sie darüber nachgegrübelt hatte, ob der Sonnenkönig deshalb vielleicht ein schlechtes Gewissen hatte und daher Markgräfin Magdalena keinen Gefallen abschlagen konnte, wurde sie von der Markgräfin, die scheinbar ihre Gedanken lesen konnte, unterbrochen. »Für mich würde Ludwig ganz sicher nichts tun, aber für seine Schwägerin Liselotte von der Pfalz würde er ganz sicher alles tun. Sie wird nie verwinden, dass der König in ihrem Namen, selbstverständlich ohne sie zu fragen, diesen schrecklichen Krieg angefangen hatte und dann auch noch ihre Heimat in Schutt und Asche legen ließ. Und nicht nur Liselottes geliebtes Heidelberger Schloss, du siehst ja die Trümmer hier. Die Ärmste hat so ein schlechtes Gewissen, dass sie alles in ihrer Macht Stehende tun würde, um uns zu helfen. Wenn ich ihr einen Brief schreibe, ist das wie eine Eintrittskarte zum Hof.«

Jetzt saß Antonia mit ihrer »Eintrittskarte zum Hof« in der Kutsche, fuhr an den Wasserspielen vorbei die opulente Auffahrt zum Schloss Saint-Cloud hinauf und dachte mürrisch, dass es eigentlich klar war, dass Levallé auch ohne ihre Hilfe für Giovanni eine Audienz beim König hatte erwirken können und dass ihr Besuch jetzt eigentlich völlig überflüssig war. Als sie davon gehört hatte, dass Giovanni eine Audienz bekam, wollte sie ihre Einladung bei Liselotte von der Pfalz eigentlich sofort absagen, doch Levallé hatte unermüdlich auf sie eingeredet, dass sie das unmöglich machen könne, bis sie nachgegeben hatte. Jetzt saß Giovanni allein bei Levallé, und sie musste diesen fürchterlichen Besuch über sich ergehen lassen. Das heißt, allein war Giovanni ja nicht, seine kleine Schwester war bei ihm. Aber sie war allein hier, dabei war sie einzig wegen Giovanni nach Paris gereist.

Trotzig wie ein kleines Kind und in Gedanken versunken, stieg Antonia aus der Kutsche, absolvierte alle Floskeln der Höflichkeit und stand unversehens vor der Gastgeberin.

»Herzlich willkommen, verehrte Gräfin Gondo, kommen

Sie herein und lassen Sie Ihre schlechte Laune draußen«, begrüßte sie die Herzogin von Orléans und Prinzessin von der Pfalz, ehe Antonia etwas sagen konnte. Antonia erschrak derart, dass sie auch jetzt nichts sagte. Sie hatte schon viel von der Spitzzüngigkeit der Prinzessin gehört, aber mit dieser treffenden Konfrontation hatte sie nicht gerechnet. Stammelnd und knicksend erwiderte sie nach einer Weile den Gruß und erfüllte die Förmlichkeiten.

Die Prinzessin winkte ab. »Bemühen Sie sich nicht, meine Liebe, ich werde mein Bestes tun, um Ihre Laune zu heben. Gelingt mir dies nicht, werden wir uns wohl nicht wiedersehen.«

Auch wenn dieses Versprechen fast wie eine Drohung klang, musste Antonia schmunzeln. So direkt und brüsk hatte sie noch nie jemand angesprochen, und sie nahm sich vor, sich allergrößte Mühe zu geben, die Prinzessin nicht zu enttäuschen.

Als sie vom Empfang in den Salon geführt wurde und der livrierte Diener ein Glas Champagner von diesem Mönch, auf den Levallé so schwor, reichte, fühlte sie sich auch schon ein wenig besser. Es waren anscheinend nur Damen geladen, statt in männlicher Begleitung waren fast alle in Begleitung ihrer Schoßhündchen. Die Abwesenheit der Männer schien die Konversation der Damen zu beflügeln, alle unterhielten sich angeregt, laut und amüsiert. Antonia schnappte den einen oder anderen Fetzen einer Konversation auf und konnte erahnen, dass es dabei im Wesentlichen um die zahlreichen Facetten der amourösen Fehltritte der ach so ehrenwerten Männer der Gesellschaft ging.

Noch während Antonia lauschte und das opulente Interieur mit üppig verzierten und teilweise mit Gold überzogenen riesigen Kristalllüstern, Ölgemälden, Spiegeln, Kommoden und Sesseln bewunderte, hatte sich die Gastgeberin unbemerkt zu ihr gesellt und riss Antonia aus ihren Gedanken. »Erinnert Sie das an zu Hause? Ihr Gatte hat sich hier einige Anregungen geholt, als er das Schloss erbaute.«

Antonia erschrak. Sie hatte keine Ahnung gehabt, dass Bernardo hier verkehrte, und fühlte sich einmal mehr fehl am Platz.

Die scharfsinnige Prinzessin, die schon ein königliches Alter von dreiundsechzig Jahren erreicht und nunmehr wenig gemein mit ihrem jugendlichen Konterfei auf dem Ölgemälde hatte, legte beschwichtigend ihre Hand auf Antonias Schultern. »Wenn Ihr Gatte hier ist, ist er nicht mein Gast, sondern der Gast meines missratenen Sohnes. Wir können uns unser Leben nicht immer aussuchen. Madame sein ist ein elendes Handwerk, das wir uns so gewiss nicht ausgesucht haben. Sie, verehrte Gräfin, sind ja noch freiwillig in Ihr Unglück gelaufen, wobei eine arglistige Täuschung dem Wort ›freiwillig‹ auch seinen Sinn nimmt. Kommen Sie zu Tisch und setzen Sie sich an meine Seite.«

Es war selten, das Antonia um Worte ringen musste, aber diese Frau brachte sie einfach aus der Fassung. Sie hatte sich schon die Sätze für die höfliche Konversation zurechtgelegt gehabt, doch diese waren ihr nicht nur entfallen, sie hatte auch das Gefühl, dass diese Phrasen hier völlig unangebracht wären. Stattdessen erinnerte sie sich an ihr Gastgeschenk und versuchte, mit Giovannis »Eau de Cologne« elegant das Thema zu wechseln, während sie sich neben der Gastgeberin an den Tisch setzte und dabei umständlich Giovannis Rosolie aus ihrem Beutel kramte.

»Es ist der Duft, der mich am Leben hält, Erinnerungen weckt und böse Geister vertreibt. Ich hoffe, es belebt Sie, verehrte Prinzessin, ebenso wie mich«, war Antonias Erwiderung auf die Ausführungen der Prinzessin, ohne die misslichen Gatten oder Söhne auch nur zu erwähnen und damit zu würdigen. Dabei war es nicht so, dass sich Antonia nicht dafür interessiert hätte, was an Liselottes Sohn und damit auch dem Neffen des Königs so missraten war. Vielleicht hätte sie sich doch mehr für die Intrigen und Missstände am Hof interessieren sollen. Jetzt kam sie sich wie ein kleines Dummchen vor, alle wussten Bescheid, was vor sich ging, offensichtlich auch über ihre Ehe und ihren Gatten, und sie hatte keine Ahnung. Mit Giovannis »Eau de Cologne« begab sie sich erst einmal auf sicheres Terrain, und die Prinzessin und ihre Gesellschaft für das wunderbare Parfüm zu begeistern war ja auch der Grund ihrer Anwesenheit.

Liselotte von der Pfalz gefiel der Themenwechsel, ebenso Antonias jetzt fast dreiste Direktheit. Mit unerwarteter Vertraulichkeit ging sie darauf ein. »Nennen Sie mich Liselotte, meine Liebe. Ich habe schon so viel von diesem außergewöhnlichen Wässerchen Ihres anvertrauten Italieners gehört. Seine Nase ist in Köln fast so legendär wie der Dom, hat mir Anna Maria geschrieben, und dass es ein wahrer Jungbrunnen ist. Das kann ich wahrlich brauchen.«

Ohne eine Antwort von Antonia zu erwarten, nahm sie die Rosolie und öffnete sie. Als sie ein paar Tropfen auf ihr Taschentuch gab und den Duft inhalierte, erschrak sie fast. »Das ist so anders, so frisch, so ehrlich und unverkrampft – wunderbar! Fast befreiend von den klebrigen Düften des Alltags hier – und es erinnert mich an meine Heimat«, sagte sie und sog noch einmal tief das Odeur von Giovannis »Eau de Cologne« ein. Wobei Giovanni ja eigentlich einen Duft kreiert hatte, der ihn an seine und Antonias norditalienische Heimat erinnern sollte. Aber vielleicht hatte sie ja auch noch die Frische der Wiesen und Wälder ihrer Pfälzer Heimat in Erinnerung, die in den schweren königlichen Gemäuern so ganz und gar fehlte.

Für Antonia war die Begeisterung für Giovannis »Eau de Cologne« keine Überraschung, es belebte die Menschen wie die Musik von Antonio Vivaldi. Was sie viel mehr überraschte, war, wie gut die Prinzessin über alles informiert war. Natürlich wusste Antonia, dass Liselotte von der Pfalz eine Cousine von Jan Wellem und dadurch auch mit Anna Maria de' Medici verwandt war und überhaupt mit dem gesamten Hochadel Europas. Wie ein Köder war sie dem König zum Fraß vorgeworfen worden, mit neunzehn hatte sie seinen weibischen Bruder heiraten müssen, damit die Pfalz aus der Schusslinie des Königs geriet. Aber kaum war Liselottes regierender Bruder gestorben, hatte der König auch noch in ihrem Namen Anspruch auf die Pfalz erhoben. Liselotte wäre zwar liebend gern wieder in ihr geliebtes Heidelberger Schloss zurückgekehrt, aber nicht als Marionette der französischen Krone und schon gar nicht mit kriegerischen Maßnahmen gegen ihr Volk.

In Schutt und Asche hatte er ihr geliebtes Heidelberger Schloss und die halbe Pfalz gelegt, außerdem die Kriegsschatulle bis auf den letzten Livre gelehrt. Von »Loch in der Kriegskasse« konnte schon gar keine Rede mehr sein, es war ein ganzer Abgrund, der sich beim Blick auf die Finanzen der königlichen Schatulle auftat, genau wie die Schatulle an Liselottes Hof, doch darum kümmerte sich ihr Sohn Philippe von Orléans, der ganz offensichtlich in engem Kontakt zu Bernardo stand. Kein Wunder, dass jetzt selbst ein reicher Emporkömmling wie Bernardo am königlichen Hof willkommen war. Vielleicht war es doch ganz interessant, ein wenig mehr über die Machtspiele am Hof zu erfahren, dachte Antonia und betrachtete dabei Liselotte, wie sie matronenhaft in ihrem königlichen Umhang auf dem üppigen Sessel thronte und versonnen an Giovannis Duft schnupperte.

»Der Duft erhält die Jugend und schärft die Sinne, erfrischt und reinigt«, warf Antonia ein, während eine frühlingshafte Kressesuppe aufgetragen wurde.

Jetzt hatte Antonia, oder eher Giovannis Duft, die Aufmerksamkeit aller Damen, die sich geradezu darum rissen, auch einen Tropfen zu ergattern. Manche träufelten gar etwas auf die Mähne ihres Schoßhündchens.

»Oh, Titti, möchtest du auch ein Tröpfchen von diesem Wunderwasser?«, fragte Liselotte mit einer für ihr Alter sehr piepsigen Stimme scheinbar ihren Schoß. Erst jetzt sah Antonia, dass sich auch auf dem Schoß der Prinzessin ein kleiner brauner Hund verbarg. Seine zotteligen langen Ohren breiteten sich wie ein Teil ihres Umhangs über dem Gewand aus, und der Rest des Tiers verschwand überwiegend unter den wallenden Stoffmengen. Anscheinend hatten alle Damen ihre Hündchen auf dem Schoß. Giovanni wäre entsetzt gewesen, er konnte den penetranten Hundegeruch nicht ausstehen, schon gar nicht am Tisch. Liebevoll wie ein Baby tätschelte Liselotte das Tier und ließ es mit seinem Näschen an ihrem mit »Eau de Cologne« beträufelten Taschentuch schnuppern.

»Haben Sie es gesehen? Auch Titti ist begeistert!«, rief Liselotte daraufhin begeistert in die Runde, und Antonia dachte nur: Gut, dass Giovanni nicht hier ist …

Auch während des Diners wanderte regelmäßig das eine oder

andere Bröckchen auf die Schöße der Damen oder eher in die Mäuler der Schoßhunde. Das Bild mit dem Baby war falsch, dachte Antonia, es erinnert eher an Mädchen mit Puppen, auch wenn die Damen das kindliche Alter schon Jahrzehnte überschritten hatten.

»Ach Kindchen, Hunde sind so tröstlich, gerade wenn man mit Männern geschlagen ist, die Sodom und Gomorrha ihr Zuhause nennen könnten. Ihr Gatte scheint den Orgien ja auch nicht abgeneigt zu sein, was man so hört. Ich kann Ihnen nur sagen, so ein treuer Vierbeiner tröstet in allen Lagen des Lebens. Nun könnte man meinen, dass ich jetzt ein Leben als lustige Witwe führe. Nein, meine Liebe, ich bin abhängig von den Almosen meines Sohnes, fern der Heimat und gefesselt in den Intrigen am Hof. Dass ich noch lebe, habe ich nur dem König zu verdanken. So schlimm es auch ist, was er mir und allen Pfälzern angetan hat, er hält eine schützende Hand über mich. Aber nur, weil er weiß, dass ich Einfluss auf meinen Sohn habe und ihn in Schach halte.«

Antonia war ein wenig überrascht über die Offenheit der Prinzessin und erwiderte vorschnell und ein wenig über sich selbst verwundert: »Sie scheinen nicht viel von Ihrem Sohn zu halten.«

Liselotte machte eine wegwerfende Bewegung mit der Hand, bevor sie antwortete: »Das ist kein Geheimnis. Nachdem er die Tochter der Montespan, diesen Bastard aus doppeltem Ehebruch, gegen meinen Willen geheiratet hat, ist unser Verhältnis an einem Tiefpunkt angelangt. Das ist jetzt schon bald zwanzig Jahre her, und unsere Beziehung ist seither keinesfalls besser geworden. Mein Sohn führt genauso ein Lotterleben wie sein Vater, nur dass er sich weniger für Mannsbilder interessiert, sogar seine Tochter, meine Enkelin, nimmt er mit zu seinen Orgien. Ich frage mich manchmal, ob er auch so gottlos geworden wäre, wenn ich mich mehr um ihn gekümmert hätte. Aber die Kinder waren mir ein Graus, von der Zeugung angefangen. Sie sind noch so jung, liebe Antonia, lassen Sie sich einen Rat geben: Nutzen Sie das Geld Ihres Gatten klug für sich und gönnen Sie sich Zeit für Ihre Vergnügen.«

Das Gerücht über Philippe II. von Orléans und seiner Liaison mit der eigenen Tochter war zwar hinter vorgehaltener Hand auch schon zu Antonia vorgedrungen, aber es aus dem Mund der Mutter des Herzogs zu hören war etwas anderes. Sie hatte auch nie recht glauben wollen, dass Liselottes Mann, der eigene Bruder des strahlenden Sonnenkönigs, einen so unmoralischen Lebenswandel geführt hatte. Statt den Degen zu schwingen, soll er im Kindesalter in Mädchenkleidern durchs Schloss flaniert sein und nur mit Puppen gespielt haben. Später soll er seine amourösen Liebespfeile vor allem auf blutjunge Knaben gerichtet haben. Levallé hatte einmal gesagt: »Besser konnte man ihn nicht von seinem Bruder als Konkurrenten fernhalten.«

Mit neunzehn hatte Liselotte den Prinzen, der sich dann immer noch mit Vergnügen auf jeden Knaben gelegt haben soll, aber niemals freiwillig auf eine Frau, heiraten müssen. Mit welcher Tortur die gemeinsamen Kinder dann doch zustande gekommen waren, wollte sich Antonia lieber nicht ausmalen. Es war der Prinzessin mehr als deutlich anzumerken, dass sie dieses gottlose Treiben am französischen Hof nicht ausstehen und niemals akzeptieren konnte.

Hätte Antonia die Prinzessin vor ihrer Ehe gekannt, hätte sie ihr auch ganz sicher sagen können, dass weder Vivaldi noch ihr geliebter Giovanni zu den Männern gehören, die das eigene dem weiblichen Geschlecht bevorzugen. Dass sie auf dieses von Bernardo lancierte Gerücht reingefallen war, hatte ihr Leben zerstört. Mit der Zeit hätte sich das Missverständnis aufgeklärt, wenn sie nicht auf Bernardos gleichzeitiges Brautwerben hereingefallen wäre. Und jetzt war sie an die Ehe gekettet, Last und Liebe zugleich. Denn die Kinder, die sie auch für Giovanni niemals im Stich lassen würde, waren ihr größtes Glück. Daher antwortete sie auf den Rat der Prinzessin: »Ich werde ganz sicher viel in die beste Bildung und Ausbildung meiner Kinder investieren.«

Mit einer mütterlichen Geste legte die betagte Prinzessin ihre Hand auf Antonias Schulter und schüttelte lächelnd den Kopf, während sie antwortete: »Liebes, vergessen Sie dabei nicht sich selbst und wählen Sie den richtigen Umgang für Ihre Kinder. Meinen Kindern hat es ganz sicher an nichts gemangelt, und sie haben die beste Ausbildung genossen, die Europa derzeit zu bieten hat. Doch ich kann leider nicht behaupten, dass ich glücklich darüber bin, was aus meinen Kindern geworden ist.«

Das war auch etwas, was Antonia zunehmend beschäftigte: Hatte sie überhaupt Einfluss darauf, was aus ihren Kindern werden würde, oder war bei einem solchen Vater das Schicksal nicht schon vorbestimmt? Doch trotz aller Zweifel klammerte sie sich nach wie vor an die Kraft der Liebe und die Gnade Gottes und antwortete fast trotzig: »Ich bin sicher, wenn ich meinen Kindern, solange sie klein sind, meine ganze Liebe angedeihen lasse, wird Gott ihnen später den richtigen Weg weisen.«

Liselotte spitzte ihren faltigen Mund und gab ein wenig pikiert zurück: »Nun, dann habe ich wohl versagt. Wie alle wissen, ist mein Sohn so gottlos, wie ihn der Teufel sich wünschen würde, sein Körper erliegt jeder Versuchung, die sich bietet, aber sein Verstand ist scharf wie ein Messer. Meine Tochter hingegen war ein so unschuldiger, frommer, überirdisch schöner Engel wie Sie, meine Liebe, als sie voll freudiger Erwartung Herzog Leopold das Ehegelübde aussprach. Aber der Herzog demütigte sie und machte aus ihr eine fette, unglückliche Matrone. Elisabeth hat auch all ihre Liebe den Kindern geschenkt, gedankt hat es ihr keiner. Passen Sie also auf sich auf, meine Liebe.«

Die anderen Damen tratschten und amüsierten sich, warfen hier und da eine galante Bemerkung über den mehr oder weniger jungen Nachwuchs ein und waren sich einig darin, dass ihre Hündchen doch die treuesten Begleiter waren. Einige gaben Antonia diverse Ratschläge, wo sie die edelsten Welpen beziehen könnte, während sie ihre Lieblinge zwischendurch immer wieder auf die Schnauze küssten. Antonia war von diesem intimen Gehabe mit den Hunden ein wenig angewidert und versuchte, das Thema zu wechseln, obwohl sie wusste, dass sie sich damit auf ein gefährliches Terrain begab. »Ich werde darüber nachdenken, Ihre Hunde sind wirklich ganz entzückend. Um mich in Frankreich in der Gesellschaft besser bewegen zu können, würde ich Sie auch gern besser verstehen. Es scheint mir so fremd, was Sie mir erzählen. Warum werden Andersgläubige verfolgt, während die Gottlosen Hof halten?«

Die spitzzüngige Prinzessin musste laut loslachen. »Trefflich, meine Liebe, äußerst trefflich. Sie müssen nur katholisch getauft sein und die heilige Kommunion empfangen haben, dann können Sie leben wie der Teufel auf Erden, Bacchanten huldigen, Amors Pfeile verschießen und das Volk mit den Füßen treten. Meine Tochter Elisabeth hat sich nie mit der strengen Etikette und den gleichzeitig lasterhaften Gepflogenheiten am Hof anfreunden können und kann es bis heute nicht, während ihr Bruder den Lastern frönt, als wären sie für ihn geschaffen.«

»Aber nach allem, was man hört, wird er bald die Geschicke Frankreichs lenken. Um die Gesundheit des Königs ist es nicht zum Besten bestellt, sein Nachfolger soll sein gerade mal fünfjähriger Enkel werden, und Ihr Sohn, verehrte Prinzessin, soll sein Vormund werden. Wird das orgiastische Treiben dann zur Etikette am Hof?«

Antonias vorwitziges, fast unziemliches Fragen war nicht nur ihrer Neugierde geschuldet, sie machte sich tatsächlich zunehmend Sorgen um ihren Sohn. War es doch das Größte für einen jungen Mann aus Adelskreisen, für den letzten Schliff seiner Erziehung an den französischen Hof zu gehen und anschließend in Paris zu studieren. Dieses Privileg war eines der wenigen Dinge, die Antonia bislang immer zu schätzen wusste an ihrer Ehe mit Bernardo Graf Gondo. Doch je mehr sie über den französischen Hof in Erfahrung brachte, umso mehr zweifelte sie daran, dass dieses Privileg tatsächlich wünschenswert war. Etwas beruhigt nahm sie die Antwort der Prinzessin zur Kenntnis: »Dass es nicht wo weit kommen wird, dafür werde ich, solange ich lebe, ganz sicher sorgen. Das habe ich dem König versprochen, und noch lebt der König, und das hoffentlich auch noch ein paar Jahre, damit der kleine Ludwig seine Kindheit noch ein bisschen genießen kann, aber vor allem beten Sie zu Gott, dass er gesund bleibt und ihn nicht das gleiche Schicksal ereilt wie seine Eltern, Geschwister, Großeltern, Onkel und

Tanten. Ja, Thronnachfolger zu sein kann manchmal sehr ungesund sein – wenn Sie verstehen, was ich meine.«

Antonia nickte vielsagend, sie hatte von Levallé gehört, dass gemunkelt wurde, nicht jeder mögliche Thronfolger wäre eines natürlichen Todes gestorben, und Liselottes Vorgängerin soll von ihrem eigenen Mann ermordet worden sein, dem Bruder des Königs und späteren Gatten von Liselotte. Die Giftmischerin La Voisin soll den ganzen Hofstaat beliefert haben, auch die damalige Mätresse des Königs, die Montespan. Die La Voisin war in Frankreich so gefürchtet wie die Gräfin Tufania in Italien. Am französischen Hof hatte der König irgendwann dem Treiben ein Ende gesetzt und eine Untersuchungskommission eingesetzt, es wurden Hunderte Beteiligte festgenommen. Aber der König hatte längst nicht alles aufdecken lassen, sonst wäre der Respekt vor dem Hof endgültig dahin gewesen. So liefen auch heute noch Intriganten und Attentäter am Hof herum. Scherzhaft nannte Liselotte die Giftmischungen »Erbschaftspulver«.

Antonia nickte noch einmal, bevor sie antwortete: »Es wäre eine Katastrophe, wenn dem Dauphin etwas zustoßen würde. Der nächste Erbfolgekrieg wäre vorprogrammiert. Niemand in Europa kann jetzt noch einen Krieg wollen, alle sind geschwächt.«

Die Prinzessin sah Antonia fest in die Augen. »Sie sind eine kluge Person, Antonia. Nutzen Sie Ihre Stellung, um Einfluss zu gewinnen.«

»Ich weiß nicht, was Sie meinen, verehrte Prinzessin.«

»Ihr Mann ist zwar nur ein Graf von zweifelhafter Herkunft, aber so unglaublich reich und dadurch auch einflussreich, dass er die Politik mehr beeinflusst, als Sie glauben. Er hat einen Mann aus England geholt, John Law, und will mit ihm die gesamte Wirtschaftspolitik von Frankreich umkrempeln. Er geht beim König ein und aus. Ich weiß nicht genau, was die beiden vorhaben, mein Sohn weiß da sicher mehr, die beiden sind sehr eng befreundet. Ihr Gatte stopft die finanziellen Löcher meines Sohnes und bekommt dafür den Einfluss am Hof, den er braucht. Was die beiden sonst noch verbindet, möchten Sie und ich gar nicht wissen. Bei den Geschäften geht es auf jeden Fall um Geld und Macht, die Kolonien und ganz neue Werte, Schuldscheine, Beteiligungen, gar Geld auf Papier. Ich bin zu alt, um das alles zu verstehen und mich einzumischen, aber Sie sind jung, Ihr Gatte ist großzügig, beliebt und gewährt Ihnen sogar einen Liebhaber. Es gibt einige Damen, die Sie um diesen Mann beneiden. Schauen Sie mich an.« Die Prinzessin zeigte auf den Schmuck an ihrem Hals, bevor sie fortfuhr: »Billiger Klunker. Als mein schändlicher Gatte das Zeitliche segnete, hatte er so viel Schulden gemacht, dass ich sogar meine edlen Juwelen und den Familienschmuck verkaufen musste.«

Mit einer abwertenden Handbewegung versuchte Prinzessin Liselotte das Gesagte wegzuwischen und ergänzte: »Aber ich will nicht klagen. Der Dauphin ist jetzt das Wichtigste in meinem Leben, und ich werde mich um ihn besser kümmern als um meinen eigenen Sohn. Aber, sagen Sie, dieser göttliche Duft, dieser Jungbrunnen von Ihrem italienischen Liebhaber, ist der auch eine gute Medizin?«

Antonia war dankbar, dass die Prinzessin so lange geredet hatte, sonst hätte sie bemerkt, wie Antonia nach Luft geschnappt hatte, als sie sagte, wie beliebt ihr Gatte war, und die gesamte Damenrunde ihr auch noch wortreich zugestimmt hatte. »Oh ja, was für ein wunderbarer, charmanter Mann«, »Sie sind ein Glückskind, Gräfin Gondo« oder »Sie sind zu beneiden, verehrte Gräfin«, waren die Worte, die in Antonias Ohr drangen, aber nur schwer zu ihr vor. Sprachen die Damen wirklich von ihrem Mann, Bernardo, dem selbst ernannten Grafen Gondo. Antonia konnte es sich nicht vorstellen, es musste sich um eine Verwechslung handeln. Sie versuchte, die Bemerkungen zu ignorieren und sich auf die Frage der Gräfin zu konzentrieren. »Farinas ›Eau de Cologne‹ ist in jeder Hinsicht ein Jungbrunnen und Lebenselixier, auch wenn der Künstler bevorzugt, dass sein Elixier ad decorum, als reines Parfüm, den Körper veredelt, möchte ich Ihnen doch die heilsame Wirkung nicht verschweigen. Es reinigt, verjüngt und beugt Krankheiten vor, auch innerlich.«

Die Prinzessin nickte und hakte nach: »Würden Sie es einem Knaben geben?«

Antonia war über die Frage erstaunt, antwortete aber sogleich: »Warum nicht? Aber nur sehr vorsichtig dosiert. Ist es Ihnen für den eigenen Gebrauch nicht edel genug?«

»Nein, nein, nein, verehrte Antonia, so war das nicht gemeint. Ich sorge mich nur um den Dauphin. Die vielen Aderlässe treiben ihn eher in den Tod als auf den Thron. Ich brauche ein Lebenselixier für den künftigen König, und Ihr ›Eau de Cologne‹ scheint mir das Richtige zu sein.«

Es war mehr, als Antonia erhofft hatte für diesen Abend, die Prinzessin wollte Giovannis »Eau de Cologne« gar für den Thronfolger, und Giovanni würde womöglich noch Hoflieferant am französischen Hof werden. Doch trotz des Erfolges wollte sich bei Antonia kein Glücksgefühl einstellen. Schal durchdrang der Gedanke an Bernardo und seine angebliche Beliebtheit ihren Kopf. Und hatte sie nicht die Gräfin von Anjou, die ihr genau gegenübersaß, erröten sehen? Als Antonia darüber nachdachte, dass Bernardo die Damen des französischen Hochadels womöglich beglückte, bohrte sich ein hauchdünner Stachel der Eifersucht in ihr Fleisch, was sie weit mehr erschreckte als die ertappte Gräfin von Anjou.

Den Rest des Abends verlor sich Antonia in belanglosem Getratsche über die verschiedenen Höfe, die Mode, die Musik und diverse Gerüchte. Ihre Gedanken waren jedoch bei Giovanni, den sie morgen endlich wiedersehen sollte. Das heißt, die meiste Zeit waren ihre Gedanken bei Giovanni, denn immer wieder mischte sich ihr Ehemann in ihre Gedankenwelt.

11. KAPITEL

Sonnenfinsternis

Am 3. Mai 1715 gab es in weiten Teilen Europas und Nordamerikas eine totale Sonnenfinsternis, die von dem Astronomen Edmond Halley (1656–1741) genau vorhergesagt worden war.

Versailles, 3. Mai 1715

Giovanni und Levallé waren vor Sonnenaufgang nach Versailles aufgebrochen. Die Audienz war zwar erst für die zwölfte Stunde angesetzt, aber man wusste ja nie, was einen unterwegs aufhielt. Doch die Fahrt verlief ruhig. Bis Sèvres nahmen sie ein Schiff und von dort eine Karosse. Gerade als sie in Sèvre anlegten, kroch die Sonne über den Horizont und tauchte die trübe Seine in ein fast goldenes Licht. Giovanni genoss die frische, kühle Morgenluft und sog genüsslich den Duft des Flieders ein, der in jedem hochherrschaftlichen Garten jetzt seine Blütentrauben in voller Pracht entfaltete.

Es war ein Duft, der Sehnsucht nach Antonia in ihm weckte. Am liebsten hätte er den Kutscher umdirigiert und über Saint-Cloud nach Versailles fahren lassen oder wäre gleich auf dem Schiff geblieben. Seine Liebste war so nah, und er sollte an ihr vorbeifahren, nur wegen des Geschäfts. Giovanni war es manchmal so leid. Er hatte das Gefühl, dass sein Leben an ihm vorbeizog, während er sich in seinen Düften und vor allem dem Geschäft mit dem Duft verlor. Doch ohne Erfolg hatte er nichts, was er Antonia bieten konnte. Aber was, wenn er über seine Bemühungen alt, grau und faltig wurde? Sehnsüchtig hielt er seine Nase aus der Karosse, als könnte er dabei einen Hauch von Antonia erhaschen.

Levallé kannte den sehnsüchtig-melancholischen Blick seines Freundes und riss ihn aus seinem Schmachten. »Ich glaube nicht, dass wir bei Liselotte von der Pfalz zum Frühstück erwünscht wären, bis auf das Personal sind nur Damen im Haus. Du wirst Antonia wahrscheinlich schon heute Nachmittag im Schloss treffen. Konzentriere dich jetzt auf deine Audienz beim König.«

Giovanni erschrak, wurde er doch jäh in seinen süßen Träumereien unterbrochen. Ein wenig mokiert gab er zurück: »Kannst du Gedanken riechen? Saint-Cloud liegt nur einen Steinwurf entfernt, wir hätten auch von dort eine Kutsche nehmen können, es wäre kaum ein Umweg gewesen.«

Levallé verdrehte die Augen. »Wenn einer Gedanken riechen könnte, dann wärst du es, lieber Giovanni. Aber ich kenne dich nun schon eine Weile, und es ist dir unschwer anzusehen, an was und wen du gerade denkst. Wir sind aber weder dort angemeldet, noch wäre es mit einer halben oder ganzen Stunde getan, wenn wir einen Abstecher zum Schloss Saint-Cloud gemacht hätten. Du bist wahrlich nicht der Einzige, der nicht mit seiner großen Liebe vermählt ist. Selbst der König durfte seine Auserwählte nicht heiraten. Auch Maria Mancini musste einen ungeliebten Mann heiraten. Als sie vor ihm floh und den König aufsuchen wollte, bekam sie noch nicht einmal eine Audienz. Es heißt, die Montespan habe dafür gesorgt. Entweder hatte der König Angst, dass die Mancini auch einem der Giftanschläge zum Opfer fallen würde, wenn sie ihm zu nahe käme, und er hat sie deshalb weggeschickt, um sie zu schützen, oder die Montespan hatte den König unter Druck gesetzt. Ich glaube, es war das gleiche Jahr, in dem der König die Giftaffäre untersuchen ließ. Von der unglücklichen Liebe von Prinzessin Liselotte brauche ich dir wahrscheinlich nichts zu erzählen, die Details sind hinreichend bekannt. Du befindest dich also in bester Gesellschaft, wenn es darum geht, mit der großen Liebe nicht das Leben zu teilen.«

Giovanni schüttelte den Kopf. »Levallé, ich weiß, dass du mich nur trösten willst – aber ich bin kein König und auch kein Prinz, lediglich ein kleiner Kaufmann, der nur rechtzeitig um die Hand seiner Angebeteten hätte anhalten müssen. Nichts und niemand hätte uns daran gehindert, eine glückliche Ehe zu führen.«

Levallé winkte ab. »Die meisten Ehen, die ich kenne, die aus Sehnsucht geschlossen wurden, waren nach ein paar Jahren auch nicht mehr glücklich – von meiner vielleicht mal abgesehen. Es ist doch wundervoll, wie ihr nach so vielen Jahren noch immer so verliebt sein könnt. Vielleicht hat es auch sein Gutes, dass ihr Tisch und Bett nicht teilt.«

Der grimmige Blick, den Giovanni seinem Freund zuwarf, sprach Bände. Zustimmung war darin ganz sicher nicht zu lesen, was auch Levallé mehr als deutlich verstand und beschwichtigend fortsetzte: »Hör auf, dir Schuld zu geben und mit der Vergangenheit zu hadern, schließlich hat Antonia Bernardo geheiratet und nicht du irgendjemanden. Natürlich hätte sie dies niemals getan, wenn sie nicht geglaubt hätte, du wärest an die Männerwelt verloren. Aber auch dafür können weder du noch Antonia etwas. Es ist alles Bernardos Schuld, und wenn Antonia keine Kinder hätte, wäre sie längst bei dir in Köln. Sei gewiss, sobald Anton in einer Ritterakademie und Anna in einer Klosterschule ist, wird sich Antonia bei dir in Köln niederlassen. Sie kann auch bei uns wohnen, du weißt, unser Haus ist groß genug. Aber jetzt konzentriere dich auf den König, wir sind gleich da.«

Vielleicht war Giovanni wirklich zu ungeduldig. Levallé hatte recht, eigentlich ging es ihm gut, er liebte seine Arbeit, und die Treffen mit Antonia erfüllten ihn für Wochen mit Glück und Liebe. Gedankenverloren sah Giovanni aus dem Kutschfenster und erblickte die Fassade von Versailles, die in der strahlenden Morgensonne des klaren Maitages fast in Gänze gülden funkelte. Obwohl Giovanni schon mit Abscheu an das verderbte Odeur in den zahlreichen Gängen des Schlosses dachte, das mit schweren, schwülstigen Düften, die verschwenderisch versprengt worden waren, übertüncht wurde, übte das Schloss doch eine magische Anziehungskraft auf Giovanni aus. Bei ihm war es auch gewiss nicht das Flair des Hofes, nach dem ganz Europa gierte, es war eher dieser Duft der Macht, der unwiderstehlich durch die Gänge waberte und Giovanni umgarnte wie ein verführerisches Wesen.

Als sie die Einfahrt passierten, holte Levallé seine Taschenuhr aus dem Rock und stellte fest, dass sie bis zur Audienz noch fast zwei Stunden Zeit hatten. Ohne Giovanni zu fragen, wies er den Kutscher an, am großen Kanal zu halten, und er musste Giovanni erst darauf aufmerksam machen, dass die Fahrt zu Ende war.

»Giovanni, wir haben noch ein wenig Zeit, lass uns im Park ein wenig Luft schnappen, bevor wir das Schloss betreten.«

Erleichtert, dass die unbequeme Fahrt ein Ende hatte, stieg Giovanni mit etwas steifen Gliedern aus der Karosse aus und blickte vom Großen Kanal zum Apollo-Brunnen, als sich in diesem Moment die Fontänen in Gang setzten, die im Takt der Musik, die gleichzeitig eingesetzt hatte, auf dem Brunnen tanzten. Giovanni wollte gerade etwas sagen, als Levallé ihm zuvorkam. »Der König, Giovanni, siehst du die Sänfte dahinten? Es scheint ihm nicht gut zu gehen. Ich habe schon einige Gerüchte gehört. Für gewöhnlich pflegt er, umgeben von seinen Untertanen, am Vormittag durch den Garten zu flanieren. Wenn er die Sänfte benutzt, scheint er schwach zu sein.«

Die Sänfte und die große Zahl der Höflinge drumherum waren nicht zu übersehen, trotzdem gab Giovanni eine für ihn so typisch nasenorientierte Antwort: »Ich kann ihn riechen, lieber Levallé, und ich versichere dir, es ist nichts Gutes, was ich rieche. Es ist schon einige Jahre her, dass ich das königliche Odeur zum letzten Mal gerochen habe, aber es ist unverkennbar, und es ist unverkennbar schlimmer geworden. Wie konnte dieser entsetzliche Quacksalber den König nur überreden, sich alle Zähne ziehen zu lassen? Es ist schrecklich, was sich in diesem zahnlosen Schlund zusammenbraut. Aber das ist nicht alles, was nach königlicher Verwesung riecht, jede königliche Körperöffnung scheint betroffen, gärende Schwielen und Ödeme kommen hinzu. Der König muss schreckliche Schmerzen haben.«

Als wollte der Brunnen Giovannis Worte unterstreichen, setzte die Musik gerade in diesem Moment zu einem Crescendo an, und die Fontänen steigerten sich im Takt dazu. Levallé atmete hörbar aus. »Deine Worte waren nicht gerade geeignet, um königliches Gehör zu finden. Niemand darf sich so über den König äußern.« Levallé schüttelte den Kopf, bevor er fortfuhr: »Ich weiß schon, warum ich dich so lange nicht mehr mit an den Hof genommen habe. Du hast ja so recht – aber *das ist der König*! Gut, dass der Brunnen zwischen uns und dem königlichen Gefolge ist. Lass uns etwas näher herangehen und winke mit einem Taschentuch, das du ordentlich mit deinem ›Eau de Cologne‹ beträufelt hast.«

Giovanni wollte bereits zu einer Antwort ansetzen, überlegte es sich dann aber doch anders und zog gehorsam ein Taschentuch aus seinem Rock, das er mit seinem »Eau de Cologne« getränkt hatte. Als er damit in Richtung des Königs wedelte und sich formvollendet verbeugte, dauerte es nicht lange, bis sich der König und seine Höflinge in ihre Richtung wandten und verzückt ausriefen: »Welch ein Duft!«

Doch da waren Giovanni und Levallé schon verschwunden. Levallé hatte es für klüger gehalten, dass Giovanni sich erst bei seiner Audienz dem König offenbarte oder vielleicht kurz davor im Spiegelsaal. Er wollte auf jeden Fall noch einmal eindringlich auf Giovanni einreden, dass er seine Zunge im Zaum hielt, im Gegensatz zu seiner Nase konnte man dieser nämlich nicht immer trauen. Vielleicht sollte man auch besser sagen, dass man ihr durchaus trauen konnte, denn die Wahrheit kam dann immer heraus, doch Giovanni hatte schon einige Mal schmerzlich spüren müssen, dass die Wahrheit keinesfalls immer gewünscht war.

Während Levallé eindringlich auf seinen Freund einredete und ihn daran erinnerte, dass er sich mit der Wahrheit schon Todfeinde geschaffen hatte, steuerte Giovanni zielsicher am Hauptportal des Schlosses vorbei nach rechts, die Balustrade entlang und die ausladende Treppe hinunter.

»Giovanni, wo willst du hin? Der König wird gleich zurückkehren, und wir sollten uns schon im Spiegelsaal bereithalten!«

Giovanni eilte die Treppe weiter hinab, zog kurz seine Taschenuhr aus dem Rock und gab zurück: »Du hast selbst gesagt, dass wir noch Zeit haben. Es ist noch nicht einmal elf Uhr, die Sonne scheint gerade so wunderschön auf die Orangerie. Ich muss meine Nase nur kurz zwischen die göttlichen Früchte der Hesperiden halten, um mit deinen Worten zu sprechen. Wir Italiener mögen das Wort Pomeranzen für die wunderbaren Zitrusfrüchte ja auch sehr.«

Gerade als Giovanni den ersten Zitrusstrauch der Orangerie erreicht hatte und nun andächtig die »Hand des Buddha« in Augen- und »Nasen«-Schein nahm, während der König noch euphorisch einen letzten Hauch von Giovannis »Eau de Cologne« inhalierte, verdunkelte sich der Himmel und tauchte den eben noch in goldenen Sonnenschein getauchten Garten in ein dunkles, bedrohliches Licht. Gleichzeitig durchdrang ein entsetztes Raunen die königliche Anlage.

Selbst Giovanni ließ sich von den duftenden Zitrusfrüchten ablenken und blickte zum Himmel. Eine düstere schwarze Scheibe hatte sich vor die Sonne geschoben und schien das Ende der Welt verkünden zu wollen. Levallé klappte die Kinnlade hinunter, und er ließ seinen Mund grotesk lange offen stehen, bis er fast stammelnd von sich gab: »Ich glaube es nicht, er hatte recht gehabt, dieser verdammte Halley!«

Giovanni, der in naturwissenschaftlichen Dingen aller Fakultäten sehr bewandert war und dies auch von Levallé gedacht hatte, erkannte sofort, dass es sich um eine Sonnenfinsternis handeln musste. Er war sogar ganz begeistert, dass er eine solche erleben durfte, und dann noch an einem so wunderbaren Ort wie der Orangerie von Versailles. Daher erwiderte er nur, während er ununterbrochen in Richtung Sonne blinzelte: »Eine Sonnenfinsternis, Levallé, das ist doch wunderbar! Aber warum fluchst du, und wer ist dieser Halley?«

Levallé schüttelte immer noch ungläubig den Kopf, als er antwortete: »Edmond Halley, der berühmte englische Astronom. Ich habe mir einige seiner höchst interessanten Studien und Theorien erklären lassen. Als ich das letzte Mal in London war, habe ich ihn getroffen, und er hat genau für diesen Tag eine Sonnenfinsternis vorausgesagt. Ich konnte es nicht glauben, ich habe sogar mit ihm um Champagner gewettet, habe die Wette und den Tag aber völlig vergessen. Aber jetzt fällt es mir wieder ein, es war der 3. Mai, den er vorausgesagt hatte. Er hat tatsächlich recht gehabt, Giovanni, ich kann es noch immer kaum glauben.«

Als die Sonne den Garten wiedereroberobert hatte, betraten die beiden endlich das Schloss. Der Hofstaat und die anderen Gäste waren fast alle zurück in den Gemäuern. Viele waren panisch ins Schloss geflüchtet und plapperten jetzt ängstlich und mit unheilvollen Vorahnungen durcheinander. Nur die wenigsten hatten sich mit der Kunst der Astronomie auseinandergesetzt und betrachteten die Sonnenfinsternis von der wissenschaftlichen Seite.

Levallé haderte immer noch mit sich und grummelte vor sich hin, während sie im Spiegelsaal auf und ab schritten, und murmelte fortwährend: »Ich hätte auf ihn hören sollen«, bis Giovanni ihn schließlich unterbrach.

»Levallé, es ist nur eine Flasche Champagner, die du verlierst, und davon hast du genug – du handelst damit! Jetzt hör auf, dich zu grämen.«

Levallé verzog das Gesicht, als er antwortete: »Darum geht es doch nicht. Hörst du denn nicht, was die Leute sagen: ›Vorzeichen‹, ›Finsternis‹, ›schlimmes Omen‹ und so weiter. Die Leute glauben, dass die Sonnenfinsternis ein Zeichen des Himmels für düstere Zeiten oder eine schlimme Katastrophe ist – und ausgerechnet heute offerierst du dem König dein Parfüm. Ich hätte das Datum ernst nehmen und auf einem anderen Tag bestehen müssen. Wie du weißt, hatten wir ja ursprünglich erst einen Termin in drei Tagen. Warum der geändert wurde, weiß ich selbst nicht. Als hätte uns jemand in eine Falle gelockt.«

»Übertreibe nicht, Levallé. Ich will meine Mission erfüllen und nicht mehr über böse Vorzeichen nachdenken. Sag mir noch einmal ganz kurz den Ablauf, damit ich nichts verkehrt mache.«

Levallé war zwar keinesfalls beruhigt, aber er versuchte, sich jetzt auf die Audienz zu konzentrieren. Noch wandelte der König ebenfalls im Spiegelsaal, beschwerlich zwar, auf einen Stock gestützt, aber er war auf den Beinen. Levallé riet Giovanni noch einmal, das »Eau de Cologne«-Taschentuch zu wedeln, um die Aufmerksamkeit des Königs zu erregen, bevor er die

Audienz hatte, die nur wenige Minuten dauern würde. Während Giovanni das Taschentuch vorbereitete, flüsterte er Levallé zu: »Das brauchst du mir nicht zweimal zu sagen, der Gestank hier ist ja unerträglich.«

Die Wirkung des zweiten Taschentuchs in dem geschlossenen Spiegelsaal war noch weit größer als zuvor unter freiem Himmel, und wäre die Etikette am Hof nicht so streng gewesen, hätten sicher einige Höflinge vor Verzücken laut aufgeschrien, und auch der König hätte sein Wohlwollen hinausgeschrien. So aber blieb es bei einer stillen Begeisterung und Glückseligkeit in den Gesichtern der Flanierenden. Der König aber, der nur bei äußerstem Wohlwollen auf seine Untertanen zuging, kam auf Giovanni zu und sprach ihn mit den Worten an: »Welch ein erhabener Duft, dahinter steckt ein großer Künstler.«

Giovanni, der es zwar gewohnt war, dass sein »Eau de Cologne« die Menschen verzauberte, hatte dennoch nicht damit gerechnet, dass auch der wählerische französische König ihm sofort verfiel. Hätte Levallé ihm zuvor nicht genau eingebläut, was er in so einer Situation zu tun hätte, wäre Giovanni vielleicht doch in ein schwerwiegendes Fettnäpfchen getreten. Aber so überreichte er formvollendet dem König das Taschentuch, bedankte sich mit einer tiefen Verbeugung und entfernte sich langsam rückwärts, damit er dem König ja nicht den Rücken zuwenden musste.

Die darauffolgende Audienz im Schlafgemach des Königs war mindestens ebenso erfolgreich. Giovanni hatte zwar nur einen ganz kleinen Augenblick Zeit, um beim König vorzusprechen, aber er wollte ja ohnehin nur eine große Rosolie mit seinem »Eau de Cologne« überreichen und dem König die Vorzüge seines Parfüms als Jungbrunnen ans Herz legen – von dem Duft hatte er ihn ja schon überzeugen können.

Wie zwei Schauspieler hatten Levallé und Giovanni unzählige Male den Auftritt beim König geübt. Wobei Levallé den zahnlosen Monarchen gemimt hatte, und Giovanni hatte so lange seine eigene Rolle geübt, bis er sich sicher war, dass er selbst bei übelsten Gerüchen nicht aus dem Takt kommen würde, und diese waren ganz sicher zu erwarten. Dieses Odeur im Schloss und die Flatulenzen und Ventilationen des Königs waren schließlich der Grund gewesen, weshalb Giovanni Levallés freundliches Angebot, eine Audienz beim König zu arrangieren, so lange abgelehnt hatte. Aber auch Levallé hatte sich gründlich auf die Proben für die Audienz vorbereitet, damit dieser wichtige Moment für Giovanni kein Desaster würde. Levallé hatte sich mit verschiedenen Lappen, die er zuvor in übel riechende Flüssigkeiten getaucht hatte, behängt, und Giovanni musste seinen kurzen Auftritt proben, ohne dabei das Gesicht zu verziehen, was für Giovanni bei den ersten Proben ein Ding der Unmöglichkeit gewesen war. Nach zahlreichen Übungen hatte Giovanni dann seine Gesichtsmuskulatur so weit im Griff, dass ihm niemand etwas anmerken würde.

Jetzt stand er zwischen den Hofschranzen, die jedes Geschwür des Königs für göttlich hielten und stets ehrfürchtig vor ihm buckelten. Für Giovanni war der König ein Mensch aus Fleisch und Blut, dessen Fleisch sein Haltbarkeitsdatum längst überschritten hatte, zumindest nach den fauligen Gerüchen zu urteilen, die der König ventilierte.

Mit angehaltenem Atem und fast penetrant in sein »Eau de Cologne« gehüllt, wartete er, bis der König ihn ansprach. Noch sabberte der zahnlose Monarch mit seiner Suppe, die er stets in aller Öffentlichkeit zu sich zu nehmen pflegte wie alle anderen Mahlzeiten auch. Zwischen den Gängen gewährte er Audienzen, was aber nicht hieß, dass man tatsächlich sein Anliegen vorbringen konnte. Wenn dem König nicht danach war, mit einem zu sprechen, dann hatte derjenige Pech und den Weg nach Versailles umsonst gemacht.

Levallé war jedoch sehr zuversichtlich, dass der König, wie alle anderen auch, dem göttlichen Duft von Giovannis »Eau de Cologne« nicht würde widerstehen können. Giovanni war sich da nicht so sicher gewesen, da er berechtigte Zweifel daran hatte, ob in die königliche Nase überhaupt noch Düfte vordrangen. Er war der Meinung, einen solchen Gestank könne man nur ertragen, wenn man ihn überhaupt nicht riechen könne, und dann könne man auch die wohligen Düfte nicht mehr wahrnehmen.

Aber Levallé sollte recht behalten, das hatte er schon im Park gemerkt, als Giovanni mit dem duftgetränkten Taschentuch gewedelt hatte, und auch beim Flanieren im Spiegelsaal. So dauerte es auch jetzt nicht lange, bis der König auf Giovanni beziehungsweise auf dessen »Eau de Cologne« aufmerksam wurde. »Ihr Anliegen war, mir Ihr ›Eau admirable‹ vorzustellen? Nun, es duftet ganz formidabel, hat es auch sonstige förderliche Wirkungen?«

Giovanni ging, genau wie sie unzählige Male geprobt hatten, auf den König zu, hielt das Samtkissen mit der Rosolie darauf fest in der Hand und verbeugte sich, während er antwortete und gleichzeitig dem König das Präsent darreichte. »Man sagt, es wäre ein wahrer Jungbrunnen, mein König.«

Giovanni hatte gewusst, dass es schlimm werden würde, der Geruch der Verwesung, der in dem Gemach ohnehin schon erbarmungslos in Giovannis empfindliche Nase stieg, verstärkte sich bei jedem Schritt, den er sich dem König näherte. Zunächst hatte Giovanni Levallés »Stinklappen« für überflüssig und albern gehalten, aber jetzt war er sehr froh, dass er auf so einen schier unerträglichen Augenblick gut vorbereitet war. Als der König die Rosolie von dem Kissen nahm, schritt Giovanni erleichtert, aber in gemäßigtem Tempo rückwärts zurück zum anderen Ende des Schlafgemachs und bedankte sich mehrfach formvollendet, wie sie es geübt hatten, bei dem König.

Jetzt fiel auch der Hofstaat euphorisch in den Duftgenuss ein. Schon als Giovanni, über und über in sein »Eau de Cologne« gehüllt, das Schlafgemach des Königs betreten hatte und der himmlische Duft in die Nasen der buckelnden Untertanen gestiegen war, wären alle in euphorische Ekstase verfallen, hätten sie nicht auf die Reaktion des Königs warten müssen. Jetzt schnüffelten die Höflinge, fächerten sich Luft zu, um etwas mehr von dem Duft abzubekommen, riefen »Ah« und »Oh« und gaben noch einige andere seltsame Laute von sich.

Levallé lächelte, genauso hatte er sich die Szene vorgestellt, während Giovanni von seinem Platz am Ende des Raums, sichtbar erleichtert, immer wieder in Richtung des Königs nickte. So verschwenderisch war er noch nie mit seinem edlen »Eau de Cologne« umgegangen. Ein paar Tropfen genügten ihm stets.

Doch jetzt triefte sein Wams förmlich, und der Duft verlieh ihm eine erhabene Aura, die auch dem König nicht entging.

Nur der Parfümeur des Königs, Martial, der jeden Tag einen neuen Duft für seinen Herrscher kreierte und sich zu den Höflingen gesellt hatte, war ganz und gar nicht von dem Duft und dessen Wirkung angetan. Nicht, dass er die Herrlichkeit des »Eau de Cologne« geleugnet hätte, aber genau das war ja das Problem. Still und heimlich verfolgte er die Szene, ohne mit der Wimper zu zucken, und wären nicht alle so euphorisiert von Giovannis Parfüm gewesen, hätte der eine oder andere sicher Martials grimmigen Gesichtsausdruck bemerkt.

Giovanni war er jedenfalls nicht entgangen. Als sie nach der Audienz die Gärten von Versailles betraten, orakelte er: »Einen neuen Freund habe ich hier nicht gefunden.«

Levallé, der höchst zufrieden mit dem Ablauf der Audienz gewesen war, verstand seinen Freund nicht. »Besser hätte es nicht laufen können, der König war verzückt, und die Höflinge taumelten schier vor Glückseligkeit, nachdem der König sein Placet dazu gegeben hatte. Du solltest dich glücklich schätzen, mein Lieber.« Nach einer kurzen Pause ergänzte er noch etwas gekränkt: »Ich verstehe deinen Pessimismus nicht.«

Giovanni schüttelte den Kopf. »So war das nicht gemeint. Aber hast du den Parfümeur des Königs nicht gesehen? Er muss es gewesen sein, dieser grimmig dreinblickende Nörgler mit der streng parfümierten Perücke und den zu stark duftenden Handschuhen. Es war der gepflegteste Höfling im ganzen Hofstaat, etwas zu penetrant in seinen, nun ja, nicht exzellent gewählten Parfümnoten Neroli, Frangipani und Rose, aber alles von erlesener Qualität.«

»Martial war anwesend? Normalerweise ist er um diese Stunde in seinem Labor, ich hatte mich extra erkundigt«, gab Levallé verwundert zurück.

»Ganz offensichtlich hat sich Martial auch erkundigt. Mir ist es noch nie wohl bekommen, wenn sich jemand, sagen wir mal, zu nahe getreten fühlt durch meine Arbeit. Mich würde es wundern, wenn es bei Martial anders wäre.« Giovanni hielt einen Moment inne und wedelte mit seinem »Eau de

Cologne«-Taschentuch vor seinem Gesicht, bevor er fortfuhr: »Und überhaupt, was ist das für ein Gestank hier? Wie kann ein Parfümeur bei diesem bestialischen Gestank arbeiten? Lass uns ein wenig im Garten verschnaufen.«

Die Sonne war längst aus der Finsternis aufgetaucht, spiegelte sich lieblich im Großen Kanal, der zu ihren Füßen lag, und tauchte die Parkanlagen in ein zartes, unschuldiges Frühlingslicht. Trotzdem hing der Schatten der Sonnenfinsternis noch wie ein Damoklesschwert über der ganzen Schlossanlage, auch wenn nichts zu sehen war. Aber die Vögel waren vollends verstummt. Hatten sie Giovanni und Levallé doch noch mit ihren Frühlingsgesängen begrüßt, als sie in Versailles angekommen waren, so hing jetzt eine bedrohliche Stille über der Landschaft. Der barbarische Gestank, der in Giovannis Nase vordrang, war aber ganz sicher nicht der Sonnenfinsternis geschuldet. Die wärmenden Sonnenstrahlen brachten die feuchten Frühlingswiesen und Wälder zum Dampfen, aber leider auch die Unmengen an Exkrementen und Urin, die Tausende von Schlossgästen im Garten hinterlassen hatten.

Levallé musste zugeben, dass der Gestank selbst seit seinem letzten Besuch in Versailles schlimmer geworden war. Hinter den Büschen eine Kloake neben der anderen, und sogar die Brunnen rochen mittlerweile wie ein Pissoir, da half selbst das Orangenblütenwasser in den Sprinkleranlagen nicht mehr viel. Im Sommer würde die olfaktorische Verschmutzung ihren Höhepunkt erreicht haben, dann zog der Hofstaat nach Fontainebleau, und eine Heerschar von Reinigungskräften entsorgte die Fäkalien einer Saison. Bis dahin würde es noch einige Feste geben, bei denen Tausende ihre Notdurft in den wundervollen Parkanlagen von Versailles entleerten.

Giovanni reichte entschieden schon dieses Stadium der Verunreinigung, und er zog Levallé noch einmal zielsicher zur Orangerie, die von der Entrichtung der Notdurft im Wesentlichen verschont geblieben war, was nicht zuletzt an dem engagierten Gärtner lag, der jeden Einzelnen verjagte, der auch nur den Anschein machte, sich an oder zwischen den Zitrusbäumchen entleeren zu wollen. Dort erholte sich Giovanni an jeder einzelnen Pomeranze, Zitrone, Bergamotte, Clementine oder sonstigen Zitrusfrucht von der olfaktorischen Zumutung, die Versailles verströmte. Sehnsüchtig erinnerte er sich daran, wie er sich hier vor vielen Jahren mit Antonia getroffen hatte, bevor der Giftstachel der Verleumdung sie so bitter getroffen hatte. Heute Abend würde er sie endlich wiedersehen, in diesen unheiligen Hallen, die so viele Intrigen und Geheimnisse bargen wie Gerüche, die durch die Gänge waberten.

Die Ehrfurcht vor dem Schloss, dem Zentrum der Macht des Sonnenkönigs, war Giovanni abhandengekommen. Er hatte schon zu viel erlebt in seinem noch nicht einmal dreißig Lenze zählenden Leben, und er konnte riechen, wenn etwas dem Untergang geweiht war. Die Sonne des Königs war definitiv am Untergehen, und der persönliche Parfümeur des Königs würde sein Übriges dafür tun, dass Giovanni ganz sicher nicht in die Gunst eines Hoflieferanten kam. Er hätte sich eher auf Levallés Angebot einlassen müssen, um mit seinem »Eau de Cologne« etwas beim König erreichen zu können.

Aber diese Wahrheit betrübte Giovanni gar nicht so sehr, er nahm es mit einer Leichtigkeit auf, die ihm ganz und gar unähnlich war. Nur Levallé konnte er es nicht sagen, er hatte sich so viel Mühe gegeben, Giovanni zum Erfolg zu verhelfen. Antonia würde die Geschichte lieben, wie er und Levallé immer wieder den Auftritt beim König geprobt hatten und dann bei der Audienz den König verzückten, um seine Gunst nur Sekunden später an den Parfümeur zu verlieren: An alles hatte Levallé gedacht, nur nicht an diesen intriganten, unbegabten Hofparfümeur. Wobei das auch nicht ganz stimmte, er hatte durchaus diesen Martial im Visier gehabt, sogar seine Gewohnheiten auskundschaften lassen. Dass Martial aber von der Sache Wind bekommen könnte und seine Gewohnheit ändern würde, um Giovannis Audienz beizuwohnen, das war Levallé nicht in den Sinn gekommen.

Levallé wollte es auch noch immer nicht glauben, dass die Mission misslungen war. Er hatte sogleich eine Flasche Champagner aus der Karosse, die er für den ganzen Tag gemietet hatte, geholt und schoss den Korken quer durch die Orangerie.

Das prickelnde Lebenselixier war zwar auch für Giovanni eine willkommene Stimulation nach der anstrengenden und nervenaufreibenden Audienz beim König. Aber eigentlich wollte er einen klaren Kopf behalten und sah auch keinen Grund zum Feiern. Aber um Levallé nicht zu enttäuschen, ließ er sich auch ein Glas dieses wunderbar perlenden Weins einschenken und zählte die Stunden, bis er Antonia wiedersehen würde.

Dass seine finsteren Vorahnungen noch bei Weitem übertroffen werden würden, konnte Giovanni diesmal nicht riechen. Normalerweise hatte er für Katastrophen den richtigen Riecher, aber dieses Mal hatte er sich wohl von der Euphorie seines Freundes ein ganz klein wenig anstecken lassen. Giovanni ahnte zwar, dass sein »Eau de Cologne« beim König nicht mehr ankommen würde, jedenfalls nicht als Bestellung zur Hoflieferung, aber mehr ahnte er auch nicht. Dass der intrigante Martial die Sonnenfinsternis nicht als böses Omen sah, sondern Giovannis »Eau de Cologne« gar dafür verantwortlich machen und das am ganzen Hof hinausposaunen würde, hatte selbst Giovanni nicht gewittert und Levallé erst recht nicht. Was vielleicht auch an dem Champagner lag, zu dem Giovanni sich hatte hinreißen lassen.

Levallé hatte es sich auf einer Picknickdecke gemütlich gemacht, prostete Giovanni gelegentlich mit seinem wunderbaren Dom-Pérignon-Champagner zu und trank auf Giovannis »Eau de Cologne«, das den ganzen Hofstaat verzaubert hatte. Er war so glücklich, dass die Audienz so gut verlaufen war, dass er sich von Giovanni die Laune nicht verderben lassen wollte. Denn eigentlich war ja nicht der ganze Hofstaat verzaubert, aber den Parfümeur Martial ignorierte Levallé geflissentlich und schalt gar Giovanni, dass er immer so negativ wäre.

Während Giovanni sinnierend durch die Orangerie wandelte und Levallé am Rande des Zitrusensembles auf seiner Decke Champagner trank, wartete Antonia ungeduldig auf den Aufbruch nach Versailles. Sie hatte eine etwas unruhige Nacht in ihrem Gästezimmer hinter sich, irgendwo hatte immer ein Hund gejault oder gekläfft, und manchmal meinte Antonia, dass sie gar unanständige, stöhnende Geräusche hörte. Nun war sie nicht so ausgeschlafen, wie sie es sich für Giovanni gewünscht hatte. Aber vor allen Dingen wollte sie endlich in seiner Nähe sein. Die Karossen waren schon eingespannt, und die Fahrt würde keine Stunde dauern, aber es gab immer noch eine Dame, die ihre Notdurft verrichten oder ihre Nase pudern oder sonst etwas Dringendes erledigen musste. Aber vor allem hatte auch hier die Sonnenfinsternis einen Mantel des Schweigens über die sonst so eifrig tratschenden und klatschenden Damen gehüllt. Selbst die Hunde hielten die Schnauzen, und auch hier war das Vogelgezwitscher verstummt.

So war der Vormittag in gedeckter Stimmung verstrichen, und Liselotte hatte beschlossen, noch eine leichte Suppe vor der Abfahrt servieren zu lassen. Bevor sie sich artig an den Tisch setzte, nahm Antonia den Umschlag mit der Einladung aus ihrer Tasche und las ihn noch einmal. Etwas beunruhigt sah sie daraufhin auf ihre reich verzierte Taschenuhr und dachte: Bis fünf Uhr heute Nachmittag werden wir es wohl schaffen, in Versailles anzukommen. Ungeduldig fächerte sie sich Luft mit dem Einladungsschreiben zu, während sie sich auf ihren Platz setzte.

Zur gleichen Zeit fächerte sich Giovanni ebenfalls mit dem Einladungsschreiben Luft zu. Es war ungewöhnlich heiß und trocken für Anfang Mai, daher stanken die Fäkalien noch schlimmer als sonst um diese Jahreszeit, und Giovanni fragte sich, wie er den Abend durchstehen sollte. In seiner Heimat, in Venedig oder selbst in Frankfurt oder Köln war der Geruch nicht so barbarisch wie hier in diesem erhabenen Schloss. Auch die Orangenbäume hoben Giovannis Laune nur unmerklich, und er schlich zwischen den wohlarrangierten Kübelpflanzen hin und her wie ein unruhiger Tiger.

Sie hatten noch eine gute Stunde Zeit, bis das Fest begann, und Giovanni hatte gehofft, Antonia bereits jetzt zu treffen. Doch von Antonia und der Prinzessin mit ihrem Gefolge war weit und breit nichts zu sehen. Nervös fragte er seinen Freund: »Levallé, bist du sicher, dass Antonia kommt?«

Levallé lachte. »Wenn Liselotte von der Pfalz sie nicht eingekerkert hat, dann habe ich keine Zweifel.«

»Warum sollte die Prinzessin Antonia einkerkern?«

»Das war ein Scherz, lieber Giovanni, und wenn Antonia nicht böse zu Titti war, sehe ich keinen Grund, warum sie dies getan haben sollte.«

»Wer zum Teufel ist denn jetzt schon wieder Titti?«

»Der geliebte Köter der Prinzessin, das solltest du wissen, damit du dich nicht mit vielleicht unangemessenen Bemerkungen über Vierbeiner in Verlegenheit bringst.«

Giovanni schüttelte sich. Natürlich kannte er all die Damen, die lieber mit ihren Schoßhündchen ins Bett gingen als mit ihren eigenen Ehemännern – die sich wahrscheinlich ohnehin woanders vergnügten –, aber er wollte Antonia lieber nicht in einer solchen Gruppe wähnen. Dabei wusste er genau, dass Antonia nur ihm zuliebe, um sein »Eau de Cologne« anzudienen, überhaupt der Prinzessin Aufwartungen gemacht hatte. Es war rührend, wie sich all seine engen Freunde bemühten, sein Parfüm bekannt zu machen. Sein lieber Freund Antonio Vivaldi hatte schon sein ganzes Orchester mit seinem »Eau de Cologne« beflügelt, und er arbeitete gerade an einem »Frühling für die Ohren«, wie er es nannte.

Trotzdem wäre es Giovanni lieber gewesen, dass Antonia jetzt hier wäre, anstatt sich für ihn ins Zeug zu legen und zu versuchen, den Erfolg seines Parfüms zu lancieren. Levallé sah seinem Freund die Unruhe an, obwohl der Champagner seinen Scharfsinn schon etwas getrübt hatte. Auch er hatte Liselotte und ihr Gefolge bereits erwartet und hoffte sehr, dass nicht etwas Grundlegendes dazwischengekommen war. Leicht schwankend erhob sich Levallé von seiner Decke, nahm diese und den Picknickkorb mit dem nun geleerten Champagner und den Kanapeeresten. Er rief den Kutscher, und sie ließen sich noch einmal durch den ganzen Schlosspark kutschieren, bevor sie standesgemäß am Vordereingang des Schlosses vorfuhren und ausstiegen.

Giovanni war nur widerwillig mitgekommen, hatte er doch gehofft, Antonia würde jeden Moment die Orangerie betreten, obwohl sie eigentlich erst bei den Feierlichkeiten im Ballsaal verabredet waren. Aber es war eine unausgesprochene Verabredung, dass sie sich in der Orangerie treffen würden, wenn sie ein wenig früher da wäre. Nun schien das ganz offensichtlich nicht der Fall gewesen zu sein, und Levallé hatte ihn nach einigen Mühen überzeugen können, dass eine Fahrt durch den Schlosspark ein wenig Zerstreuung bringen würde und sie vielleicht die Kutschen der Pfälzer Prinzessin sehen würden. Die pompösen Karossen waren schwer zu übersehen. Trotz Bankrotterklärung und mangelnder Einkünfte waren die üppig verzierten Kutschen der Prinzessin von der Versteigerung verschont geblieben, und fast jeder aus Paris und Umgebung kannte die auffälligen Gefährte der Prinzessin und ihres Sohnes, der nur allzu gern König wäre.

Aber zu Giovannis großem Bedauern konnte er die auffälligen Staatskarossen nirgends entdecken. Sie fuhren bis ganz zum Ende des Großen Kanals, drehten eine Runde am Labyrinth vorbei und fuhren dann im großen Bogen zum Hauptportal des riesigen Schlosses. Auch hier waren die Karossen der Prinzessin nirgends zu sehen. Ganz offensichtlich waren die Damen noch nicht eingetroffen. Wenn Giovanni gewusst hätte, dass die Kutsche mit Antonia keine zehn Minuten später über den Schlosshof rollen würde, hätte er selbstverständlich gewartet. Aber so ließ er sich von Levallé zielsicher zum Südflügel führen.

12. KAPITEL

John Law (1671–1729), ein in England verurteilter schottischer Ökonom, kam in Frankreich angeblich durch Glücksspiel zu großem Vermögen und war ein enger Freund von Philippe II. von Orléans, dem späteren Regenten von Frankreich. Er gilt als Erfinder des Papiergelds, war Mitbegründer der Bank von Frankreich und führte Frankreich mit der Mississippi-Spekulation in eine schwere Finanzkrise.

Versailles, 3. Mai 1715

Antonia war mehr als froh, als der Kutscher endlich den Schlag öffnete. Der strenge Geruch nach nassem Hund war in der geschlossenen Karosse auch für sie an der Grenze des Erträglichen. Giovanni wäre wahrscheinlich in Ohnmacht gefallen. Selbst die alles andere als wohlriechende Luft im Hof von Versailles war eine Erholung im Vergleich zu dem Odeur in der geschlossenen Kutsche.

Vielleicht waren die Schoßhunde der Damen, mit denen sie die Kutsche geteilt hatte, auch besonders unangenehme Zeitgenossen, was die Geruchsbildung betraf. Diese Möpse mit ihren eingedrückten Schnauzen sahen nicht nur grotesk aus, sie schienen auch unentwegt Blähungen zu haben, die sich auf belästigende Weise ihren Weg in die Freiheit bahnten und es bei entsprechenden Geräuschen nicht beließen, sondern vor allem stinkende Winde produzierten. Dass diese Tiere sich zuvor noch genüsslich im Matsch gewälzt hatten, machte die Ausdünstungen ganz sicher nicht besser.

Antonia wäre beinahe aus der Kutsche gestürzt, so sehr dürstete sie nach frischer Luft. Endlich im Freien, musste Antonia ein paar Schritte gehen und tief einatmen, bevor sie bereit war, ins Schloss zu gehen. Die Prinzessin hatte sie dabei wohl aus den Augen verloren. Liselotte von der Pfalz war in der ersten Kutsche vorgefahren und offensichtlich schon im Schloss. Antonia zog ihre Einladung heraus und zeigte sie dem Wächter am Einlass, ohne auf die Damen mit den Möpsen zu warten, die ihre Lieblinge im Schlosshof noch ein wenig Gassi führten.

Der Höfling, der die Einladungen kontrollierte, war keinesfalls überrascht, dass Antonia ohne Begleitung auftauchte, und setzte ein süffisantes Grinsen auf, was ihr jedoch entging. Höflich und ein wenig lüstern dirigierte er Antonia zum Nordflügel.

Giovanni, der sowohl Menschenmengen als auch die Gerüche im und um das Schloss hasste, hätte sicher längst das Weite gesucht, würde er Antonia nicht sehnlichst erwarten. Einzig sein »Eau de Cologne« hielt die übelsten Ausdünstungen ein wenig fern, was nicht unbemerkt blieb. Überall, wo er vorbeikam, atmeten die Menschen auf, und er erntete große Bewunderung. Einige sahen ihn gar an, als wäre er von einem anderen Stern angereist, und sie wussten gar nicht, warum sie so betört waren. Nur wenige erkannten, dass es der himmlische Duft war, der Giovanni umgab und ihn so außergewöhnlich erscheinen ließ, und sie schlossen die Augen, um den Moment in vollen Zügen zu genießen.

Giovanni hingegen suchte nach einem für ihn himmlischen und von ihm sehnsüchtig erwarteten Duft: Antonias. Levallé, der Giovanni um einige Zentimeter überragte, hielt nicht die Nase, sondern die Augen nach Giovannis Angebeteter offen. Seine eigene Frau hatte dankend abgewunken und war lieber in Paris bei den Kindern geblieben. Die Veranstaltungen im Schloss waren nicht nur anstrengend, Helen hasste auch die unsägliche Doppelmoral am Hof. Levallé war zwar ganz ihrer Meinung, doch wenn es ums Geschäft ging, sprang er über seinen Schatten und fügte sich der Etikette am Hof.

Nun reckte er den Hals, konnte Antonia aber immer noch nicht entdecken. Dafür aber die Prinzessin, die gerade in ihrer ganzen Fülle, die in einen pelzbesetzten königlichen Umhang gehüllt war, den Saal betreten hatte. Im Arm hielt Liselotte von der Pfalz ihr Schoßhündchen fest umklammert und sprach immer wieder beruhigende Worte auf das Tier ein. Levallé konnte jetzt sehen, dass ihr ein ganzer Tross adeliger Damen mit Schoßhündchen auf den Armen folgte. Zwar ohne Hund, aber in der Gruppe dieser Damen sollte auch Antonia sein, doch von ihr fehlte nach wie vor jede Spur.

Im Ballsaal des Nordflügels lehnte Liselottes Sohn, Philippe II. von Orléans, der Neffe des Sonnenkönigs, lässig, aber dennoch mit stolzer Haltung an einer Säule. Sein scharlachroter Justaucorps mit goldener Bordüre war fast anmaßend königlich. Seine lange, gelockte dunkelbraune Allongeperücke saß perfekt und war aus feinstem Rosshaar gefertigt. Allein seine Statur war majestätisch und ließ seinen Gesprächspartner wie ein kleines Würstchen erscheinen, denn er schien in seiner Allongeperücke fast zu versinken und reichte Philippe II. von Orléans gerade einmal bis zum Kinn. Doch bei genauerem Hinsehen waren die feinen Gesichtszüge des kleineren Mannes zu erkennen.

Trotz des Größen- und offensichtlichen Standesunterschieds parlierten die beiden auf Augenhöhe und schienen sich köstlich zu amüsieren, machten spöttische Bemerkungen über den einen oder anderen Neuankömmling und musterten die eintreffenden Damen ganz genau. Dann wurde der Herzog von Orléans ernst. »Ihr Plan klingt wirklich genial, John: Sie wollen Geld auf Papier drucken und damit die marode Staatskasse füllen, aber wie soll das funktionieren?«

Der Schotte nickte. »Wir wären nicht die Ersten der Geschichte, die Wertscheine ausgeben, aber wir würden es in einer ganz anderen Dimension tun, und Frankreich wäre nicht mehr abhängig von seinen Edelmetallvorräten. Gehen Sie doch in den Spiegelsaal, wie erbärmlich, dass der König die silbernen Leuchter für die Kriegskasse hat einschmelzen müssen, und ohne Gönner wie Graf Gondo oder meine Wenigkeit hätte der Hof noch mehr Schwierigkeiten. Frankreich braucht frisches Kapital, und ohne Wertscheine und Papiergeld kann Frankreich beim Überseehandel nicht mithalten.«

Der Herzog konnte zwar nicht verhehlen, dass ihm die Geschichte gefiel, aber ganz sicher war er noch nicht. »Wenn die Welt wüsste, dass das Königreich Frankreich sein Schicksal in die Hände von zwei Halunken legt, dann wäre das der Anfang vom Ende. Und Sie wissen, dass der König dem nie zustimmen würde. Aber wie die Sache aussieht, wird es nicht mehr lange der Zustimmung dieses Königs bedürfen. Aber so ganz bin ich auch noch nicht überzeugt.«

John Law zog etwas pikiert die Nase kraus, bevor er antwortete: »Nun, das mit dem Halunken bitte ich den Herzog zurückzunehmen. Ich habe den Mann in einem ehrlichen Duell erstochen und hier mein Vermögen mit ehrlichem Glücksspiel erworben, und was Graf Gondo angeht, ist er ja wohl von höchstem Ansehen in Ihrer Stadt, verehrter Herzog. Mich treibt viel eher die Frage um, ob Sie jemals die Befugnis haben werden, etwas so Wundervolles wie die Bank von Frankreich zu gründen.«

»Law, lassen Sie das mal meine Sorge sein. Wenn unser verehrter Sonnenkönig abtritt, wird Frankreich in meinen Händen liegen, und das kann nicht mehr lange dauern. Glauben Sie bloß nicht, ich wüsste nicht, mit welchen bösen Spielchen Sie Ihr Vermögen machen und dann beim Glücksspiel noch ein wenig reinwaschen. Genauso, wie Gondo zu seinem Grafentitel gekommen ist. Wenn ich es nicht so genau wüsste und nicht auch gelegentlich die Dienstleistung von Gondo und seiner charmanten Cousine Chantal in Anspruch nehmen würde, würde ich fast glauben, dass Sie zwei angesehene Männer sind. Verstehen Sie mich nicht falsch, Bernardo und ich sind beste Freunde. Und heute Abend kümmern wir uns um seine wundervolle Gattin – ist sie das nicht?«

Der Herzog von Orléans, der eine genaue Beschreibung von Antonia bekommen und auch die Höflinge instruiert hatte, die Gräfin von Gondo zu ihm zu geleiten, nahm Antonia in Augenschein. Zu viel hatte Bernardo nicht versprochen, dachte der Herzog, bevor er sie formvollendet mit einer übertriebenen Geste begrüßte. »Gräfin Gondo, wie schön, Sie zu sehen! Herzlich willkommen in Versailles.«

Antonia zuckte zusammen, sie kannte den Mann nicht und wollte nur so schnell wie möglich Giovanni sehen, aber irgendwie kam er ihr doch bekannt vor. Noch während sich der

Herzog von Orléans vorstellte und auch seinen Begleiter John Law, fiel es ihr ein: Im Schloss Saint-Cloud hatte ein lebensgroßes Porträt in Öl von dem Herzog in der Eingangshalle gehangen. Als die Prinzessin von ihrem »missratenen Sohn« gesprochen hatte, hatte sie mehrfach auf das Bild gezeigt.

Da Antonia die Etikette perfekt beherrschte, konnte sie die Begrüßung galant mit einigen Floskeln garniert erwidern, obwohl sie überhaupt keine Lust hatte, mit dem zweifelsohne ruchlosen Herzog zu parlieren. »Freut mich sehr, verehrter Herzog. Ich wusste gar nicht, dass Sie meinen Mann kennen. Ich bin mit Ihrer verehrten Mutter angereist und hatte sie eigentlich hier erwartet. Wir haben uns am Portal ein wenig aus den Augen verloren.«

Das war gelogen. Antonia hatte von der Prinzessin zwar sehr wohl erfahren, dass ihr Gatte häufigen Umgang mit deren Sohn, dem Herzog von Orléans, pflegte. Aber das war ja auch gerade erst am Vortag gewesen. Da hatte sie ebenso erfahren, dass Prinzessin Liselotte keinesfalls mit der Ehe ihres Sohns einverstanden war. Was ja auch verständlich war, denn wer würde sich über eine Ehe mit der Tochter einer Mätresse freuen, die auch noch die Cousine des eigenen Sohnes war. Zu allem Übel wurde der Herzog auch noch häufiger in Begleitung seiner eigenen Tochter gesehen als mit der Gattin, die gerade mal wieder mit Wehen im Palais Royal lag. Während er seine eigene Tochter ausführte und sie behandelte wie eine Geliebte.

Das alles behielt Antonia aber lieber für sich, und sie biss sich auch schon auf die Zunge, dass sie überhaupt nach der Prinzessin, der Mutter des Herzogs, gefragt hatte. Eigentlich wollte sie nur zu Giovanni, aber sie vermied es lieber, direkt nach ihm zu fragen, da sie inzwischen wusste, wie eng der Herzog mit ihrem Gatten befreundet war. Levallé hatte stets gelästert, wenn er von Versailles sprach, das sich seit Jahrzehnten im Bau befand, und nannte die Konstruktion den »Schlossbau zu Babylon«. Antonia hatte das immer für ein wenig übertrieben gehalten, aber was die Prinzessin gestern alles so freimütig erzählt hatte, kam den Vorstellungen von einem Sündenbabel schon ziemlich nah.

Antonia war bislang überzeugt gewesen, dass ihr Gatte der Nabel der Welt der Bösen und Sündigen war und dafür auch noch viel zu viel Macht besaß. Aber wenn das stimmte, was die Prinzessin gesagt hatte, sah sie jetzt nicht nur in die Augen eines ebenso sündigen Mannes, sie sah auch in die Augen des künftigen Herrschers – auch wenn er nicht offiziell den Thron besteigen würde, würde er wohl bald die Geschicke von Frankreich lenken.

Bernardo und der Herzog, das war das richtige Gespann, um die Menschheit in den Abgrund zu stürzen, dachte Antonia, während sie den Herzog unauffällig musterte. Wortlos folgte sie dem Herzog, der sie mit wortreichen Komplimenten zu ihrem Platz geleitete und überhaupt nicht darauf einging, dass Antonia nach der Prinzessin gefragt hatte. Kaum hatte sie Platz genommen, wurde sie von den Damen an ihrem Tisch in Beschlag genommen, die sich ausgiebig über ihr elegantes Kleid aus dunkelgrüner Seide mit dezenten, edlen Brokatverzierungen ausließen. Das Kleid passte perfekt zu ihren Augen und unterstrich ihre zierliche Figur, die sie trotz der beiden Kinder behalten hatte.

Antonia fühlte sich sehr unwohl, denn mit den Komplimenten über ihre elegante Erscheinung war es nicht genug, gleich darauf lobten sie auch ihren Gatten Bernardo in höchsten Tönen. Antonia wäre am liebsten weggelaufen, doch sie hätte nicht gewusst, wohin. Für die Nacht sollte sie, genau wie Giovanni und Levallé, ein Apartment im Schloss bekommen, doch sie hatte keine Ahnung, wo in diesem riesigen Schloss es sein sollte. Wo war bloß Giovanni?

Der Herzog hatte sich mit seiner Tochter, der Herzogin von Berry, und dem Schotten an einem anderen Tisch in der Nähe niedergelassen. Lüstern tätschelte er sein eigen Fleisch und Blut und flüsterte: »Schiel nicht so zu der junge Dame in Grün rüber, das wird nichts mit einer Ménage-à-trois, die Dame erfüllt hier einen anderen Zweck.«

Die Herzogin zog die Augenbrauen hoch, musterte Antonia noch einmal detailliert und gab mit deutlichem Bedauern zurück: »Schade, ich hoffe, du hast für eine anderweitige stilvolle Zerstreuung als Dessert gesorgt.«

John Law, der die Fäden selbst gern in der Hand hielt, verstand die seltsame Situation überhaupt nicht und fragte den Herzog: »Darf ich fragen, warum wir unsere Zeit mit der Gattin von Bernardo verschwenden, wo sie doch ganz offensichtlich nichts mit uns zu tun haben möchte?«

Der Herzog musste seinem schottischen Freund und Geschäftspartner selten etwas erklären, meistens war es andersherum, daher war es ihm auch durchaus ein Vergnügen zu antworten. »Nun, ich denke, es ist ganz in Ihrem Sinne, wenn wir Bernardo, unseren verehrten Grafen von Gondo, bei Laune halten. Oder wollen Sie Ihr Glücksspiel ganz allein fortsetzen? Ich für meinen Teil weiß die Finanzspritzen des Grafen durchaus zu schätzen und halte mich auch an Verabredungen und Gegenleistungen.«

Law schüttelte den Kopf. »So war das nicht gemeint, selbstverständlich soll Bernardo bekommen, was er möchte. Ich verstehe nur nicht, was er erreichen will. Seine Gattin sieht jedenfalls nicht so aus, als ob sie an den erotischen Spielen des späteren Abends teilhaben will. Weshalb wollte Bernardo, dass Sie die Einladungen austauschen und Sie sich dann höflich um die durchaus bezaubernde Gattin kümmern, statt sie in der Obhut Ihrer Mutter zu lassen?«

»Es geht nicht um meine Mutter, Law, es geht um einen anderen Mann, der in diesem Augenblick wahrscheinlich mit meiner Mutter ein Glas Champagner trinkt und mit ihr rätselt, wo Antonia wohl abgeblieben ist. Es wird nicht lange dauern, bis die beiden auf die Idee kommen, dass Antonia vielleicht in diesem Saal sein könnte, daher wird Bernardos Gattin jetzt gleich sehr müde sein, und ich werde sie in ihr Schlafgemach bringen lassen.«

»Nun, dann können wir ja bald zum gemütlichen Teil des Abends übergehen. Ich nehme an, der Graf hat für erlesene Ware und ausgewählte Elixiere gesorgt. Aber zuvor würde ich mit Ihnen gerne noch ein wenig über das Geschäft sprechen.«

Der Herzog ließ den Schotten nicht ausreden und unterbrach

ihn rüde, achtete aber darauf, dass ihnen niemand zuhören konnte. Vertraulich, wie immer, wenn sie ungestört waren, zischte er dem Schotten zu: »Vergiss es, John, ich habe dir schon mehrfach eine Audienz beim König organisiert. Der Alte ist nicht interessiert, da helfen auch die raffiniertesten Präsente nicht. Das habe ich Bernardo auch schon gesagt. Es hilft auch nichts, dass du Venedig mit deiner köstlichen Idee einer Staatslotterie saniert hast. Du musst dich noch ein wenig gedulden, lange wird es nicht mehr dauern, bis der König stirbt. Schau ihn dir an, wenn er gleich reinkommt. Verkauf solange noch Aktien von Bernardos Goldmine und seiner Erdpechmine und mach noch ein paar Millionen Livres beim Glücksspiel. Je reicher du wirst, desto mehr vertrauen dir die Franzosen, gerade jetzt, wo selbst der Hochadel am Hungertuch nagt. Schau dir Bernardo an, ihm fressen jetzt schon alle aus der Hand. Wenn ich erst die Staatsgeschicke in der Hand habe – und das werde ich, darauf kannst du dich gefasst machen –, dann werde ich deine phantastische Idee umsetzen.«

Law hatte eigentlich gewusst, dass es keinen Sinn machte, noch einmal seine Idee von der ersten französischen Staatsbank auf den Tisch zu bringen. Aber er konnte es einfach nicht lassen, denn er war keinesfalls so sicher wie der Herzog selbst, dass dieser nach dem Tod des Sonnenkönigs das Sagen in Frankreich haben würde. Ihm wäre lieber gewesen, er könnte den Regenten jetzt überzeugen, als auf einen ungewissen Nachfolger zu warten, der dem jungen Dauphin die Richtung vorgeben würde.

Aber Law wusste selbst, dass der König ihm, dem verurteilten und geflüchteten Mörder aus Schottland, der auch noch protestantisch war, niemals die wirtschaftlichen Geschicke seines Landes in die Hände legen würde. Mehrfach hatte der König mit einem bedauerlichen Stöhnen auf Laws Vorschlag, mit einer Bank die desolate Wirtschaft des Landes zu sanieren, reagiert. »Law, wenn Sie doch wenigstens Katholik wären.«

Da der König ihm bedauerlicherweise die Staatsbank auch bei einer Konvertierung nicht verbindlich in Aussicht stellen und Law seinem Glauben auch gar nicht absagen wollte, dachte er nicht daran, zum Katholizismus überzutreten. Ganz im Gegenteil, es war ihm sogar eine große Freude zu sehen, wie ihn selbst der König hofierte. Der selbstherrliche Sonnenkönig konnte es sich nämlich gar nicht mehr leisten, einen so reichen Gönner zu vergrätzen. Da konnte der König lange mit dem Edikt von Fontainebleau wedeln, Law blieb bei seinem Glauben.

Wenn er auch kein gottesfürchtiges Leben führte, war Law, ganz im Gegensatz zum Herzog, doch ein zutiefst gläubiger Mensch. Daher hatte er auch zunächst gedacht, dem König wäre ein Mann, der auf dieselbe Bibel schwört, lieber als ein gottloser Katholik. Aber dem war ganz und gar nicht so. Diese Ablehnung hatte Law zunächst verletzt, ihn letztendlich aber noch mehr angespornt, es dem »dekadenten Volk« zu zeigen, wer die Macht hat, wenn der Staat pleite war.

Als der König jetzt hereinkam, konnte Law es dann auch nicht lassen, ihm seine Aufwartungen zu machen. Nicht, dass er ihn angesprochen hätte, diesen Fauxpas hätte er sich nie erlaubt, aber er verbeugte sich und streckte dem König seine Hand mit einer geöffneten Schachtel und einem goldenen, mit Diamanten besetzten Anstecker darin entgegen.

Selbstverständlich nahm der König das wertvolle Geschenk entgegen und grüßte freundlich. Mehr hatte Law auch nicht erwartet, aber er hatte gesehen, dass es dem König schwergefallen war, das Geschenk anzunehmen. Und wäre es nicht so wertvoll gewesen, hätte er es auch nicht getan. Aber so hatte die Szene eine nicht unbeträchtliche Anzahl des französischen Hochadels gesehen, die nun den schönen, reichen, jungen Schotten bewunderte.

Auch Antonia beobachtete die Szene, allerdings mit halb geschlossenen Augen. Sie hatte fest vorgehabt, wenn es sein musste, das ganze Schloss nach Giovanni abzusuchen. Doch jetzt wurden ihre Augenlider so schwer, dass sie sie kaum mehr offen halten konnte. Sie verstand überhaupt nicht, wie ihr geschah, und ließ sich widerstandslos von dem Herzog entführen. Dabei hatte sie nur ein Glas Champagner mit einem winzigen

Schluck Crème de Cassis getrunken. Natürlich hatte sie nicht ahnen können, dass außerdem noch ein paar Tropfen Opium, Baldrian und Hopfen in ihrem Getränk waren. Wie sie in ihr Schlosszimmer und ihr Bett kam, daran würde sie sich später auch nicht mehr erinnern können.

Während Antonia in die Falle des Herzogs und letztendlich die ihres Mannes getappt war, wartete Giovanni gemeinsam mit Levallé am anderen Ende des Schlosses, im Südflügel, immer noch auf Antonia. Da die beiden recht früh gekommen und zum hinteren Ende des Saals flaniert waren, konnten sie wunderbar überblicken, wer alles den Saal betrat. Levallé hatte die Prinzessin sofort entdeckt. Mit ihrer fülligen Gestalt, dem charakteristischen Hündchen auf dem Arm und dem für sie so typischen weiten royalen Umhang war sie auch schwerlich zu übersehen. Doch das war jetzt schon eine ganze Weile her, und Antonia war immer noch nicht zu sehen. Um Giovanni ein wenig abzulenken, stupste ihn Levallé in die Seite.

»Was sagst du zur Prinzessin? Habe ich dir zu viel versprochen? Ist sie nicht majestätisch? Ein deutscher Fels in der französischen Brandung. Mich wundert immer nur, dass Liselotte sich mit ihrer spitzen, schnellen Zunge noch nicht selbst erdolcht hat. Aber ich glaube, der König hindert sie daran, sonst müsste er sich allein gegen ihren Sohn, seinen Neffen und Schwiegersohn, den Herzog von Orléans, erwehren. Er lauert geradezu auf den Tod des Königs und würde nichts lieber tun, als selbst auf den Thron zu steigen.«

Giovanni war ganz verwirrt von Levallés Ausführungen. Zum einen hatte er nicht richtig zugehört, weil er nur nach Antonia Ausschau hielt, zum anderen waren ihm die Familienverhältnisse am französischen Hof stets ein wenig zu wirr gewesen. Daher antwortete er nur: »Die Prinzessin ist wirklich beeindruckend, die Flatulenzen ihres Hundes rieche ich zwar bis hierher, aber bei dem, was ich heute schon gerochen habe, ist das noch harmlos. Aber was den Herzog von Orléans betrifft, kann ich dir nicht folgen.«

Giovanni sprach nicht weiter, sondern reckte den Kopf, um

besser riechen zu können. Er hätte schwören können, einen Hauch von Antonia in der Nase gehabt zu haben, aber es war nur ein junges, hübsches Mädchen, das eine Nuance von Ähnlichkeit mit Antonias Odeur gehabt hatte.

Levallé interpretierte Giovannis Kopfrecken hingegen als Interesse an den königlichen Verwandtschaftsverhältnissen, die er, im Gegensatz zu Giovanni, tatsächlich interessant fand, und fuhr fort: »Im Grunde ist es ganz einfach: Herzog Philippe I. von Orléans war der jüngere Bruder des Königs und Gatte der Prinzessin Liselotte, die wiederum von ihrem Vater, dem Pfalzgrafen, an den französischen Hof verheiratet wurde, sozusagen als Friedensangebot an den französischen Hof. Jeder wusste zwar, dass der Herzog am Hof wie ein Mädchen erzogen worden war und sich auch nur für Männer interessierte, aber solange die Etikette gewahrt und eine Ehe vollzogen wird, sind alle zufrieden. Bis auf Liselotte wahrscheinlich. Wirklich schlimm für sie war dann, dass sie bei der Erziehung ihres Sohnes nichts mitzureden hatte und der kleine Philippe schon sehr früh von seinem Vater zu ausufernden Orgien mitgenommen wurde. Und dieser Sohn, der jetzige Herzog von Orléans, treibt es heute genauso doll wie sein Vater damals. Zwar ist der jetzige Herzog den Weibern zugeneigt, aber was macht das für einen Unterschied bei diesen obszönen Gelagen? Liselotte ist darüber jedenfalls nicht sehr glücklich und auch nicht darüber, dass ihr Sohn auch noch die Tochter der Mätresse des Königs geheiratet hat. Ach, was erzähle ich dir, du hörst ja gar nicht zu!«

Giovanni hatte tatsächlich kaum zugehört, aber auch wenn er zugehört hätte, hätte er die Details ganz sicher nicht behalten, und er würde sich auch erst Mühe geben, den Hof und die Etikette in allen Facetten zu verstehen, wenn er Hoflieferant werden würde. Aber so weit war er noch nicht, und ob er es jemals werden würde, stand in den Sternen, auch wenn Levallé das anders sah. Daher entschuldigte er sich einfach. »Tut mir leid, ich mache mir Sorgen um Antonia.«

»Ach, die wird schon gleich kommen. Wenn die Prinzessin schon da ist, kann Antonia nicht weit sein, wir können sie ja mal fragen.«

Giovanni lechzte geradezu danach, über Antonias Verbleib etwas zu erfahren, wobei seine Nase eine andere Sprache sprach. Es war das erste Mal, dass sich Giovanni dem Gestank eines Hundes freiwillig näherte, auch wenn die Sitte mit den Schoß-hunden immer weiter ausuferte. Wenigstens war diese Titti nicht das schlimmste Exemplar im Saal, es gab durchaus noch viel übler riechende Hunde in diesen königlichen Hallen.

Giovanni versuchte, sich auf die Information, die er über Antonia bekommen würde, zu konzentrieren. Doch da wurde er leider enttäuscht. Die Prinzessin freute sich zwar sehr, Levallé, ihren wunderbaren Champagnerlieferanten, wiederzusehen, hatte aber auch keine Ahnung, wo Antonia steckte. Da Levallé aber, ganz wie es die Etikette forderte, Giovanni ausführlich vorgestellt hatte, war Liselottes Erwiderung keinesfalls schnell abgehandelt. Giovanni hatte schon gerochen, worauf es hin-auslief.

»Oh, der göttliche Parfümeur, ich bin entzückt, und mein Schwager war es ganz gewiss auch, wenn nicht sein stümper-hafter Hofparfümeur die Audienz gestört hat oder seine fürch-terlichen Berater diese außergewöhnliche Sonnenfinsternis mit Ihrem Besuch in Zusammenhang gebracht haben. Ich fühle mich mit Ihrem wunderbaren ›Eau de Cologne‹ jedenfalls schon zehn Jahre jünger. Ich würde sofort eine ganze Palette Ihres zauberhaften Parfüms ordern, aber da mein Gatte unser Vermö-gen leider verprasst hat, der Rest in die schrecklichen Kriege floss und ich sogar schon meinen Schmuck versetzen musste, bleiben mir leider nicht genug Livres für Ihre edlen Tropfen. Aber Antonia hat versprochen, mich damit zu versorgen. Bei dem Vermögen ihres Mannes muss ich auch kein schlechtes Gewissen haben, Antonia ist auch jederzeit auf unserem Schloss willkommen. Sie, mein lieber Magier der Düfte, natürlich auch. Aber was rede ich, Antonia müsste wirklich schon längst da sein.«

Giovanni musste schlucken. Das würde ihm noch fehlen, dass Antonia mit Bernardos ergaunertem Geld sein Parfüm kaufte, um es unter die Leute zu bringen. Wahrscheinlich meinte Antonia sogar, dass sie ihm damit einen Gefallen tun würde. Wut stieg in Giovanni auf, Wut gegen Antonia, sodass er einen Augenblick später selbst über sich erschrak. Niemals wollte er ein solches Gefühl gegen Antonia hegen, und doch war es in ihm aufgestiegen, nur weil eine ältliche Prinzessin leichtfertig etwas dahingesagt hatte. Levallé hatte sein Entsetzen bemerkt und verwickelte die Prinzessin in ein Gespräch über den wunderbaren Champagner, den sie sich leider auch nicht mehr leisten konnte und stets auf großzügige Präsente ihrer Gäste hoffte.

Giovannis Ärger war längst verraucht, es war auch nur ein kurzes Aufwallen gewesen, das wenige Sekunden später schon wieder verzogen war. Er schalt sich und konzentrierte sich sofort wieder auf Antonias Verbleib, doch bevor er weiter nachbohren konnte, wohin sich Antonia in diesem weitläufigen Schloss verirrt haben könnte, trat unerwartet seine kleine Schwester in Begleitung eines jungen Mannes neben ihn. Giovanni hatte zwar gewusst, dass sie auch hier sein würde, war aber so in Gedanken, dass er erschrak, als er sie plötzlich roch und dann auch hörte.

»Darf ich vorstellen, Bruderherz: Voltaire, der größte Poet aller Zeiten, mit der schönsten Perücke der Gesellschaft!« Anna lachte, als sie auf die künstliche Haarpracht des jungen Dichters zeigte, die sie gerade erst für Voltaire fertiggestellt hatte, und zupfte keck an einer Locke der Allongeperücke, bevor sie sich zu Giovanni umdrehte und ihn dem jungen Dichter vorstellte. »Und das ist der größte Parfümeur aller Zeiten, mein lieber Voltaire.«

Voltaire verbeugte sich elegant mit einem spitzbübischen Lächeln auf den Lippen. »Ein frischer Duft in diesen Räumen würde vielleicht den Geruch des drohenden Untergangs vertreiben. Ich bin hocherfreut, verehrter Monsieur Farina, Ihre Schwester hat mir schon so viel von Ihnen und vor allem von Ihrem Parfüm erzählt.«

Giovanni fühlte sich etwas überrumpelt und wie üblich in solchen Situationen ein wenig unsicher. Er konnte diesen kecken jungen Mann auf jeden Fall gut riechen, sehr sanft, nicht penetrant und schon gar nicht faulig, ganz im Gegenteil, sein Geruch hatte etwas Frisches. Trotz dieser angenehmen

Überraschung, denn man traf selten wohlriechende Menschen, fehlten Giovanni die Worte, und so erwiderte er nur: »Oh, das freut mich! Möchten Sie einmal?« Dabei zog er sein mit »Eau de Cologne« getränktes Taschentuch aus der Weste und reichte es Voltaire, der gierig daran schnupperte.

»Welch ein Genuss! Endlich ein Duft, der nicht den Körper verklebt, sondern den Geist beflügelt! Sie sind wahrlich ein großer Künstler.«

Giovanni konnte sich vor lauter Sorge um Antonia gar nicht so recht über das Lob freuen und antwortete daher ein wenig hilflos: »Danke, mein verehrter Monsieur Voltaire. Selten wird mein Duft in so vortreffliche Worte gepackt, und ich hoffe, wir können unsere Konversation sehr bald fortsetzen, aber jetzt muss ich ganz dringend jemanden suchen.«

Erst jetzt fiel Anna auf, dass Antonia gar nicht da war, sie hätte längst hier sein müssen. »Ist Antonia noch nicht da?«

Giovanni rieb sich verzweifelt die Schläfen. »Ich verstehe es nicht, Prinzessin Liselotte hat gesagt, dass sie zusammen angekommen sind, dass sie Antonia aber am Eingang aus den Augen verloren hat. Ich werde sie jetzt suchen gehen, und wenn ich das ganze Schloss mit seinen Tausenden von Zimmern abklappern muss!«

Anna verdrehte die Augen. »Du wirst dieses Schloss ganz sicher nicht allein durchsuchen, und an einem Abend ist das eh nicht zu schaffen, in die Apartments kommst du auch gar nicht rein, da wirst du von den Wächtern schon am Gang abgepasst.«

Levallé, der inzwischen mitbekommen hatte, dass Giovanni nicht mehr gewillt war, den Abend beim Bankett zu verbringen, solange er Antonia nicht gefunden hatte, fragte bei der Prinzessin noch einmal nach: »Sie haben wirklich gar keine Idee, wohin Antonia verschwunden sein könnte?«

Die Prinzessin schüttelte den Kopf, tätschelte dabei nachdenklich den Kopf ihrer Titti und wandte sich dann ruckartig an Levallé. »Vielleicht doch: Ich kann es mir zwar nicht vorstellen, da sie ja, wie ich auch, die Einladung zu genau diesem Bankett hatte, aber es findet heute Abend noch ein Bankett im Nordflügel statt. Allerdings keines, das ich einer anständigen

Dame empfehlen würde. Mein Sohn, der Wüstling, hat es mit-organisiert, und ich kann mir nicht vorstellen, wie Antonia dorthin geraten sein soll, die Einladung war eindeutig.«

Levallé befürchtete Schlimmes und beschloss, Giovanni die Details den Herzog betreffend zu verschweigen. Er verabschie-dete sich höflich von der Prinzessin und erklärte Giovanni, dass sich Antonia womöglich im gegenüberliegenden Nordflügel des Schlosses befand. Daraufhin stürmte Giovanni sofort los, aber sowohl Levallé als auch Anna und ebenso Voltaire bestanden darauf, mitzukommen.

Wäre Antonia dabei gewesen und sie hätten nur eine reine Vergnügungsjagd veranstaltet, wäre es wohl ein amüsanter Abend geworden. Aber Giovanni war in tiefster Sorge, in die sich unweigerlich auch ein wenig Ärger mischte, als er der etwas ruchlosen Gesellschaft im Nordflügel gewahr wurde, in der sich Antonia allerdings auch nicht befand, und niemand schien etwas zu wissen oder wissen zu wollen. Die vier hasteten noch den ganzen Abend erfolglos durchs Schloss, zumindest durch die Bereiche, die frei zugänglich waren, bis sie völlig erschöpft aufgeben mussten.

13. KAPITEL

BURG FRANKENSTEIN UND »DIPPELS TIERÖL«

Der umstrittene Alchemist Johann Konrad Dippel wurde 1673 in der berühmt-berüchtigten Burg Frankenstein im hessischen Odenwald geboren. Dippel erfand ein Öl, das er aus tierischen Kadavern gewann und das sich großer Beliebtheit erfreute, das sogenannte »Dippels Tieröl«. Dippel wurden auch Menschenversuche nachgesagt. Er starb 1734 auf Schloss Wittgenstein.

Burg Frankenstein, Mai 1715

Konrad Dippel stapfte sehnsüchtig den Weg zu der maroden Burg hinauf. Endlich würde er sein Geburtshaus wieder betreten, wo er so glückliche Kindertage verbracht hatte. Dass die Landgrafen die Burg so verkommen ließen, tat ihm in der Seele weh. Aber vielleicht hatte alles so sein sollen. Nirgendwo sonst würde er solche Möglichkeiten für seine Forschungen und Experimente bekommen wie jetzt, hier auf seiner Heimatburg.

Als er das Portal erreichte, schlug ihm bereits der Geruch von Verwesung und Krankheit entgegen, und die Schmerzensschreie und Klagelaute drangen an sein Ohr. Seit die Burg als Invalidenhaus diente, hatte er sie nicht mehr betreten. Der Verfall seither war auch im Innern der Burg deutlich zu sehen. Er hatte es auch nicht anders erwartet, hoffte aber, dass er in seinem Labor und seiner Kammer von den Ausdünstungen und dem Gejammer der Kranken und Sterbenden verschont blieb.

Der Alchemist und Mediziner folgte dem Diener zu den einstigen Herrschaftsräumen, wo er bereits erwartet wurde. Auf dem Weg dorthin konnte er einen Blick auf das Krankenlager werfen, es war zumindest ordentlicher und sauberer als vieles, was er an Invalidenhäusern bislang gesehen hatte.

Er kannte den Weg durch die große Eingangshalle und dann links die knarzende Burgtreppe hinauf noch sehr gut und ahnte schon, dass er in die einstige Bibliothek geführt wurde, als der Diener den Weg dorthin im ersten Stock einschlug. Graf Gondo saß vor dem Kamin, der immerhin noch funktionierte, was ein Wunder war, so heruntergekommen, wie das Gebäude war. Über Papiere und Bücher gebeugt, saß der Graf an seinem großen Schreibtisch und blickte auch nicht auf, als Dippel eintrat. Seine Allongeperücke, die auch Bernardo mittlerweile trug, bedeckte dabei fast die Hälfte der Unterlagen. Endlich hob Bernardo den Kopf, und ohne Begrüßung wies er den Alchemisten an: »Es wird Zeit, dass Sie kommen, Dippel, das Labor ist mit allem eingerichtet, was Sie brauchen. Material aus dem Lazarett ist genug vorhanden, es sterben hier jeden Tag Menschen, die noch nicht einmal mehr ihren eigenen Namen kannten. Aus den Leichen können Sie Ihr Öl herstellen. Ich erwarte eine einwandfreie Panazee, außerdem Mumia, das vom Original nicht zu unterscheiden ist, und Elixiere für die Manneskraft. Über den Stein der Weisen und das Gold reden wir später. Im Lazarett können Sie Gifte, Tinkturen und sonstige Aquae mirabiles ausprobieren. Ein Terrarium voll Spanischer Fliegen, außerdem einige andere Tiere, die Sie angefordert haben, befindet sich ebenfalls dort. Der Medicus ist angewiesen, Ihren Experimenten Folge zu leisten. Der Diener wird Ihnen das Labor und Ihre Schlafstube zeigen, ansonsten kennen Sie sich in der Burg ja aus. Haben Sie noch Fragen?«

Dippel hatte noch nie eine so großartige Möglichkeit gehabt, nicht nur seine Experimente durchzuführen, sondern auch seine Heilmittel auszuprobieren. Dabei störte es ihn wenig, dass der eine oder andere Kranke vielleicht etwas früher sein Leben lassen musste oder unter dauerhaften Schäden leiden würde. Um seine Aquae mirabiles zu optimieren, musste er sie schließlich an jemandem ausprobieren, besser an den Kriegsversehrten, die ohnehin nicht mehr viel vom Leben zu erwarten hatten, als an gesunden Menschen.

Was ihn viel mehr störte, war, dass er aus den Leichen sein Öl herstellen sollte, das er sonst aus Tieren gewann. Dabei waren es weniger moralische Bedenken, die Dippel plagten, als vielmehr praktische Befürchtungen, ob die Trockendestillation und die anschließende Wasserdampfdestillation zu einem ähnlichen

Ergebnis führen würden wie bei tierischem Ausgangsmaterial. Schließlich hatte er einen Ruf zu verlieren, »Dippels Tieröl« galt gemeinhin als Wunderheilmittel, als Panazee. Aber der Graf hatte recht, er konnte das Öl bei den Kranken ausprobieren, und dann würde er sehen, wie gut es war.

Und die Toten waren eh tot, keiner würde sie vermissen, und keiner würde für ihre Beerdigung zahlen wollen. Es waren gestrandete Flüchtlinge, letzte Soldaten vom Spanischen Erbfolgekrieg, die keine Verwandten mehr hatten, und sonstiges Gesindel, um das sich niemand kümmerte. Der Graf zahlte den Medicus und seine Gehilfen, sorgte bei einigen für ihre Genesung und durfte ansonsten schalten und walten, wie er wollte.

Dippel überlegte einen Augenblick, bevor er antwortete, wollte gerade den Kopf schütteln, als ihm doch noch einfiel, was er vermisste. »Die Bücher, Herr Graf.«

Bernardo nickte und deutete hinter sich. »Die speziellen Bücher finden Sie unten im Labor, ich treffe Sie nachher dort.«

Dippel nickte, bevor er vorsichtig und mit fast bebender Stimme weiterfragte: »Und die Elektrisiermaschine?«

Bernardo grinste, auf den Erwerb dieser brandneuen Maschine war er besonders stolz. Um zu antworten, hob er kurz, aber mit sichtbarem Stolz den Kopf. »Ebenfalls im Labor unten im Gewölbe.«

Bernardo wartete nicht auf eine Antwort von Dippel, sondern beugte sich wieder über seine Papiere. Tatsächlich konnte er es kaum abwarten, die Maschine in Betrieb zu sehen. Zwar glaubte er selbst nicht so recht daran, dass sie damit Tote zum Leben erwecken konnten, aber einen Versuch war es wert.

Die Nachricht aus Paris hatte ihn höchst erfreut. Nicht nur, dass Antonia und Giovanni, dank der Hilfe des Herzogs von Orléans, nicht so recht zusammenfinden konnten. Auch die Sonnenfinsternis war äußerst hilfreich gewesen. So ganz hatte er Edmond Halley mit seiner Weissagung nicht getraut gehabt, aber verlieren können hätte er bei der Intrige ohnehin nicht.

Auch bei dem Termin für die Audienz von Giovanni hatte ihm der Herzog geholfen. Es war keinesfalls Zufall gewesen, dass der Sonnenkönig den Parfümeur genau am 3. Mai empfangen hatte. Dieser Levallé mit dem leider exquisiten Champagner hatte keine Ahnung, dass der Herzog von Orléans auf den Termin ein wenig Einfluss genommen hatte. Nachdem die Sonnenfinsternis, wie von Halley vorhergesehen, tatsächlich am Morgen des 3. Mai das königliche Zentrum beschattet hatte, konnte der Herzog heimlich und »unter größter Verschwiegenheit« verbreiten lassen, dass der Parfümeur mit finsteren Mächten im Bund war. Der Hofparfümeur Martial hatte ihm dabei nur allzu gern unter die Arme gegriffen. Selbstverständlich hatte der geschwätzige Hof die Nachricht daraufhin mit Begeisterung weiterverbreitet, und der Herzog konnte dem König erfolgreich das »Eau de Cologny« des Grafen unter die Nase reiben.

Bernardo fuchste es zwar immer noch, dass das »Eau de Cologne« von Farina deutlich besser war als sein »Eau de Cologny«. Tatsächlich erhellten sich die Gesichter der Menschen, sobald sie den Farina-Duft in der Nase hatten, und er selbst hatte auch dieses Glücksgefühl gespürt. Doch Bernardo hatte auch ohne den perfekten Duft inzwischen genug Macht und Mittel, um den ganzen Farina-Clan auszutrocknen und auszudörren und Giovanni das Leben zur Hölle zu machen. Denn die Hölle kam nicht nach dem Tod, die wahre Hölle tobte in den Lebenden. Der Teufel brauchte manchmal einen Gehilfen, um die höllische Glut zu entfachen, und Bernardo hatte die Hand des Teufels nur zu gern ergriffen.

»Ist es nicht viel köstlicher, jemanden leiden zu sehen als vom Tode erlöst?« Mit diesen Worten hatte der königliche Leibarzt Dr. d'Aquin Bernardo in den Hof von Versailles eingeführt und dabei fast diabolisch das Gesicht verzogen. D'Aquin war so etwas wie ein Meister für Bernardo geworden. Hatte er doch zuvor blind gehasst, einigen den Tod gewünscht und bei anderen ein wenig nachgeholfen, so war für ihn das Leid seither viel interessanter als der Tod.

Fasziniert hatte er dem absolutistischen Sonnenkönig beim Bankett in sein zahnloses Maul geschaut und die stolze Leidensmiene beobachtet. Freiwillig und ohne Not hatte der Herrscher sich der Tortur des Dr. d'Aquin unterzogen und die Traktate der Doktoren Vallon und Faggon stoisch ertragen.

Bernardo, oder besser Graf Gondo, hatte es zunächst nicht fassen können, dass der Herrlichste aller Herrlichen sich von seinem Quacksalber alle Zähne ziehen und noch den Kiefer brechen ließ – ohne Grund. Und dass er obendrein täglich die Brühe aus Pferdemist, Schlangenpulver und Weihrauch, die ihm seine Doktoren verordneten, klaglos hinunterschluckte. Der erhabene König von Frankreich, dem ganz Europa nacheiferte, ließ sich von drei Quacksalbern alles gefallen und sogar verstümmeln. Der selbst ernannte Graf Gondo war regelrecht elektrisiert von dieser Vorstellung. Ein Medicus am Hof hatte genauso viel Einfluss wie ein Geldverleiher, Hoffaktor oder eine Mätresse. Graf Gondo wollte für alles sorgen. Allerdings nicht mehr bei diesem König. Es war Zeit, dass er abtrat, und das konnte nicht mehr lange dauern, auch wenn es den Doktoren höchstes Vergnügen bereitete, den Alten leiden zu sehen.

Bernardo beendete seinen Brief an den Herzog von Orléans mit Versprechen und Dank, Versprechen, die er auch gedachte zu halten. Gemeinsam mit John Law hatte er das ganze Finanzwesen von Frankreich schon so gut wie sicher in der Hand, an Leid, Leben und Tod würde Dippel die nächsten Wochen arbeiten. Gerade als Bernardo überlegte, wie er seine alchemistischen Pläne mit Dippels Heilöl und der Elektrisiermaschine, die die Toten zum Leben erwecken sollte, in geschmeidige Worte für den Herzog fassen wollte, erhellte ein gewaltiger Blitz die inzwischen pechschwarze Nacht, gefolgt von einem furchterregenden Donner.

Konrad Dippel zuckte zusammen. So ein Gewitter hatte er schon lange nicht mehr erlebt, dabei war es gerade erst Anfang Mai. Die Kranken und Verletzten ächzten und stöhnten, als wäre der Blitz durch die Gemäuer gekrochen und hätte sie getroffen. Ben Buchsbaum, der behandelnde Medicus, ließ sich hingegen von dem Gewitter überhaupt nicht beeindrucken und setzte seine Behandlungen und Zuwendungen fort, als würde draußen noch die Sonne scheinen. Für ihn war das Wohl der Patienten höchstes Gut, und er war stolz auf jeden Einzelnen, den er gesund entlassen konnte.

Der Krieg war noch kein Jahr endgültig zu Ende, und die Kriegsversehrten hatten nun allmählich alle das Invalidenhaus in der verfallenen Burg verlassen – tot oder lebendig. Die meisten Kranken waren jetzt Flüchtlinge aus Frankreich, aber auch ein paar Bauern und Arbeiter aus der Umgebung, die sich sonst keinen Medicus leisten konnten. Buchsbaum behandelte jeden gleich, und jede Genesung war ihm eine persönliche Genugtuung, er gab sein Bestes, was oft aber nicht ausreichte. Es waren einfach zu viele Patienten, weshalb er hätte froh sein müssen, dass er Unterstützung bekam. Aber als er den hochgewachsenen Mann mit der weiß gepuderten Perücke und dem tiefschwarzen Umhang zwischen den Krankenlagern stolzieren sah, ahnte er nichts Gutes.

Konrad Dippel war es auch nicht recht, dass noch ein anderer Medicus an den Invaliden herumexperimentierte, gestand sich aber selbst ein, dass er gar kein Interesse am eigentlichen Kurieren hatte, sondern nur an den Versuchen mit den Dahinsiechenden. Was ja nicht hieß, dass damit so mancher Patient nicht auch kuriert wurde, aber er konnte nicht gleichzeitig nur zum Wohle der Leidenden agieren und seine Versuche durchführen. Die Menschheit würde es ihm einmal danken, hatte der Graf ihm versprochen.

Eigentlich müsste er dankbar sein, dass ein anderer Medicus sich um den reibungslosen Ablauf und die Standardbehandlungen kümmerte und er sich ganz auf seine Versuche konzentrieren und die Patienten dafür aussuchen konnte.

Trotzdem zog er missmutig und angewidert vom Gestank der Eiterbeulen, Fäkalien und sonstigen Auswürfe der hilflosen Menschenbündel auf den Pritschen die Nase kraus. Er kannte den Geruch des nahenden Todes, und er ahnte, wer ihn bald in seinem Labor »besuchen« würde. Er eilte an den Sterbenden vorbei, nickte dem Arzt nur kurz zu und huschte mit seinem Behandlungskoffer schnell weiter, ohne sich vorzustellen.

Den Weg die ausgetretene Steintreppe im Turm hinunter zu den Kerkern kannte er nur zu gut. Als Kind hatte er manchen Tag im Verlies verbracht und hätte damals nie gedacht, dass er jemals freiwillig in die feuchten Gewölbe hinabsteigen würde. Der Geruch nach Ratten, Urin, Schwefel, Brand und Verwesung wurde stärker, je tiefer er hinabstieg. Fackeln beleuchteten den düsteren Gang, verrieten aber nicht, hinter welcher Kerkertür ein Labor war. Und auch als er die richtige schwere Eisentür langsam und quietschend öffnete, gab es noch keinen Hinweis auf das geheime Labor. Nur ein alter Schrank, der eigentlich nicht in den kahlen Kerker passte, gab vielleicht einen kleinen Hinweis auf etwas Ungewöhnliches.

Dippel kannte den Mechanismus für die Geheimtür in- und auswendig. Als er die Innenschranktür aufschob, wurde der Geruch etwas besser. Wände und Boden waren selbst in dem geheimen Gang mit Branntwein ausgewaschen worden, von den Decken hingen überall getrocknete Kräuter. Langsam begann Dippel, sich wohlzufühlen. Er atmete tief ein und ging jetzt schnellen Schrittes in das ihm vertraut vorkommende Labor voller Glaskolben, Tiegel, Kupferdestillen und sonstiger Geräte.

Völlig fasziniert war Dippel aber von dem nagelneuen Elektrisierapparat mit Glaskugel. Er war so begeistert von diesem neuen Gerät, dass er die Leiche auf dem großen Tisch dahinter beinahe nicht gesehen hätte.

Vielleicht wäre Dippel der Tote aufgefallen, wenn davor nicht auch noch die riesige Destillierapparatur gestanden hätte und der Leichnam nicht mit einem Leinentuch sorgfältig abgedeckt gewesen wäre. Es dauerte jedenfalls eine ganze Weile, bis er entdeckt hatte, dass er nicht der einzige Mensch im Labor war. Vielmehr hatte die Leiche ihn entdeckt. Von der Elektrisierapparatur völlig in den Bann gezogen, war er um das Gerät geschlichen, ohne die Augen davon abzuwenden. Allerdings hatte er tunlichst darauf geachtet, dabei die gläserne Destille nicht umzustoßen, die fast direkt danebenstand.

Diese Aktion schien seine ganze Konzentration zu erfordern, sonst wäre er ganz sicher nicht mit seinem Allerwertesten an den Tisch mit dem Leichnam gestoßen. Noch bevor er sich umdrehen konnte, rutschte der Arm des Toten unter dem Tuch hervor und verpasste ihm einen sanften Hieb. Und nur weil Dippel es eigentlich gewohnt war, mit Leichen zu hantieren, blieb die Katastrophe aus. Dippel erschrak natürlich trotzdem und hätte beinahe durch sein reflexartiges Schreckensgebaren Destille und Elektrisierapparatur umgestoßen.

Aber eben nur beinahe. Als er jetzt die Leiche inspizierte und feststellte, dass noch nicht einmal die Totenstarre eingesetzt hatte, bemerkte er nicht, dass er beobachtet wurde. Graf Gondo war ihm unauffällig gefolgt und beobachtete amüsiert die Szene. Als Dippel mit seiner Untersuchung fast fertig war, machte er sich bemerkbar. »Sind Sie mit Ihrem neuen Labor zufrieden?«

Dieses Mal war Dippel tatsächlich so überrascht, dass er ein paar Tiegel umwarf. »Sie sind mir gefolgt?«

»Ja, ich wollte sehen, ob Sie Geräte und Material beeindrucken.«

Dippel gab sich jetzt ganz selbstbewusst. »Nun, das haben Sie wohl gesehen. Wo haben Sie diese faszinierende Maschine her? Und was soll ich mit dem Leichnam machen? Woran ist er gestorben? Vermisst den denn wirklich keiner?«

Gondo lächelte, der Stolz auf seine Errungenschaft war ihm ins Gesicht geschrieben. »Das sind ja eine ganze Menge Fragen, Dippel. Der junge Mann war ein Hugenottenwaise, der schon als Kind kränklich war. Neben den Kriegsinvaliden kümmern wir uns hier auch um die Armen. Er kam mit hohem Fieber her, und wir haben ein paar Therapien und neue Arzneien ausprobiert, konnten ihm aber nicht helfen. Bevor Sie ihn zu Ihrem Öl verarbeiten, sollten Sie versuchen, ihn mit der Elektrisiermaschine wieder zum Leben zu erwecken.«

Jetzt, wo er vor der Leiche eines so jungen Menschen stand, lief es ihm bei dem Gedanken, ihn zu seinem Öl zu verarbeiten, eiskalt den Rücken hinunter. Er hatte gewusst, was hier auf ihn zukommen würde, aber in Anbetracht des noch sehr jungen Körpers, der tot vor ihm lag, schauderte es den Alchemisten. Doch bevor er irgendwelche Einwände vorbringen konnte, fuhr Gondo fort: »Und nun zu Ihrer ersten Frage: Die Maschine habe ich aus England, aus dem Bestand von Francis Hauksbee. Sehen Sie die Kurbel dort?«

Dippel nickte.

»Drehen Sie sie eine Weile und halten Sie dann eine Hand auf die Glaskugel.«

Während Dippel folgsam tat, wie ihm geheißen wurde, löschte Gondo die Kerzen und ließ nur die Fackel am Eingang an. Das schwache Licht tauchte das Labor in eine unheimliche Stimmung. Doch als Dippel eine Hand auf die rotierende Kugel legte, begann sie plötzlich zu leuchten und hüllte den Raum in ein seltsam helles Licht. Der sonst wirklich nicht zimperliche Dippel erschrak erneut und zog seine Hand reflexartig zurück. Sofort wurde das Leuchten schwächer und das Labor langsam wieder dunkler. Gondo nutzte das Restlicht, um die Kerzen mit der Fackel wieder anzuzünden. Dippel starrte noch immer fasziniert auf die Maschine, während Gondo unbeeindruckt fortfuhr: »Sie können sich denken, dass ich die Maschine nicht herbringen ließ, damit Sie es heller im Labor haben.«

Dippel nickte erneut, konnte sich aber immer noch nicht erklären, was er mit diesem faszinierenden Gerät tun sollte. Statt zu fragen, wartete er einfach, bis Gondo es ihm erklärte, was dieser bald tat. »Sie haben gesehen, dass die Kugel auf Ihre Hand reagiert und leuchtet. Die Kugel ist elektrisiert, und der Mensch interagiert damit. Vielleicht können Sie den Toten damit wieder zum Leben erwecken. Sie müssen sicher ein wenig experimentieren, um die Energie auf den leblosen Körper zu übertragen, aber das schaffen Sie schon. Wenn es Ihnen tatsächlich gelingt, einen Toten zu erwecken, gehen Sie in die Geschichte ein – und ich natürlich auch, das dürfen Sie nie vergessen. Gelingt es Ihnen nicht, haben Sie viel Material für Ihr Öl, das sicher noch besser wirkt als das aus tierischen Kadavern. Auch das kann Sie berühmt machen.«

Triumphierend sah Gondo den etwas überforderten Alchemisten an. Natürlich war sich Dippel bewusst, dass er hier eine einmalige wissenschaftliche Chance bekam. Aber mit Menschen hatte er noch nie experimentiert, schon gar nicht mit Toten, was ihm als Theologe auch zuwider war. Aber Graf Gondo hatte ihn nicht als Theologen, sondern als Alchemisten einbestellt, und damit verdiente er seit geraumer Zeit sein täglich Brot. Dippel nickte nun zum wiederholten Male und gab etwas hilflos zurück: »Wie soll ich denn die Kraft der Kugel auf den Körper übertragen? Soll ich die Hand des Toten auf die Kugel legen?«

Etwas verärgert erwiderte der Graf: »Wenn ich es wüsste, bräuchte ich Sie nicht! Ja, nehmen Sie halt die Hand des Toten, die hat ja vorhin schon nach Ihnen gegriffen. Aber beeilen Sie sich, die Totenstarre setzt bald ein. Wenn, wie ich annehme, der erste Versuch nicht gelingt und der junge Mann im Reich der Toten bleibt, machen Sie Waffensalbe aus ihm. Sie wissen, dass wir vor allem Invaliden mit Schusswunden in Behandlung haben, und das Zeug ist rar und teuer. Als Alchemist sollten Sie wissen, wie die Salbe herzustellen ist, falls nicht: Die ›Archidoxis Magica‹ von Paracelsus steht im Regal. So genau müssen Sie es allerdings nicht nehmen. Die Mumien müssen Sie selbst herstellen, auch für das Mumia, und ein Dieb muss es bestimmt auch nicht sein. Den Quacksalbern können wir das auch so teuer verkaufen. Bitumen, Leinöl, Heilerde und alles, was Sie sonst so brauchen, finden Sie hier im Labor.«

Damit verschwand Gondo und ließ den bedröppelten Dippel allein mit dem Toten, der Elektrisiermaschine und den vielen anderen Apparaturen und Tinkturen. Um nicht noch länger tatenlos herumzustehen, ging Dippel zum Regal und griff nach dem Paracelsus. Die Rezeptur hatte er zwar schon hundertmal gelesen, aber noch nie zubereitet, da er bislang auf humane Ingredienzien verzichtet hatte. Dippel kannte Alchemisten, die Menschenfänger beauftragten, um ihre Elixiere aus den Kadavern der Vogelfreien herzustellen. Sein inzwischen berühmtes Tieröl empfand er als geradezu humanen Gegenentwurf zu dem kannibalischen Gebaren der Kollegen. Da mokierten sich die feinen Herren über die Kannibalen in der Neuen Welt und dem Ostindischen Archipel, während sie sich die gemahlenen Kadaver ägyptischer Mumien und heimischer Diebe einverleibten.

Nachdenklich schlug Dippel die Seite in Paracelsus' Traktat auf, die sich mit der Waffensalbe beschäftigte, und las die Rezeptur laut vor, obwohl er allein im Labor war: *»Nimm je eine Unze von der Flechte, die auf dem Kopf eines gehängten Diebes wächst, von echter Mumie und von warmem Menschenblut; dazu zwei*

Unzen Menschentalg und je zwei Drachmen Leinöl, Terpentin und armenische Heilerde. Verquirle alles gut in einem Mörser und bewahre die Salbe in einer länglichen, schmalen Urne auf.«

Na ja, nicht ganz allein, fiel ihm gerade wieder ein, er sollte ja zunächst versuchen, den Toten wiederzubeleben. Immer noch kopfschüttelnd ging Dippel zur Elektrisiermaschine und fing an zu kurbeln. Als die Kugel kräftig rotierte, nahm er widerwillig den Arm des Toten in die Hand und versuchte, die Hand auf die Glaskugel zu bugsieren, was ihm aber nicht gelang, weil der Abstand zwischen Leichentisch und Elektrisiermaschine noch zu groß war. Dippel standen schon Schweißperlen auf der Stirn, obwohl er kaum etwas getan hatte.

Mit entsprechendem Eifer ging er ans Werk und hatte es auch endlich geschafft, Elektrisiermaschine und Leiche so zu positionieren, dass er noch problemlos an die Kurbel kam und trotzdem mit der Leiche nah genug an der Maschine war, um die Hand auf die rotierende Kugel zu legen.

Während er dies vorsichtig tat, hatte er den Toten fest im Blick. Die Reaktion überwältigte ihn derart, dass er vor Schreck an dem Arm zerrte und den ganzen Leichnam von der Bahre riss. Dippel zitterte am ganzen Leib und wusste selbst nicht, ob es das Missgeschick war, das ihn so aus der Fassung gebracht hatte, oder die Reaktion der Leiche. Zum Leben hatte er den Toten nicht wiedererweckt, aber er hatte sich bewegt, und Dippel war sich plötzlich sicher, dass er es schaffen könnte.

Graf Gondo nahm mit Genugtuung zur Kenntnis, wie sich Dippel in die Arbeit stürzte, und reiste einige Tage später beruhigt ab. Doch bald schon gingen Gerüchte durchs Dorf, über Dippel als Alchemisten und schwarzen Magier. Da Dippel stets bis tief in die Nacht arbeitete und die kleinen Kerkerfenster nicht verdunkelt hatte, gelangten bei seinen Versuchen seltsame Lichtphänomene und auch oft eigenartig laute Geräusche nach draußen, sodass trotz größter Geheimhaltung die Leute anfingen zu reden.

14. KAPITEL

MARIA MANCINI

Maria Mancini (1639–1715) war eine Nichte des Kardinals Jules Mazarin und eine frühe Mätresse von Ludwig XIV., aber auch die erste große Liebe des Sonnenkönigs. Ihre Schwester war die Mutter von Eugen von Savoyen und ebenfalls eine Mätresse des Sonnenkönigs.

Santa Maria Maggiore, Piemont, Savoyen, Mitte Mai 1715

Es war das erste Mal, dass Giovanni die Überquerung des Simplonpasses nicht in vollen Zügen genoss. Dabei hatte er sich so auf seine Rückkehr in die Heimat gefreut, und der Anblick des gigantischen Toce-Wasserfalls ließ jedes Mal sein Herz höherschlagen. Wobei es auch eine sehr melancholisch-deprimierende Erinnerung an die Kaskade gab. Es war das Jahr, in dem Giovanni von Antonias Hochzeit mit Bernardo, dem selbst ernannten Grafen von Gondo, erfahren hatte. Gerade hatte er das Parfüm für seine große Liebe mit größter Sorgfalt, Enthusiasmus und Kreativität fertiggestellt, als ihn die Nachricht erreicht und wie der Schlag getroffen hatte.

Das duftende Fluidum hatte er daraufhin den reißenden Fluten des Toces übergeben und sich an der Klippe des Wasserfalls beinahe selbst hinterhergestürzt. Aber das war jetzt viele Jahre her, längst hatte die schäumende Gischt aufgehört, sein Herz zu beschweren, im Gegenteil, sie erinnerte ihn an den steten Neuanfang und die reinigende Kraft des Wassers, das hier so klar und rein duftete wie fast nirgendwo sonst.

Trotzdem überkam ihn jetzt eine Melancholie, die ihn an den schlimmsten Tag seines Lebens erinnerte. Er wusste, dass es mit den denkwürdigen Tagen, die er mit Antonia in Paris verbracht hatte, zusammenhing. Nachdem Levallé und er Antonia am Morgen nach der Feier endlich gefunden hatten, war sie kaum sie selbst gewesen. Giovanni hatte noch die Reste des

Narkotikums, das Antonia verabreicht worden war, riechen können. Es musste einer der Schergen von Philippe von Orléans gewesen sein, der ebenfalls eingefädelt hatte, dass sie nicht bei derselben Gesellschaft Gäste waren. Dabei hatte Levallé alles so gut vorbereitet.

Die einzige Erklärung war Antonias Gatte Bernardo, der wieder irgendetwas im Schilde führte. Erschreckend genug war allein diese Tatsache, aber unheimlich wurde es, wenn man daran dachte, welchen Einfluss er dafür am Hof haben musste. Giovanni hatte Bernardo unterschätzt, still und heimlich hatte dieser Ruhm, Reichtum, Macht und Einfluss ausgebaut. Der Krieg hatte ihm wahrscheinlich noch in die Hände gespielt, indem er mit seinem Gold den verarmten Kriegsherren unter die Arme griff. Im Zweifel heimlich auf beiden Seiten des Heeres. In Anbetracht der Tatsache, dass die ganzen Kriege der letzten Jahrzehnte eine einzige Familienfehde waren, vielleicht auch nicht verwunderlich.

Es war die Unbeschwertheit der Jugend, die Giovanni an Antonia so vermisste. Wie eine Ertrinkende hatte sie sich nach der Nacht in Versailles an Giovanni geklammert, geplagt von den Nachwirkungen des Opiats und der fehlenden Erinnerung. Es war, als würde die Sonnenfinsternis auch noch Tage später ihre Schatten werfen. Es hatte lange gedauert, bis es Antonia besser ging. Selbst Giovannis kleine Schwester Anna, die Antonia stets aufheitern konnte, hatte nichts bewirken können.

Levallé hatte es mit seinem hervorragenden Champagner versucht, doch Antonia ertrug die ersten Tage nach der Schreckensnacht nur klares Wasser. Einzig Giovannis »Eau de Cologne« vermochte ihre Stimmung nach und nach aufzuhellen. Als es Antonia nach fast einer Woche endlich besser ging, erreichte sie die Nachricht, dass ihre Tochter Anna erkrankt war. Aus der gemeinsamen Reise nach Grasse und in die Heimat war nichts geworden.

Jetzt stand Giovanni allein an der Klippe über dem gigantischen Wasserfall und kämpfte gegen die magische Anziehungskraft der Tiefe. Dabei hatte er sich seit Monaten darauf gefreut, das Valle Vigezzo wiederzusehen und vor allem zu riechen, nachdem er wegen des Spanischen Erbfolgekrieges seiner Heimat so viele Jahre hatte fernbleiben müssen. Seine Mutter hatte früh dafür gesorgt, dass weder er noch seine Brüder zwischen die Fronten gerieten. Erst hatten die Spanier in Mailand geherrscht, dann die Österreicher, von Westen her hatten sich die Franzosen ein Stück ihrer Heimat einverleibt, und jetzt herrschten die Savoyer auch über das Piemont, die streng genommen auch dem französischen Hochadel entstammten und am Hof von Versailles aufgewachsen waren. Was hatte Liselotte von der Pfalz über Eugen von Savoyen gesagt? »Schmutzig und sehr debauchiert«, waren ihre Worte gewesen.

Darüber hatte Giovanni noch schmunzeln müssen, aber als die Pfalzgräfin ungerührt weitererzählte, wie ihr verstorbener Gatte, der Herzog von Orléans, den jungen Prinzen mit seinen schmutzigen Spielchen vom anderen Geschlecht entfernt hätte, war ihm fast übel geworden. An manche Details ihrer Ausführung mochte er gar nicht denken. Der Herzog hätte sich an allen Knaben verlustiert, so wie Eugen es ihm jetzt nacheifere.

Nun herrschte das Haus Savoyen über seine Heimat und Prinz Eugen auch noch über Mailand. Trotzdem waren Giovanni diese Verhältnisse lieber als die französische Vorherrschaft zuvor. So gern er in Paris weilte, er war glücklich, dass Grasse jetzt wieder zu seiner Heimat zählte. Die Neroli-Ernte in Grasse war ein Lichtblick seiner Reise gewesen und vor allem ein Duftrausch. Die schneeweißen Orangenblüten hatten augenblicklich seine Stimmung aufgehellt, und in den Destillerien in Grasse und Vallauris hatte er nach dem Frieden von Rastatt endlich wieder alte Freundschaften und Handelsbeziehungen persönlich auffrischen können.

Die Aromateure und Destillateure in Grasse wussten genau, dass sie Giovanni Maria Farina nicht täuschen und ihm keine zweitklassige Ware anbieten konnten. Das hatten sie schon verstanden, als Giovanni noch ein Lehrjunge in Grasse war. Jetzt empfingen sie ihn mit allen Ehren, denn nirgendwo sonst wusste man seine hervorragende Nase so sehr zu schätzen wie in Grasse. Selbst sein früherer Lehrmeister bat ihn um Rat, als er Neroliwasser für den König abfüllte. Er verließ sich dabei voll und ganz auf Giovannis Nase, was die beste Charge anbetraf. Auch die Handschuhmacher eilten herbei und wollten ihre Handschuhe von Giovanni exklusiv beduften lassen.

Die hübschesten Damen und Mädchen der ganzen Region kamen und bewunderten den großen Parfümeur, der selbst den König beeindruckt hatte. Keiner aus Grasse und der Umgebung brachte seine Audienz in Versailles in Zusammenhang mit der Sonnenfinsternis. Ganz im Gegenteil, sie behandelten ihn, als hätte er die Sonne zurückgebracht. Giovanni war völlig überwältigt von dem Respekt und der Ehrfurcht, mit denen er behandelt wurde. Sein »Eau de Cologne« rissen ihm diejenigen, die es sich leisten konnten, förmlich aus den Händen, und die anderen verkauften fast ihr letztes Hemd, um sich in etwas viel Schöneres zu hüllen als in schnödes Leinen: in einen Hauch von Giovanni Maria Farinas Parfüm.

Es war so, wie er es sich immer gewünscht hatte, und dennoch trübte die Abwesenheit von Antonia seine Freude so sehr, dass er sie kaum hatte genießen können. Und verbittert dachte er, dass er sich erst jetzt, nachdem er hervorragende Geschäfte in Grasse gemacht hatte, eine private Kutsche leisten konnte – während sein Widersacher und Antonias offiziell angetrauter Gatte aus ärmsten Verhältnissen gekommen war und durch windige Geschäfte jetzt so reich war, dass er zu jedem Ort der Welt mit einer privaten Kutsche aus Samt, Seide und Gold reisen konnte.

Nachdenklich drehte sich Giovanni um und sah zu seiner bescheidenen gemieteten Kutsche hinüber. Vorsichtig und gut gepolstert hatte er das Neroliöl und einige andere Essenzen im Gepäckabteil verstaut, dem jetzt ein leichter Hauch des Orangenblüten-Odeurs entströmte und Giovanni etwas besänftigte. Kutscher und Pferd warteten bereits ein wenig ungeduldig auf die Weiterfahrt. Giovanni hatte die Zeit vergessen, der Fluss hatte zu viele Erinnerungen hochgespült. Wenn er vor Sonnenuntergang in Santa Maria Maggiore sein wollte, mussten sie sich jetzt beeilen.

Giovanni versuchte, sich zu entspannen und die malerische Sonne, die den reißenden Toce sanft einrahmte, zu genießen.

Nachdem sie den Wasserfall ein gutes Stück hinter sich gelassen hatten, lehnte sich Giovanni zurück und schloss die Augen. Nur gedämpft drang der liebliche Duft der Bergwiesen in das Innere der Kutsche und versteckte die Sehnsucht nach seiner Heimat, die er oft verdrängte. Als ein Hauch von Bergnarzissenduft in Giovannis Nase wehte, klopfte er plötzlich an das vordere Fenster zum Kutscher und gebot ihm anzuhalten.

»Ich möchte die letzte Wegesstrecke auf dem Kutschbock mitfahren«, verkündete Giovanni mit einer Entschlossenheit, die keinen Widerspruch duldete. Noch bevor der Kutscher etwas sagen konnte, war Giovanni geschwind aus der Kutsche hinaus- und auf den Kutschbock hinaufgeklettert.

Mit den Worten »Aber mein Herr, hier vorn ist es zugig und unbequem« versuchte der Kutscher halbherzig, seinen Fahrgast zur Rückkehr in die Kabine zu bewegen, was aber zwecklos war. Sehnsüchtig reckte Giovanni seine Nase zu den Wiesen, auf denen die Narzissen sanft ihre Köpfe im Wind wogten, und er konnte es kaum abwarten, sich darin förmlich zu suhlen und die zarten Köpfe zu ernten. Natürlich hatte er Erntehelfer, die auch in den Jahren des Krieges für ihn gute Arbeit geleistet hatten, aber er wäre wieder wie früher als Kind und Jugendlicher mittendrin und fleißig dabei.

Endlich konnte er die Fahrt genießen, auch wenn es nur noch für kurze Zeit war. Die Sonne stand schon tief am Horizont, als er die ersten Häuser von Santa Maria Maggiore erblickte. Der Kirchturm schlug gerade zum sechsten Mal, als sie an dem Platz davor vorbeifuhren und nach links zu seinem Elternhaus abbogen. Die Dorfbewohner schauten ihm neugierig nach, erkannten in dem feinen Herrn nicht gleich den sensiblen Jungen der Farinas.

Giovannis Mutter Lucia hatte schon eine Weile stickend am Fenster gesessen und gewartet, wie seit Tagen, schließlich konnte sie nur ungefähr wissen, wann ihr Sohn ankommen würde. Aber wie so viele aus ihrer Familie hatte sie oft untrügliche Ahnungen, so schaute sie genau in dem Moment aus dem oberen Stubenfenster, als Giovannis Kutsche in die Gasse einbog, die zum Hof der Farinas führte. Augenblicklich ließ sie das Stickzeug fallen, rief ihren Mann und stürmte nach unten.

Der vertraute Geruch seiner Mutter, gepaart mit einem Hauch seines »Eau de Cologne«, erfüllte Giovanni mit einer wohligen Wärme, die nur Eltern und Kinder kennen, die sich ein Leben lang verbunden fühlen. Glücklich stieg er vom Kutschbock und warf erst jetzt einen Blick auf seine Mutter: Es schien, als würde sie immer schöner statt älter. Noch immer und trotz der Kinder war ihre Taille schmal wie die eines jungen Mädchens, was die breite Rockschnürung noch betonte. Die einfache, aber elegante blütenweiße Baumwollbluse, die sie darübertrug, bauschte sich leicht über ihrem wohlgeformten Oberkörper, und die leuchtend roten Haare fielen in sanften Wellen über ihre zarten Schultern.

Giovanni umarmte sie herzlich, und nachdem er so viele reiche Vetteln in Paris gesehen hatte, war er ausnahmsweise nicht sparsam mit Komplimenten. »Mutter, du riechst wie der Frühling und siehst aus wie das blühende Leben, an dem Jahrzehnte spurlos vorübergegangen sind. Auch wenn ich das Henna rieche, selbst deine Haare erscheinen voll jugendlicher Strahlkraft, Vater sollte gut auf dich aufpassen.«

Lucia lachte, so viele Worte über das, was er sah, hatte sie noch nie aus Giovannis Mund gehört. Stundenlang konnte er sich über alles, was seine empfindliche Nase aufnahm, auslassen, aber seine Augen schienen selten so viel wahrzunehmen.

»Ich fühle mich geschmeichelt, mein Sohn! Aber weißt du, Anna Maria de' Medici hat mir eine Geheimrezeptur für die ewige Jugend eingeflüstert. Soll ich sie dir verraten?«

Giovanni nickte gespannt, und Lucia fuhr mit ernster Miene fort: »Ein geniales ›Eau admirable‹, von dem ich einmal täglich drei Tropfen innerlich und einige mehr äußerlich verwenden soll, es heißt ›Eau de Cologne‹ von dem berühmten Giovanni Maria Farina!«

Jetzt musste auch Giovanni lachen. »Ehrlich, das hat sie zu dir gesagt?«

Lucia nickte. »Ja, weil du ja aus berechtigten Gründen darauf bestehst, dass dein ›Eau de Cologne‹ nur ad decorum als Parfüm zu benutzen ist, hat sie mich heimlich darauf eingeschworen, täglich auch ein paar Tropfen einzunehmen. Die Rezeptur für die Haare hat mir natürlich Paola geschickt und das Henna Onkel Carlo aus Venedig. Bleiweiß schmiert sich hier in den Bergen, Gott sei Dank, auch keiner ins Gesicht, sodass ich mich für mein Gesicht auf Craveggia-Wasser, Mandelöl und ein paar Essenzen beschränken kann, die meinem Teint nicht schaden. Außerdem bin ich ohnehin der Meinung, dass die grässliche Stadtluft krank und alt macht. Ich weiß gar nicht, wie du armes Kind das mit deiner empfindlichen Nase aushältst.«

Giovanni zuckte mit den Schultern. »Wenn ich die gute Luft hier rieche, frage ich mich das auch. Aber du weißt besser als ich, dass ich nicht freiwillig nach Köln gezogen bin. Aber abgesehen von der schlechten Luft gefällt mir die Stadt. In Rom, Paris, Mailand, Frankfurt und allen anderen Städten ist die Luft auch nicht besser. Ich werde die Tage hier mit jedem Atemzug genießen und mich nach meiner Rückkehr täglich daran erinnern, aber jetzt lasse ich erst mal meine Sachen abladen, damit ich den Kutscher wegschicken kann.«

Bevor Lucia etwas erwidern konnte, kam Giovannis Vater aus der Tür, um seinen Sohn herzlich zu begrüßen. Auch er sah gut aus, war aber ganz in Schwarz gekleidet, als wäre er in Trauer.

»Ist jemand gestorben?«, fragte Giovanni daher ein wenig in Sorge.

Giovannis Vater nickte. »Du kennst sie nicht, aber wir müssen leider trotzdem auf die Beerdigung, dafür wirst du dort Paola wiedertreffen. Wir haben sie auch schon lange nicht gesehen, und du weißt, in ihrem Alter kann es immer das letzte Mal sein, dass man sich sieht. Aber jetzt komm erst mal rein, deine Sachen lasse ich abladen, der Kutscher soll hierbleiben, wir müssen morgen sehr früh los. Ruh dich ein wenig aus, beim Essen erzähle ich dir alles.«

Widerwillig gehorchte Giovanni und folgte seinen Eltern ins Haus, das immer noch so gut nach Kräutern duftete wie eh und je. Getrockneter Lavendel hing in Sträußen gebunden in jeder Schlafstube an den Wänden und Fenstern, getrocknete

Bergamotte- und Orangenschalen lagen dekorativ und duftig auf den Kommoden, zusammen mit Rosenknospen und Rosmarinzweigen. In der Küche hingen sämtliche mediterranen Kräuter als getrocknete Sträuße von den Deckenbalken. Giovanni hatte gar nicht mehr gewusst, wie sehr er sein Elternhaus vermisst hatte. Daher insistierte er auch nicht, sofort alles zu erfahren, und protestierte auch nicht, dass er am nächsten Morgen schon wieder aufbrechen musste, wo er sich doch so sehr auf die duftenden Felder und Wiesen gefreut hatte.

Zielstrebig ging er in sein altes Zimmer, das so blitzsauber war, wie er es sich wünschte. Auch die Bettlaken blitzten so weiß, wie es die Wäscherin in Köln nie hinbekam. Der Fußboden roch sanft nach Zitrone und das Kissen nach Lavendel und Bergamotte. Erschöpft von der Reise und glücklich, wieder in seinem Zimmer zu sein, streckte er sich auf seinem Bett aus und wäre beinahe eingeschlafen, wenn ihn der Gong zum Essen nicht aufgeschreckt hätte.

Der Duft nach gebratenem Salbei, gekochter Kastanienpolenta und frischem Parmesan stieg Giovanni wohlig vertraut in die Nase, als er die Treppe hinunterging. Neben den bekannten Wohlgerüchen stach aber noch ein anderer Duft hervor, der ihm gänzlich unbekannt war – abgesehen von den Gewürzen und Kräutern, die ihn begleiteten. Neugierig ging er ins Esszimmer und fragte sofort, ohne zu schauen, was es gab: »Was ist das? Das habe ich noch nie gerochen.«

Lucia hatte gewusst, dass er fragen würde, und hatte das Kräuterbuch von Pietro Andrea Mattioli bereits aufgeschlagen auf seinen Platz gelegt. »Pomi di'oro, noch ein goldener Apfel, aber nicht zu vergleichen mit Zitrusfrüchten, es ist eher ein weiches Gemüse, hervorragend für Soßen. Du weißt, dass Gräfin Isabella alle erdenklichen exotischen Pflanzen auf der Isola Bella züchten und anpflanzen lässt, eben auch diese Pomi di'oro aus Südamerika. Wenn sie richtig tiefrot und reif sind, kann man sie sogar roh essen. Die Gräfin hat mir ein paar Pflanzen geschickt, und ich hatte eine so reiche Ernte, dass ich die meisten getrocknet habe. Das Aroma wird dann sogar noch intensiver, köstlich zusammen mit Olivenöl und Kräutern.«

Giovanni hatte schon so oft das Kräuterbuch von Mattioli in der Hand gehabt, sich aber nie interessiert für die Pomi di'ori, die goldenen Äpfel, oder Poma Amoris, die Liebesäpfel, wie sie auch genannt wurden. Im »Hortus Eystettensis« von Basilius Basler hieß die Pflanze »Solanum Pomiferum«. Beim Studium der Literatur über die Pflanzen aus der Neuen Welt war Giovanni schon mehrfach auf diese Pflanze gestoßen, da sie aber ganz offensichtlich für ätherische Öle und »Eaux admirables« nicht geeignet war, hatte er sich auch nicht weiter für sie interessiert. Auch hatte er noch nie eine dieser Pflanzen in natura gesehen, aber was er jetzt roch, machte ihn doch sehr neugierig auf den Geschmack.

Trotzdem musste er vor allem an Antonia denken, an ihren ersten gemeinsamen Abend auf der Isola Bella und das denkwürdige Diner mit dem vergammelten Fleisch und der verwürzten Soße, was niemandem außer ihm aufgefallen war. Giovanni hatte im wahrsten Sinne des Wortes den Braten gerochen und die Gesellschaft gerettet. Der Koch, der die Taler für den Einkauf des Fleischs fast versoffen und für den Rest nur noch gammelige Ware bekommen hatte, wurde hart bestraft. Zu hart, befand Giovanni, schon am nächsten Morgen baumelte er am Galgen. Antonia hatte ihm später gestanden, dass sie sich unsterblich in ihn verliebt hatte, als er so unglaublich mutig der ganzen Gesellschaft das weitere Essen strikt verboten hatte.

Heute wäre es nicht mehr mutig, heute wurde er häufig sogar aufgefordert, die Nase über eine Speise zu halten, um die Qualität zu prüfen. Aber damals war er gerade vierzehn Jahre alt gewesen und das erste Mal länger von zu Hause fort. Giovanni selbst hatte sich natürlich sofort in Antonia verliebt, als er sie damals das erste Mal als erblühte junge Frau gerochen hatte. Ihr Geruch hatte ihn damals fast um den Verstand gebracht, Gefühle in ihm geweckt, die er nie zuvor gekannt hatte.

Seine melancholischen Gedanken wurden unterbrochen, als ein dampfender Teller mit in Salbeibutter gebratener Polenta auf einer Soße aus diesen goldenen Äpfeln serviert wurde, und Giovanni war so begeistert von der leichten Säure und dem fruchtigen Geschmack der Soße, die so harmonisch mit den mediterranen Kräutern korrespondierte, dass er vor lauter kulinarischer Begeisterung sowohl seine Erinnerungen an die Isola Bella vergaß als auch die drängende Frage nach dem oder der Verstorbenen. Daher ergriff Lucia das Wort. »Maria Mancini ist gestorben, sie war vor allem in den letzten Jahren eine sehr enge Freundin von Paola, und sie ist die Tante von Prinz Eugen. Da wir jetzt wieder Savoyer sind, ist ein gutes Verhältnis zum Herrschaftshaus sicher förderlich für unseren und auch euren Handel.«

Giovanni, der nur sehr ungern seinen kulinarischen Genuss unterbrach, es aber aus Neugierde dennoch tat, hakte nach. »Maria Mancini, das sagt mir irgendetwas. War sie nicht die Nichte des Kardinals Mazarin und Mätresse des Sonnenkönigs? Es heißt, sie soll die einzige Frau gewesen sein, die der König geliebt hatte, oder sie war seine erste große Liebe, die er nicht heiraten durfte, weil er Maria Theresia aus strategischen Gründen heiraten musste. Liselotte von der Pfalz hat mir die Geschichte jedenfalls so ungefähr erzählt, kann das sein?«

Lucia nickte. »Paola hat mir etwas Ähnliches geschrieben.«

»Aber gibt es nicht noch eine andere Mancini, eine Schwester, Olympia Mancini, auch eine frühere Mätresse des Königs? Sie war am Hof schwer in Verruf geraten und ist vor einigen Jahren gestorben. Sie soll in die Giftmordaffäre der Voisin verwickelt gewesen sein, das hat mir wiederum Levallé erzählt, dessen Tante auch mit dem König verbandelt gewesen war und diesem giftigen Treiben ein Ende gesetzt hatte. Der halbe Hof war involviert, Dutzende sollen gestorben sein, und ihren Mann soll die Mancini auch umgebracht haben.«

»Du bist gut informiert, mein Sohn. Ja, so etwas Ähnliches hat auch Paola geschrieben. Olympia war die Mutter von Prinz Eugen, und sie wurde wegen der Giftaffäre sogar verbannt. Paola hat auch angedeutet, dass sie beim Tod ihres eigenen Mannes, dem Vater von Eugen von Savoyen, nachgeholfen haben soll. Kein Wunder, dass der Prinz nichts mehr mit Frankreich zu tun haben will, er hat sogar seinen französischen Grafentitel abgelegt.«

Nun mischte sich auch Giovannis Vater ein. »Der halbe Hof von Versailles war involviert, auch der Bruder des Königs soll mitgemischt haben, vor allem aber die Montespan. Dass der König jetzt nur noch einen Urenkel als legitimen Nachfahren hat, war vielleicht auch nicht nur Schicksal. Wenn die Söhne und Enkel vom König noch leben würden, hätte er auch kaum die Bankerte, die er mit der Montespan hat, legitimiert. Gut, dass du Gift riechen kannst, mein Sohn, auch wenn es noch so niedrig dosiert ist.«

Giovanni hatte die Geschichte über die Giftmischerin La Voisin und ihre berühmten adeligen Kunden schon so oft und in verschiedensten Versionen gehört, aber es gab stets noch eine neue Wendung. Der Zusammenhang zwischen der Giftaffäre und den Mancini-Schwestern und dem Haus Savoyen war ihm jedenfalls neu, obwohl er das Buch über die Prozessaussagen einer anderen Mancini-Schwester sogar gelesen hatte. Vielleicht hatte er es auch einfach nur vergessen. Ihm war jetzt auch überhaupt nicht nach Hofgetratsche, davon hatte er in den letzten Wochen genug gehabt.

Wohl wissend, dass er mit dem Hinweis auf die große Zeitspanne, die vergangen war, eine andere Geschichte provozierte, erwiderte er seinem Vater: »Das ist jetzt über dreißig Jahre her, Pa, selbst die Montespan ist schon unter der Erde, wir brauchen uns nicht zu fürchten.«

Und wie erwartet kam Giovannis Vater auf die aktuelleren Giftmorde zu sprechen: »Vor der Voisin hätten wir uns eh nicht fürchten müssen, die hat das Gift ja nur für den französischen Hochadel gemischt, und auf ein paar hochgeborene Lackaffen kann man ganz gut verzichten. Aber vor der Tufania war keiner sicher, zumindest kein Mann.«

»Gio!«, tadelte Lucia ihren Mann entsetzt.

»Ist doch wahr, Lucia, sechshundert Männer soll sie auf dem Gewissen haben, und vielleicht verschickt sie vom Kloster aus immer noch ihre Giftgeschenke. Angeblich wurde sie hingerichtet, aber die Nonnen halten sie versteckt. Auf der anderen Seite hat sie wohl vor allem bei wahren Scheusalen geholfen, sie ins Jenseits zu befördern. Vielleicht waren vor lauter Angst vor dem Gift ein paar Männer sogar netter zu ihren Frauen, als sie es sonst gewesen wären.«

Selbst Lucia musste jetzt grinsen. »Du musst keine Angst haben, Gio, obwohl – vielleicht bist du dann ja auch noch ein bisschen netter zu mir.«

Giovanni mochte es, wenn seine Eltern sich neckten, sie wirkten dabei so jugendlich und fast frisch verliebt. Sehnsüchtig dachte er an seine eigene große Liebe. Lucia ahnte, was in dem Kopf ihres Sohnes vor sich ging, und wechselte das Thema. »Ich hatte vorhin nicht fragen wollen, aber wo ist eigentlich Antonia, hatte sie nicht mitkommen wollen?«

Es war nicht Giovannis Art, über seine Gefühle zu sprechen, und er war ohnehin froh, dass er gerade ein wenig Abstand zu den denkwürdigen Begebenheiten am Hof von Versailles gewonnen hatte. Daher antwortete er nur kurz angebunden: »Antonia hat eine Nachricht bekommen, dass ihre Tochter krank ist, und musste abreisen. Sie wollte dann auch nicht gleich wieder los und ihre Kinder allein lassen, wobei in dem Anwesen außer Cecilia ja noch genug Angestellte sind, die sich um die Kinder kümmern.«

»Das ist etwas anderes, Giovanni, das kann nur eine Mutter verstehen. Ich finde Antonia ohnehin sehr mutig, und ich bin sicher, sie wird dich immer lieben.«

Giovanni wollte nicht weiter auf das Thema eingehen und genoss einen Moment schweigend die Polenta mit dieser außergewöhnlichen roten Soße, bis ihm einfiel, dass er gar nicht wusste, wohin es gehen sollte. »Wo ist diese Beerdigung morgen eigentlich, und warum trägst du jetzt schon Trauerkleidung, Vater?«

»Nicht morgen, Giovanni, übermorgen, und die Beerdigung war auch schon in Pisa, wo die Mancini zuletzt gelebt hat. Übermorgen findet ein Gedenkgottesdienst in Mailand statt mit anschließender Trauerfeier. Wir fahren morgen mit deiner Kutsche bis Cannobio, von dort mit dem Schiff nach Stresa und dann mit den Bolongaros weiter nach Mailand. Und ja, die Trauerkleider habe ich nur anprobiert, ob sie noch passen. Für dich werden wir auch noch was finden.«

Giovanni wusste, dass die schwarze Weste und die zugehörige Hose, die er bei der Beerdigung seiner geliebten Großmutter Caterina getragen hatte, noch im Haus waren, das bereitete ihm keine Sorgen, aber dass er am nächsten Tag nicht auf die duftenden Wiesen konnte, sondern schon wieder eine anstrengende Reise vor sich hatte und dann noch in eine stinkende Stadt, war ihm zuwider. Aber er liebte seine Eltern zu sehr, um zu widersprechen. Resigniert erwiderte er nur: »Nun, dann werde ich mich wohl früh zurückziehen, und ich hoffe, dass die Intrigen von Prinz Eugens Hofstaat nicht annähernd so niederträchtig sind wie in Versailles. Aber wer kümmert sich jetzt um die Narzissen? Die müssen dringend geerntet und verarbeitet werden.«

Lucia legte besänftigend ihre Hand auf Giovannis. »Die Erntehelfer, mein Schatz, wie auch all die letzten Jahre, und das Mazerationsbad aus warmem Mandelöl ist auch schon vorbereitet.«

Giovanni gab seinen Widerstand auf und verabschiedete sich müde zur Nachtruhe. Lucia hätte ihn am liebsten wie früher ins Bett gebracht und ihm noch ein Märchen vorgelesen.

Die Reise nach Stresa verlief ohne Probleme, es war ein herrlicher strahlend blauer Maimorgen, und auch der See war friedlich und spiegelglatt. Lucia hatte ein schlechtes Gewissen, weil sie spürte, wie widerwillig Giovanni diese Reise angetreten war, und versuchte in wärmsten Tönen, die Vorteile anzupreisen. »Ist es nicht herrlich auf dem See, selbst ich kann die Reinheit des Wassers riechen, und die vielen Blau- und Grüntöne erfreuen mein Herz, ich hoffe, deines auch, Giovanni.«

Giovanni nickte brummelnd. Natürlich war die frische Seebrise eine Nasenfreude für Giovanni. Die vielen Farbnuancen faszinierten selbst ihn, aber wirklich erfreuen konnte ihn das Naturschauspiel nicht. Er schwelgte in Erinnerungen an seine Kindheit, wie er mit Antonia durch die Narzissenwiesen getobt war.

Lucia unternahm einen erneuten Versuch, die Reise in ein besseres Licht zu rücken. »Über Prinz Eugen kommst du auch an den Habsburger Hof. Eugen wirst du mit deinem ›Eau de Cologne‹ zweifelsohne begeistern, und er kann dir Türen öffnen.«

Widerstand war zwecklos, das wusste Giovanni, ebenso, dass Lucia es nur gut meinte. Er umarmte seine Mutter kurz und zog sich elegant aus dem Gespräch zurück. »Danke, Mutter, wir sind gleich in Stresa und müssen aussteigen.«

Den Rest der Reise gab Giovanni vor zu schlafen, was nicht weiter auffiel, da die Bolongaros und seine Eltern sich so viel zu erzählen hatten, dass sie ohne Weiteres bis nach Rom hätten weiterfahren können, ohne dass ihnen der Gesprächsstoff ausgegangen wäre.

15. KAPITEL

EUGEN VON SAVOYEN

Eugen Franz, Prinz von Savoyen-Carignan (1663–1736), wurde als Prinz Eugen vor allem als erfolgreicher Oberbefehlshaber im Großen Türkenkrieg berühmt (1683–1699).

Mailand, Mai 1715

Giovanni mochte Mailand nicht besonders, im Winter hing der Ruß der Schornsteine wie eine düstere, erstickende Glocke über der Stadt, und im Sommer brütete Mailand in den Ausdünstungen seiner Menschen und Gewerke, als würde ein Monster mit Flatulenzen daraufsitzen. Doch jetzt im Frühling konnte Giovanni frei atmen und nahm zum ersten Mal bewusst die opulente Schönheit der Stadt war. Vielleicht roch Giovanni die Stadt auch in einem anderen Odeur, weil er zum ersten Mal im Palazzo Reale residierte und nicht in einem der nach seinem Geschmack nie sauberen Gasthäuser. Vielleicht hatte er auswärts selten so gut geschlafen wie hier. Die Borromeos hatten wahrscheinlich auch dafür gesorgt, dass sie im Palazzo untergebracht waren und nicht in einem der zahlreichen Gästehäuser.

Antonia hatte ihm oft gesagt, dass er die Dankbarkeit der Borromeos besser nutzen sollte, schließlich habe er einst das Leben ihrer Gäste gerettet oder zumindest vor übler Krankheit bewahrt, und Gräfin Isabella war nur allzu bereit, ihm zu helfen, wenn es in ihren Möglichkeiten stand. Nun war es in Kriegszeiten schwierig gewesen, die Kontakte in seiner alten Heimat zu halten und zu nutzen, aber das war nicht der einzige Grund für Giovannis Zurückhaltung. Es war einfach nicht seine Sache, um Hilfe zu bitten. Die Medici hatte von sich aus viele

Kontakte eingefädelt, und auch Levallé war stets bemüht, für ihn Kontakte zu knüpfen und sein »Eau de Cologne« anzupreisen, aber er selbst hatte nie darum gebeten.

Selbst seine Mutter und Antonia hatten mehr für sein Parfüm geworben als er selbst, und er wusste, dass er nicht nur deshalb bei manchen als hochnäsig galt, dabei war er nur zurückhaltend und scheute sich vor fremden Kontakten, bei denen er nie wusste, welche Gerüche sie mit sich brachten. Jetzt sollte er also Prinz Eugen treffen und die trauernde Gesellschaft mit seinem Parfüm beglücken. Er wusste, dass seine Eltern es gut meinten und sich sorgten, dass sie in Köln nicht gut über die Runden kämen.

Womit sie ja auch recht hatten, der Krieg hatte an allen gezehrt und die Kassen geleert. Selbst viele Patrizier konnten sich sein »Eau de Cologne« nicht mehr leisten. Ein möglicher Kontakt zum Habsburger Hof war daher Gold wert, trotzdem konnte er sich nicht so recht darüber freuen und empfand allein die Vorstellung davon, mit dem fremden Prinzen zu parlieren, als große Belastung. Jetzt stand er in der mehr oder weniger trauernden Gesellschaft vor der Kirche und sehnte sich noch immer nach Antonia und den Almwiesen.

Der Gottesdienst fand in der kleinen Kirche Santa Maria delle Grazie statt, deren ungewöhnliche Architektur Giovanni mehr bewunderte als die des Mailänder Doms. Die beeindruckende Kuppel der Klosterkirche strahlte bescheiden in der morgendlichen Sonne, und die ersten Weihrauchschwaden bahnten sich wie eine Einladung ihren Weg nach draußen und in Giovannis Nase, was den sensiblen Parfümeur ein wenig beruhigte.

Langsam bewegte sich die Trauergemeinde in das Innere der Kirche, und Giovanni gab sich dem verlockenden, schweren Duft des Weihrauchs hin, der von erlesener Qualität und nicht gemischt war mit einem billigen Harz, wie er es schon so oft hatte riechen müssen. Die meisten Gäste kamen ihm bekannt vor, er hatte sie schon irgendwo einmal gerochen, doch der Prinz stach hervor. Obwohl er einige Reihen hinter Eugen von Savoyen saß, konnte er den ungewöhnlich reinen, wenig männlichen Geruch, stark beschwert mit Ambra, Moschus und Rose, wahrnehmen.

Der Gottesdienst rauschte an ihm vorbei wie das Tosen des Toce, das ihn gestern begleitet hatte. Die Worte über Maria Mancini sagten ihm nichts. Wie sollten sie auch? Er hatte die Frau, die einmal ungewöhnlich schön gewesen sein musste und ein so trauriges Leben geführt hatte, weder gekannt noch sich für sie interessiert. Ganz im Gegensatz zu Paola, die trauernd in der hinteren Reihe saß.

Giovanni hatte seine liebe alte Tante längst gerochen, aber erst jetzt, beim Rausgehen, sah er sie. Paola war inzwischen weit über siebzig. Giovanni konnte seine Freude nicht verbergen und umarmte sie, was für ihn sehr ungewöhnlich war, kaum dass sie das Portal durchschritten hatten.

»Tia!«, rief er glücklich. »Wie schön, dich zu sehen!«

»Giovanni, mein Junge«, erwiderte die alte Tante mit Tränen in den Augen, »ich bin so froh, dass du mir verziehen hast.«

Giovanni schüttelte den Kopf. Es war nur ein kurzer Moment gewesen, dass Giovanni seiner Tante gram war. Paola war so ein herzensguter Mensch, das wusste er, nur deshalb hatte sie sich um Bernardo gekümmert, als er noch ein kleiner armer Junge war. Sie hatte nicht ahnen können, was aus ihm einmal werden würde. Giovanni wollte nicht darüber reden, das war alles viel zu lange her, und Paola spürte, dass Giovanni nicht an der Vergangenheit rühren wollte. Sie nahm seine Hand. »Komm, lass uns ins Refektorium gehen.«

Giovanni sah seine Tante verwundert an. Ein Teil der Gesellschaft pilgerte bereits zum Castello Sforza, wo die Trauerfeier stattfinden sollte. Der Kutscher von Prinz Eugens Karosse hatte den Schlag auch bereits geöffnet, das hieß, der Prinz würde gleich abfahren und offiziell den Zug zur Trauerfeier anführen.

»Werden sie uns nicht vermissen? Zumindest meine Eltern werden nicht ohne uns rübergehen.«

Paola beruhigte Giovanni. »Nein, nein, Lucia und Gio wissen Bescheid, ich habe schon vor dem Gottesdienst mit ihnen gesprochen, wir werden nicht zu spät kommen.«

Giovanni war sich da nicht so sicher, schließlich war Paola

nicht mehr so gut zu Fuß, dass sie den Tross noch einholen würden, wenn sie noch in das Refektorium gingen. Da es ihn aber ohnehin nicht sonderlich zu der Gesellschaft hinzog, wehrte er sich nicht weiter und war natürlich auch neugierig. Er hatte schon so viel von dem Abendmahl-Gemälde von Leonardo da Vinci gehört, war aber noch nie in das Refektorium gelangt. Allerdings war er auch seit Ausbruch des Spanischen Erbfolgekrieges nicht mehr in Mailand gewesen und hatte sich davor nicht sonderlich für Kunst interessiert. Trotzdem war er sicher, dass man nicht so einfach hineingelangte, und er fragte daher skeptisch: »Dürfen wir da überhaupt hinein?«

Paola lächelte. »Das ist der Vorteil, wenn man in einem Kloster lebt. Auch wenn Florenz weit ist, die Dominikanerklöster sind eng miteinander verbunden. Und wer sich in einem Kloster auch noch nützlich macht, dem stehen auch andere Pforten offen. Außerdem habe ich für alle Dominikanerklöster Salben und Tinkturen hergestellt, nicht nur für Santa Maria Novella. Unsere Apotheke dort ist ohnehin berühmt, wie du weißt, aber auch meine eigenen Rezepturen werden dort sehr geschätzt. Die Mönche sind inzwischen längst fertig mit ihrem Mittagsmahl, das Refektorium dürfte jetzt leer und wir für uns sein.«

Giovanni nickte anerkennend, während er seiner Tante folgte, die ganz und gar nicht gebrechlich wirkte und wesentlich schneller durch die Gänge huschte, als er gedacht hatte. Die Mönche nickten ihr freundlich zu, und Giovanni gab sich Mühe, die stillen Grüße respektvoll zu erwidern.

Das riesige Wandgemälde übertraf all seine Erwartungen. Die Darstellung des »Heiligen Abendmahls« ließ den Raum förmlich erstrahlen. Aber was Giovanni noch viel mehr faszinierte, war der Geruch der Farben, er konnte noch jedes Pigment riechen. Von beruhigend bis aggressiv, von lieblich bis gewaltig, weiblich und männlich, karg und überbordend, es waren alle nur erdenklichen Nuancen dabei, die miteinander harmonierten oder konkurrierten, aber auf so eine lebendige Art und Weise, als säßen Jesus und seine Jünger unter ihnen. Wobei sich da Vinci bei der Figur rechts neben Jesus scheinbar nicht entschieden hatte, ob es eine Frau oder ein Mann sein sollte, jedenfalls hatte er die Resonanz der Farben nicht eindeutig gewählt, genau wie die aggressive Hand, die einen Jünger mit dem Messer bedrohte, olfaktorisch keiner Figur zugeordnet werden konnte, und Giovanni konnte es auch mit seinen Augen nicht erkennen, zu wem die Hand gehören sollte.

Paola lächelte, sie war sich sicher gewesen, dass das Bild Giovanni ergreifen würde. »So sind wir Menschen, und so ist es auch im Kreise deiner Anhänger, sie bewundern und lieben dich, aber du weißt nie, wer vielleicht schon ein Messer in der Hand hält. Schau dir die Welt an: Alle Herrscher des Abendlandes sind miteinander verwandt und bekämpfen sich bei jeder erstbesten Gelegenheit bis aufs Blut. Alle Länder des Westens sind jetzt so geschwächt, dass die Osmanen die Gelegenheit ergriffen und Venedig den Krieg erklärt haben. Noch ist es ruhig, aber die Türken werden nicht lange stillhalten.«

»Paola, ich weiß, wir alle haben genug vom Krieg, aber die Osmanen werden es nicht wagen, bis hierher zu kommen, sie werden vielleicht den Peloponnes zurückerobern, aber mehr auch nicht. Aber was hat das mit dem ›Heiligen Abendmahl‹ zu tun?«

Paola sah noch einmal auf das beeindruckende Gemälde, bevor sie antwortete: »Frieden, mein Junge. Um den Frieden in der Welt sorgen wir uns, darüber reden wir, aber du musst den Frieden auch im Herzen tragen. Prinz Eugen hat uns heute zu einem Mahl geladen in Gedenken an Maria Mancini, die so eine wunderbare, tapfere Frau war. Der König hätte sie nicht verleugnet, aber auch er war damals jung und musste gehorchen. Wenn er seine Liebe hätte leben können, vielleicht hätten die Menschen unter ihm friedlicher leben können, und es hätte weniger Kriege gegeben – wer weiß.«

Giovanni hatte die Augen geschlossen und nahm noch einmal ehrfürchtig das Odeur des Gemäldes auf, während er seiner Tante zuhörte. Die Worte berührten ihn, doch der Friede wollte nicht einkehren, und er musste sich beherrschen, um nicht in einem allzu barschen Ton zu antworten. »Mag sein,

Paola, aber ich weiß nicht, was du mir damit sagen willst. Auch mir war der Altar für meine große Liebe versperrt. Ich weiß, dass ich selbst eine gewisse Schuld daran trage, aber wer dafür verantwortlich ist, weißt du ganz genau. Habe ich jetzt eine Entschuldigung dafür, wenn ich meine Mitmenschen ungerecht angehe?«

»Ach, Giovanni«, Paola lächelte, »das vielleicht auch. Aber du tust dir selbst nur Gutes, wenn du Frieden mit der Vergangenheit schließt. Antonia wird immer nur dich lieben, denk daran und jetzt komm.«

Paola nahm Giovanni an die Hand wie ein kleines Kind und zog ihn aus dem Refektorium in einen anderen Gang. Giovanni roch genau, dass es nicht der Gang war, durch den sie gekommen waren, und wollte schon protestieren, aber Paola legte den Finger auf ihren Mund und gebot ihm zu schweigen. Wortlos folgte ihr Giovanni durch das – wie es ihm schien – Labyrinth des Klosters, bis sie sich in einem kleinen Raum neben der Krypta befanden, in dem es feucht und modrig roch. Paola nahm eine Fackel von der Wand und öffnete einen riesigen Schrank, in dem sie verschwand.

»Komm schon, Giovanni«, rief sie aus einer klaffenden Lücke in der hinteren Schrankwand, wobei nur noch die Fackel in weiter Ferne des Tunnels zu sehen war. Giovanni musste schmunzeln, seine alte Tante war noch immer für Überraschungen gut. Ungern folgte er dem Fackelschein durch den modrigen Gang. Der Geruch von Ratten, fauligem Wasser und feuchtem Mauerwerk drang schonungslos in seine Nase. Giovanni wurde ziemlich ungehalten, da Paola genau wusste, wie empfindlich er auf solche Gerüche reagierte.

»Was ist das für ein Gang, Tante Paola? Wohin führst du mich? Lass uns umkehren, es stinkt fürchterlich, und zu spät sind wir ohnehin schon!«

»Wir sind nicht zu spät, Giovanni, wir werden sogar vor den anderen da sein. Der Gang führt zu einem Erker genau unter dem Speisesaal im Castello Sforza, wo die Trauerfeier stattfindet. Noch ein paar Meter, und wir sind da.«

Ungläubig schüttelte Giovanni den Kopf, was Paola natürlich

nicht sehen konnte, da sie mit der Fackel in der Hand vorging, aber hören konnte sie Giovanni gut.

»Ich habe noch nie von einem Geheimgang zwischen dem Kloster und dem Castello Sforza gehört. Das Kastell nutzen die Savoyer vor allem militärisch, woher weißt du von dem Tunnel?«

Ohne sich umzudrehen, erwiderte Paola: »Ich weiß einiges, lieber Giovanni, was du besser nicht wissen solltest, dein Leben ist kompliziert genug. Ich bin alt und habe keine Angst vor dem, was kommt, außerdem habe ich inzwischen ein paar mächtige Freundinnen.«

Erleichtert roch Giovanni den Ausgang des Tunnels, durch den gedämpft frische Luft hereindrang. Selbst den Braten, der wohl in der angrenzenden Küche gerade zubereitet wurde, konnte Giovanni schon riechen, und jetzt glaubte er auch endlich seiner Tante. Zuvor war er sich nicht ganz sicher gewesen, ob sie mit der Zeit nicht doch ein wenig verwirrt geworden war. Neugierig fragte er zurück: »Prinz Eugen wird aber wohl kaum zu deinen Freund*innen* gehören und hoffentlich auch nicht die Gräfin Tufania, sie soll in Neapel ja auch in einem Dominikanerkloster Unterschlupf gefunden haben und doch noch nicht hingerichtet worden sein.«

Letzteres hatte Giovanni eher als Scherz gemeint, da er kaum davon ausging, dass seine Tante mit einer Giftmischerin befreundet war. Als Paola endlich antwortete, hatten sie fast das Ende des Gangs erreicht.

»Nun, belassen wir es dabei, dass Prinz Eugen mir fast eine gute Freundin ist, er vertraut mir, sonst wüsste ich auch nichts von dem Gang. Und Gräfin Tufania ist ein besonderer Fall, auch wenn sie Schreckliches getan hat, so hat sie doch auch viele Frauen von einem grausamen Schicksal erlöst. Stell dir mal vor, Bernardo würde Antonia und auch seine eigenen Kinder ständig schänden und schlagen. Würdest du dir dann nicht auch wünschen, Antonia hätte Aqua Tofana zur Hand?«

Giovanni hasste solche Vergleiche, und er wollte auch nicht ständig an Bernardo erinnert werden, das Schicksal war hart genug. Gerade als er antworten wollte, öffnete Paola knarzend die geheime Ausgangstür, legte den Finger auf den Mund und flüsterte: »Später, hier soll uns niemand hören, der Eingang soll schließlich geheim bleiben.«

Die Geheimtür im Castello Sforza war hinter einem Regal versteckt, das sich durch einen Drehmechanismus öffnen ließ, vorausgesetzt, man kannte den versteckten Hebel. Sie verschloss sich wieder, kaum dass sie den Raum, der eine Art Bibliothek war, betreten hatten. Giovanni erschrak, als er den Prinzen an dem ausladenden Schreibtisch sitzen sah, doch dieser schien keineswegs verwundert.

»Ah, liebe Paola, dachte ich mir doch, dass du die Gelegenheit nutzen und unsere geheime Abkürzung nehmen würdest. Und wie ich sehe, hast du deinen begabten Großneffen bei dir, und ich rieche sein ›Eau Admirable‹, das den Raum mit Glanz erfüllt. Willkommen, Signore Farina, lassen Sie uns zu den Gästen gehen, die ersten sind soeben eingetroffen.«

Eugen von Savoyen, der mit der Kutsche vor allen anderen Gästen angekommen war, führte Paola und Giovanni durch das Kastell in den mit Lilien geschmückten Speisesaal. Ein großes Ölgemälde von Maria Mancini, das die legendäre Schönheit der Verstorbenen als junges Mädchen zum Ausdruck brachte, erinnerte an den traurigen Anlass der Feier. Mit Blick auf das jugendliche Konterfei seiner verstorbenen Tante merkte Prinz Eugen an: »Sie war die schönste und klügste der Mancini-Schwestern, das hat ihr meine Mutter auch nie verziehen, ebenso wenig, dass der König sie liebte. Nun hat sie hoffentlich ihren Frieden gefunden, gedenken wir ihrer und genießen die Feier.«

Der Prinz führte sie zu ihren Plätzen in der Nähe von Giovannis Eltern, den Bolongaros, den Borromeos und den anderen näheren Bekannten von Paola und den Farinas. Obwohl Lucia gewusst hatte, dass Paola mit Giovanni irgendeinen anderen Weg zum Kastell gehen würde, war sie froh, die beiden zu sehen, aus irgendeinem Grund hatte sie ein unheilvolles Gefühl gehabt. Nun, da alle um die Tafel versammelt waren, ließ sie sich gern in Gespräche verwickeln. Durch die langen Kriegsjahre hatte es nicht mehr viele Gelegenheiten gegeben, den weitläufigen Freundes- und Bekanntenkreis zu sehen.

Die Speisen waren schlicht und edel, ganz dem Anlass entsprechend und mit symbolischer Bedeutung gewählt, keine mit Blattgold verzierten Kuchen und auch keine Perlen in Essig, aber Lamm und Fisch, Eier und Sprossen, Äpfel und Feigen in feinsten Variationen. Auch die Weine waren von außergewöhnlicher Qualität, und Giovanni genoss nicht nur das unprätentiöse Mahl, aus einer seltsamen Stimmung heraus trank er auch mehr Wein, als er es gewohnt war. Schnell hatte Paola das Gespräch auf Giovannis »Eau de Cologne« gebracht, und sein Taschentuch mit ein paar Tropfen seines Parfüms machte die Runde.

Es war, wie es nicht anders hätte sein können: Die Gesichter erhellten sich erstaunt, und ein wahrer Glanz strahlte in der Runde. »Ein echter Jungbrunnen«, ergänzte Paola, die sich trotz ihres Alters und ihrer Falten ein verschmitzt jugendliches Aussehen bewahrt hatte und voller Vitalität war. »Maria hätte es geliebt, wenn sie nicht aus bekannten Gründen eine Abneigung gegen alle ›Eaux admirables‹, die sie nicht selbst herstellte, gehegt hätte. Giovannis Entschluss, es nur ad decorum anzupreisen, halte ich daher für sehr klug. Ich selbst hingegen gönne mir täglich ein paar Tröpfchen, genau wie Giovannis Mutter. Schaut euch Lucia doch an, einen besseren Beweis für die Wirkung des ›Eau de Cologne‹ gibt es wohl kaum.«

Es war abzusehen, dass sich jetzt alle darum rissen, auch ein paar Tropfen von dem Wunderwasser abzubekommen. Giovanni staunte nicht schlecht, früher war Paola stets zurückhaltend gewesen und hatte nie die Wirkung ihrer eigenen »Eaux admirables« angepriesen. Trotzdem waren die Leute aus dem weiten Umkreis immer zu ihr gekommen, wenn sie ein wirksames Heilwasser brauchten. Es war ein großer Verlust für das ganze Valle Vigezzo gewesen, als Paola sich zur Ruhe gesetzt und in das Kloster in Florenz zurückgezogen hatte.

Die Verwunderung in Giovannis Gesicht war Paola nicht entgangen, flüsternd gab sie Giovanni eine Erklärung. »Ich habe bei dir etwas gutzumachen, hätte ich Bernardo nicht gefördert und seine Begabungen unterstützt, wäre es nie so weit gekommen, und du wärst jetzt wahrscheinlich glücklich mit Antonia verheiratet. Ich hatte nicht ahnen können, was er vorhat und was aus ihm wird. Ich hatte mich ihm gegenüber verpflichtet gefühlt. Die Dinge sind manchmal kompliziert, und sein Schicksal als Kind war schrecklich. Es ist unglaublich, wie weit er es gebracht hat. Glaub mir, wenn ich noch Einfluss auf Bernardo hätte, würde ich ihn dazu drängen, für Antonia und die Kinder ein angemessenes Stadtpalais in Köln zu erwerben und sie mit einer angemessen Pension zu versorgen. Aber das wird er nicht tun, du musst vorsichtig sein, über verschiedene geheime Bruderschaften und Orden ist er mit zahlreichen Adelshäusern verbunden. Aber nicht nur das, er finanziert Kriege, beim Spanischen Erbfolgekrieg soll er sogar beide Seiten unterstützt und dafür weitreichende Privilegien ausgehandelt haben. Ganz zu schweigen von den zahlreichen Bordellen, in denen die widerlichsten Bedürfnisse höchster Kunden befriedigt werden. Auch mit Prinz Eugen ist er nicht nur über den Orden vom Goldenen Vlies verbunden, er soll ihm auch Unterstützung zugesagt haben, falls Eugen gegen die Osmanen in den Krieg zieht. Was ich für sehr wahrscheinlich halte, die Türken werden es nicht beim Säbelrasseln belassen. Bernardo wird immer mächtiger und unberechenbarer. Du musst Antonia aus der Schweiz holen.«

Das musste er sich jetzt auch noch von seiner alten Tante sagen lassen. Giovanni lachte bitter auf. Als würde er nicht alles dafür geben, aber Antonia würde nie ohne ihre Kinder gehen, und Bernardo würde die Kinder nie gehen lassen. Ihre Beweise gegen Bernardo über seine Herkunft und seine Bordelle waren längst null und nichtig, denn inzwischen war selbst der Hochadel bei ihm Kunde oder stand in seiner Schuld.

Giovanni schüttelte den Kopf. »Ach, Paola, hättest du Antonia vor fünfzehn Jahren geholfen, würde sie jetzt neben mir sitzen, aber je reicher und einflussreicher Bernardo wird, desto aussichtsloser wird es, Antonia aus der Schweiz zu holen, solange die Kinder noch im Haus sind. Ich werde warten müssen.«

»Nein, Giovanni, es gibt fast immer einen Weg. Du musst es nicht nur wollen, du musst dafür auch etwas tun. Dein ›Eau de Cologne‹ könnte die Welt erobern und alle Türen für dich öffnen, dann hast du auch die Macht und das Geld, Antonia mit ihren Kindern aus Bernardos Fängen zu retten. Nutze deine Kontakte in alle Richtungen, Prinz Eugen kann dir die Türen zum Habsburger Hof öffnen, in Versailles warst du gerade, die Medici und Jan Wellem stehen auch auf deiner Seite. Ich glaube an dich.«

Damit beendete Paola das Gespräch. Sie war erschöpft und wusste nicht, ob sie Giovanni wirklich geholfen hatte. Er war so anders als Bernardo, sensibel und mitfühlend, rücksichtsvoll und nachdenklich, ganz abgesehen von seiner fast überirdisch guten Nase. Er war ein Künstler, der einen Mäzen brauchte, der auch über Antonia schützend die Flügel ausbreitete. Jan Wellem wäre der Richtige gewesen, aber nach dem Schlaganfall und den immensen Verlusten im Spanischen Erbfolgekrieg würde er wahrscheinlich eher auf ein lukratives Angebot von Bernardo eingehen, als in ein Parfüm zu investieren, auch wenn es die Kraft eines Jungbrunnens hatte.

Ein lauter Gong beendete den Empfang, Prinz Eugen dankte seinen Gästen für ihre Anteilnahme und ihre Aufwartungen, und die Gesellschaft löste sich langsam auf. Giovanni war froh, dass die Veranstaltung vorüber war. Er hätte glücklich darüber sein können, wie euphorisch auch hier sein Parfüm aufgenommen worden war, doch seine Melancholie umhüllte ihn wie einen undurchdringlichen Nebel. Berauscht vom Wein und den vielen Worten von Paola, drängte er mit seinen Eltern und seiner Tante zum Ausgang. Gerade als sie das Portal erreicht hatten, stellte sich ihnen Prinz Eugen in den Weg.

»Auf ein Wort noch, Herr Farina. Ich werde Sie später mit meiner Karosse in den Palast bringen lassen.«

Es war eine Aufforderung, der man kaum widersprechen konnte. Wortlos folgte Giovanni dem Prinzen durch das Kastell, bis sie im Untergeschoss des nördlichen Turms, direkt neben der Bibliothek mit dem Geheimgang, in einen kleinen, üppig dekorierten Salon kamen. Der Geruch von Moschus, Ambra, Zibet, Sandel, Rose und noch einiger anderer schwerer Düfte stieg Giovanni in die Nase. In dem schummrigen Licht konnte Giovanni nicht genau sehen, wer sich in dem Raum befand, es roch nach jungen Männern, die frischen, gierigen Schweiß verströmten. Giovanni fühlte sich ganz und gar nicht wohl.

Sanft legte der Prinz eine Hand auf Giovannis Schulter und wies auf das Tablett mit Getränken, das ein herbeieilender Bediensteter gerade brachte. Unsicher nahm Giovanni einen Becher und roch an dem schweren gewürzten Wein.

»Ein kleiner Verdauungstrunk, mein lieber Farina, ich bin sehr beeindruckt von Ihrem ›Eau admirable‹, es würde nicht nur mich, sondern auch meine tapferen Männer erfrischen.« Mit einer ausholenden Geste deutete der Prinz auf die schwer erkennbaren Figuren im Raum. »Wir werden uns sicher auf eine Lieferung einigen, aber jetzt genießen wir den Ausklang des Abends.«

Giovanni konnte neben Zimt und anderen Gewürzen das Opium und die Spanische Fliege genau riechen. Er wusste nicht, wie er das Getränk loswerden konnte, ohne den Prinzen zu beleidigen. Seine Zurückhaltung blieb dem Prinzen nicht verborgen, ohne Vorankündigung nahm er Giovanni den Becher aus der Hand.

»Ich sehe Ihr Zögern, dann ist Ihre Nase tatsächlich so gut wie legendär. Aber Sie brauchen sich nicht zu fürchten, die Dosis ist hervorragend. Sie werden den Ausklang des Abends mehr genießen als den Tag.«

Ohne Umschweife trank Prinz Eugen Giovannis Becher zur Hälfte leer und drückte ihn ihm auffordernd in die Hand. Giovanni wusste später nicht mehr, warum er es getan hatte, und auch nicht, was er sich noch hatte einflößen lassen. Stets hatte der Prinz ihm auffordernd zugeprostet. Die Wirkung ließ bei Giovanni, der weder Laudanum noch viel Wein und schon gar nicht Cantharidin gewohnt war, nicht lange auf sich warten.

Prinz Eugen legte den Arm um Giovanni, führte ihn zu einer breiten Ottomane und setzte sich neben ihn. Giovanni entglitten die Gedanken, die jungen Männer wurden zu den Aposteln auf da Vincis Gemälde, der Prinz zu Jesus, und er selbst war der junge Mann oder die junge Frau neben Jesus, dann veränderten sich die Gestalten wieder und wurden zu

Dämonen der Unterwelt, die ihn durch den dunklen geheimen Gang zerrten.

Tatsächlich zerrte irgendjemand oder irgendetwas an seinem Wams. Eine andere Hand streichelte über seinen Körper. Die Gestalten verschwammen, der Prinz wurde plötzlich zum heiligen Gennaro, und sie waren in den Katakomben von Neapel, von denen Paola erzählt hatte, und die verstorbene Maria Mancini war als junges Mädchen unter ihnen. Dann sah er den König, wie er um den Verlust seiner einzigen großen Liebe trauerte, aus dem König wurde er selbst, der um Antonia trauerte, und all seine Freunde trösteten ihn liebevoll. Eine seltsame Erregtheit durchdrang Giovannis Körper, und er wusste nicht mehr, wie ihm geschah.

Er wusste später auch nicht mehr, wie er in den Palast zurückgekommen war und was überhaupt vorgefallen war, nur dass er sich schmutzig und erniedrigt fühlte. Niemandem konnte er davon erzählen. Seine Eltern hatten ihm am nächsten Morgen gratuliert, dass der Prinz einige Phiolen »Eau de Cologne« abgekauft hatte, und lobten sein Geschick. Nur Paola merkte, dass etwas ganz und gar nicht in Ordnung war. Aber Giovanni schwieg, so wie er den ganzen Rückweg über schwieg und auch in seiner geliebten Heimat schweigsam seine Arbeit mit den duftenden Narzissen verrichtete.

Sorgfältig und konzentriert wie immer mazerierte er die empfindlichen Blüten und extrahierte das feine Öl, aber nicht mit der Freude, die er früher dabei empfunden hatte. Er arbeitete sogar noch härter als sonst, vermochte aber keine einzige Zeile an Antonia zu schreiben, sosehr er sich auch nach ihr sehnte, so sehr schämte er sich für die Nacht, an die er sich noch nicht einmal genau erinnern konnte.

16. KAPITEL

ZWERG ALBERICH

In der germanischen Mythologie ist Alberich der König des gleichnamigen Zwergengeschlechts, und im Nibelungenlied hütet er den Nibelungenschatz.

Genfer See, Mai 1715

Als Antonia Anfang Mai nach Schloss Gondo zurückgekehrt war, hatte sie die schlimmsten Befürchtungen gehabt, was die Gesundheit ihrer kleinen Tochter betraf. So viele Freunde und Bekannte hatten schon eines ihrer Kinder verloren, und gerade erst hatten die Masern den Dauphin und fast seine ganze Familie dahingerafft. Doch als sie endlich ankam, tobten ihre Kinder glücklich im Garten und nahmen kaum Notiz von ihr. Cecilia kam als Erste auf sie zugerannt und hob entschuldigend die Hände. »Anna hatte nur eine kleine Erkältung, ich hatte nicht nach dir schicken wollen, aber der Graf hat darauf bestanden.«

Vor lauter Glück, dass alle gesund und munter waren, wiegelte Antonia ab. Im selben Moment kamen die Kinder auch auf sie zugerannt und sprangen in ihre Arme. Erleichtert strich Antonia Anna und Anton über die Haare. »Habt ihr mich vermisst? War ich zu lange weg?«

Die Kinder schüttelten beide den Kopf. »Papa ist mit uns ganz viel geritten, und schau mal, was er uns geschenkt hat und dir auch, wir haben solange auf sie aufgepasst.«

Erst jetzt sah Antonia die drei kleinen Welpen im Garten herumtapsen und einen Ball jagen, den ein Bediensteter immer wieder warf. Die drei drolligen Chien d'Artois sahen so niedlich aus, dass Antonia schmunzeln musste, obwohl sie von dem Hundegeschenk eigentlich wenig begeistert war. Sie wollte nicht, dass Bernardo sich in die Erziehung der Kinder einmischte und sie verwöhnte. Anton und Anna hatten immer weniger Lust, nach Frankfurt zu reisen, es war alles viel kleiner dort, viel weniger Luxus, viel weniger Bedienstete und schon gar keine Pferde – und jetzt auch noch keine Hunde.

Etwas ratlos stand Antonia da, als Anton mit einem der Welpen im Arm angerannt kam und ihn der verdutzten Antonia in den Arm drückte.

»Mama, das ist dein Hündchen, wir haben sie Alberich genannt, weil sie so klein ist, dafür ist sie aber ganz besonders süß.«

Antonia sah auf das Bündel in ihrem Arm, das sein Köpfchen winselnd und hechelnd zu ihr hochreckte und Antonia mit großen Kulleraugen ansah. Es war unmöglich, diesem kleinen Wesen zu widerstehen, Antonia schaffte es auch nicht, obwohl ihr Innerstes sich dagegen wehrte, ein Geschenk von Bernardo anzunehmen. Und überhaupt wollte sie nicht nach Hund riechen, wenn sie Giovanni das nächste Mal treffen würde.

Genüsslich hatte Bernardo die Szene beobachtet und trat jetzt von hinten an Antonia heran, die gerade in einer etwas albernen Kindersprache auf ihre kleine »Alberich« einredete. Als Bernardo sie ansprach, hätte sie deshalb das Hündchen beinahe fallen gelassen.

»Gefällt dir mein kleines Geschenk, Liebste? Sie stammen aus der besten Zucht, die ich finden konnte. Die Kinder haben ihre beiden Hunde nach uns benannt, weil einer von uns fast immer weg ist und sie so einen tröstenden Ersatz haben. Ist das nicht rührend? Aber du musst dich daran gewöhnen, sie haben unsere Namen etwas verkürzt: Anni und Bernie.«

Antonia stand stocksteif da, noch immer bekam sie eine Gänsehaut, wenn sie in der Nähe ihres Gatten war. In den letzten Jahren hatte sie es geschafft, die gemeinsame Zeit auf ein Minimum zu reduzieren, und selbst wenn sie zur gleichen Zeit im heimischen Schloss weilten, hatte sie die Begegnungen so weit einschränken können, dass sie einen Alltag ohne Bernardo hatte leben können. Aber seit die Kinder in ein Alter gekommen waren, in dem die Mutter nicht mehr der Nabel der Welt ist und Bernardo plötzlich unendlich viele Bemühungen an den Tag legte, die Kinder zu erfreuen, war es schwerer geworden, ihn aus ihrem Leben auszusperren.

Und jetzt auch noch die Hunde, aber sie konnte nicht anders, als das Bündel an sich zu drücken. Ohne sich umzudrehen, fuhr sie Bernardo an, aber nicht so laut, dass die Kinder, die mit ihren beiden Welpen längst wieder auf der Wiese tollten, es hören konnten: »Du hättest mich fragen müssen!«

»Warum? Wenn sie dir lästig sind, haben wir genug Angestellte, die sich darum kümmern.«

»Vielleicht vertragen die Kinder oder ich den Hundegeruch nicht!«

»Die Kinder vertragen die Hunde wunderbar, wenn du ein Problem hast, nehme ich deine Alberich in meinen Trakt. Nachts schlafen die Tiere sowieso bei den Angestellten. Wenn du willst, nehme ich sie gleich zu mir.«

Bernardo war um Antonia herumgegangen und streckte die Arme nach dem Welpen aus. Wie zum Schutz drückte Antonia das Tier noch fester an sich und vermied es, ihren Gatten anzusehen. Sie war so wütend, dass er sie in eine derartige Situation hineinmanövriert hatte, aus der sie keinen Ausweg sah. Das Schlimmste war, dass sie sich augenblicklich in den Winzling verliebt hatte, und sie wusste, dass sie das Tier eigentlich Bernardo hätte in die Hand drücken müssen, um die Distanz zu wahren. Das war jetzt schon das zweite Geschenk innerhalb kürzester Zeit, das sie von Bernardo annahm – und dann noch ein lebendiges.

Den Ring hatte sie zwar nicht mehr getragen, aber in einem Beutel stets bei sich gehabt. Eigentlich hatte sie ihn in Paris verkaufen und Giovanni das Geld geben wollen – als Anzahlung für eine Wohnung in Köln. Aber noch nicht einmal das hatte sie zustande gebracht. Wobei sie durch die übereilte Abreise auch nicht wirklich Zeit dafür gehabt hatte. Jetzt stand sie ihrem Gatten gegenüber, mit seinem Ring in einem Beutel unter dem Rock und seinem Hund auf dem Arm. So nah war sie Bernardo seit Jahren nicht mehr gewesen, und er sah sie mit den unschuldigen Augen eines kleinen Jungen an, der für seine fleißigen Bemühungen nur Schelte bekam.

Bernardo sah verdammt gut aus, und mit seinem treuherzigen Blick hätte er sicher jedes Frauen- und Kinderherz erweichen können. Und wenn er nicht mit dem Rücken zu Anton und Anna gestanden hätte, wären die beiden ganz sicher auch angerannt gekommen und hätten gefragt, warum er traurig wäre. Und hätte Antonia nicht ganz genau gewusst, dass alles nur gespielt war, wäre vielleicht auch sie weich geworden. Vor ihrer Abreise hatte sie sich schon gewundert, warum Bernardo Schauspielunterricht genommen hatte. Jetzt wusste sie wenigstens einen Grund.

Trotzdem war Antonias Wut verraucht, und mehr zu der kleinen Alberich, die sie immer noch fest an sich gedrückt hielt, als zu Bernardo murmelte sie: »Nein, die gebe ich nicht mehr her.« Damit ließ sie Bernardo trotzig stehen und ging zu ihren Kindern, um gemeinsam mit ihnen und den drei tollpatschigen Welpen zu spielen.

Das triumphierende Lächeln, das Bernardos Lippen umspielte, konnte Antonia nicht mehr sehen, sie drehte sich auch nicht noch einmal zu Bernardo um. Stattdessen nahm sie den Ball, warf ihn so weit weg, wie sie konnte, und rannte gemeinsam mit den Kindern und den japsenden und bellenden Hunden hinterher. Sie verdrängte alle Gedanken an ihren Gatten und genoss den lauen Frühlingsnachmittag mit den Kindern und dem vierbeinigen Familienzuwachs.

Einer plötzlichen Eingebung folgend, ließ Antonia einen Korb und Leinen für die Hunde holen, ihre Müdigkeit von der Reise war wie weggeblasen, und die Kinder schienen ohnehin so voller Energie zu sein, dass Antonia überhaupt nicht mehr glauben wollte, dass Anna krank gewesen sein sollte. Gemeinsam mit Cecilia verließen sie das parkartige Gartengrundstück durch das hintere Tor, das direkt zu den Weiden und Wiesen der Alpenlandschaft Montreux' führte.

Die Sonne hatte ihren Zenit weit überschritten, als sie das Gelände von Schloss Gondo verließen. Zwar gehörten die umliegenden Wälder und Wiesen längst auch zur inzwischen offiziellen Grafschaft Gondo, aber Antonias Herz schlug stets freier, wenn sie das Schlossgelände hinter sich ließ. Unbeschwert ordnete sie sich dem ordentlichen Tempo der neugierigen Hundebabys und ihren vergnügt hopsenden Kindern unter. Nur die arme Cecilia konnte mit dem Tempo nicht mehr mithalten und trottete schwer atmend hinterher.

Keine halbe Stunde später hatten sie – bis auf Cecilia – Antonias Ziel erreicht: eine Wiese so weiß wie von Schnee bedeckt. Einem plötzlichen Windstoß folgend wogten die Köpfe der Bergnarzissen sanft über die Wiese, und das Bild der schneebedeckten Alm verwandelte sich in die Gischt des Meeres, die statt einer Seebrise den lieblichen Duft der Bergblumen in Antonias Nase trieb und damit auch die Erinnerung an Giovanni, der diesen Duft so sehr liebte. Gemeinsam hatten sie die Narzissen im Piemont ernten und in ihren Erinnerungen schwelgen wollen.

Gedankenverloren stapfte Antonia in die duftende Wiese. Die Sonne stand inzwischen schon tiefgolden über dem Westufer des Genfer Sees und verlieh der Festung Chillon einen goldenen Glanz. Alles Unheimliche war in dem nachmittäglichen Sonnenschein von der Trutzburg gewichen. Es war fast tragisch, dass sich Antonia in dieser malerischen Kulisse mit allem Komfort, den sie sich leisten konnte, gekrönt von zwei entzückenden Kindern, nicht glücklich einfügen konnte. So erschien es zumindest den vielen weitläufigen Bekannten, die nur allzu gern zu Festen herkamen und ein wenig im Glanz der Gondos strahlen wollten. Niemand schien interessiert daran zu sein, wie der Graf zu Titel und Reichtum gekommen war.

Antonia schob die trüben Gedanken beiseite und ließ sich auf die Wiese fallen, während die Kinder und Cecilia, die inzwischen auch die Wiese schwitzend und keuchend erreicht hatte, schon eifrig begannen, Narzissen zu pflücken. Nach einer Weile, als Antonias Rücken schon feucht vom Tau wurde, stand auch sie auf und entnahm dem weißen Meer einen Teil seiner Pracht. Es dauerte nicht lange, bis sie den Korb fast voll hatten. Um die empfindlichen Blumen besser zu drapieren, sodass die Köpfchen nicht gequetscht wurden, legte Antonia ihre Hundeleine für einen winzigen Augenblick zur Seite.

Doch genau darauf schien Alberich gewartet zu haben und rannte im gleichen Moment los. Kaum eine Sekunde später sprang Antonia auf und dem Hund hinterher, ihre Kinder schlossen sich an, und alle drei riefen aus vollem Halse: »Alberich!«, immer wieder und immer lauter, bis ihnen die Puste ausging. Doch Alberich dachte gar nicht daran, stehen zu bleiben. Die kleine Hündin rannte, so schnell sie konnte, und kläffte eben auch, so laut sie konnte, bis sie auf dem Kamm heiser bellend und lächerlich knurrend stehen blieb.

Nur unscharf hatte Antonia etwas erkennen können, was Alberich wohl gejagt hatte. Erst hatte sie gedacht, es sei ein Hase, worauf diese Rasse ja spezialisiert war, aber dafür hatte das Wesen sich zu unbeholfen bewegt, und es hatte auch keine zwei Ohren, der Kopf hatte eher ausgesehen wie eine spitze Zipfelmütze. Als sie die kleine Alberich erreichten, die noch immer zitternd vor Erregung dastand und kläffte, war von dem Wesen aber keine Spur mehr zu sehen.

Alle drei scharten sich um das aufgeregte Hundebaby, und die anderen beiden Welpen drängten mit schlabbernden Schnauzen dazwischen. Als sich alle einigermaßen beruhigt hatten und Alberich sich Schutz suchend in Antonias Arm gekuschelt hatte, fragte Antonia ihre Kinder: »Habt ihr gesehen, was Alberich gejagt hat?«

Wie auf Kommando antworteten beide im Chor: »Einen Zwerg! Alberich hat einen Zwerg gejagt, Alberich hat den echten Alberich gejagt!«

Antonia lachte. »Das ist doch nur eine Sage, es gibt keine Zwerge, nur kleine Menschen. Ihr braucht euch nicht zu fürchten.«

Anton, der sich mit seinen zwölf Jahren schon sehr alt und weise fühlte, gab altklug zurück: »Wir fürchten uns auch gar nicht, aber Alberich schon, und es gibt doch Zwerge, ich habe es genau gesehen, und ich habe auch schon mal bei uns zu Hause einen Zwerg gesehen.«

Um seinen Worten noch mehr Nachdruck zu verleihen, streckte Anton den Arm aus und zeigte mit dem Finger nach Westen: »In die Richtung ist er gelaufen, ganz sicher!«

Dem Fingerzeig folgend schaute Antonia in die Richtung, konnte aber überhaupt nichts erkennen, was jedoch vor allem daran lag, dass die langsam untergehende Sonne stark blendete.

»Ich kann gar nichts sehen, einen Schatz und einen Zwerg hast du vielleicht unter den Gauklern gesehen, die bei einem unserer Feste aufgetreten sind, aber das sind nur sehr kleine, akrobatische Menschen und keine Zwerge aus den Märchen.«

Anton gab nicht auf, während die kleine Anna doch anfing, sich ein wenig zu fürchten. »Ich sehe aber was: Da vorn im Felsen ist ein Spalt, und ich habe doch einen Zwerg bei uns zu Hause gesehen, nicht nur unter den Schaustellern. Er hatte einen großen Hut und einen glitzernden Edelstein in der Hand, den er Papa gegeben hat. Ich hatte mich abends heimlich in die Küche stehlen wollen, weil ich noch Hunger gehabt habe, und da habe ich ihn ganz deutlich gesehen. Ich will jetzt sehen, wo der verschwunden ist.«

Ohne auf Antonias Antwort zu warten, rannte Anton mit seiner kleinen Anni an der Leine los, während sich Anna krampfhaft an Antonias Hand festhielt und sich weigerte, einen Schritt in die Richtung zu gehen. Obwohl Antonia sicher war, dass die reflektierende Sonne Anton einen Streich gespielt hatte und der »Zwerg«, den Anton zu Hause gesehen haben wollte, eben auch nur ein kleiner Bergwerkmann war, hatte Antonia ein mulmiges Gefühl, und sie ließ Anton keine Sekunde aus den Augen. Inzwischen hatte auch sie sich an das Gegenlicht gewöhnt und konnte den Spalt in einem Felsen erkennen, vor dem Anton jetzt stand. Aus vollem Halse schrie sie jetzt doch ziemlich ängstlich: »Anton! Komm zurück! Du gehst da nicht rein!«

Doch statt sich umzudrehen, bückte sich Anton, als ob er sich durch die Öffnung quetschen wollte. Gerade als Antonia sich von Anna losreißen und zu ihrem Sohn stürzen wollte, stand der wieder auf und kam seelenruhig zurückgelaufen. Antonia wusste nicht, warum, aber sie zitterte am ganzen Körper, vielleicht war es auch nur die kleine Alberich, die sie dazu veranlasst hatte, denn der Welpe zitterte schon die ganze Zeit.

Anton dagegen zeigte überhaupt keine Furcht und strahlte über das ganze Gesicht, als er seine Mutter und seine Schwester erreichte. Ohne ein Wort zu sagen, streckte er Antonia seine Faust entgegen und öffnete sie ganz langsam. Antonia konnte nicht glauben, was sie sah: einen fast hühnereigroßen tiefroten funkelnden Rubin.

»Schenk ich dir, Mama! Das hat der Zwerg verloren, und weil das unsere Wiese ist, gehört er uns«, gab Anton stolz von sich, und bevor Antonia etwas erwidern konnte, sprang er Richtung Cecilia und Narzissenkorb davon.

Ungläubig starrte Antonia auf den riesigen Edelstein in ihrer Hand. Inzwischen hatte auch die kleine Anna ihre Furcht verloren, kroch hinter Antonias Rücken hervor und bestaunte den riesigen Edelstein. »Oh, der ist aber schön! Da musst du gut drauf aufpassen, Mama!«

»Da hast du recht, meine Süße.«

Lächelnd strich Antonia ihrer Tochter über die Haare und steckte den Rubin zu dem Ring in den Beutel, den sie bei sich trug. Dann nahm sie ihre Tochter an die Hand, und schweigend gingen sie den Berg hinunter zu Anton und Cecilia. Die Sonne stand inzwischen tiefrot im Westen und brachte die Bergspitzen zum Glühen. Ehrfürchtig und noch immer ein wenig im Bann des Zwerges bestaunten die vier das Naturschauspiel, während die drei Welpen an ihren Leinen zerrten.

»Mama, kannst du noch mal die Geschichte von König Laurin erzählen?«, bat Anna mit piepsiger Stimme im Angesicht des Alpenglühens. Antonia hatte fast jedes Mal, wenn dieses Phänomen sich in seiner vollen Farbenpracht zeigte, die alte Sage erzählt, und Anna liebte die Geschichte sehr. Und natürlich konnte Antonia ihrer Tochter den Wunsch nicht abschlagen. »Auf dem Nachhauseweg, es ist schon spät, wir wollen doch nicht erst im Dunkeln zu Hause sein.«

Cecilia nahm dankbar das Stichwort für den Rückweg auf, griff nach dem Korb, und langsam trotteten alle los, während Antonia anfing, die Geschichte von dem Zwergenkönig Laurin und seinem Volk zu erzählen, das nach Edelsteinen schürfte. Dabei fiel ihr Anton immer wieder ins Wort: »Genau wie der Zwerg vorhin!« Oder als Antonia von dem unterirdischen Palast Laurins aus Bergkristall erzählte, plapperte Anton dazwischen: »Ich habe den Eingang gesehen, ich habe den Eingang gesehen!« Selbst zur Tarnkappe fiel Anton etwas ein: »Der Zwerg vorhin hat auch eine Tarnkappe aufgehabt, sonst hättest du ihn ja gesehen, bestimmt können nur Kinder Zwerge mit Tarnkappe sehen.«

Wegen der vielen Unterbrechungen wurde Anna schon ganz ungeduldig, denn obwohl sie die Geschichte schon unzählige Male gehört hatte, veränderte Antonia sie meist ein wenig und ließ sie gut für den Zwergenkönig und die schöne Similda ausgehen. Oft vermischte Antonia auch die Geschichte von Zwergenkönig Laurin und der Sage um den Zwerg Alberich, was heute nahelag, da sie in ihrem Leben noch nie zuvor so oft »Alberich« geschrien hatte wie an diesem Tag, eigentlich hatte sie überhaupt noch nie »Alberich« geschrien. Und sie wusste nicht, warum sie diesmal ausgerechnet Bernardo zum Helden der Geschichte machte, der den Zwerg unterwarf, ihm die Tarnkappe nahm und damit zum Untertan machte, die Worte waren einfach so aus ihr herausgerutscht, wahrscheinlich weil Anton vorhin von dem Zwerg im Haus erzählt hatte, der Bernardo einen Edelstein übergeben haben soll.

Als Antonia die Geschichte beendet hatte, erschrak sie über sich selbst, auch Cecilia sah sie verwundert an, wagte aber nichts zu sagen. Während Anton und Anna triumphierend herumsprangen und sangen: »Papa ist ein Held! Papa ist ein Held!«

Über sich selbst kopfschüttelnd beobachtete Antonia, wie ihre Kinder johlend um die arme Cecilia mit dem Narzissenkorb herumsprangen, und sie musste unweigerlich an ihre Kindheit denken. Es waren mindestens so viele Narzissen gewesen, die Giovannis Mutter in ihrem Korb gehabt hatte, wie Cecilia jetzt. Antonia und Giovanni waren ungefähr in dem Alter gewesen wie Anna jetzt. Beide hatten ebenfalls einen dicken Strauß Narzissen im Arm gehabt, als sie schweigend, aber glücklich den Heimweg zum Farina-Haus angetreten hatten.

Antonia konnte sich noch ganz genau daran erinnern, wie unvorbereitet sie der Rempler von hinten getroffen und sie sofort ins Straucheln gebracht hatte, wodurch sie unglücklich über einen großen Stein gestolpert und schließlich hingefallen war. Dabei hatte sie sich beide Knie blutig geschlagen, und

Giovannis Mutter hatte sie den ganzen restlichen Weg nach Hause getragen. Dass *das* der Rüpel Bernardo gewesen war, hatte ihr Giovanni erst viel später erzählt.

Als könnte er Gedanken lesen, begrüßte Bernardo seine Frau mit den Worten: »Ich war noch ein Kind, wir haben gespielt, ich habe dich unglücklicherweise umgerannt, und Giovanni hat mich gleich verpetzt, obwohl er noch nicht einmal was gesehen hatte.«

»Giovanni braucht nichts zu sehen, er kann besser riechen, als du sehen kannst!«, gab Antonia etwas schärfer zurück als beabsichtigt. Sie wollte Bernardo nicht seine Kindheit vorwerfen, denn er war wahrlich nicht auf Rosen gebettet gewesen und hatte Prügel für jede kleine Unzulänglichkeit einstecken müssen. Auch damals musste ihn sein Vater, der gar nicht sein Vater war, wie sich später herausgestellt hatte, windelweich geschlagen haben, weil er sie versehentlich umgerannt hatte. Genau wie Paolo Feminis, Bernardos richtiger Vater, als Junge sogar aus dem Dorf verbannt worden war, nachdem er Lucia, Giovannis Mutter, umgestoßen hatte.

Was Kinder betraf, war Antonia sehr nachsichtig geworden, seit sie eigene Kinder hatte, die auch gern Unfug machten, für den manch armes Kind streng bestraft würde. Antonia musste daran denken, wie einmal ein Junge, der zu Besuch war, Anton den Kreisel weggenommen hatte und dieser dann so wütend geworden war, dass er mit dem Holzschwert auf den Jungen losging. Es war nichts passiert, aber nur, weil Cecilia beherzt eingegriffen hatte. Ähnlich garstig hatte auch Anna einmal reagiert, sie hatte allerdings nicht zu einem Holzschwert gegriffen, sondern einem Mädchen derart an den Haaren gezogen, dass sie gleich ein ganzes Büschel in der Hand gehabt hatte. Heute waren sie wieder beste Freundinnen.

Wortlos und mit einem etwas schlechten Gewissen ging sie, gefolgt von den Kindern, Cecilia und den Hunden, in ihren Trakt. Doch Bernardo schien ihr nicht zu grollen, mit einer freundlichen Stimme rief er hinter ihr her: »Ich habe Spargel und Pommes des terre für dich bestellt, es ist in einer halben

Stunde gerichtet. Ich nehme an, du willst heute erst mal allein mit den Kindern und Cecilia essen. Wenn du möchtest, geselle ich mich natürlich gern zu euch.«

Es kostete Antonia Überwindung, doch sie drehte sich schließlich um und sagte: »Danke.« Spargel war ihr absolutes Lieblingsgericht im Frühling, aber sie hatte keine Ahnung gehabt, dass Bernardo das überhaupt jemals registriert hatte, und war sich jetzt auch nicht sicher. Als sie außer Hörweite von Bernardo waren, fragte sie daher Cecilia streng: »Was hat das zu bedeuten?«

Die arme gute Cecilia zuckte schuldbewusst zusammen, als Antonia sie so anfuhr, und antwortete kleinlaut: »Seit Tagen drangsaliert mich Bernardo mit Fragen, wie er dir das Leben schön machen kann. Am Anfang bin ich ausgewichen und habe ihm die kalte Schulter gezeigt, aber dann hat er die Kinder gegen mich ausgespielt, hat ihnen gesagt, dass ich nicht wollte, dass es dir gut geht und so weiter, und die Kinder sind dann auf mich losgegangen. Ich habe Bernardo daraufhin zur Rede gestellt, jedenfalls soweit es meine Position erlaubt. Weißt du, was er geantwortet hat?«

Antonia schüttelte den Kopf.

»Er liebt dich, er hat reumütig zugegeben, dass er viele Fehler gemacht hat, aber die wolle er alle wiedergutmachen.«

Empört blieb Antonia vor ihrer Zimmertür stehen. »Und das hast du geglaubt? Und was ist mit dieser impertinenten Chantal?«

Verschüchtert blinzelte Cecilia. »Nein, Antonia, natürlich nicht. Na ja, vielleicht schon ein bisschen. Chantal hat er weggeschickt. Bernardo hat doch diese Villa Diodati am anderen Ende des Sees in Cologny gekauft, da hat er sie hingeschickt. Es hat furchtbaren Streit gegeben.«

Antonia musste tief durchatmen. »Chantal ist weg?«

Immer noch verschüchtert nickte Cecilia. Antonia konnte es kaum glauben. Die impertinente Person, die sich Chantal nannte und als Cousine von Bernardo ausgab, war nichts anderes als seine Mätresse, die wahrscheinlich aus der Gosse kam. Wenn er sie jetzt weggeschickt hatte, führte er entweder etwas ganz Großes im Schilde oder wollte sich tatsächlich ändern. Antonia wusste nicht, was sie besser finden sollte, besann sich aber darauf, dass sie wenigstens zu der armen Cecilia nett sein sollte. »Tut mir leid, Cecilia, sei bitte einfach wachsam, wir sehen uns gleich beim Essen.«

Aber Cecilia konnte so wachsam sein, wie sie wollte. Bernardo war so zuvorkommend wie nie zuvor. Fast jeden Tag hatte er sich eine kleine Überraschung für Antonia überlegt, kleine Feste organisiert und war für die Kinder der beste Vater der Welt. Er hatte die besten Lehrer engagiert, die in weitem Umkreis zu bekommen waren, und wenn die Kinder Beschwerden hatten, wurden sie kurzerhand gefeuert. Bernardo versuchte, Antonia jeden Wunsch von den Lippen abzulesen, und wurde nicht müde, sie mit Komplimenten zu überhäufen.

Obwohl bei Antonia ein schales Gefühl blieb und ihre Alarmglocken jedes Mal schrillten, wenn Bernardo wieder mit einer Überraschung kam, hatte er es geschafft, ihren inneren Widerstand ein wenig zu brechen. Täglich fragten die Kinder, warum der Papa nicht mit ihnen essen würde, bis Antonia ihn schließlich fragte. Im Wonnemonat Mai wurden sie tatsächlich so etwas Ähnliches wie eine glückliche Familie, obwohl jeder seinen eigenen Trakt bewohnte und Antonia täglich sehnlichst auf einen Brief von Giovanni wartete, dem sie schon zweimal geschrieben hatte.

Später wusste Antonia nicht mehr, wann es angefangen hatte, dass sie nach dem Abendessen noch gemeinsam ein Glas Wein tranken, manchmal auch Champagner, und Bernardo sich als galanter Geschichtenerzähler erwies. Irgendwann fragte sie ihn auch nach den Zwergen, und Bernardo erzählte eine abenteuerliche Geschichte, wie er die winzigen kleinwüchsigen Bergleute in Venedig kennengelernt hatte und anfing, mit ihnen Geschäfte zu machen. Manches war wahr und anderes ganz sicher nicht, aber Bernardo hatte eine fesselnde Art, Geschichten zu erzählen, und schaffte es, Antonia zum Lachen zu bringen.

Es gab Tage, die so voller Überraschungen und Freude waren, dass Antonia noch nicht einmal an Giovanni dachte. Die kleine Alberich hatte sie wider Willen so ins Herz geschlossen, dass sie sie nicht mehr hergeben konnte. Die junge Hündin folgte ihr auf Schritt und Tritt und brachte sie mit allerlei komischen Eskapaden immer wieder zum Lachen und lenkte sie von ihren trüben Gedanken ab.

Selbst die Kinder schienen so ausgeglichen wie selten zuvor und murrten nur, wenn sie dem Hauslehrer folgen mussten. Selten hatte Antonia so unbeschwerte Tage erlebt. Es war fast unheimlich, wie schnell die Tage bis zu ihrer Abreise nach Durlach und Frankfurt vergingen. Sie zögerte auch nicht mehr, nach dem abendlichen Mahl noch ein wenig Zeit mit Bernardo zu verbringen. Er war einsichtig geworden und hatte versprochen, sich nicht mehr zwischen sie und Giovanni zu stellen. Antonia hatte sogar Mitleid bekommen, als er ihr eines Abends gestand: »Ich weiß, dass ich deine Liebe nicht verdient habe, aber du wirst immer meine große Liebe bleiben. Auch wenn ich viele Frauen habe, ich werde nie eine andere lieben.«

Antonia musste schlucken, ihr starker, bösartiger Gatte sah plötzlich so unschuldig und verletzlich aus. Als er fortfuhr, nippte sie verlegen an ihrem Champagner.

»Aber eines musst du mir versprechen: Die Kinder gehören zu uns beiden, sie lieben uns beide.«

Verschämt nickte Antonia und dachte daran, wie oft sie schon daran gedacht hatte, mit den Kindern zu ihren Eltern zu ziehen, und nur aus Angst, Bernardo könnte ihr die Kinder wegnehmen, es nicht getan hatte. Dass er die Kinder auch liebte, daran hatte sie nie gedacht. Als Bernardo ihr sanft über das Haar strich, ließ sie es geschehen.

Wie inzwischen so oft saßen sie auch am Abend vor der Abreise nach Durlach zusammen. Am nächsten Morgen wollte Bernardo sehr früh mit seinem schwarzen Rappen aufbrechen, weil er unterwegs noch einiges erledigen wollte, und Antonia sollte mit Cecilia und den Kindern in aller Ruhe mit der Kutsche fahren. Inzwischen wusste er, welche Geschichten und Anekdoten Antonia besonders mochte, und er erzählte von Paola und seiner Kindheit. Paola, der nie ein Streich entgangen war und die ihm jedes Mal ordentlich die Leviten gelesen hatte, ihm aber auch immer liebevoll verzieh. Alles, was Bernardo erzählte, waren Jungenstreiche, die Antonia auch Anton zutrauen würde. Es war nichts, worüber sie hätte böse werden können.

Ohnehin war sie in einer seltsam wohligen Stimmung und dachte noch, dass der Wein vielleicht doch zu viel gewesen war. Als Bernardo erzählte, wie Paola ihn einmal getröstet hatte, als er noch sehr klein war und sein Vater ihn wieder mit dem Gürtel windelweich geschlagen hatte, ließ Antonia es geschehen, dass Bernardo seinen Kopf auf ihre Brust legte und sie streichelte.

Und sie wusste später auch noch, dass sie mehr hatte geschehen lassen, aber an Einzelheiten konnte sie sich nicht mehr erinnern. Nur Fetzen traten immer wieder in ihre Erinnerung, erotische Fetzen, Wallungen und wilde Phantasien. Als sie am nächsten Morgen aufwachte, lag sie wie immer in ihrem Nachtgewand im Bett, ihre Kleider waren ordentlich zurechtgelegt, und nichts erinnerte an etwas Ungewöhnliches – außer, wie sich ihr Körper anfühlte. Niemand der Angestellten konnte oder wollte etwas sagen, und Cecilia, die einzige Bedienstete, der sie wirklich traute, hatte längst in ihrer Kammer, neben dem Zimmer der Kinder, tief und fest geschlafen.

Antonia fühlte sich benutzt und wund in der Seele, dabei konnte sie noch nicht einmal genau sagen, was geschehen war. In der allgemeinen Aufbruchsstimmung fiel auch niemandem Antonias Schwermut auf. Cecilia war voll und ganz damit beschäftigt, die Sachen für die Kinder zu packen, wobei Anna und Anton aufgeregt halfen, dabei aber mehr durcheinanderbrachten, als wirklich zu helfen, sodass Cecilia ganz aus dem Konzept geriet und überhaupt kein Auge für Antonia hatte. Nur die kleine Alberich schien zu merken, dass mit ihrem Frauchen etwas nicht stimmte, und versuchte, sie mit schlabberiger Zunge auf Hundeart zu trösten.

17. KAPITEL

FAUST

Johann Georg Faust (circa 1480–1541) war ein umstrittener Alchemist und Magier, der spektakulär bei einer Explosion während seiner Experimente ums Leben kam. Sein Leben inspirierte zahlreiche Autoren, die Stücke über Faust wurden in der Frühen Neuzeit vor allem als Puppentheater aufgeführt. Wirkliche Berühmtheit erlangte er erst durch Goethes Meisterwerk »Faust«.

Durlach, Hardtwald, 15.–17. Juni 1715

Nach der Nacht, an die sich Antonia kaum erinnern konnte, war Bernardo abgereist. Die diffuse Erinnerung daran war schal und abstoßend. Doch der Alltag mit den Kindern und den niedlichen kleinen Hunden hatte bewirkt, dass sie nach ein paar Tagen kaum mehr daran dachte. Aber vor allem Giovannis Brief, der endlich eingetroffen war, hatte sie auf andere Gedanken gebracht. Es waren nicht viele Worte, aber voller Sehnsucht und Selbstzweifel. Er wird mir verzeihen, hatte Antonia gedacht, als sie die Zeilen las.

Jetzt trug sie den Brief, sorgfältig gefaltet, auf ihrem Herzen, unter ihrem Korsett, das unangenehm drückte, was bei dem Gerüttel fast schmerzlich war. Sie hatten ihr Ziel, die Karlsburg in Durlach, fast erreicht, aber der Himmel hatte seine Schleusen so weit geöffnet, dass sie nur mühsam vorankamen. Fast sintflutartig ergoss sich der Regen und überflutete die Rheinauen, sodass sie stellenweise durch einen See zu fahren schienen. Schon in Basel hatte sie ein heftiges Gewitter begrüßt, und seither hatte der Himmel kaum aufgehört zu weinen. Die ganze Kutsche roch nach nassem Hund, und Antonia war ganz übel von dem Geschaukel und dem Geruch.

Antonia war froh, dass Cecilia es übernommen hatte, die Kinder zu unterhalten, ihnen Geschichten erzählte und sogar mit den Handpuppen in der schaukelnden Kutsche ein kleines

Theater vorführte. Dafür nutzte das phantasievolle Kindermädchen, das im Alter der Großeltern von Anton und Anna war, sogar die Vorhänge in der Kutsche. Besonders populär unter den Stücken, die gerade aufgeführt wurden, war »Die tragische Geschichte des Dr. Faust« als Komödie für die Erwachsenen und als Puppentheater für die Kinder, mit der tragikomischen Figur des »Hans Wurst«, dem Diener des Dr. Faustus, die jetzt gerade hinter dem Vorhang verschwand.

Antonia hatte das Stück schon mehrfach gesehen, zuletzt in der Karlsburg, wohin sie jetzt gerade fuhren. Was kein Wunder war, denn die Geschichte war dort auch ein Stück Heimatkunde, schließlich kam das Vorbild für die Legende aus der Region von Durlach. Knittlingen, wo der echte Dr. Johann Georg Faust mehr als zweihundert Jahre zuvor das Licht der Welt erblickt hatte, lag keine halbe Tagesreise entfernt.

Die »gerechte« Strafe des Faustus, der sein Wissen nur durch einen Teufelspakt erlangt hatte und schließlich durch eine Liste des Mephistopheles vorzeitig in der Hölle schmorte, gefiel Antonia in einer fast kindischen Art. Für sie war Bernardo der Titan, der zu hoch hinauswill und dafür einen Pakt mit dem Teufel abgeschlossen hatte. Und es gab nicht wenige Nächte, in denen sie davon geträumt hatte, dass ihr durchtriebener Gatte in einem seiner alchemistischen Labore in die Luft fliegen würde, so wie der echte Faust sein Leben beendet hatte.

Obwohl Bernardo sich in den letzten Wochen zweifellos alle erdenkliche Mühe gegeben hatte, ihr die Zeit auf Schloss Gondo zu versüßen, hatte die letzte Nacht dort allem einen bitteren Beigeschmack gegeben. Am liebsten wäre sie direkt zu ihren Eltern nach Hause gefahren. Aber die Kinder hatten unbedingt zu dem großen Fest der Grundsteinlegung der Residenz »Carolus Ruhe« fahren wollen, wozu Antonia überhaupt keine Lust gehabt hatte, vor allem weil sie dort Bernardo wieder treffen sollte. Wenigstens lag Durlach auf dem direkten Weg nach Frankfurt, und Markgräfin Wilhelmine war äußerst amüsant und hatte ein gutes Händchen für ein unterhaltsames Programm. Ein wenig Zerstreuung konnte Antonia gut gebrauchen, sie grübelte viel zu viel und gönnte sich viel zu wenig Zeit, das Leben zu genießen.

Als sie die Karlsburg endlich erreichten, waren sie alle klamm und durchgefroren, für Mitte Juni war es viel zu kalt, aber seit der »Eiszeit« 1708/1709 war man ja schon zufrieden, wenn sich diese tödliche klirrende Kälte nicht wiederholte, und davon waren die Temperaturen weit entfernt. Nach einer heißen Suppe und einem heißen Bad, das die Kurfürstin für ihre Gäste bereiten ließ, ging es Antonia schon besser.

Mit einem gut gewürzten Glühwein saß sie jetzt mit der Markgräfin vor dem Kamin, während die Kinder mit Prinz Friedrich und den Hunden im kleinen Salon tobten. Allerdings unter der strengen Aufsicht von Cecilia und Friedrichs Kindermädchen. Es waren auch nicht alle drei kleinen Welpen, die tobten, die kleine Alberich machte es sich auf Antonias Schoß bequem. Die beiden waren inzwischen unzertrennlich, Antonia konnte Alberichs treuherzigem Welpenblick einfach nicht widerstehen. Wenn man es nicht besser wüsste, hätte man fast annehmen können, der kleine Hund setzte absichtlich seinen ganzen Charme ein, um Antonia um den Finger zu wickeln.

Auch die Kurfürstin war ganz hingerissen von dem kleinen Tierchen. Obwohl sie selbst schon lange Hunde besaß und schon oft genug einen kleinen Welpen auf dem Arm gehabt hatte, war dieses Exemplar doch etwas ganz Besonderes.

Nach ein paar Höflichkeitsfloskeln tauschten die beiden Damen die interessantesten Neuigkeiten aus. Mit allergrößtem Vergnügen hörte sich Kurfürstin Magdalena die Lästereien der Pfalzgräfin Liselotte an, deren Zunge noch immer genauso spitz war wie die Feder, mit der sie ihre unzähligen Briefe schrieb. Weniger amüsant und erfreulich war, dass es Maria Sibylla Merian gar nicht gut ging. Der Markgraf war mehr als angetan von ihren Tulpenzeichnungen gewesen und hatte sich gewünscht, dass sie einige seiner Tulpen aus dem Schlossgarten porträtiert, doch ein Schlag oder Ähnliches hatte sie ans Bett gefesselt.

Das beunruhigte Antonia sehr, und sie schämte sich dafür, dass sie so viel an sich dachte, dabei ging es ihr eigentlich so gut, während andere, herzensgute Menschen wirkliche Probleme hatten. Sie nahm sich vor, gleich am nächsten Morgen ein paar Zeilen an ihre Freundin zu schreiben, musste ihrer Erschütterung aber zunächst Luft machen. »Ich hatte so gehofft, dass sie sich in Aachen noch ein wenig erholt, es schien ihr so gutzutun. Es tut mir so leid.«

»Wer weiß, an was für einen Quacksalber sie geraten ist. Heutzutage weiß man nie, ob die eingebildeten Doktoren einen nicht erst richtig krank machen. Sie haben doch den Sonnenkönig selbst gesehen, wie man hört, rottet er vor sich hin – was ich ganz sicher nicht bedaure, aber ohne seine arroganten Ärzte, die ihm alle Zähne gezogen haben und ständig zur Ader lassen, würde es ihm wahrscheinlich besser gehen. Um solche Torturen überhaupt zu überleben, muss er von äußerst robuster Statur sein, und das ist unsere Maria Sibylla ganz sicher nicht. Obwohl sie sich in den fernen Urwäldern wohl ziemlich gut durchgeschlagen hatte. Sehr tapfer, diese Frau, das hätte ich mir ganz gewiss nicht angetan.«

Antonia schüttelte den Kopf, bevor sie erwiderte: »Wir haben ihr den besten Medicus in Aachen besorgt, und Giovanni hat ihr sein ›Eau de Cologne‹ und noch andere ›Eaux admirables‹ mitgebracht. Ich kann das nicht verstehen.«

»Sie hat mich gebeten, Sie zu fragen, ob Sie von dem Erlös durch den Verkauf ihrer Bilder noch mehr ›Eau de Cologne‹ besorgen können, es hätte ihr so gutgetan, sie belebt und verjüngt. Aber ganz offensichtlich ist sie etwas verschwenderisch damit umgegangen, und vielleicht geht es ihr finanziell wirklich so schlecht, dass sie keines bestellen konnte.«

Fast empört erwiderte Antonia: »Aber Giovanni hätte ihr doch ganz sicher auch so eine Flasche von seinem ›Eau de Cologne‹ geschickt. Warum hat sie ihm denn nicht geschrieben?«

Nachsichtig sah die Markgräfin Antonia an. »Sie haben mir doch gerade erzählt, dass Sie den Herrn Giovanni Maria Farina in Paris getroffen haben und er danach weiter nach Grasse und zur Narzissenernte in seine Heimat gereist sei. Maria Sibylla Merian hat wohl an den Bruder geschrieben, aber er wollte wohl nicht anschreiben lassen – was ich auch verstehen kann.

Er kennt Maria Sibylla vielleicht nicht, und in den heutigen Zeiten haben die Krämer es nicht leicht.«

Antonia missfiel ein wenig die Bezeichnung »Krämer« für die Fratelli Farina, die nur mit edelster Ware handelten, so wie ihre Eltern nur mit feinsten Spezereien. Es hatte etwas Abfälliges, sich Distanzierendes in der Stimme der Markgräfin gelegen. Aber so war es meist. Wäre sie nicht Bernardos Gattin, würde sie jetzt nicht hier sitzen. Sie würde ein einfaches, aber glückliches Leben mit Giovanni in Köln führen und ihn so oft wie möglich auf seinen Reisen begleiten. Nun versuchte sie, das Beste daraus zu machen und möglichst viele hochgeborene Kunden für Giovanni zu gewinnen.

»Ich werde gleich morgen beiden schreiben. Soll ich auch für Sie eine Bestellung mit aufgeben?«

Etwas unangenehm berührt neigte die Kurfürstin den Kopf zur Seite. »Danke, Antonia, aber Karl Wilhelm hat bei Ihrem Gatten eine große Menge ›Eau de Cologny‹ bestellt. Graf Gondo hat sie schon vor einigen Tagen ausgeliefert.«

Obwohl Antonia zahlreiche Bemerkungen auf der Zunge lagen, brachte sie nur ein leises »Oh« zustande.

Nach einem kurzen Moment unangenehmer Stille übernahm die Hausherrin noch einmal das Wort. »Es ist schon spät, meine Liebe, lassen Sie uns morgen weiterplaudern. Ich hoffe, das Wetter ist uns gnädig und wir können die Theaterbühne im Hof aufbauen lassen.«

Mit einem Lächeln versuchte Antonia, ihre Betroffenheit zu überspielen, bevor sie aufstand und sich für den Abend verabschiedete. Mit fast hochnäsiger Ignoranz hatte sie Bernardos Versuche, ein ähnliches »Eau admirable« wie Giovanni herzustellen, nicht ernst genommen. Der Duft war zwar kein Vergleich, Giovanni hatte eine perfekte Note geschaffen, die Herz und Seele berührte. Bernardos Wunderwasser war dagegen nur ein plumper Nachahmungsversuch. Doch ganz schlecht war Bernardos »Eau de Cologny« nicht, es gab viel schlimmere »Eaux admirables«, das musste Antonia zugeben. Und wenn er durch seine weitreichenden Verbindungen den Hochadel mit seiner schlechten Fälschung, im wahrsten Sinne des Wortes, überschüttete, dann hatte Giovanni ein Problem, und sie mussten dringend etwas unternehmen.

Nachdenklich ging Antonia durch den opulenten und reich verzierten Gang zu ihrem Schlafgemach. In der Nacht plagten sie wirre Träume, selbst Alberich, die ausnahmsweise in ihrem Zimmer schlafen durfte, jaulte gelegentlich, als der Vollmond mit seiner ganzen Kraft in die Stube schien.

Dafür waren am nächsten Morgen die Wolken wie weggeblasen. Die Arbeiter hämmerten und sägten schon eifrig, um die Bühne im Schlosshof aufzubauen, als Antonia und die Kinder zum Frühstück erschienen. Die Markgräfin war daher bester Laune und begrüßte Antonia freudig.

»Die Götter sind uns wohlgesinnt! Das Theater wird ein wunderbarer Auftakt zur morgigen Grundsteinlegung!«

»Was wird denn überhaupt gespielt?«, wollte Antonia, die sich nicht daran erinnern konnte, ob davon etwas in der Einladung gestanden hatte, wissen.

»Das Lied vom Hünen Siegfried«, erwiderte die Markgräfin nicht ohne Stolz.

Sogleich riefen die Kinder im Chor: »Alberich! Alberich!«

»Sie haben meinen kleinen Hund Alberich genannt, weil er so winzig und viel kleiner ist als die anderen beiden Welpen«, ergänzte Antonia lächelnd.

Etwas zu vorlaut für die kurfürstliche Tafel, plapperte Anton drauflos: »Aber bei uns wohnt auch ein richtiger Zwerg!«

Mit einem strengen Blick gebot Antonia ihrem Sohn, den Mund zu halten, sie hatte keine Lust, über die merkwürdige Erscheinung auf ihrer Alm zu sprechen. Doch Antons Einwurf schien die Markgräfin glücklicherweise nicht ernst zu nehmen, und sie erwiderte mit hochgezogenen Brauen nur ein gedehntes »So«, bevor sie sich Antonia wieder zuwandte. »Ich möchte Ihnen nach dem Frühstück etwas zeigen, meine Liebe.«

Nach dem gestrigen Abend hoffte Antonia sehr, dass es nicht noch eine weitere Überraschung ihres Gatten geben würde, der hier anscheinend allergrößte Hochachtung genoss. Mit gemischten Gefühlen folgte sie deshalb nach dem Frühstück der Kurfürstin in die Bibliothek.

Im Zentrum der überladenen Bücherstube lag eine riesige Karte auf einem anscheinend extra dafür aufgestellten Tisch. Die Kurfürstin führte Antonia zur Querseite gegenüber dem Fenster, sodass die Sonne den Plan bestrahlen konnte und sie ihn nicht beschatteten. Geheimnisvoll flüsterte die Kurfürstin, obwohl sonst niemand im Raum war: »Das wird Carolus Ruhe, die Fächer- und Sonnenstadt, und, wenn es nach Karl Wilhelm geht, das Zentrum der Welt, das heller strahlt als Versailles.«

Neugierig betrachtete Antonia das Werk. Sie hatte schon viele Pläne für Bauwerke gesehen, aber niemals so etwas: Zweiunddreißig Strahlen führten vom Schloss weg, ein großer Weges-Kreis, Pyramiden und weitere geometrische Formen waren zu erkennen, außerdem die Namen der Helden des Nibelungenlieds, das ihnen heute dargeboten werden sollte.

»Das ist unglaublich! Wie ist der Markgraf denn auf die Idee gekommen, ein so riesiges Bauwerk nach einer so ungewöhnlichen Architektur mitten in den Hardtwald zu bauen? Er hätte doch auch hier die Residenz wieder aufbauen können.«

»Es hat mich auch zunächst erstaunt. Aber Karl Wilhelm schwört darauf, dass dort ein besonderer Ort mit einer besonderen Kraft liege, die nur zur Geltung käme, wenn man die magische Architektur antiker Gelehrter berücksichtigt. Das Zentrum liegt im goldenen Schnitt eines Pentagramms, dessen Spitzen von je einer Burg gekrönt sind. Hier, behauptet Karl, habe Karl der Große seine letzte Ruhe gefunden. Seine Gebeine seien an diesen heiligen Ort umgebettet worden und mit ihm der Ring des Salomon. Es gebe eine riesige Gruft, genau dort, wo morgen der Grundstein für den Turm gelegt werden soll.«

Es war schwer, Antonia mit wilden Geschichten aus der Fassung zu bringen, aber dass ihr die Markgräfin höchstpersönlich eine solche Phantasterei auftischte, fand sie schon sehr seltsam. Der erstaunte Blick blieb der Markgräfin nicht verborgen.

»Offiziell weiß ich von nichts, ich habe zufällig gelauscht, als sich die Bruderschaft hier versammelt hatte. Und es ergibt auf eine erschreckende Weise Sinn: Sowohl König Salomon war bei der Bruderschaft der Schlange als auch Karl der Große.

Siegfried hat nicht gegen einen Drachen gekämpft, sondern gegen die Bruderschaft. Die Zwerge haben den Schatz gehütet, wie auch heute wieder. Mit dem Ring hat er die Kraft, eine neue Weltordnung zu schaffen. Schauen Sie sich doch an, was der Orden vom Goldenen Vlies gebracht hat, niemals hatte Krieg ohne Zustimmung aller Ritter ausbrechen sollen, und was war, als der Großmeister, der letzte spanische König aus dem Hause Habsburg, starb? Der Orden brach auseinander, die Ritter haben den Schwur gebrochen, und wir hatten fast fünfzehn Jahre lang einen furchtbaren Krieg, der gerade erst mit mühsamen Friedensverhandlungen zu Ende gegangen ist. Die Welt braucht eine Neuordnung, und nur die Bruderschaft kann das schaffen. Der 17. Juni ist kein zufällig gewählter Tag für die Grundsteinlegung, das Datum war schon seit unserer Zeitrechnung für Großes vorgesehen und wird es immer bleiben. Wenn Ihr Sohn vorhin nicht den Zwerg erwischt hätte, hätte ich Ihnen die Geschichte nicht erzählt. Nach allem, was ich mitbekommen habe, hat Ihr Gatte der Bruderschaft schon große Dienste erwiesen. Der Ring, den er Ihnen geschenkt hat, wird Sie auf ewig verbinden und macht auch Sie zum Teil der Bewegung. Sie können stolz sein, und Sie werden das Geheimnis für sich behalten.«

Das war keine Bitte, sondern ein Befehl, und Antonia konnte sich auch nicht vorstellen, diese absurde Geschichte irgendjemandem zu erzählen. Sie atmete hörbar ein und erwiderte matt: »Das ist alles ein bisschen viel für mich. Danke für Ihr Vertrauen.«

Drachen, Schlangen, Zwerge, geheime Ritterorden, all das waren Zutaten der Märchen und Legenden, die sie ihren Kindern erzählte und vorlas, und die Markgräfin behauptete nun, dass sie und ihre Familie ein Teil dieser Geschichte seien. Das war eindeutig mehr, als Antonia glauben konnte.

Zunächst sah sie die Aufführung über Siegfried, die Nibelungen und Zwerg Alberich als bisherige Darbietungen über die Sage. Aber dann sah sie den Zwerg mit ganz anderen Augen. Waren bisher die kleinwüchsigen Darsteller für sie nur kuriose Künstler gewesen, über deren Schicksal und Fähigkeiten sie nachgedacht hatte, sah sie den Alberich in diesem Stück jetzt mit ganz anderen Augen. Wenig zur Ablenkung trug Anton bei, der mehrfach dazwischenrief: »Mama, genauso sah unser Zwerg aus! Der hat bestimmt auch eine Tarnkappe.«

Auch bei der Grundsteinlegung am 17. Juni, die unter feierlichem Zeremoniell mitten im Wald abgehalten wurde, hielt Antonia ständig unbewusst Ausschau nach Zwergen und einem möglichen geheimen Eingang, aber sie konnte nichts erkennen außer ihrem Gatten, der strahlend in stattlicher Montur in vorderster Reihe der Zeremonie beiwohnte.

18. KAPITEL

GRÜNE SOSSE

Eine Frankfurter Spezialität aus sieben Kräutern, die mit Joghurt, gekochten Eiern und Schmand zu einer Soße verarbeitet werden. Das Rezept soll auf Goethes Mutter Catharina Elisabeth Goethe, genannt »Aja«, geborene Textor (1731–1808), zurückgehen, die als Erste die Rezeptur aufgeschrieben haben soll. Goethes Großvater Johann Wolfgang Textor (1691–1771) war wie sein gleichnamiger Vater Gerichtsschultheiß und erbte von seinen Schwiegereltern ein großes Anwesen in der Frankfurter Friedberger Landstraße.

Frankfurt, Ende Juni 1715

Eine plötzliche Hitzewelle hatte sich nach der Sommersonnenwende wie eine Glocke über die Stadt gelegt und die Frankfurter Bürger gelähmt. Alles ging langsamer voran, und selbst die Fischer ächzten unter der Hitze, die sie nach dem langen Winter und dem zu kalten Frühjahr nicht gewohnt waren. Die Bauern stöhnten, dass ihre Ernte verdorrte, bevor die Früchte auf den Feldern reifen konnten. Auch Giovanni machte sich Sorgen, denn die feinen Aromen der Blüten, Kräuter, Rinden und Früchte waren genauso vom Wetter abhängig wie die Ähren am Weizen oder die Äpfel an den Bäumen. Doch für die Rosen war diese Witterung ein Geschenk, zumindest für die duftenden Damaszener-Rosen. So wenig er die ätherischen Öle der Rose im Parfüm mochte, so sehr liebte er den frischen Duft gerade erblühter Rosen. Und die Rosen im Garten der Textors waren in den letzten Tagen geradezu explodiert.

Genüsslich den zarten floralen Duft einatmend, durchquerte Giovanni den riesigen Garten des Hofguts und freute sich auf das gemeinsame Mittagessen mit den Textors. Es waren aber nicht nur der Rosenduft und die Aussicht auf ein köstliches und unterhaltsames Mahl, die ihn euphorisierten, es war vor allem die Aussicht, dass Antonia noch am Nachmittag eintreffen sollte. Alles zusammen stimmte ihn sehr vergnüglich. Die Wochen im Rausch der Narzissendüfte hatten seinen Mailänder Trübsinn, wie er selbst seine Stimmung genannt hatte, nach und nach vertrieben, und er war zufrieden und ausgeglichen nach Frankfurt gereist.

Allerdings hatte er sich nach der langen erholsamen Zeit in den Bergen vor den Flatulenzen der Stadt, die gerade dieser Tage fürchterlich waren, sehr gefürchtet und war dann hocherfreut darüber gewesen, dass die Brentanos ihm die Textors nicht nur als Kunden, sondern auch gleich ihre Gastfreundschaft vermittelt hatten. Der am Rande der Stadt gelegene Hof war riesig und bepflanzt wie der Garten Eden. Entsprechend verströmte der Hof einen Wohlgeruch, der wie ein Engel den dämonischen Ausdünstungen der Stadt gegenüberstand. Trotzdem waren es nur ein paar Gehminuten in die Stadt, und Giovanni konnte für die meisten seiner Termine auf eine Kutsche verzichten.

Mit neugieriger Nase durchquerte er den riesigen Hof. Das Gebäude ventilierte noch den Brodem frischer Sandsteine und anderer Baumaterialien. Das Anwesen war gerade erst fertiggestellt worden, aber der Garten war schon viel älter, er roch die letzten Blüten alter Fliedersträuche, das sanfte Odeur von Maikraut, das auch im Juni noch Duft versprühte, die ersten Holunderblüten und die unterschiedlichsten Heil- und Würzkräuter, auch solche, die im Winter ins Haus mussten, genau wie die Zitruspflanzen, die er riechen konnte und die ganz sicher die Brentanos geliefert hatten.

Als er das Gutshaus durch die hintere Tür betrat, war er verwundert über einen noch intensiveren Kräuterduft, der ihm entgegenschlug. Es war ein fulminantes Feuerwerk der Düfte aus Schnittlauch, Borretsch, Pimpinelle, Kerbel, Sauerampfer und Kresse, frisch verarbeitet, weder mazerisiert noch getrocknet, dazu das erdige Odeur gedämpfter Pommes de terre und das feinherbe Aroma von gesäuerter Milch.

Da Giovanni sein Ruf vorauseilte und ihm seine Verwunderung unschwer anzusehen war, begrüßte ihn die Hausherrin auch gleich mit der Frage: »Ungewohnte Gerüche für Frankfurt, lieber Herr Farina?«

Giovanni nickte. »Allerdings, Sauerkraut, schweres Fleischwerk und dunkles Brot sind eher der Duft der Frankfurter Küche, wie ich sie kenne.«

Bescheiden, aber mit ein wenig Stolz in der Stimme, erwiderte Maria Textor: »Das ist auch ganz sicher keine Frankfurter Traditionsküche, sondern eine Erfindung von mir. Sie, lieber Herr Farina, fertigen wunderbare ›Eaux admirables‹ aus heilenden Kräutern, doch die wunderbare Apotheke der Natur vermag auch Gaumen und Magen zu erfreuen, was eher meine Domäne ist. Da ich ohnehin wenig Vertrauen in die hiesigen Quacksalber habe, hole ich mir häufig Rat bei einer Kräuterkundigen in Oberrad. Mein Mann hat schon seit einiger Zeit Probleme mit dem Magen und noch einige andere Zipperlein. Er verträgt auch die schweren, fetten Speisen der Frankfurter Küche schlecht. Jedenfalls hat mir die Frau einige Kräuter ans Herz gelegt, die wir inzwischen auch anpflanzen, und für eine Frühjahrskur eben genau diese sieben, die Sie mit Ihrer Nase sicher schon erkannt haben – oder soll ich sie Ihnen nennen?«

»Nein, nein«, bekräftigte Giovanni, »das ist nicht nötig.«

Selbstverständlich kannte Giovanni auch die Heilwirkung dieser Pflanzen, rief sich dieses medizinale Potpourri aber noch einmal ins Gedächtnis: Schnittlauch reinigt das Blut und hilft gegen Blähungen und Gicht; Borretsch beruhigt und vertreibt den Stress; Pimpinelle hemmt Entzündungen und stillt das Blut; Kerbel vertreibt Kopfschmerzen; Sauerampfer stärkt die Leber, und Petersilie erfrischt den Atem und verscheucht die Frühjahrsmüdigkeit. Seine Kenntnisse machten ihn bezüglich der Soße allerdings auch nicht schlauer, weshalb er noch einmal nachfragte. »Alles auf einmal sind das ziemlich viele Leiden, die Sie mit Ihrer interessanten Soße bekämpfen, und warum die saure Milch?«

Jetzt mischte sich auch der Advocatus Textor ein: »So schlimm sind die Quacksalber hier gar nicht, vor allem unseren Stadtphysicus Dr. Senckenberg schätze ich sehr. Aber ich muss zugeben, dass ich mich trotzdem lieber Dr. Benjamin Buchsbaum in der Frankfurter Judengasse anvertraue. Er hat mir gegen meine Magenbeschwerden einen täglichen Becher gesäuerte Milch verordnet. Da das Gebräu wirklich hilft, aber auf die Dauer recht fad ist, hat sich die gute Maria allerlei Rezepturen überlegt, damit mir der tägliche Genuss der Sauermilch leichterfällt. Mit den Heilkräutern zusammen hat Maria gleich zwei Fliegen mit einer Klappe geschlagen. Eigentlich drei, die Erdäpfel sollen auch gut für den Magen sein und obendrein noch entwässern. Die Eier sind eher für die Kraft, weil es sonst doch ein eher karges Mahl wäre. Aber probieren Sie doch bitte. Ihr Italiener versteht doch mehr von guter Küche als wir Alemannen.«

Neugierige Vorfreude breitete sich in Giovannis Gaumen aus, und er wurde nicht enttäuscht, die feinwürzigen Kräuter harmonierten hervorragend mit der feinen Säure der Milch, die durch die gekochten Kräuter samtig abgerundet wurde. Die gekochten Knollen nahmen die Soße besser auf als jedes andere Beiwerk und gaben dem Gericht so etwas wie eine Basisnote. Giovanni hatte in seiner Heimat schon viele köstliche Kräutersoßen verkostet, doch noch nie eine in saurer Milch. Maria Textor schien genauso gern in der Küche zu experimentieren wie er im Labor.

Kein Wunder, dass Antonia gern herkam, dachte Giovanni und hoffte sehr, dass sie jetzt auch nicht lange auf sich warten ließ. Sie hatte am Morgen von ihrer letzten Zwischenstation im Residenzschloss in Darmstadt aufbrechen wollen, so viel wusste Giovanni und blickte verträumt durch das Fenster auf die Friedberger Landstraße, wo Antonias Kutsche hoffentlich vor Sonnenuntergang noch einfahren würde.

Eigentlich hätte er noch ein paar Kunden und Interessenten Aufwartungen machen müssen, aber er konnte sich dazu einfach nicht aufraffen. Das lag natürlich nicht nur an der drückenden Hitze und den fauligen Ausdünstungen der Stadt, sondern vor allem daran, dass er auf keinen Fall versäumen wollte, wie Antonias Kutsche einfuhr. Sie würde direkt in den Hof der Textors fahren und ihn vor allen anderen begrüßen. Wohlig erinnerte er sich an Antonias Duft und ließ sich auf einer Bank unter einem Apfelbaum im Vordergarten des Textorhofs nieder, wo er die Straße gut überblicken konnte.

Doch der Staub und die Fuhrwerke, vor allem ihre Hinterlassenschaften, machten Giovannis Nase schwer zu schaffen, sodass er beschloss, in seinem gemütlichen, luftigen Gartenhäuschen, das die Textors für ihn hatten herrichten lassen, auf Antonia zu warten und sich vielleicht ein wenig auszuruhen. Gerade als er gehen wollte, drang ihr Duft, vermischt mit den Ausdünstungen der Straße, in seine Nase.

Sehnsüchtig blickte Antonia aus dem offenen Kutschfenster und winkte euphorisch, als sie Giovanni erblickte. Wenig später fuhr die Kutsche in den Hof, und alle waren erleichtert, das Fuhrwerk bei der drückenden Hitze zu verlassen, vor allem die drei kleinen Hunde. Inzwischen hatten auch die Textors das Ankommen der Gäste bemerkt und kamen gut gelaunt zur Begrüßung auf den Hof.

Giovannis Laune hingegen war etwas gesunken, bislang war Antonia genauso wenig ein Hundefreund gewesen wie er, und sie wusste genau, dass er Hunde nicht besonders gut riechen konnte. Antonia hatte sofort bemerkt, was mit Giovanni los war, schuldbewusst kam sie auf ihn zu.

»Sie waren einfach da, als ich zurückkam. Die Kinder wären niemals bereit gewesen, die Hunde wieder wegzugeben.«

Unauffällig naserümpfend begrüßte Giovanni seine Antonia und die anderen zunächst, bevor er ein wenig grollend zurückgab: »Aber du hast doch auch einen Hund!«

Während Giovanni missmutig auf die herzallerliebsten Welpen blickte, beschnüffelte die neugierige Alberich Giovannis Schuhe, was seine Stimmung nicht gerade verbesserte.

»Lass uns später darüber reden«, bat Antonia.

Unglücklich fügte sich Giovanni und versuchte, sich seine Laune nicht anmerken zu lassen. Natürlich wusste er genau, dass die Tiere nicht einfach »da gewesen« waren. Es konnte nur Bernardo gewesen sein, der die Tiere in Antonias Abwesenheit besorgt hatte. Und eigentlich hätte Giovanni erwartet, dass sich Antonia nicht so leicht fügen würde. Wenn er nur daran dachte, wo sie überall ihre Schnauzen hineinsteckten, wurde ihm ganz übel. Noch während er daran dachte, beobachtete Giovanni, wie einer der Welpen ein Bein hob und gegen den

Borretsch pinkelte, von dem Maria Textor wenige Stunden zuvor Blätter für die grüne Soße geerntet hatte. Giovanni wurde ganz schlecht bei dem Gedanken.

Maria Textor, die eine scharfe Beobachterin war, konnte ebenfalls keinen Gefallen daran finden, dass die Hunde in die Kräuter urinierten, und beobachtete mitfühlend Giovannis leidenden Gesichtsausdruck. Um Giovanni die Situation zu erleichtern und die Hunde von den Kräutern zu entfernen, lotste Maria Textor die Gruppe zum Gartenpavillon. »Lasst uns zum Pavillon gehen, ich würde Ihnen allen gern ein wunderbar erfrischendes Zitronenwasser servieren. Der Herr Brentano hat uns gestern herrliche Zitronen geliefert, und meine Köchin zaubert daraus ein wunderbares Erfrischungsgetränk.«

Bei der Hitze und nach der anstrengenden Fahrt brauchten Antonia, Cecilia und die Kinder keine zweite Aufforderung, um den Garten zum Pavillon zu durchqueren. Auch Giovanni war erleichtert, und er hoffte auf keine weiteren Störfälle der unreinen Vierbeiner.

Obwohl Antonia erschöpft von der Reise und der Hitze war, entging auch ihr Giovannis Missmut nicht. Nach einem höflichen Geplauder und viel Lob für die Zitronenerfrischung im Gartenpavillon schickte sie endlich ihre Kinder mit Cecilia und allen drei Hunden zu ihren Eltern und versprach, später mit dem Gepäck nachzukommen. Giovanni atmete fast hörbar auf. Auch der Kutscher war froh, dass er noch ein wenig ausruhen konnte und dann das Gefährt nicht mit allen Insassen durch die engen Gassen würde dirigieren müssen. Mit den Worten »Sie haben sich sicher viel zu erzählen« verabschiedeten sich auch die Textors höflich.

Endlich waren Antonia und Giovanni in dem rosenumrankten Pavillon allein. Stumm saßen sie sich eine Weile gegenüber, nur das leise Rascheln der Rosenblätter unterbrach die Stille und fächerte einen Hauch Rosenduft herüber, der Antonia einhüllte. Giovanni schloss die Augen und genoss den Augenblick, versuchte, die unangenehmen Gerüche zu vertreiben, die Hunde und alles, was mit deren Herkunft und Heimat zusammenhing.

»Die Textors haben mir das Gartenhaus herrichten lassen, wollen wir reingehen?« Sanft unterbrachen Giovannis Worte das Rauschen der Blätter und das Getrappel der Hufe, das von der nahe gelegenen Straße herüberschallte. Ohne zu antworten, stand Antonia auf und nahm Giovannis Hand. Sehnsüchtig, erleichtert und dennoch verunsichert folgte Giovanni Antonia, wobei sie gar nicht wusste, wohin sie gehen sollte.

»Wo ist eigentlich das Gartenhaus?«

»Entschuldige, ich hätte dich führen, auf Händen über die Schwelle tragen müssen. Siehst du da vorn das kleine Häuschen?«

Antonia nickte.

Wie zwei Ertrinkende klammerten sie sich aneinander, als sie sich den Augen möglicher Beobachter entzogen hatten und quietschend die Tür der kleinen Stube im oberen Geschoss des Gartenhauses hinter sich geschlossen hatten. Noch immer wortlos rissen sie sich die Kleider vom Leib und versanken in wilder Erregung ineinander. So lange hatte Giovanni auf diesen Augenblick gewartet, dass sein Herz so laut pochte wie beim ersten Mal. Antonia rannen Tränen der Erleichterung und des Glücks über die Wangen, als sie die zärtlichen Berührungen spürte. Doch als Giovanni gierig Antonias intimste Düfte inhalierte, hielt er angewidert und empört inne. »Du hast ihn in dir!«

»Wie bitte?«, gab Antonia erschrocken, verletzt und irritiert zurück. Als Giovanni gewahr wurde, wie verletzend, laut und mit unbedacht harschen Worten er Antonia in dieser innigen Situation angegangen war, entschuldigte er sich. Aber Vertrautheit und Erregung waren weggeblasen wie die Blätter einer zarten Rose nach einem kräftigen Windstoß. Verkrampft setzte sich Giovanni auf die Bettkante, und Antonia zog schützend ihre Beine an und umschlang sie mit ihren Armen, als wollte sie noch einen Fetzen der vorherigen Liebkosung bewahren. Etwas gefasster versuchte Giovanni mit stockenden Worten, sich zu erklären, ohne Antonia dabei anzusehen.

»Es tut mir leid, aber du riechst nach Bernardo, du hast ihn in dir. Bitte, Antonia, versuche es nicht abzustreiten, erzähl es mir. Ich verspreche dir, ich werde immer nur dich lieben, solange ich lebe, nur wie lange ich lebe, da kann ich dir nichts versprechen.«

Es dauerte lange, bis Antonia antworten konnte, während der vergangenen Tage schien sich ein See voller Tränen in ihr angestaut zu haben, der sich nun mit aller Gewalt entlud. Doch als sie anfing, die letzten Wochen zu schildern, wurde ihr leichter, und sie versuchte, kein Detail auszulassen.

Tief ergriffen fasste auch Giovanni den Mut, Antonia von der sonderbaren Nacht mit Eugen Savoyen zu erzählen, in der er in Nebel gehüllt die Kontrolle über seinen Körper verloren hatte. Nun klammerten sie sich nackt und hilflos aneinander, wie zwei Folteropfer, die ihre Wunden leckten. Ganz vorsichtig, als es für Antonia höchste Zeit war, zu ihren Eltern und Kindern zu gehen, ergänzte Giovanni, was er zuvor nicht auszusprechen gewagt hatte: »Du trägst ein Kind von ihm in dir.«

Pures Entsetzen kroch in Antonias Körper, gepaart mit dem Unglauben an Ereignisse, die man nicht wahrhaben will, und sie schrie aus vollem Halse, sodass Giovanni ihr die Hand auf den Mund legen musste: »Nein! Nein! Nein! Das kann und darf nicht wahr sein!«

19. KAPITEL

ROTHSCHILD

Moses Kalman Rothschild (gestorben 1735 in der Frankfurter Judengasse) war Vater von Amschel Moses Rothschild I. (1710–1755) und ist ein direkter Vorfahr der Rothschilddynastie. Er lebte von Geldwechsel und Seidenhandel. Der Große Judenbrand 1711 in der Judengasse vernichtete das gesamte Vermögen der Frankfurter Juden.

Frankfurt, Ende Juni 1715

Am nächsten Morgen gab es immer noch keinen anderen Gedanken, der Antonia mehr beherrschte als das Kind, das in ihr heranwuchs. Keiner durfte schon etwas davon wissen, und Antonia konnte es auch noch immer nicht recht glauben. Wie an einen Rettungsring klammerte sie sich an den Gedanken, dass Giovanni sich getäuscht haben musste, doch tief in ihrem Inneren wusste sie, dass sich Giovanni niemals täuschte, wenn er etwas roch.

Und als sie die morgendliche Übelkeit spürte, nachdem sie das Spannen ihrer Brüste schon mit Widerwillen wahrgenommen hatte, gab es eigentlich überhaupt keinen Zweifel mehr an ihrem Zustand. Trotzdem wischte sie die Gedanken an ein weiteres Kind von Bernardo so weit weg, wie es ging. Noch vor allen anderen Familienmitgliedern schlich sie den kurzen Flur und die Treppe hinunter, folgte dem dampfenden Geruch von Kakao und betrat in ihrem Morgenmantel die Küche.

»Signora Antonia! Ich habe Sie gestern gar nicht mehr gesehen. So schön, Sie dazuhaben! Niemand ist so geschickt wie Sie in der Küche, bei Ihnen kann ich immer etwas lernen. Letztens wollte ich eine Geburtstagstorte backen und mit Marzipanrosen verzieren – die Dinger sind mir nicht halb so gut gelungen wie Ihnen, Antonia. Sie müssen mir das unbedingt beibringen!«, jammerte die treue Köchin Doro.

»Mach ich, ganz bestimmt.« Antonia lachte und genoss einen kurzen Moment der Unbeschwertheit seit ihrer Ankunft in Frankfurt. Dankbar nahm sie den Kakao entgegen, den ihr die Köchin hinhielt. Vor dem Frühstück wollte sie unbedingt noch in die Judengasse und Dr. Buchsbaum sehen, bevor er zu seinen Patienten ging. Sie wollte sich auch keinem anderen Arzt anvertrauen, schon gar nicht dem Stadtphysicus, das würde sich sofort herumsprechen, und ihren Eltern wollte sie sich auch noch nicht offenbaren. Krampfhaft überlegte sie, wie sie erklären konnte, dass sie zu so früher Stunde das Haus verlassen musste, ohne die Neugierde ihrer Eltern zu erregen.

Stumm schlürfte Antonia ihren Kakao und beobachtete die gute Seele des Hauses, wie sie das Frühstück vorbereitete, während ihre Gedanken um einen unausgegorenen Plan kreisten. Kupfertiegel schepperten, als Doro, die kleine, dicke, gutmütige Köchin, die nun seit einigen Jahren mit leidenschaftlichem Eifer und immer noch voller Dankbarkeit im Haus der Brentanos diente, Frühstückseier und Getreidebrei für die Herrschaften vorbereitete. Während der Hugenottenverfolgung hatte sie als Einzige ihrer Familie die Flucht überlebt und war nach einer Odyssee schließlich in Neu-Isenburg gelandet. Trotz ihrer eigenen Not hatte sie in jeder freien Minute im Invalidenhaus geholfen, um die zu versorgen, denen es noch schlechter ging als ihr. Unermüdlich hatte sie in der Küche Speisen für die Kranken bereitet und dabei Antonia kennengelernt, die dort oft und gern aushalf.

Als sich die Köchin der Brentanos zur Ruhe setzen wollte, bat Antonia ihre Eltern, Dorothee, die alle nur Doro nannten, zu sich zu holen. Die Entscheidung hatten die Brentanos nie bereut. Bis zu ihrer Flucht hatten Dorothees Eltern ein kleines Gasthaus in den Vogesen gehabt, und schon als Kind war die Küche für Doro das schönste Spielzimmer gewesen. Vor allem mit Äpfeln vollbrachte Doro wahre Wunder, und auch jetzt hantierte sie geschickt und flink mit den Früchten, um daraus Apfelpfannkuchen für die Kinder zu bereiten.

Aus unerfindlichen Gründen schnitt Doro die Äpfel zunächst quer entzwei, bevor sie das Gehäuse mit einem Ausstecher entfernte und anschließend die Frucht in Ringe schnitt. Noch immer melancholisch sinnierend, beobachtete Antonia die Köchin dabei, was eigentlich gar nicht ihre Art war. Normalerweise sprang sie der Köchin sofort zur Seite und half bei den Vorbereitungen. Doro ignorierte die fast apathische Abwesenheit von Antonia, machte sich aber insgeheim Sorgen.

Als die Köchin den letzten und größten Apfel durchtrennt hatte, rollte eine Hälfte über den Tisch, blieb direkt vor Antonia liegen und offenbarte ihr gleichmäßiges Inneres. Antonia starrte auf das Pentagramm des Apfelgehäuses, ein fünfzackiger Stern in perfekter Form umhüllte die Kerne. Es dauerte nur wenige Sekunden, bis die Eingebung in Antonia gesackt war.

»Doro, ich muss dringend Dr. Buchsbaum ein paar Zitronen bringen, bevor er seine Patienten besucht. Kannst du bitte meinen Eltern Bescheid geben?«

Ohne eine Antwort abzuwarten, sprang Antonia auf, stieß dabei beinahe ihre Kakaotasse vom Tisch und rauschte davon. Hastig eilte sie in ihre Zimmer zurück, zog das erstbeste Kleid an und versteckte ihre unordentlichen Haare unter einer Haube. Schon zum Aufbruch bereit, hätte sie beinahe das Wichtigste vergessen. Ärgerlich über sich selbst, ging sie noch einmal zurück in ihr Zimmer und holte das kleine Ledersäckchen mit dem Rubin und dem Ring. Die Zitronen und einen Korb fand sie wie immer in der Vorratskammer.

Als sie von der Hasengasse auf die Zeil bog, kroch die morgendliche Sonne gerade über die Häuserfront am östlichen Ende der Straße. Vor dem Zeughaus, am Ende der Zeil, standen gähnend ein paar Wachmänner, der Dom hatte noch keine sieben Uhr geschlagen. Einige Fuhrwerke rumpelten aber bereits über die Fahrgasse, und die Bauern der Umgebung schafften ihre Waren auf Karren in die Innenstadt. Es war ein idyllisches Bild der frühen Morgenstunde in Frankfurt, doch Antonia hatte dafür überhaupt keinen Sinn. Am liebsten hätte sie ihre Beine in die Hand genommen und wäre an der Ecke Fahrgasse links abgebogen, um das kleine Stück zu dem Anwesen der Textors zu rennen und sich dann im Gartenhaus unter der Bettdecke von Giovanni zu verkriechen. Doch wahrscheinlich war er genauso ruhelos wie sie, hatte schon längst das warme Nest verlassen und war ebenfalls in der Stadt unterwegs.

Dieser Gedanke tröstete sie ein wenig, als sie nach rechts in die Fahrgasse einbog, um wenig später die Judengasse zu betreten. Die schmale Gasse war reinlicher als alle anderen Straßen in Frankfurt. Jeder Bewohner schien peinlich darauf zu achten, dass sich auf den wenigen Metern vor den schmalen Häusern kein Unrat anhäufte. Wie zur Bestätigung trat in dem Moment, als Antonia darüber nachdachte, eine Frau mit einem Besen aus einem Hauseingang.

Den Weg zur Nummer 188, dem Hinterhaus zur Pfanne, kannte Antonia inzwischen fast im Schlaf, so oft war sie schon hier gewesen. Ihre Eltern handelten viel mit dem alten Moses Rothschild. Er war einer der wenigen Frankfurter, der die Qualität von Zitrusfrüchten tatsächlich auch erkennen konnte, zu schätzen wusste und nicht von jedem dahergelaufenen Pomeranzenhändler möglichst billig Ware erstehen wollte. Früher war sie einige Male an dem Haus vorbeigelaufen, weil die Hausnummer kaum zu erkennen war und die Front nur gut drei Meter in der Breite maß. Aber das war vor dem Großen Brand im Jahr 1711 gewesen. Bis auf eines waren alle Häuser niedergebrannt.

An manchen Stellen war der Ruß noch immer zu sehen und zu riechen. Aber die Bewohner hatten es geschafft, innerhalb kürzester Zeit fast alles wieder aufzubauen. Antonia war damals nicht in der Stadt gewesen, aber sie wusste, dass ihr Vater sowohl beim Löschen geholfen hatte als auch bei der Unterkunft für einige Familien. Seither gab es nicht nur freundschaftliche Beziehungen, sondern auch einige geschäftliche, die Antonia allerdings nicht näher zu benennen wusste.

Aber sie war seit dem Wiederaufbau der Judengasse so häufig hier gewesen, dass sie inzwischen sogar die Anzahl der Schritte vom Eingang der Judengasse bis zu dem Haus der Rothschilds kannte. Jetzt stand sie davor und überlegte, wie sie ihren unangekündigten frühen Besuch erklären sollte, obwohl sie wusste, dass sie zu jeder Tages- und Nachtzeit bei den Rothschilds

willkommen war und Amschel Rothschild spätestens bei Sonnenaufgang am Frühstückstisch saß und gleich darauf mit seiner
Arbeit begann.

Trotzdem klopfte Antonia sehr zaghaft an der schmalen
hölzernen Tür. Nach einer Weile hörte sie ein schlurfendes
Geräusch. Antonia wusste nicht, wie alt Moses Rothschild
war, so alt konnte er noch nicht sein, weil der kleine Amschel
gerade erst fünf Jahre alt war, aber sie wusste, dass Moses in
dem Jahr des Brandes um mindestens zehn Jahre gealtert war.
Wenn sie herkam, hatte sie jedes Mal ein schlechtes Gewissen,
wenn sie daran dachte, wie wenig die Menschen hier mit ihrem
Schicksal haderten, während sie, gesegnet mit allen Privilegien,
wunderbaren, gesunden Kindern und liebenden Eltern, kaum
einen Tag verbrachte, ohne zu hadern. Aus dem Hadern war
seit gestern eine tiefe Bestürzung geworden.

Als Moses Kalman Rothschild die Tür öffnete, stellte er
weder Fragen, noch schien er erstaunt über ihren Besuch.

»Antonia, was für eine Freude! Schön, dass du wieder einmal
in Frankfurt bist. Komm rein in unser bescheidenes Heim, kann
ich dir etwas anbieten?«

Es roch nach Kräutertee und vielen verschiedenen Gewürzen, ein wenig wie in der Vorratskammer ihrer Eltern und
dem früheren Haus von Paola, bevor sie ins Kloster gegangen
war. Aber es waren noch einige andere interessante Gerüche, die dem Haus allein dadurch eine wohlige Atmosphäre
verschafften. Antonia hätte am liebsten um einen Kräutertee
gebeten, süß und stark, wie sie ihn immer hier bekam, aber sie
wollte sich nicht lange aufhalten, sie musste Dr. Buchsbaum
noch dringend sprechen.

»Danke, nein, und entschuldige, dass ich dich so früh störe.«

»Du störst überhaupt nicht, du weißt doch, dass du immer
willkommen bist.«

Als Antonia immer noch ein wenig unbeholfen dastand,
fragte er schließlich freundlich: »Was führt dich zu mir?«

Mit plötzlicher Entschlossenheit ging Antonia auf den Ar-
beitstisch von Moses zu, kramte in ihrem Lederbeutel und legte
entschieden und kraftvoll sowohl den Ring als auch den Rubin

auf Moses' Schreibtisch. »Ich muss wissen, was das wert ist und ob ich das verkaufen kann.«

Auf dem Schreibtisch von Moses Kalman Rothschild hatten schon viele Juwelen gelegen, meist kleine, aber doch die unterschiedlichsten glanzvollen Steine von verschiedenem Wert. Ohne etwas zu sagen, ließ er sich geräuschvoll auf seinen Stuhl hinter dem Schreibtisch fallen und suchte seine Lupe, die er nach einer Weile in der obersten Schublade, wo er sie stets aufbewahrte, fand. Andächtig nahm er den Rubin zwischen Daumen und Zeigefinger seiner linken Hand, hielt ihn gegen den einzigen Lichtstrahl, der sich seinen Weg in die etwas düstere Stube bahnte, und betrachtete ungläubig den leuchtend roten Stein.

»Antonia, so etwas habe ich in meinem ganzen Leben noch nicht gesehen. Woher hast du diesen Stein?«

Erstaunt ließ Moses den Stein sinken und sah Antonia in die Augen. Er wusste zwar, dass Antonia unglücklich mit einem unglaublich reichen Grafen verheiratet war, aber das war ein Stein von einer unglaublichen Reinheit und Größe, wie er es kaum beschreiben konnte.

»Den habe ich gefunden«, gab Antonia fast unangebracht trotzig zurück.

Aus dem Staunen nicht herauskommend, schüttelte Moses noch immer den Kopf, während er jetzt den Ring in Augenschein nahm. Konzentriert mit Lupe und Ring in der Hand, grummelte Moses etwas Unverständliches vor sich hin, drehte und wendete den Ring, nur um erneut ungläubig den Kopf zu schütteln. »Der Ring ist ein exakter Nachbau von Salomons Siegel, ganz genau so, wie das Original sein soll, und ich kenne nur einen einzigen Mann, der so etwas herstellt.«

»Und wer ist das? Und was hat es mit dem Stein auf sich?«

»Model Löw aus Pforzheim, der Hoffaktor von Markgraf Karl Wilhelm III. von Baden-Durlach. Und jetzt der Reihe nach: Löw fertigt die Ringe nur für die Bruderschaft der Schlange, und das ist eine Geheimgesellschaft, von der du eigentlich gar nichts wissen dürftest, es sei denn, dein Mann gehört zur Bruderschaft.« Moses sah Antonia erwartungsvoll an.

»Ja, ich glaube schon, wir waren gerade beim Markgrafen und der Markgräfin zur Grundsteinlegung von Karlsruhe, wie wir Carolus Ruhe jetzt nennen, und bei unserem Besuch davor hat Bernardo mir diesen Ring gegeben. Aber ich will den Ring gar nicht, ich will Bernardo nicht, das weißt du doch alles. Ich brauche eigenes Geld, um mir eine Wohnung in Köln oder in der Nähe zu kaufen, und ein wenig zum Leben, ohne von Bernardo abhängig zu sein oder meine Eltern bitten zu müssen.«

Noch einmal nahm Moses den Ring in die eine und den Rubin in die andere Hand und hielt beides Antonia vor die Augen. »Ich glaube, du weißt gar nicht, welch unglaubliche Schätze du besitzt. Aber es ist nicht nur der Wert, es ist die Magie des Wertes. Und nach allem, was ich über deinen Gatten gehört habe, beunruhigt mich mehr, dass er in der Bruderschaft ist, als deine Sorge um das Geld. Versteh mich nicht falsch, aber die Summe für ein Haus bekommst du damit leicht zusammen, wenn der Ring und der Rubin nicht in falsche Hände geraten. Aber eins nach dem anderen, erzähle mir bitte zuerst, wo du den Rubin gefunden hast. So etwas findet man nicht einfach.«

Es half nichts, Antonia musste von dem Zwerg erzählen. Sosehr sie auch versuchte, herumzureden, weil sie sich albern vorkam und noch immer nicht so recht an die kleine Gestalt glauben konnte, aber die Tatsache, dass der Rubin einfach im Gras vor ihrem Haus gelegen hatte, mochte Moses nun gar nicht glauben. Vielmehr schien es ihn zu beruhigen, als sie von dem Zwerg erzählte. »Also sind sie noch unter uns.«

»Moses, ich verstehe gar nichts, bitte hilf mir doch einfach, den Ring und den Stein gut zu verkaufen.«

»So einfach ist das nicht, Antonia, du musst verstehen, bevor ich handele.«

Ungeduldig nickte Antonia und bedeutete Moses, dass sie hören wollte, um was es ging.

»Du weißt, dass es Zwerge gibt, solange es Menschen gibt, denn Zwerge sind nichts anderes als kleine Menschen. Schon die alten Ägypter und die Griechen in der Antike haben die *Pygmaei*, die kleinen Menschen, und ihren verlorenen Kampf gegen die Stärkeren beschrieben. Bei den Griechen waren es die Kraniche, die sie bekämpften, aber das ist natürlich nur eine Sage, genau wie die vielen Märchen und Sagen über Zwerge, die alle einen wahren Kern haben. Zwerge sind keine besseren Menschen, aber auch keine schlechteren, sie sind nur kleiner und haben dafür einen unglaublichen Geruchssinn, und ich glaube, da könnte selbst dein Giovanni nicht mithalten …«

Antonia hörte staunend zu, wie Moses mit einem unglaublichen Geschichtswissen über Völker und Nationen in den unterschiedlichsten Epochen die Rolle der Zwerge erläuterte, sodass sie plötzlich plausibel und gar nicht mehr verrückt klang. Sie konnten Gesteine riechen, Gold, Juwelen, Erze und Bitumen, und aufgrund ihrer Größe waren sie die perfekten Bergleute. Der große spitze Hut war gepolstert mit Moosen, sodass sie sich ihre Köpfe im Stollen nicht stoßen konnten. Es war einst eine gut funktionierende Handelsgemeinschaft zwischen Groß und Klein.

»Aber irgendwann«, fuhr Moses fort, »war die Gier der Menschen so groß geworden, dass sie nicht mehr handeln wollten, sondern die Zwerge zwangen, für sie zu arbeiten. Es kam zu Aufständen, und letztendlich zogen sich die Zwerge aus den meisten Gebieten zurück oder wurden vernichtet. Jetzt halten sie fast nur noch Kontakt zu Frauen, zu weisen Frauen, die kundig in den Schätzen der Natur sind.«

»Ich bin nicht weise, Moses, hoffentlich werde ich es einmal, aber ich will doch nur den Rubin verkaufen, um ein neues Leben anzufangen.«

Moses hatte einiges weggelassen, was er über die kleinen Menschen gehört hatte, die im Laufe der Geschichte noch mehr verfolgt worden waren als sein eigenes Volk. Er merkte Antonias Ungeduld und Verzweiflung.

»Ich werde versuchen, dir zu helfen, den Rubin für einen guten Preis zu veräußern. Mit dem Ring ist es eine andere Sache.«

Mit einer Handbewegung gebot er Antonia, sich zu gedulden, und nahm den Ring noch einmal in Augenschein. Er drehte und wendete das opulente Pentagramm aus Rubin, bis er fand, was er suchte. Mit einer geschickten Handbewegung drückte er auf den winzigen Mechanismus, bis der fünfkantige Edelstein plötzlich aufsprang. Mit der Lupe inspizierte Moses das kleine Versteck im Inneren des Rings und staunte nicht schlecht.

»Ich weiß nicht, ob sie echt ist, aber es sieht sehr danach aus, dass dein Gatte ein Stück Alraunenwurzel in den Ring getan hat, so wie es bei manchen Überlieferungen auch für den Ring des Salomon erzählt wird. Aber dass die Alraune Wohlstand und Fruchtbarkeit bringen soll, weißt du schon?«

Antonia seufzte. »Ja, Giovannis Tante Paola hat mir einmal davon erzählt, und die Markgräfin hat mir die Alraune schon gezeigt.«

Mit Hilfe einer Feder förderte Moses aber noch etwas anderes aus dem Ring zutage. »Von Haaren im Ring des Salomon habe ich aber noch nirgends etwas gehört, aber von Alchemisten gelesen, dass sie Haare als Liebeszauber verwenden. Ich glaube da zwar nicht dran, aber wenn du nicht sicher bist, dass das Haare von deinem Liebsten sind, dann würde ich die auf jeden Fall entfernen. Falls du daran glaubst, nimm die Haare deines Geliebten.«

Eifrig nickte Antonia. »Bitte hol sie unbedingt heraus!«

Mit der Feder entfernte Moses alle Haarschnipsel aus der Vertiefung, pustete noch einmal kräftig hinein, bevor er die Alraune wieder hineinlegte und den Ring verschloss. »Behalte den Ring erst mal, ich versuche zunächst, den Rubin für dich zu verkaufen.«

Als Antonia wieder auf der engen Gasse stand, war sie völlig verwirrt von den ganzen Geschichten und verwundert, dass sie den Ring plötzlich am Finger trug. Beinahe hätte sie den Korb mit den Zitronen auch völlig vergessen gehabt. Hastig hatte sie Moses noch ein paar Früchte in die Hände gedrückt, bevor sie sich auf den Weg zu Dr. Buchsbaum machte, der hoffentlich noch nicht zu seinen Patientenbesuchen aufgebrochen war.

Aber Antonia hatte Glück, noch bevor sie sein Haus erreichte, lief sie ihm in die Arme, und für seine fleißige Helferin nahm er sich gern noch ein paar Minuten Zeit, und länger brauchte er auch nicht. Für eine Untersuchung war es zwar noch viel zu früh, aber er musste Antonia nur in die Augen schauen und ihr ein paar Fragen stellen, es blieben wenig Zweifel: Antonia trug Bernardos Frucht in ihrem Leib, und er brachte es Antonia so schonend wie möglich bei.

Dr. Buchsbaum dachte auch darüber nach, ob er Antonia noch etwas anderes erzählen sollte, schüttelte dann aber den Kopf und verabschiedete Antonia so taktvoll, wie es ihm möglich war. Es waren die Menschenversuche, die Konrad Dippel auf Burg Frankenstein durchführte, die ihm ständig durch den Kopf gingen. Es hatte einige Zeit gedauert, bis er dahintergekommen war, da er auch nicht so häufig auf der Burg aushalf, aber einmal war er Dippel hinterhergeschlichen und hatte das Unglaubliche beobachtet, und er wusste inzwischen auch, wer dahintersteckte: Antonias Gatte Bernardo! Dippel war so verrückt, dass er glaubte, Tote mit einer Maschine wieder zum Leben erwecken zu können und sich damit unsterblich für die Wissenschaft zu machen, und Bernardo lieferte ihm dafür nicht nur Leichen aus dem Lazarett, sondern ließ Dippel daraus gefälschtes Mumia herstellen, das er an Apotheken in ganz Europa verkaufte.

20. KAPITEL

CANNABIS

*Hanf, wissenschaftlich »Cannabis sativa«, wurde seit der Antike als Rausch-
und Heilmittel verwendet, war aber vor allem für die Textil- und Seilwirtschaft
von Bedeutung. In der Neuzeit war das Schnupfen von Tabak mit Cannabis
und anderen Wirkstoffen groß in Mode.*

Köln, August 1715

Die Ausdünstungen der Stadt waren ohne Frage im Sommer
am schlimmsten, vor allem in diesem Sommer. Als wollte die
Sonne nachholen, was sie im Winter 1708/1709 versäumt hatte,
als der Wein noch in den Speisekammern erfror und nur der
Weinbrand der klirrenden Kälte widerstanden hatte, heizte sie
Köln jetzt derart ein, dass manche behaupteten, sie könnten
Spiegeleier auf den Pflastersteinen backen. Das Wasser wurde
knapp, und der Unrat in den Gassen destillierte in der Hitze
fast zu einem Odeur, das selbst Menschen mit einer begnadet
schlechten Nase kaum aushielten.

Aber das war nicht der einzige Grund, warum Giovanni sein
Labor in den angenehm kühlen Gewölben unter dem Farina-
Haus kaum mehr verließ. Nach seiner Begegnung mit Antonia
im Gartenhaus der Textors wäre er am liebsten davongelaufen,
zurück in die duftende Bergwelt seiner Kindheit. Doch er
wusste, dass er das Glück seiner Kindheit nie wieder erleben
würde und er sich entweder der Zukunft stellen oder dem
rauschenden Ruf des Toce-Wasserfalls am Simplonpass endlich
erliegen würde.

Wenn Antonia nicht sofort nachgefragt hätte, was er damit
meine, dass er nicht sagen könne, wie lange er noch leben
würde, wäre es vielleicht anders gekommen. Aber Antonia hatte
ihn gefragt, mit einem so eindringlichen, ängstlichen Blick, dass
er nicht anders konnte, als ihr von seiner Todessehnsucht zu

erzählen, die ihn ergriffen hatte, als er von Antonias Hochzeit mit Bernardo erfuhr. Ein seliger Rausch, der ein Ende des qualvollen Liebesleids verlockend verkündet hatte. Später konnte er sich nicht mehr daran erinnern, welcher barmherzige Engel ihn von der düsteren Umklammerung befreit hatte, doch ganz sicher hatte er Antonias Gesicht gehabt.

Ergriffen hatte Antonia ihm zugehört, doch statt ihn anzuflehen, an ihre gemeinsame Zukunft zu denken, die nun in weite Ferne gerückt war, hatte sie ihn nur gebeten, sie mitzunehmen, wenn er sich für den Tod entschied. »Für immer dein, im Leben wie im Tode«, waren ihre letzten Worte gewesen, bevor sie an jenem Abend das Gartenhaus verlassen hatte. Am selben Abend hatte Giovanni beschlossen, für seine Liebe zu kämpfen.

So groß seine Sehnsucht nach Antonia auch gewesen war, er hatte sich ihr körperlich nicht mehr nähern können. Der Geruch von seinem Widersacher, den Antonia nur ein winzig kleines bisschen verströmte, schien seine Nase zu verstärken wie ein Sprachrohr jedes Geräusch und sich wie ein Dämon in seinem Körper auszubreiten, sodass jede Leidenschaft augenblicklich erstarb. Doch Giovanni gebot seiner Nase zu schweigen und seinen Ohren sich zu öffnen. Er wollte nicht mehr länger nur der Handlanger seines eigenen Riechorgans sein und sich den laster- oder tugendhaften Wallungen seines Körpers unterordnen.

Statt abzureisen, begann Giovanni zuzuhören, seinen Kunden, seinen Kollegen, seinen Gastgebern, aber vor allem Antonia. Fast zwei Wochen trafen sie sich täglich, nur um zu spazieren und zu reden. Dabei akzeptierte Giovanni selbst die kleine Alberich, die schließlich auch nichts für ihr Schicksal konnte. Aber erst am Abend vor Giovannis Abreise nach Köln erzählte Antonia von dem Ring und dem Rubin. Seltsame Geschichten von Zwergen in Bergwerken kannte Giovanni schon seit seiner Kindheit, aber er hatte noch nie jemanden von einer Begegnung erzählen hören. Doch er wusste schon, wen er fragen würde.

Viel mehr beunruhigte ihn die Geschichte mit dem Ring, die ihn aber auch zugleich faszinierte. Antonia hatte gehofft, dass er ihn vielleicht veräußern könnte. Doch Giovanni hatte plötzlich anderes im Sinn: Er entnahm seinem Bisamapfel etwas von dem Concrete, das er aus seinem »Eau de Cologne« hergestellt hatte, schnitt sich ein paar Haarspitzen ab, entfernte die Alraune aus dem Ring und gab beides vorsichtig hinein.

»Ich glaube nicht an Zauberei, aber das ist jetzt unser Ring, unser Geheimnis, unsere Zukunft, und du musst ihn tragen. Verkaufen kannst du ihn immer noch, in deinem Zustand kannst du eh kein Haus kaufen. Warte ab, bis Moses Rothschild den Rubin verkauft hat.«

Antonias dankbares Lächeln strahlte immer noch vor seinem inneren Auge, als er emsig die Kräuter destillierte, die gerade eingetroffen waren. Baptist hatte auf Giovannis Rat gehört und keine Aromen und Destillate in Giovannis Abwesenheit erworben, weshalb Giovanni jetzt einiges nachzuholen hatte. Aber ihm war fast jeder Grund recht, im Labor zu verschwinden, und dem kleinen Johann anscheinend auch. Sooft es seine Mutter erlaubte und sooft es Giovanni zuließ, war Johann im Labor und beobachtete fast unheimlich geduldig für einen so kleinen Jungen, wie Giovanni mit den überaus interessanten Laborgeräten geschickt hantierte, filtrierte, destillierte und fraktionierte.

Manchmal durfte der kleine Johann natürlich auch helfen. Stolz wie ein Pfau hielt er dann ein kleines Gläschen oder Tiegelchen in seinen kleinen Händen und schien so konzentriert darauf, nichts fallen zu lassen, dass Giovanni kaum wagte, ihn anzusprechen. Genau so stand er jetzt auch neben Giovanni, mit einem kleinen Glaskolben mit einer Abfüllung von Giovannis »Eau de Cologne«, als plötzlich ein Donnern losbrach, als fiele der Himmel auf Köln.

Der kleine Johann erschrak dermaßen, dass ihm natürlich, trotz aller Vorsicht, der Glaskolben aus den Händen glitt und am Boden in tausend Stücke zerschellte. Giovanni, der so lange und hart gearbeitet hatte, bis er die diesjährige perfekte Mischung für sein »Eau de Cologne« zusammengestellt hatte, wäre trotz allen Verständnisses und aller Zuneigung für seinen Neffen beinahe ein lauter Fluch entfahren, hätte es nicht in dem Moment zum zweiten Mal derart heftig gedonnert und geblitzt, dass auch Giovanni zusammenfuhr und ihm sein Fluch im Halse stecken blieb.

Die Pfütze breitete sich unangenehm zwischen Johanns kleinen Füßchen aus, entsetzt über sein eigenes Missgeschick, verzog er eine Miene, die nichts Gutes verhieß. Wäre ihm nicht augenblicklich der Duft von Giovannis »Eau de Cologne« in die Nase gestiegen, wäre sein Entsetzen ganz sicher in einen markerschütternden Schrei gemündet, der noch bis zum Dom zu hören gewesen wäre. Doch so verzog sich sein Mund zu einem verzückten Lächeln.

Erleichtert nahm Giovanni seinen Neffen auf den Arm und beschloss zu pausieren. Er würde später ohne den Jungen weiterarbeiten und die Scherben beseitigen. Der Himmel hatte inzwischen seine Schleusen geöffnet und schickte das erfrischende und reinigende Wasser, auf das die Kölner seit Tagen warteten. Giovanni konnte die Frische der prasselnden Regentropfen, die all den Unrat endlich in den Rhein trieben, schon auf dem Treppenabsatz riechen. Nachdem er Johann sicher in die Arme seiner Mutter übergeben hatte, stieg er gierig die Stufen zu seinem Arbeitszimmer hinauf und riss das Fenster auf.

Der Regen, der sich seinen Weg in die Stube bahnte, störte Giovanni nicht, er genoss die Frische nach fast vier Wochen stickiger, stinkiger Hitze. Sehnsüchtig steckte er sogar seinen Kopf aus dem Fenster. Als der Gewitterregen langsam nachließ, war Giovanni pitschnass. So albern hatte er sich seit seiner Kindheit nicht mehr aufgeführt. Er konnte Antonia fast hören, wie sie sich von seiner kindischen Albernheit anstecken ließ und ebenfalls den Kopf in den Regen hielt.

Es würde eine Ewigkeit dauern, bis er sie wiedersah. Antonia verstand, dass sich die Brut in ihrem Leib auf ihren ganzen Körper auswirkte, nicht nur was den Umfang betraf. Das Wesen aus Bernardos Lenden veränderte ihren Körpergeruch derart, dass Giovanni es einfach nicht aushielt. Dennoch waren sie sich in Gedanken näher denn je, und sie hatten einen Plan und ein Ziel vor Augen.

Als es endlich aufgehört hatte zu regnen, war es Zeit, seinem

Bruder und seiner Familie Gesellschaft beim Essen zu leisten, doch zuvor musste er sich umziehen und die Scherben beseitigen. Als er endlich im Esszimmer erschien, war er eigentlich viel zu spät dran, was sein Bruder normalerweise mit einem strengen Blick auf die Taschenuhr quittierte. Doch diesmal saß seine Schwägerin mit den Kindern allein am Tisch.

»Wo ist Baptist?«, fragte Giovanni entsprechend erstaunt.

»Ich weiß es nicht, er wollte nur den Laden zusperren und müsste längst oben sein, ich werde gleich mal nachsehen.«

Doch das war nicht mehr nötig, mit stechendem Schritt kam Baptist angeeilt, allerdings nicht allein. Stammelnd, was gar nicht seine Art war, brachte er eine Erklärung hervor. »Anna-Maria, Giovanni, so etwas habe ich noch nie erlebt: Der Regen hat die Menschen auf die Straßen getrieben, und wie von einer magischen Kraft angezogen, kamen sie alle zu uns. In einer riesigen Traube blieben sie vor deinem winzigen Laborfenster stehen, bis ich es geschafft habe, sie in den Laden zu locken. Johann hat uns einen großen Gefallen getan, gerade nach dem erfrischenden Regen scheint dein Parfüm eine ganz besondere Anziehungskraft zu entwickeln. Ich weiß gar nicht, ob der Laden überhaupt schon einmal so voll gewesen ist. Und immer wieder fragten die Leute, was das für ein himmlischer Duft wäre, was ich natürlich stets mit ›Eau de Cologne von Farina‹ beantwortet habe. Bis eine laute Stimme aus dem Hintergrund rief: ›Das ist der Duft von Köln, meine Damen und Herren.‹ Nun, ihr könnt euch denken, wer es war. Er steht neben mir, und ihr habt ihn längst gesehen, den lieben Levallé, er wird heute unser Gast sein.«

Die ganzen Tage schon hatte Giovanni Levallé besuchen wollen. Nach seiner Rückkehr aus Paris hatte Levallé Giovanni mehrfach eingeladen, aber Giovanni konnte das Haus während der unerträglichen Hitzewelle einfach nicht verlassen, zu liederlich waren die Ausdünstungen gewesen, die in den Straßen festhingen, als gäbe es kein Entrinnen. Erst jetzt konnte er wieder frei atmen.

»Auch wenn du es vielleicht anders siehst, lieber Giovanni, aber die zerbrochenen Gefäße scheinen dir Glück zu bringen«, begrüßte Levallé seinen Freund lachend, während Baptist noch ein weiteres Gedeck bringen ließ. Dabei hatten sie sich so viel zu erzählen, dass sie ohnehin kaum zum Essen kamen und bei der Hitze auch keiner so recht Appetit hatte, obwohl die Köchin nur erfrischende Salate, ein wenig kalten Braten, leichtes Foccacia und ein paar appetitanregende Soßen vorbereitet hatte. Dazu gab es einigermaßen gekühlten Weißwein, den sie im tiefsten, kühlsten Kellergeschoss gelagert hatten.

So gern hätte Giovanni seinem Freund von Antonia erzählt und ihn um Rat gebeten, aber er hatte Baptist nichts davon gesagt und hatte es auch nicht vor, seine Frau hatte wenig Verständnis für seine Liebschaft mit einer verheirateten Frau. Vor allem für Antonia brachte sie kein Verständnis auf, und Giovanni dachte gar nicht daran, Öl in das Feuer der Vorurteile zu gießen. Aber auch Baptist hatte Giovanni nicht alles erzählt, wie er soeben erfuhr. Neugierig, fast triumphierend sah Levallé Baptist an. »Hast du es ihm erzählt?«

Baptist schüttelte den Kopf. »Ich wollte warten, bis du zurück bist und wir uns alle sehen.«

Giovanni hatte keine Ahnung, wovon die beiden redeten, bis sie sich darauf einigten, dass Baptist seinem Bruder die Geschichte erzählen sollte.

»Du erinnerst dich doch noch an den Toten am Heumarkt?«

Giovanni nickte wenig begeistert. An diese Geschichte wollte er gerade nicht erinnert werden.

»Du hattest mir nicht nur erzählt, dass es ein Halunke gewesen sei, der dir gefälschtes Mumia andrehen wollte, ich bin auch selbst im Anatomicum gewesen und habe ihn wiedererkannt. Er war es auch gewesen, der mir billige Fälschungen angedreht hatte, und Levallé und mir kam der Verdacht, dass er vielleicht doch nicht zufälliges Opfer des Pöbels geworden ist. Also hat Levallé einen Detektiv beauftragt, bevor ihr nach Paris abgereist seid.«

»Und du hast mir gar nichts davon erzählt!«, warf Giovanni ziemlich empört dazwischen.

»Die Erinnerung an den Tag regt dich ja jetzt noch ziemlich auf. Für deine Mission in Paris solltest du den Kopf frei haben.«

Ein wenig beleidigt nickte Giovanni und gab seinem Bruder zu verstehen fortzufahren.

»Nun, ich will mich kurz fassen: Der Mann hatte wohl im großen Stil mit gefälschten Arzneien gehandelt, vor allem mit Mumia, hatte aber auch hochwertige Ware. Dein ganz besonderer Freund, Apotheker Manstedten, wusste nicht nur davon, sondern hat ihn gezielt zu uns geschickt und ihn dafür sogar noch entlohnt. Manstedten hasst dich allein dafür, dass du Ingredienzien eines Heilmittels in Windeseile mit der Nase erkennst und Gifte ebenso entlarvst, während er, der Akademiker, dafür Tage im Labor verbringen muss und dabei nur halb so gute Ergebnisse zustande bringt wie du mit deiner Nase. Er hat dir schon oft den Teufel an den Hals gewünscht, wie du weißt. Aber diesmal ging seine Intrige schief. Nun kannst du dich vielleicht daran erinnern, wie du den Händler nicht nur zusammengestaucht hast, sondern ihn auch noch bei allen Apotheken und Spezereien schlechtgemacht hast. In Köln konnte er wohl keinen Stich mehr machen, aber zuvor wollte er noch Manstedten verpfeifen und ihn an Fastnacht der Lächerlichkeit preisgeben.«

»Manstedten hat den Händler erschlagen?«, fragte Giovanni jetzt erstaunt.

Levallé nickte und übernahm das Wort. »Wir können es nicht beweisen, sind uns aber sehr sicher. Mein Detektiv ist der Spur nämlich gefolgt, über alle Apotheken entlang des Rheins, bis er schließlich einen Tipp bekam: Früher kam viel Mumia aus der Schweiz, seit ein paar Wochen aber aus der Gegend von Darmstadt, genauer von Burg Frankenstein. Der Alchemist Dippel ist an seine Geburtsstätte zurückgekehrt und macht angeblich unheimliche Menschenversuche, das habe ich von einer sehr zuverlässigen Quelle gehört.«

Giovanni lief es eiskalt den Rücken hinunter, er konnte echtes Mumia schon nicht ausstehen, aber gefälschtes, womöglich aus frischen Leichen, war ja eine ganz ekelhafte Vorstellung. Während Giovanni Levallés Ausführungen lauschte, war Baptist aus dem Speisezimmer gegangen und kehrte mit einer kleinen Dose zurück.

Aber bevor er etwas sagen konnte, stand Giovannis Schwägerin Anna-Maria auf und klatschte in die Hände. »Kinder, es ist Zeit, ins Bett zu gehen.« Sie verschwand, ohne ein weiteres Wort zu verlieren, dafür mit einem vorwurfsvollen Blick auf ihren Mann gerichtet, der solche unappetitlichen Geschichten nicht vor Kinderohren ausbreiten sollte. Sehr zum Verdruss der Kinder, die mucksmäuschenstill zugehört hatten, sich jetzt aber der strengen mütterlichen Anweisung beugten.

Baptist hatte inzwischen die Dose geöffnet und hielt sie Giovanni unter die Nase. Kaum hatte Giovanni einmal geschnuppert, zog er sich angewidert zurück.

»Oh mein Gott! Das ist nicht nur gefälschtes Mumia, das ist aus einer ganz frischen Leiche hergestellt, es muss ein ganz junges Mädchen gewesen sein. Welche Verbrecher machen so was?«

»Leider einige, lieber Giovanni. Für Mumia werden horrende Preise gezahlt, die Leute sind ganz verrückt nach dem Mumienpulver, und gute Fälscher machen ein Vermögen. Aber es scheint einen zu geben, der den Markt ziemlich beherrscht, und mir scheint es auch kein Zufall, dass dieser eine der derzeitige Besitzer von Schloss Frankenstein ist. Jetzt darfst du raten, wer das ist.« Genüsslich lehnte sich Baptist zurück und beobachtete seinen Bruder, während er die Dose mit dem Leichenpulver wieder sorgfältig verschloss.

»Doch nicht etwa Bernardo, der große Graf Gondo?«

»Doch, genau der, Bruderherz. Wie eine gefräßige Spinne hockt er in der Schweiz und hat sein gefährliches und intrigantes Netz über ganz Europa ausgebreitet. Er handelt längst nicht mehr nur mit Gold und Edelsteinen, überall unterhält er Alchemisten, die für ihn die begehrtesten Wundermittel herstellen. Opium und Cannabis bezieht er aus dem Orient, Cantharidin, Mumia, Dippels Öl, für Bitumen hat er eine eigene Mine und so weiter. Er unterhält Opiumhöhlen, Bordelle, Spielhöllen, handelt mit Waffen und Wertscheinen und steht als Hoffaktor den bedeutendsten Adelshäusern so nahe, dass er bereits in die wichtigsten Orden und Bruderschaften aufgenommen wurde.«

Mit jedem Satz wurde Giovanni bleicher. Mächtig wie ein König thronte Bernardo in der Schweiz und hatte die wichtigsten Herrscherhäuser in seinem klebrigen Netz eingefangen, ohne dass je einer davon zu hören bekam.

»Dagegen sind wir machtlos«, stöhnte Giovanni.

»Vielleicht«, meinte nun Levallé, den die ganze Sache erstaunlich wenig zu berühren schien. Genüsslich holte er eine Dose Schnupftabak aus seiner Hose, nahm zu Giovannis Entsetzen einen kräftigen Zug, bevor er fortfuhr. »Aber zumindest Köln können wir von den klebrigen Fäden des intriganten Grafen befreien. Baptist war mit seiner Geschichte und dem Apotheker Manstedten noch nicht ganz zu Ende. Mein Detektiv hat eine, sagen wir mal, ziemlich überzeugende Art, aus Tätern ein Geständnis herauszuholen. Kurz: Es war wohl ein Unfall. Manstedten hatte ihn zur Rede stellen wollen, es kam zum Handgemenge, und Manstedten hat einem Narren ein Zepter aus der Hand gerissen und zugeschlagen. Manstedten war ebenfalls maskiert, niemand hatte ihn erkannt, und drumherum war es auch zu einer Schlägerei gekommen. Die Polizei hat den Fall dann ziemlich schnell zu den Akten gelegt, und der Tote wurde vor den Toren im Armenfriedhof verscharrt. Manstedten anzuzeigen wäre ziemlich zwecklos gewesen, aber das wusste Manstedten nicht, also hatte mein Detektiv eine ziemlich gute Verhandlungsposition. Unsere Forderung konnte Manstedten sogar als Geschäft verbuchen, sodass er sein Gesicht wahren kann und uns niemals in Verlegenheit bringen wird.«

»Das heißt?«, wollte Giovanni nun etwas ungeduldig wissen. Wobei sowohl Levallé als auch Baptist es zu genießen schienen, dass Giovanni nicht riechen konnte, um was es ging, und ausnahmsweise einmal zuhören musste, um seine Neugier zu befriedigen. Diesmal ergriff Baptist wieder das Wort. »Du erinnerst dich noch an die Aktien der South Sea Company, die wir erworben hatten?«

Giovanni nickte.

»Nun, von Gewinnen kann immer noch keine Rede sein, eher von Verlusten, die sicherlich demnächst noch höher werden. Der Frieden von Utrecht hat der englischen Krone keinesfalls die erhofften Privilegien verschafft, weshalb der Handel mit den Kolonien weiterhin eingeschränkt bleiben wird, und jetzt ist auch noch die gesamte Silberflotte der spanischen Krone untergangen. Das tangiert die Engländer zwar wenig, aber nach der Katastrophe verschiebt sich die erste Handlungsreise der South Sea Company erneut, und die Aktien verlieren stetig an Wert. Nur unsere und Levallés nicht, das heißt nicht mehr: Wir konnten sie nämlich gewinnbringend an Manstedten veräußern, wodurch wir auch alle Liquiditätsprobleme gelöst haben. Ach, und nicht zu vergessen, der Herr Manstedten wird uns künftig bei seinen Einkäufen zurate ziehen und es nicht versäumen, dein ausgezeichnetes ›Eau de Cologne‹ anzupreisen.«

Nun war Giovanni wirklich erstaunt. So einen geschickten Schachzug hatte er seinem Bruder gar nicht zugetraut. Aber wahrscheinlich steckte Levallé dahinter, der ebenfalls mehr als froh darüber sein dürfte, die trügerischen Papiere los zu sein. Kopfschüttelnd schwenkte er seinen Digestiv und inhalierte die wohltuenden Kräuteraromen.

»Respekt, meine Herren!«

»Ergänzend möchte ich vielleicht noch hinzufügen, dass unser verhasster Graf Gondo Ähnliches für Frankreich plant und mit dem Engländer John Law gar die Bank von Frankreich gründen will. Größenwahn, würde man sagen, wenn man nicht wüsste, wie eng er mit dem Herzog von Orléans befreundet ist. Solange der König lebt, werden Bernardo und der Engländer sicher kein Glück mit ihrem Unternehmen haben, aber dazu gibt es leider keine guten Nachrichten: Dem König geht es sehr schlecht. Wir sollten noch einmal hinfahren, Giovanni, er hat nach dir gefragt.« Damit beendete Levallé die Geschichte.

Langsam wurden die Neuigkeiten zu viel für Giovanni. Der König erinnerte sich an ihn, obwohl sein letzter Besuch im Schatten der Sonnenfinsternis stattgefunden hatte, die Geldsorgen waren sie durch Levallés Geschick los und die Böswilligkeiten des Apothekers obendrein. Giovanni musste tief Luft holen, und dabei stieg ihm eine Prise von Levallés Schnupftabak in die Nase. Fürchterliches Zeug, auch noch mit Cannabis, Rose und Lavendel versetzt. Ohne auf die Neuigkeiten einzugehen, empörte sich Giovanni erst einmal darüber.

»Wenn dein Geruchssinn schon nicht sonderlich fein war, dann zerstörst du ihn mit diesem Zeug vollends. Und seit wann berauschst du dich überhaupt? Ich habe dich noch nie Laudanum trinken sehen, und jetzt schnupfst du Tabak mit Cannabis?«

Levallé lächelte, er kannte Giovanni inzwischen einfach zu gut, und sein Freund war so offen und ehrlich, dass er auch leicht durchschaubar war. »Ich wusste, dass du dich darüber mehr empören würdest als über unsere ganze unglaubliche Geschichte. Nun, das soll ein kleiner Vorgeschmack auf Paris sein. In jedem Salon wird geschnupft, die Gesellschaft ist ganz verrückt nach dem Tabak, vor allem nach den parfümierten Versionen und ganz besonders, wenn die Chargen noch mit wunderbar berauschendem Cannabis versetzt sind. Du sollst das Zeug nicht schnupfen, du sollst das Zeug herstellen. Wir werden in Paris ein Vermögen machen. Um dein ›Eau de Cologne‹ wird sich Baptist kümmern, auch dafür haben wir noch einen wunderbaren Plan.«

21. KAPITEL

FARMACIA DI SANTA MARIA NOVELLA

Gilt als älteste Apotheke der Welt, wurde 1612 gegründet und gehört zum gleichnamigen Kloster in Florenz. Die Farmacia ist heute noch eine berühmte historische Apotheke und Parfümerie.

Florenz, August 1715

Seufzend stand Antonia unter dem opulenten Fresko »Streitende, leidende und die triumphierende Kirche«. Wenn es so einfach wäre, sich zu den Triumphierenden aufzuschwingen, wäre das Leben der Streitenden und Leidenden leichter zu ertragen, sinnierte Antonia melancholisch, als sie vor dem monumentalen Kunstwerk in der Spanischen Kapelle der altehrwürdigen Klosteranlage Santa Maria Novella stand. Die Figuren prangten so lebendig auf den Kirchenmauern, dass Antonia das Gefühl bekam, selbst nur eine Abbildung des Lebens zu sein, das sich in Wahrheit an diesen Wänden abspielte.

Nach der langen Reise überkam sie plötzliche eine unendliche Müdigkeit, obwohl es gerade erst zehn Uhr morgens war und sie im Palazzo der Medicis eine komfortable Unterkunft gehabt hatte. Aber sie war mit einer bleiernen Müdigkeit aufgewacht und hatte am Morgen auch keinen Bissen hinunterbekommen. Die Kutschfahrt vom Genfer See nach Florenz hatte sie mehr angestrengt, als sie erwartet hatte.

Fast zwei Wochen waren sie unterwegs gewesen, bei sengender Hitze und auf so staubigen Straßen, dass sie kaum hatte atmen können. Den Geruch der Hunde, der sie ein paar Wochen zuvor noch kaum störte, hatte sie jetzt kaum ertragen können. Ihre Nase war so viel empfindlicher geworden, seit sie in Umständen war. Oft hatte sie an Giovanni gedacht, den die üblen Gerüche sein ganzes Leben lang quälten wie sie jetzt in diesem Zustand.

Die ganze Fahrt war eine einzige Tortur gewesen, obwohl sie die bequemste und schnellste Karosse zur Verfügung hatten, die es gab. Da Antonia niemandem ein Sterbenswörtchen über ihren Zustand erzählt hatte, konnte sie auch schwerlich darum bitten, darauf Rücksicht zu nehmen. Noch nicht einmal Cecilia hatte sie eingeweiht, auch nicht ihre Mutter und schon gar nicht Bernardo. Niemals sollte er davon erfahren, hatte sich Antonia geschworen. Dass es anders kommen sollte, ahnte Antonia nicht.

Wobei sie im Stillen gehofft hatte, dass sich das Problem bei der Fahrt von selbst lösen würde. Die Kutsche hatte geächzt und gerappelt, konnte den unzähligen Schlaglöchern kaum ausweichen, und alles, was nicht festgezurrt war oder sich festhalten konnte, purzelte durch den Innenraum der Kutsche. Nur das schreckliche Wesen, das in Antonia reifte, schien gänzlich unbeeindruckt und brachte statt des erhofften Abgangs nur Antonias Magen in Wallungen.

Ihr Plan war in dem Moment gereift, als ihr Dr. Buchsbaum die letzte Hoffnung auf einen falschen Alarm genommen und die Schwangerschaft ein paar Wochen später eindeutig diagnostiziert hatte. Selbst die tratschsüchtigen Waschfrauen hatte sie mit ein wenig Blut an ihrer Unterwäsche an der Nase herumgeführt. Und von ihrem Plan durfte schon gar keiner erfahren. Anna Maria de' Medici hatte sie nur geschrieben, dass sie im Sommer unbedingt nach Florenz wolle, woraufhin Antonia postwendend eine Einladung in den Palazzo Pitti erhalten hatte.

In der berechtigten Hoffnung, dass den Kindern ohnehin nicht der Sinn nach einem Klosterbesuch stand und sie später noch genug Zeit haben würden, gemeinsam die alte Tante Paola zu treffen, hatte sich Antonia allen Augen entzogen, um allein zur altehrwürdigen Klosteranlage gehen zu können.

Jetzt saß sie unter den erschreckend lebendigen Fresken in der Spanischen Kapelle, schickte ein stilles Gebet zum Allmächtigen und bat um Vergebung. In der Luft hing noch eine Brise Weihrauch, der Antonia sanft einlullte, und sie wäre beinahe eingenickt, hätten sie die schweren, schlurfenden Schritte eines offensichtlich wohlbeleibten Mannes nicht aufgeschreckt.

»*Scusate*«, rief der Mönch so laut, dass Antonia schlagartig hellwach war und fast panisch aufsprang.

Bevor der Mönch irgendetwas sagen konnte, fragte Antonia nach der Farmacia di Santa Maria Novella, obwohl sie den Weg dorthin genau kannte. Eigentlich hatte sie sich in der Kirche noch sammeln und die Aura des ehrwürdigen Gemäuers auf sich wirken lassen wollen, bevor sie zu der berühmten Apotheke ging, um ihren Plan in die Tat umzusetzen.

Wie sie erwartet hatte, stand Paola hinter dem Tresen der Apotheke. Die riesigen, reich verzierten Apothekerschränke und das opulente Deckengemälde ließen Paola noch kleiner erscheinen, als sie ohnehin schon geworden war. Früher war sie eine stattliche, große Frau gewesen, heute wirkte sie nur noch klein und gebrechlich. Doch von ihren Augen ging noch immer eine Kraft aus, die Antonia Sicherheit und Geborgenheit einflößte.

Emsig war Paola damit beschäftigt, Kräuter abzuwiegen und in kleine Döschen zu verpacken, dabei prüfte sie zwischendrin mit ihrer Nase immer wieder die Qualität. Sie war so in die Welt der Kräuter vertieft, dass sie Antonia scheinbar gar nicht eintreten hörte, obwohl die Glocke an der Eingangstür geläutet hatte. Etwas unbeholfen räusperte sich Antonia und sprach Paola vorsichtig an, wobei sie die alte Dame nicht erschrecken wollte.

»Ciao, Paola, ich habe dich viel zu lange nicht besucht. Geht es dir gut?«

Paola blickte nicht auf, schreckte noch nicht einmal ein wenig auf, sondern füllte im gleichen Rhythmus ihre Kräuter ab wie zuvor, während sie mit einer sanften Stimme antwortete: »Ich habe dich schon erwartet, Antonia, setz dich doch bitte, ich bin gleich fertig, und Schwester Cleo übernimmt die Apotheke.«

Obwohl Paola keinerlei Strenge in ihrer Stimme gehabt hatte – ganz im Gegenteil, eine verständnisvolle Milde strahlte von ihr aus –, lag es Antonia trotzdem fern, irgendetwas zu erwidern oder gar zu widersprechen. So gehorsam, wie es sonst Antonias Art überhaupt nicht entsprach, folgte sie Paolas Weisung und setzte sich stumm auf den einzigen Stuhl, der verloren in einer Ecke der riesigen Apotheke stand. Andächtig betrachtete sie das dramatische Deckengemälde und inhalierte den wohltuenden Kräuterduft, der sich in der Apotheke ausbreitete.

Als die ornamentale Holztür sich öffnete und eine Nonne eintrat, beendete Paola ihr Werk, ging zu Antonia und nahm sie an der Hand. »Komm, wir gehen in den grünen Salon, und ich lasse dir eine große Tasse heißen Kakao bringen. Ich glaube, das kannst du gebrauchen.«

Eigentlich hatte sich Antonia schon genau zurechtgelegt, was sie zu Paola sagen wollte, aber es kam einfach nicht über ihre Lippen. Stumm gehorchte sie Paola, nahm dankbar den heißen Kakao und genoss die friedliche Stimmung in dem Kloster. Sie war nahe dran, Paola zu bitten, sich dafür einzusetzen, dass auch sie den Schleier nehmen konnte. Nach einer ganzen Weile, nachdem Antonia schon längst ihren Kakao getrunken hatte und nur noch ein dunkler klebriger Satz in der Tasse schwappte, weil Antonia sie ständig schwenkte, fragte Paola sehr direkt: »Was führt dich zu mir, meine Liebe? Soll ich raten, oder magst du es mir erzählen?«

Einer plötzlichen Eingebung folgend vergaß Antonia für einen Moment, weshalb sie eigentlich hergekommen war, und fragte: »Gibt es Zwerge, Paola?«

Etwas überrascht antwortete Paola: »Was meinst du damit? Du kennst die Kleinwüchsigen, die auf Jahrmärkten vorgeführt werden, oder fragst du mich nach Fabelwesen?«

Antonia wusste nicht, warum sie das Thema angeschnitten hatte, denn eigentlich wollte sie ihre Geschichte nur so schnell wie möglich hinter sich bringen, aber jetzt, da sie schon einmal davon angefangen hatte, antwortete sie: »Vielleicht etwas dazwischen, kleine menschliche Wesen, die so leben, wie ich es eigentlich nur aus Märchen kenne: mit einer Zipfelmütze und in einer eigenen Welt in den Bergen.«

Paolo zögerte einen Moment, als wüsste sie nicht, was sie antworten sollte oder wollte, und äußerte sich salomonisch. »Hast du davon gehört, oder hast du jemanden gesehen, über den du etwas wissen möchtest?«

Jetzt konnte Antonia nicht anders, als erneut ihre Geschichte von dem Zwerg und dem Rubin zu erzählen. Paola wirkte dabei keineswegs erstaunt oder ungläubig, ganz im Gegenteil, sie nickte hin und wieder, während Antonia erzählte, und schien nun ihre Antwort abzuwägen. Vorsichtig, fast vortastend, begann nun Paola eine ähnliche Geschichte zu erzählen wie zuvor schon Moses Rothschild.

»Es gab früher viele dieser besonderen Menschen, die wir Zwerge nennen, ich will jetzt nicht mit dem alten Ägypten und der griechischen Antike anfangen. Es ist eine komplizierte, weitverzweigte Geschichte, aber was uns hier betrifft, ist es noch nicht allzu lange her, dass wir friedlich und mit gegenseitigem Respekt voneinander profitiert haben. Ohne die Zwerge hätte es die Glasbläserkunst in Murano so nie gegeben, sie haben die edlen Steine und Mineralien in den Bergen Norditaliens abgebaut, die die Glasbläser zum Färben und für die besondere Struktur des Glases brauchen. Die Zwerge können Mineralien riechen, ihre Nase ist mindestens so gut wie die von Giovanni. Und sie sind gut vernetzt, sie haben Verbindungen zu ihresgleichen in allen Ländern. Ich will nicht zu weit ausholen, aber es gab Übergriffe auf die Frauen der Zwerge, als sie noch in Murano gelebt haben. Später, als die Glasbläser dorthin verlegt wurden, sind sie auf eine andere Insel gezogen. Aber irgendwann haben sie sich auch gerächt, einer hat das Geheimnis der Glasbläser an Ludwig XIV. verraten. Viele Zwerge wurden gejagt, getötet und gefangen. Unter den Menschen vertrauen die Zwerge nur noch den Frauen, und es ist sehr nützlich, einen Zwerg als Freund zu haben.«

Völlig fasziniert fragte Antonia: »Hattest du denn einen Zwergenfreund?«

Paola lächelte. »Oh ja, ich hatte nicht nur, ich habe viele, aber ich werde sie nie verraten. Dein Gatte würde nicht mehr leben ohne meine Zwergenfreunde. Bernardo war damals wirklich ein armer, vom Schicksal geschlagener Junge, ich hätte ihn nie zum Goldsuchen in den Fluss geschickt, wenn ich nicht gewusst hätte, dass die Zwerge auf ihn aufpassen. Einmal haben sie ihm das Leben gerettet, aber davon hat er nichts mitbekommen.«

»Vielleicht doch«, erwiderte Antonia, »wenn das alles wahr ist, glaube ich, dass Bernardo die Zwerge für sich in seinen Bergwerken arbeiten lässt.«

Ein wenig zerknirscht zog Paola die Schultern hoch. »Glaube mir, Antonia, wenn ich gewusst hätte, was aus Bernardo wird, hätte ich ihm niemals so geholfen und schon gar nicht die Zwerge mit hineingezogen. Aber deswegen bist du doch nicht hier.«

Fragend sah Paola Antonia an, die für einen Moment völlig aus dem Konzept geraten war und sich kurz sammeln musste, bevor sie endlich das loswurde, weshalb sie hergekommen war. »Paola, ich bin schwanger, du musst mir helfen, das Ding loszuwerden! Du musst mir nur die Tinktur mischen, ich weiß, dass du das kannst!«

Bevor Antonia weiterreden und ihre Not darlegen konnte, fiel ihr Paola ins Wort. »Oh nein, meine Liebe, so einfach geht das nicht! Ich habe schon lange nicht mehr als Hebamme gearbeitet und früher solche Tinkturen nur für Notfälle gemischt. Du kannst dabei sterben!«

»Das ist mir egal.«

22. KAPITEL

LUCIA

Die heilige Lucia von Syrakus (Sizilien) war eine Märtyrerin im 4. Jahrhundert nach Christus. Ihr Name bedeutet »die Leuchtende«, und ihr Gedenktag ist der 13. Dezember. In nordischen Ländern ist das Luciafest am 13. Dezember ein vorweihnachtliches Brauchtum.

Köln, 13. Dezember 1715

Der Tod von Ludwig XIV. hatte Giovanni mehr getroffen, als er gedacht hatte. Als er im August dem Wunsch des Königs gefolgt war und ihm seine Aufwartungen mit seinem »Eau de Cologne« gemacht hatte, war der Herrscher bereits ein armer alter Mann, dem nicht mehr zu helfen war. Als sie jetzt darüber sprachen, überkam Giovanni Trauer, und er empfand tiefes Mitleid für den verstorbenen Sonnenkönig, der viel Leid gebracht hatte, aber am Ende seiner Tage nur Frieden für die Menschen wollte, und er würde sich im Grabe herumdrehen, wenn er wüsste, dass sein ganz und gar gottesabtrünniger Neffe das Zepter in die Hand genommen hatte. Trotz anderslautender Verfügung des Königs hatte Philippe II. von Orléans die Regierungsge-schäfte des minderjährigen neuen Königs und Urenkels von Ludwig XIV. in die Hand genommen.

Als Ludwig XIV. am 1. September 1715 die Augen für immer geschlossen hatte, hatte die Sonne mit ihrer ganzen Kraft gestrahlt, als habe sie den Sonnenkönig endgültig in den verlockenden Himmel holen wollen. Doch schon am Abend waren dunkle Gewitterwolken aufgezogen, und als der fünfjährige Dauphin am nächsten Tag zum König gekrönt wurde, weinte der Himmel unaufhörlich und schenkte dem jungen König keinen einzigen Sonnenstrahl. Seither waren mehr als drei Monate vergangen, aber die Sonne hatte nur selten noch einmal so gestrahlt wie am letzten Tage Ludwigs XIV. auf Erden.

So ein Tag war heute, ein strahlender Dezembernachmittag, nur wenige Tage nach Giovannis völlig verregnetem dreißigsten Geburtstag, den er am liebsten ganz vergessen und verschwiegen hätte. Inzwischen war es etwas kälter geworden, und Frau Holle hatte Köln mit einer zarten Schneedecke überzogen, doch Giovannis Geburtstag wurde nicht darunter begraben. Nicht nur seine Eltern waren rechtzeitig angereist, heute, am Freitag, den 13., sollte auch noch eine kleine Feier stattfinden, nach der Giovanni überhaupt nicht der Sinn stand. Einzig der Duft von Bergamotte, Zitronen und Orangen und natürlich der weißen Trüffel, die seine Eltern aus dem Piemont mitgebracht hatten, erhellte seine düsteren Gedanken.

Seit ihrem Treffen in Frankfurt hatte Giovanni Antonia nicht mehr gesehen, doch sie schrieben sich häufiger denn je. Es hatte sie viel Kraft gekostet, sich zu dem Kind in ihrem Schoß zu bekennen, aber seit sie aus Florenz zurück war, schien sie von einer Kraft durchflutet, die sich auch auf Giovanni übertrug. Beseelt von einer nahen gemeinsamen Zukunft, flossen aus ihrer Feder nur ermutigende Worte voller Zuversicht, mit einer stets diffusen Andeutung auf einen geheimen Plan, den sie nicht wagte zu Papier zu bringen.

Jetzt stand Antonias Marzipantorte mit dreißig filigranen rosaroten Marzipanrosen auf der mit goldenen Rosetten verzierten Nussbaumkommode im Salon der Farinas. Die Kommode war Teil der Aussteuer von Giovannis Schwägerin Anna-Maria gewesen. Die Zanolis hatten sich überaus großzügig gezeigt, was sicher nicht ganz uneigennützig war, denn auch die Zanolis wollten in Köln Fuß fassen und hatten ein wenig pikiert reagiert, als Baptist nicht den Bruder seiner Frau, sondern den Mann seiner Schwester zum Partner gewählt hatte.

Aber das war jetzt schon Jahre her und, seit auch Giovanni in das Geschäft eingestiegen war, auch kein Thema mehr. Doch die Kommode erinnerte Giovanni immer an die Hochzeit von Baptist und Anna-Maria, denn es war im selben Jahr gewesen, als Antonia Bernardo geheiratet hatte. Damals hatte Bernardo es so weit gebracht, dass sie tatsächlich geglaubt hatte, Giovanni sei an die Männerwelt verloren. Nächtelang hatte er damals Alpträume gehabt, sich mit Antonia auf dem Weg zum Altar gesehen und wie Antonia von einem stinkenden Raubtier mit Bernardos Fratze entführt wurde.

Gerade eben, als er die Kommode mit seiner Geburtstagstorte darauf betrachtete, die mit dem Schokoladen- und Goldüberzug und den vielen Rosen darauf wie eine Hochzeitstorte strahlte, musste er an diesen schrecklichen Alptraum denken. Und natürlich an Antonia, die für ihn jede einzelne Marzipanrose gefertigt und die Torte aus purem Marzipan mit verschiedenen in Brand eingelegten Trockenfrüchten kreiert hatte, sodass sie lange frisch bleiben würde. Wie eine Krone thronte die Torte auf dem Haupt der edlen Kommode, flankiert von den »goldenen Äpfeln der Hesperiden«, die in jeweils einer Schale rechts und links von der Torte drapiert waren. Gegenüber hatten sich die Gäste versammelt.

Eine kleine Runde von zwölf Freunden und Verwandten hatte sich inzwischen im Salon der Farinas um Giovanni herum eingefunden und stieß jetzt mit einem Glas Champagner, den Levallé mitgebracht hatte, auf Giovannis dreißigsten Geburtstag an, sechs auf seiner rechten und sechs auf seiner linken Seite. Nach dem Champagner wurde Giovanni auf einmal ein wenig schwindelig: zwölf Gäste, und er, die Nummer dreizehn, war Gastgeber, am Freitag, den 13. Dezember.

Das Bild vom »Heiligen Abendmahl« aus dem Kloster in Mailand tauchte plötzlich vor seinem inneren Auge auf und Prinz Eugen, der nach seiner Hand griff. Beinahe hätte Giovanni sein Champagnerglas fallen gelassen, als er gewahr wurde, dass es Levallé war, der nach seiner Hand gegriffen hatte und besorgt, aber scherzhaft fragte: »Macht dir dein hohes Alter zu schaffen, mein Lieber?«

Es dauerte einen Moment, bis sich Giovanni gefasst hatte und wohlüberlegt antworten konnte. »Oh, Levallé, ich bitte dich! Dreißig ist eine großartige Zahl, sie bedeutet höchstes Glück und baldigen Ruhm.«

»Und in der Bibel heißt es, der Mensch hat mit dreißig Jahren seinen Höhepunkt erreicht«, gab Levallé zurück, bevor er etwas skeptisch nachhakte. »Aber seit wann beschäftigst du dich mit der Mystik von Zahlen?«

»Lass uns auf Antonia trinken, die in diesem Jahr leider nicht bei uns sein kann. Sie ist es, die sich seit Neuestem mit Mystik, Zahlen und Symbolen beschäftigt und mir allerlei Dinge geschrieben hat, die ich als naturwissenschaftlich denkender Mensch ein wenig befremdlich finde, aber durchaus unterhaltsam.«

Giovanni erhob sein Glas auf Antonia, Spenderin der wundervollen Torte, die er nun endlich anzuschneiden gedachte. Obwohl er nicht an die mystische Kraft der Zahlen glaubte, war ihm die Dreizehn doch stets ein wenig unheimlich, und er war insgeheim froh, dass eine Torte nicht einfach in dreizehn gleiche Teile zu schneiden war, und so zerteilte er sie in sechzehn Stücke. Zwar wusste er, dass bei den Logen die Dreizehn der höchste Grad der Weisheit bedeutete und als Zahl der Einheit und Wiedergeburt galt, aber im Volksglauben war die Dreizehn immer noch eine Unglückszahl.

Es war Paola gewesen, die Antonia in die Mystik der Zahlen und noch einige andere Weisheiten eingeführt hatte. Fast in jedem Brief hatte sie scherzhaft über Daten, Uhrzeiten oder sonstige Zahlen des Alltags schwadroniert, stets verknüpft mit einer kleinen Botschaft an Giovanni. Die Numerologie war fast zu einer Geheimschrift zwischen Giovanni und Antonia geworden. Antonia schrieb immer kryptische Botschaften wie: »Am 17. Juni war der Grundstein für Karlsruhe gelegt worden, die Siebzehn als Erfüllung des Alten Testaments durch etwas Neues, im sechsten Monat des Jahres, und die Sechs ist die Zahl der Vollkommenheit, sechs Beine hat der Skarabäus, und die Schlange windet sich durch jede Zahl.«

Giovanni hatte am Anfang überhaupt nichts verstanden, aber je mehr er nachgelesen hatte, desto klarer wurden ihm die verschlüsselten Botschaften und dass sich Antonia nie sicher sein konnte, dass ihre Post nicht abgefangen und gelesen wurde. Sie hatte inzwischen die schon fast paranoide Vorstellung, dass Bernardo ein ganzes Heer von Spionen hatte, deren Wege sich wie ein Spinnennetz durch ganz Europa zogen. Aber nach allem, was geschehen war, war die Vorstellung dann gar nicht mehr so abwegig, dass Bernardo sie regelrecht überwachen ließ.

Seit Anfang Dezember war Antonia wieder in Frankfurt bei ihren Eltern und hatte nicht nur emsig an Giovannis Torte gearbeitet, für die sie nur die erlesensten Zutaten verwendet hatte, sondern war auch mit ihren Zukunftsplänen ein gutes Stück vorangekommen. Und obwohl Antonia es nicht direkt geschrieben hatte, schien es zweifellos, dass sie damit eine gemeinsame Zukunft mit Giovanni meinte.

Als Giovanni in das köstlich duftende Tortenstück, das eigentlich eher Konfekt war, biss, fühlte er sich Antonia so nahe wie schon lange nicht mehr. Der Duft von gemahlenen Mandeln, Rosenwasser, Orangeat, Zitronat, Aprikosen und Schokolade drang sanft in seine Nase, der Weinbrand, in den die Aprikosen eingelegt waren, benebelte ihn ein wenig, zumal Giovanni ohnehin schon vom Champagner ein wenig flau war. Aber am heutigen Tag empfand Giovanni den leichten bacchantischen Taumel als angenehmen Zustand. Leicht kamen ihm einige Anekdoten über die Lippen, und immer wieder musste er von den letzten Tagen des Königs erzählen.

Als die Sonne schon die ersten rötlichen Strahlen durch die Fenster schickte, stand Lucia auf und ging zu ihrem Sohn. »Eine wunderbare Feier, mein lieber Giovanni, aber vor der Messe werde ich mich noch ein wenig zurückziehen, damit ich den weiteren Abend auch noch gut überstehe.«

Giovanni küsste zustimmend die Hand seiner Mutter und überlegte, dass es ihm eigentlich auch ganz guttun würde, wenn er sich noch ein wenig ausruhen würde. Er fand, dass er in dem »hohen Alter« von dreißig doch auch dazu berechtigt wäre. Unter allgemeinem Gelächter zog sich Giovanni zurück und gönnte sich ein paar ruhige Minuten mit dem Brief von Antonia.

Lucia nutzte allerdings keineswegs die Zeit zum Ausruhen, sondern zum Umziehen, wobei ihr Anna-Maria half. Vorsichtig packte sie das üppige Contouche aus, das ihr die Andreaes aus leuchtender cremefarbener Seide gefertigt hatten. Anna-Maria half ihr, in den ungewohnten neumodischen Kleiderberg zu steigen, und hielt ehrfurchtsvoll den fließenden Stoff in den

Händen. Die großen Watteaufalten ließen genug Raum für warme Unterkleider und fielen elegant über Lucias immer noch sehr schlanke Figur.

Lucia löste ihre kastanienrot leuchtenden Haare, die sie perfekt gefärbt hatte, sodass keine graue Strähne mehr vorhanden war. Dennoch wirkten ihre Haare natürlich und umschmeichelten ihr immer noch fast faltenfreies Gesicht. Während Anna-Maria ihre Haare mit Inbrunst kämmte, brachte Lucia ihren Mund mit Karmesinrot zum Leuchten, puderte dezent ihr Gesicht und Dekolleté, bevor sie ihre großen grünen Augen mit Kajal betonte.

Anna-Maria erstarrte fast vor Ehrfurcht. »Lucia, wenn ich nicht genau wüsste, dass du meine Schwiegermutter bist, würde ich sagen, dass ich auch gern noch einmal so schön und jung wäre wie du. Wie schön du aussiehst! Soll ich dir noch ein Mouche aufkleben?«

Lucia nickte lächelnd. »Ja, bitte, Anna-Maria, auf die Stirn.«

Auf den genauen Ort des Schönheitspflästerchens legte Lucia stets allergrößten Wert, und die würdevolle Lage auf der Stirn schien ihr passend für den Anlass. Als Lucia das Ergebnis im Spiegel sah, nickte sie zufrieden. »Danke, Anna-Maria, aber lass uns jetzt gehen, bevor uns Giovanni noch sieht, wir werden ja auch eine Weile brauchen.« Mit einem zufriedenen Strahlen wollte Lucia von ihrer Nervosität ablenken, denn sie war sich keineswegs sicher, ob ihr Vorhaben gelingen oder ob sie sich nicht vielleicht lächerlich machen würde.

Obwohl Giovanni sich nur ein paar Minuten hatte ausruhen und Antonias Brief noch einmal in Ruhe hatte lesen wollen, war er mit dem Brief auf der Brust selig eingeschlummert. Als es jetzt an seiner Tür klopfte, fuhr er erschrocken zusammen und musste erst einmal überlegen, was heute überhaupt los war. Noch bevor er klar denken konnte, rief er: »Ja!«, und Levallé steckte seinen Kopf in die Tür.

»Wenn du nicht aufstehst, kommen wir zu spät zur Messe, und Baptist hat dem Dom extra ein wenig exquisiten Weihrauch spendiert, damit nicht wieder gepanschtes Harz verräuchert wird.«

Noch immer ein wenig verwirrt sprang Giovanni aus dem Bett und machte sich zurecht. Zumindest war ihm wieder eingefallen, dass heute sein Geburtstag nachgefeiert wurde und sie vor dem Essen noch zur Messe in den Dom wollten. Normalerweise gingen sie in die St.-Laurentius-Kirche, aber seine Eltern hatten darauf bestanden, dass sie heute einmal in den Dom zur Messe gingen. Levallé stand noch immer in der Tür, als ob er noch etwas fragen wollte oder auf eine Antwort warten würde, weshalb Giovanni auch endlich erwiderte: »Ich bin gleich fertig, ihr könnt ja unten auf mich warten.«

»Machen wir, deine Eltern und dein Bruder und seine Frau sind aber schon mal vorgegangen.«

Ein wenig verwundert nickte Giovanni und beeilte sich, fertig zu werden, während Levallé sich schon nach unten begab. Inzwischen war die Sonne längst hinter dem Horizont verschwunden, und die dünne Schneedecke, die Köln seit ein paar Tagen überzuckerte, strahlte im hellen Mondschein.

Als Giovanni mit seinen Gästen auf die Straße trat, roch er es sofort: Der Duft seines »Eau de Cologne« zog sich wie ein goldener Duftfaden durch die Gassen von Köln.

Erstaunt fragte er seine Gäste: »Könnt ihr das auch riechen? Mein Duft führt wie ein Wegweiser durch Köln.«

Die anderen schüttelten den Kopf, und Levallé merkte an: »Giovanni, wir alle tragen dein ›Eau de Cologne‹, wen wundert es, wenn es hier wunderbar danach duftet?«

Giovanni wusste, dass es sinnlos war, darüber zu debattieren, dass der Duft seines »Eau de Cologne« nicht nur von ihrer Gruppe ausging, sondern von den Straßen und Häusern. Schweigend und nachdenklich setzte er den Weg zum Dom fort und bemerkte nicht die strahlenden Gesichter der Menschen, denen sie begegneten.

Als sie sich dem Domplatz näherten, konnte er es noch deutlich riechen, so strahlend hatte er sein eigenes Parfüm noch nie gerochen, es musste am Schnee oder der Mondluft liegen, und dann sah er sie: Wie eine Jungfer stand seine Mutter ein wenig vom Domportal entfernt auf dem Domplatz. Ihre Schönheit strahlte weit über den Ort. Seelenruhig stand sie da, in ihrer engelsgleichen Robe, mit einem aus Efeu und Tannenzweigen gewirkten Kranz auf dem Kopf, den vier leuchtende Kerzen krönten, und verteilte blütenweiße Baumwolltücher.

Doch es waren nicht irgendwelche Taschentücher, die Lucia den staunenden Menschen überreichte, sie alle waren getränkt mit ein paar Tropfen von Giovannis »Eau de Cologne«. Der Duft umgab sie wie eine strahlende Aura, und wäre sie nicht auf einer Kiste gestanden, die Baptist extra dafür mitgebracht hatte, dann hätte Giovanni sie von Weitem auch gar nicht sehen können, denn Lucia war von einer Menschentraube umgeben, und jeder lechzte danach, ein Tüchlein mit einem Tröpfchen von Giovannis Parfüm zu ergattern und einen ehrfürchtigen Blick auf Lucia zu werfen.

Als Giovanni sich verwundert näherte, hörte er die Stimme seines Bruders fast marktschreierisch die brabbelnde Menge übertönen. »Wenn ich es nicht genau wüsste, würde ich nicht glauben, dass das meine Mutter ist. Dank des ›Eau de Cologne‹ meines Bruders strahlt sie so jung und schön wie eine Jungfer.«

Kaum hatte Baptist seine kleine Ansprache beendet, fing Giovannis Vater mit seiner an. »Wenn ich es nicht genau wüsste, würde ich nicht glauben, dass das meine Gattin ist, so strahlend schön und jung wie an dem Tag, als ich sie geehelicht habe, dank des ›Eau de Cologne‹ meines Sohnes.«

Und so ging es die ganze Zeit weiter. Immer mehr Menschen versammelten sich um Lucia, während die Ersten glückselig mit einem duftenden Tüchlein in der Hand zum Dom weitergingen. Vor allem die nicht mehr ganz jungen Damen rissen sich um einen Tropfen dieses Jungbrunnens, bis Lucia keine Tücher mehr hatte und von ihrem Podest hinabstieg. Doch im gleichen Moment drängelte sich plötzlich jemand durch die Menge und stieg auf das Podest. Giovanni hatte ihn längst gerochen und ahnte Böses: Es war Paolo Feminis, dem Giovanni noch immer nicht so recht traute.

Doch aus vollem Halse rief er jetzt mit dröhnender Stimme über den ganzen Domplatz: »Der wahre Duft von Köln, Giovanni Maria Farinas ›Eau de Cologne‹.«

Giovanni und seine Gäste erschraken zutiefst. Zunächst, weil sie Schlimmstes befürchtet hatten, und dann ob des plötzlichen Sinneswandels. Denn noch vor Kurzem hatte Feminis mit dem schäbigen nachgemachten »Eau de Cologny« und niedrigsten Preisen versucht, den Farinas das Geschäft zu zerstören.

Doch Paolo tat, als wäre nichts gewesen, blickte Lucia fast verliebt in die Augen und sagte nur: »Du siehst wunderschön aus, Lucia, genauso, wie ich dich als junges Mädchen kannte.« Dann nahm er seine Sophia und Töchterchen Corinne an die Hand und verschwand in Richtung Dom.

Giovanni, dem ohnehin die ganze Situation nicht klar war, sah verständnislos in die Runde. Über Lucias Erscheinung verlor keiner ein Wort. Nachdem sie den Kranz vom Kopf genommen und die Kerzen ausgepustet hatte, meinte sie nur vielsagend: »Dahinter kann nur Paola stecken.«

Die eigentliche Feier von Giovannis Geburtstag stand ganz im Schatten der leuchtenden Erscheinung am Kölner Dom, des Dufts, der die Menschen verzauberte und in jugendliche Frische getaucht hatte. Doch das machte Giovanni nichts aus, ganz im Gegenteil, er war euphorisiert wie schon lange nicht mehr. Es war ein denkwürdiger Tag, Freitag, der 13. Dezember 1715, der Tag der heiligen Lucia. Vor allem für einen schwedischen Gesandten, der an diesem Tag in Köln zu Gast war und den Dom besuchte, war Lucia mit den Kerzen auf dem Kopf wie eine Erleuchtung gewesen, und er würde die Geschichte vom 13. Dezember mit in seine schwedische Heimat nehmen. Doch für die Kölner war das »Eau de Cologne« von Giovanni Maria Farina der Duft, der Köln zum Leuchten brachte.

23. KAPITEL

Johann Wilhelm von der Pfalz (1658–1716) wurde vom Volk Jan Wellem genannt und war Herzog von Jülich und Berg, ab 1690 auch Pfalzgraf und Kurfürst von der Pfalz und Pfalz-Neuburg.

Genfer See, März 1716

Wie Zuckerhüte glänzten die Schweizer Bergspitzen in der ersten warmen Frühlingssonne des Jahres und spiegelten sich im Genfer See. Der grandiose Blick entschädigte Paola etwas für die doch sehr strapaziöse Reise durch die noch winterlichen Alpen. Fast drei Wochen hatte sie von Florenz hierher gebraucht, aber sie war sich sicher, dass sich die Strapazen gelohnt hatten und sie nicht zu spät kommen würde. Es war alles gut vorbereitet, schließlich war Martha da, und die hatte schon die ersten beiden Kinder von Antonia gut auf die Welt gebracht. Paola lehnte sich in der bequemen Karosse zurück und versuchte, sich den Rest des Weges zu entspannen, um einigermaßen ausgeruht anzukommen.

Als das monströse Schloss Chilllon näher kam, wurde Paola ein wenig mulmig zumute. Nie hatte sie sich vor etwas gefürchtet, doch jetzt, wo sie kurz davor war, bei Bernardos Schloss vorzufahren, überkam sie ein ungewohntes Unbehagen. Nach Chillon wäre es keine halbe Stunde mehr bis Schloss Gondo, hatte ihr Antonia geschrieben, und der Kutscher schien genau zu wissen, wohin er die Pferde zu navigieren hatte.

Noch nie war sie in Bernardos luxuriösem Schloss gewesen, für sie war Bernardo immer noch der kleine Bauernjunge, dem das Schicksal böse mitgespielt hatte, weshalb er selbst ein wenig unartig geworden war. Die Betonung lag auf »ein wenig«. Als Paola mitbekommen hatte, was für ein intrigantes Spiel ihr Schützling zu spielen begann, hatte sie den Kontakt abgebrochen, aber durch die familiären Verstrickungen war dies nie ganz gelungen. Jetzt versuchte sie, gutzumachen, was sie angerichtet hatte, weil sie einst geholfen hatte.

Wobei das nicht der einzige Grund war, weshalb sie, Jahre nachdem sie sich als Hebamme zur Ruhe gesetzt hatte, Antonia zur Seite stand. Antonia war einfach eine ganz besondere junge Frau, so tapfer, treu und fleißig, wie man es heute nur noch selten fand, dabei witzig, intelligent und schön, wie ohnehin nur selten Menschen waren.

Als sie die pompöse Auffahrt von Schloss Gondo herauffuhren, stand Cecilia bereits in der Tür und strahlte über beide Wangen. Trotz ihres Alters stieg Paola erstaunlich behände aus und wurde vom Kindermädchen, das nicht so viel jünger war als sie selbst und schon Antonia aufgezogen hatte, begrüßt. »Paola, wie schön, dass du da bist! Du kommst gerade zur rechten Zeit, Martha meint, es kann nicht mehr lange dauern.«

»Ich hoffe, das Kleine lässt mir noch ein wenig Zeit zum Verschnaufen! Grüße dich, liebe Cecilia.«

Kaum hatten sich die beiden älteren Damen herzlich begrüßt, kam auch schon Antonia um die Ecke gewatschelt und mischte sich ein. »Ich fühle mich eher, als würde eine ganze Orchesterbesetzung auf dich warten, liebe Paola, bitte sag mir, dass es nur eins ist!«

Paola lachte. »Bestimmt nur ein einziger Prachtkerl! Aber das wird dir Martha sicher schon gesagt haben, wir Hebammen sehen das doch«

So entspannt hatte Paola Antonia schon lange nicht mehr gesehen. Eitelkeit und Carpe Diem gehörten nicht zu Antonias Wesen, stattdessen sorgte sie sich immer um alles und jeden und war selbst zerrissen zwischen Liebe und Familie, stets in Angst vor neuen Intrigen von Bernardo. Doch jetzt ruhte sie in sich, die Schwangerschaft schien ihr gutzutun, ihre Sorgenfalte war verschwunden, und ihre Wangen waren rosig.

Doch Paola wusste nur zu gut, dass es noch etwas anderes war, was Antonia erleichterte und erheiterte: Ihr gemeinsamer Plan schien zu funktionieren. Herzlich umarmte Paola die tapfere junge Frau und begrüßte auch Cecilia. Neugierig beschnüffelte die inzwischen fast ausgewachsene, aber immer noch ziemlich kleine Alberich den Gast. Inzwischen hatten auch Anna und Anton mitbekommen, dass die liebe alte Tante Paola angekommen war, und kamen über den langen Flur angerannt, gefolgt von den Hunden.

Natürlich kamen die Kinder nicht nur wegen Paola, sie wussten ganz genau, dass Paola ein paar köstliche süße Florentiner Spezialitäten für sie im Gepäck haben würde. Ganz besonders liebten sie die Biscotti, die süßen Florentiner Biskuits mit viel Mandeln und feinem Zitrusaroma, aber auch die Dragees aus der Farmacia di Santa Maria Novella, die Paola dort selbst herstellte. Anna liebte vor allem die Zuckerperlen mit Rosen- und Lavendelaroma, während Anton auf Naschwerk mit Anis hoffte. Antonia wusste genau, weshalb ihre Kinder um Paola herumsprangen wie junge Hunde, die übrigens das Gleiche taten.

»Lasst Tante Paola doch erst einmal ankommen!«, mahnte Antonia ihre Kinder. Während die Kinder ihre Mutter mal wieder überhaupt nicht zu hören schienen, ergriff Cecilia die Initiative und scheuchte sie mit energischen Worten in Richtung Küche, wo sie Anweisungen für einen nachmittäglichen Tee geben sollten. »Husch, husch! Ihr wisst doch, was Tante Paola mag, und Anna, vielleicht magst du die Schmetterlinge holen, die du gemalt hast.« Erfolgreich trieb Cecilia die übermütigen Kinder an.

Der Duft von heißer Schokolade, gewürzt mit Vanille und Zimt, zog verführerisch durch die Gänge des Schlosses und war so stark, dass der zarte Duft von Melissentee fast völlig unterging. Antonia konnte ihn dennoch riechen, ihre Nase war immer noch außergewöhnlich gut, doch das würde bald wieder vorbei sein, was Antonia jetzt schon bedauerte. Zwar war es oft sehr unangenehm, wenn einem alle Flatulenzen der Welt in die Nase krochen, aber sie fühlte sich dadurch Giovanni so viel näher.

Aber sie würde hoffentlich ganz bald Giovanni tatsächlich sehr nahe sein, dachte Antonia, als sie den Salon betrat, der den wunderbaren Kakaoduft verströmte. Zu der kleinen Damengesellschaft hatten sich inzwischen auch die junge

Hebamme Martha und das neue, sehr junge und bildhübsche Kindermädchen Julia gesellt. Anton kam sich in der geballten weiblichen Übermacht etwas fehl am Platz vor und zog sich zurück, nachdem er seine Schokolade hinuntergestürzt hatte. Natürlich nicht, ohne sich seine Anis-Dragees und Biscotti zu schnappen. Ausnahmsweise freiwillig trollte er sich mit dem vierbeinigen Bernie als einzigem weiteren männlichen Wesen im Raum zu seinem Musikunterricht, der allerdings erst in einer Stunde beginnen sollte.

Nun war es wirklich eine reine Damenrunde, aber da nicht alles für Kinderohren bestimmt war und Anna partout keine Anstalten machte, schnitten die Erwachsenen zunächst nur unverfängliche Themen an. Paola war vor allem an Antonias Umzugsplänen interessiert. »Du hast mir gar nicht geschrieben, wo ihr in Aachen wohnen werdet.«

Antonia zog die Augenbrauen etwas hoch, wodurch Paola klar wurde, dass Anna auch davon noch nicht alle Details wissen sollte, bevor sie antwortete: »Anna Maria de' Medici hat mir ein wenig dabei geholfen: Wir werden in Schloss Rahe wohnen, die Merodes sind so selten da, dass sie froh sind, wenn das Schloss ein wenig belebt wird.«

Moses Kalman Rothschild hatte den Rubin deutlich besser veräußern können, als er selbst erhofft hatte. Da ein Häuserkauf für eine verheiratete Frau jedoch unmöglich ohne die Zustimmung des Ehemanns war, hätte sie nur über Mittelsmänner kaufen können. Was natürlich nicht ausgeschlossen war, ihre Eltern hätten sie dabei unterstützen können, doch der kluge Moses hatte ihr geraten, zu pachten und das meiste Geld anzulegen. Anna Maria de' Medici hatte die Verhandlungen über einen Flügel von Schloss Rahe erfolgreich eingefädelt und einen guten Preis für eine Pacht über zehn Jahre ausgehandelt. Die Kinder wussten nur, dass sie für einige Zeit im Schloss Rahe in Aachen residieren würden, damit sich Antonia nach der Geburt regenerieren kann.

Paola nickte, nahm eines von Annas Schmetterlingsbildern in die Hand und begutachtete es interessiert. »Du bist ja eine richtige Künstlerin, Anna!«

Stolz zeigte Anna Paola all ihre Bilder von Blumen und Schmetterlingen, die für ein Kind wirklich von außerordentlicher Qualität waren. Mit gespieltem Erstaunen fragte Paola: »Hast du etwa bei Maria Sibylla Merian Unterricht gehabt? Du malst ja schon fast so gut wie sie.«

Anna nickte eifrig. »Ja, und ich will auch einmal Künstlerin werden.«

Lächelnd mischte sich Antonia ein. »In Aachen wirst du sicher noch ein wenig Gelegenheit haben, die Kunst zu erlernen, Maria Sibylla Merian wird uns besuchen und auch zum Kuren wieder länger bleiben. Aber ohne Fleiß kein Preis, das gilt auch für die Kunst, oder was meinst du, Cecilia?«

Antonia hätte Cecilia gar nicht erwartungsvoll anschauen müssen, die treue Seele hatte auch so gleich verstanden, dass die Frauen einiges zu besprechen hatten, was Anna besser nicht hören sollte, und schaffte es auch spielend, Anna an den Zeichentisch zu locken.

Als die Schritte auf dem Flur verklungen waren, fragte Paola zunächst Martha nach der Lage des Kindes und ihren bisherigen Untersuchungen. Beruhigt nahm sie zur Kenntnis, dass sich das Kind so prächtig weiterentwickelt hatte, wie Antonia in ihrem letzten Brief geschrieben hatte. Inzwischen hatte es sich auch gedreht, wusste Martha zu berichten, und von einer ganzen Mannschaft könne keine Rede sein, sie hatte nur ein einziges Kind ertasten können.

»Martha, du willst mich nur beruhigen!«, warf Antonia ein.

Der Gedanke an Zwillinge oder Mehrlinge machte Antonia immer mehr zu schaffen, ihr Plan konnte nur mit einem Baby gelingen, das wusste auch Martha.

Paola wusste genau, warum Antonia sich so sorgte, und wechselte das Thema, indem sie Julia ansprach. »Und wie geht es dir, Julia? Konntest du Bernardo zu deinem Romeo machen, und ist das überhaupt auszuhalten?«

Julia prustete fast die Schokolade aus dem Mund, an der sie gerade genippt hatte, an Romeo hatte sie bei ihrer »Bernardo-Mission« nun wirklich nicht gedacht. Es war Paolas Idee gewesen, Julia als Kindermädchen in Antonias Haushalt einzuschleusen. Schon lange kümmerte sich Paola um die »gefallenen Mädchen«, die im Hurenhaus arbeiteten und meist nach einer Vergewaltigung keine andere Chance mehr im Leben gehabt hatten. Es war nicht nur Julias Schicksal, sondern vor allem ihre außergewöhnliche Schönheit, weshalb Paola sie für ihren Plan auserkoren hatte. Julia war eine der begehrtesten Huren in Florenz, mit ihren Verführungskünsten sollte sie Bernardo nach allen Regeln der Kunst um den Verstand bringen.

Sicherheitshalber hatte Paola ihr noch ein paar Elixiere mitgegeben, was aber gar nicht nötig gewesen wäre, Bernardo war ihr schneller verfallen, als alle eingeweihten Damen zu hoffen gewagt hatten. Julias besonders hartes Schicksal war, dass sie schon in sehr jungen Jahren an der Franzosenkrankheit litt, was man ihr allerdings noch nicht ansah. Dank eines Aqua mirabilis von Paola blieb die Krankheit bislang weitgehend beschwerdefrei. Von dem Elixier hatte Paola ihr auch wieder einige Phiolen mitgebracht.

Wenn der Plan aufging, würde Bernardo bald von dem Leiden befallen werden, und dieses Mal sollte er keine Hilfe von Paola erwarten können. Nachdem Julia einige Anekdoten erzählt hatte, wie Bernardo, der sonst alles unter Kontrolle hatte, liebestrunken ihr Avancen gemacht und Julia sich erst geziert, sich dann scheinbar von ihm hatte verzaubern lassen und jetzt die verliebte heimliche Geliebte spielte, und damit die Damenrunde sehr erheiterte, schlug Antonia Paola einen kleinen Spaziergang vor.

Paola ahnte schon, wohin der Spaziergang gehen sollte. Die kleine Alberich konnte überhaupt nicht verstehen, weshalb sie nicht mitdurfte, und jaulte furchtbar, als Antonia sie nach drinnen schob. Cecilia musste sie mit einem Wurstzipfel ablenken, damit sie sich nicht doch noch nach draußen drängelte.

Der riesige Bauch und das Wasser in den Gliedern waren Antonia selbst bei dem kleinen Spaziergang eine Last, und sie japste schon, als sie den riesigen Schlosspark durchquert hatten und das hintere Gartentor erreichten. Paola musste ebenfalls ein wenig verschnaufen, sie wurde alt und war das Laufen einfach nicht mehr gewohnt. Als sie Antonia das Tor weit aufhielt, fragte sie endlich, was ihr die ganze Zeit schon auf der Zunge brannte: »Hast du ihn danach noch einmal gesehen?«

Antonia schüttelte den Kopf. »Ich hatte Angst, dass er böse sein würde, weil ich den Rubin einfach genommen habe.«

Nachdenklich antwortete Paola: »Ja, das wird er gewiss sein. Du müsstest ihm ein Geschenk machen und dich entschuldigen, aber das hat Zeit. Zwerge haben ein sehr gutes Gedächtnis, aber lass uns erst mal schauen, ob es wirklich sein kann, dass hier einer wohnt, oder ob du dich nicht doch getäuscht hast.«

Als sie den Kamm erreicht hatten, der noch ein wenig mit Schneeresten bedeckt war, brauchte Antonia einen Moment, um die Felsspalte wiederzuentdecken. Dann zeigte sie sie Paola. »Siehst du den Felsen dort drüben? Direkt dahinter ist die Öffnung, wo der Zwerg hineinverschwunden ist.«

Paola musste genau hinschauen, um zu sehen, was Antonia meinte, dann nickte sie, marschierte los und rief Antonia laut und energisch zu: »Du wartest hier!«

Eigentlich hätte sich Paola denken können, dass Antonia genau das nicht tun würde. Ein paar Minuten hatte sie brav Paola hinterhergesehen, bevor sie entschlossen hinterherstapfte und dann fast rannte, um Paola einzuholen. Und dann passierte genau das, was Paola befürchtet hatte: Antonia rutschte auf der matschigen, halb gefrorenen Almwiese aus und konnte sich aufgrund ihrer ungleichen Gewichtsverteilung nicht wieder fangen, ruderte stattdessen hilflos mit den Armen, bevor sie mit voller Wucht auf dem Hintern landete.

Der feuchte Almwiesenboden war nicht sonderlich hart, aber der Stoß hatte gereicht. Antonia durchzuckte ein fürchterlicher Schmerz, und im selben Moment kam der Schwindel. Paola erstarrte und rannte, so schnell sie konnte, zurück zu Antonia, die halb ohnmächtig, gefangen im Schmerz, auf dem Wiesenboden kauerte. Paola zog ihren Mantel aus, wickelte ihn, so gut es ging, um Antonia und eilte schnellstmöglich zum Haus zurück, um Hilfe zu holen.

Von all dem bekam Antonia jedoch kaum etwas mit. Als sie wieder richtig zu sich kam, lag sie in ihrem Bett, und ein gellender Schrei riss sie aus der Traumwelt, in die sie Paola mit Laudanum geschickt hatte. Es war eine schwere Geburt gewesen, vor allem weil der Knabe eine ungewöhnlich statt- liche Größe erreicht hatte. Aber Antonia war sehr erleichtert gewesen, dass es bei einem geblieben war.

Fast so stolz, als wäre es ihr eigenes Baby, legte Martha das kleine Bündel Antonia in den Arm. Mit geschlossenen Augen schrie das Knäblein aus vollem Halse und rümpfte sein winzig kleines Näschen, bis es endlich die sprudelnde Milchquelle fand und zur Ruhe kam. Erschöpft saß Paola am anderen Ende des Zimmers und beobachtete die Szenerie.

»Fast wie bei Giovanni, damals kam Caterina auch gerade rechtzeitig und ließ mich holen.«

Antonia lächelte und dachte an die Geschichte, wie Giovanni auf die Welt kam, wie seine Mutter leichtsinnig allein spazieren gegangen war und Giovannis Großmutter Caterina sie gerade noch rechtzeitig gefunden hatte.

»Aber ich bin ja nicht allein spazieren gegangen.«

»Aber mir unvernünftigerweise hinterhergerannt!«

»Paola, *du* warst unvernünftig, du hättest allein nicht so nah rangehen dürfen, der Zwerg hätte auch gefährlich sein können!«

Nachsichtig wiegte Paola den Kopf, bevor sie antwortete: »Und dann hättest du mir helfen können, Kind? Ach, Antonia, Zwerge sind doch um diese Jahreszeit gar nicht in den Bergen, sie ziehen sich im Winter in den Süden zurück.«

Verwundert setzte sich Antonia jetzt im Bett auf. »Wirklich? Und warum wolltest du dann hingehen?«

»Ich erkenne die Zwergen-Bergwohnungen an der Gestalt der Öffnung und der direkten Umgebung, dafür musste ich näher rangehen. Soviel ich gesehen habe, besteht kein Zweifel daran, dass es eine solche Behausung ist. Bevor er zurück- kommt, musst du ihm ein Geschenk in den Eingang legen.«

Skeptisch sah Antonia zu Paola. »Und was soll man bitte schön einem Zwerg schenken?«

Triumphierend lächelte Paola Antonia an. »Ich habe dir doch erzählt, dass Zwerge außergewöhnlich gute Nasen haben und sogar Edelsteine in der Erde riechen können.« Paola setzte eine dramaturgische Pause und wartete, ob Antonia von selbst darauf kam, aber Antonia war noch viel zu erschöpft, um einen klaren Gedanken zu fassen. Genüsslich langsam fuhr Paola fort: »Nun, ich denke, du hast schon einmal etwas von einem ganz formidablen Parfüm gehört, es soll ›Eau de Cologne‹ heißen.«

Jetzt musste Antonia lachen. »Natürlich, warum bin ich nicht selbst darauf gekommen, das hätte ich gleich tun sollen. Ich hoffe, er wird mein spätes Geschenk noch annehmen und mir nicht gram sein.«

Gram würde er dann nicht mehr sein, versicherte ihr Paola und wechselte das Thema. »Der Junge kam so schnell, dass wir noch gar nicht über einen Namen gesprochen haben. Ich habe Bernardo auch nicht gefragt und will ihn auch nicht fragen. Hast du mitbekommen, dass er hier war? Julia lenkt ihn gerade ab, und ich habe ihr auch ein paar Dragees gegeben, die ihm süße Träume verschaffen werden. Du brauchst nicht zu befürchten, dass er heute noch einmal kommt.«

Antonia ließ sich beruhigt ein wenig tiefer in die Kissen sinken, der Kleine war inzwischen an ihrer Brust eingeschlafen, und erwiderte etwas kleinlaut: »Ich habe es einfach nicht mehr ausgehalten, Paola. Als ich dich habe kommen sehen, habe ich ein paar Tropfen von dem Elixier genommen, das du mir gegeben hast. Ich hatte keine Ahnung, dass es so schnell wirkt, aber der Sturz hat sicher auch dazu beigetragen, dass der Kleine sich auf den Weg gemacht hat. Und auf einen Namen haben wir uns zum Glück schon geeinigt: Ich hatte Jan, nach Jan Wellem, vorgeschlagen, und Bernardo hat überhaupt nicht bemerkt, dass ich ihn eigentlich nach Giovanni benannt habe.«

»Kluges Kind! Giovanni wird sich sicher auch bald Johann nennen. Nachdem sein Parfüm jetzt der Duft von Köln ist, muss er sich langsam an die deutsche Variante seines Namens gewöhnen. Dass er wie der Kurfürst das Kürzel ›Jan‹ benutzen wird, glaube ich eher nicht, aber du wirst sicher auch den Namen ›Johann‹ eintragen lassen. Wann kommt Giovanni eigentlich?«

»Wenn er zur Narzissenernte in die Heimat reist, wird er sich zuvor eine Woche in Montreux einquartieren. So hatten wir es abgesprochen, wenn bei mir alles gut läuft, und es sieht ja ganz danach aus.«

Sowohl Giovanni als auch Antonia hatten sich ein wenig vor dem Treffen in Montreux gefürchtet, davor, dass sie sich entfremdet hätten. Doch das Gegenteil war der Fall. Wie in Kindertagen tobten sie durch die Narzissenfelder, die am Genfer See etwas früher erblühten als im Piemont, und liebten sich danach wie lange nicht mehr zuvor. Dem Umzug nach Aachen stand nun nichts mehr im Wege.

EPILOG

MADAME BILLY

»Farina 1709 Eau de Cologne« ist die älteste Parfümmarke der Welt, Madame Billy wird in den Geschäftsbüchern der Firma Farina als erste Kundin einer größeren Bestellung im Jahr 1716 aufgeführt. Zuvor wurde Farinas »Eau de Cologne« nur im Laden oder über Giovanni Maria Farina bei seinen Reisen persönlich verkauft. Die Identität von Madame Billy wurde nie geklärt.

Düsseldorf, 3. August 1716

Es war ein trauriger Anlass, an dem sie sich alle wiedersahen. Anna Maria de' Medici konnte die Tränen nicht zurückhalten, und sie waren selbst hinter ihrem schwarzen Schleier zu sehen. Bis zuletzt hatte sie gehofft, dass ihr Mann wieder genesen würde, und die Quacksalber verflucht, die ihn ständig zur Ader ließen, mit Klistieren traktierten und mit Quecksilber vergifteten. Sosehr er sie geliebt hatte, so wenig hatte er auf ihren Rat gehört, was die Heilkunst betraf. Die moderne Medizin war eine schreckliche Tortur, der sie sich sicher nicht unterwerfen würde, aber ihr guter Mann war in dieser Hinsicht leider unbelehrbar gewesen.

Seit seinem Tod am 8. Juni waren inzwischen fast zwei Monate vergangen, in denen Anna Maria de' Medici einen prächtigen Sarkophag hatte anfertigen lassen und ein nicht minder prächtiges Mausoleum in Auftrag gegeben hatte. Ein bewegend großer Trauerzug war gefolgt, als der Leichnam feierlich von der Schlosskapelle in die Hofkirche überführt wurde, und eine riesige Menschentraube stand während des Trauergottesdienstes vor der Hofkirche, die längst nicht alle Trauernden hätte aufnehmen können.

Die Medici war froh, als der letzte Kondolierende ihr endlich die Hand gegeben hatte und sie zur Kutsche gehen konnte. Den Leichenschmaus würde sie auch noch überstehen. Paola saß bereits in der Kutsche, die erfüllt war von dem Duft von Giovannis »Eau de Cologne«, und reichte ihr ein paar stärkende Tropfen. »Eau de Cologne‹ hält dich jung und veredelt deine Aura, aber diese Tropfen helfen dir in schweren Stunden. ›Eau de Melisse‹ ist eine alte Rezeptur aus der Farmacia di Santa Maria Novella, ich habe Paolo die Rezeptur gegeben. Falls sie dir guttun, weißt du, wo du dieses ›Eau admirable‹ bekommst.«

Paola hatte Paolo Feminis wie ihren eigenen Sohn aufgezogen, und ihr Einfluss auf ihn war noch immer groß. Ihre Bedingung für die Rezeptur war, dass Paolo Bernardos »Eau de Cologny« nicht mehr anpries. Hilfreich war auch, dass Levallés Detektiv eine Verbindung von Paolo zu dem Händler herstellen konnte, der an Karneval erschlagen worden war. Der Detektiv hatte die gleiche Bedingung gestellt wie Paola, und irgendwie war Paolo sogar erleichtert gewesen.

Seit Giovannis denkwürdiger Geburtstagsfeier hatten sich die Farinas und die Feminis auch endgültig versöhnt. Der Duft von Köln war wie ein harmonischer Äther durch die Gassen der Stadt gekrochen. Wer sich das edle Parfüm nicht leisten konnte, begnügte sich mit ein paar Tropfen auf seinem Taschentuch. Und bei Paolo standen all diejenigen Schlange, die ein wenig Trost und Beruhigung brauchten. Die Kunde von seinem wundersamen Melissengeist von der Klosterfrau hatte sich wie ein Lauffeuer herumgesprochen.

Versöhnt und mit dem Leben zufrieden saßen sie jetzt, trotz tiefer Trauer um Jan Wellem, vereint im Festsaal von Schloss Benrath beim Leichenschmaus. Antonio Vivaldi stand vor einem riesigen Ölbild mit dem Konterfei des verstorbenen Kurfürsten und präsentierte mit seinem Streichorchester einen Auszug aus seinem »L'Estro Armonico« zu Ehren des Verstorbenen.

Auch die Prinzessin Liselotte von der Pfalz war zu Jan Wellems Abschied angereist, was fast einem Staatsbesuch von Frankreich glich, denn inzwischen hatte ihr Sohn die Regierungsgeschäfte von Frankreich übernommen und sie selbst die Erziehung des fünfjährigen Königs von Frankreich. Vor allem lamentierte sie über die Kurpfuscher und Quacksalber, die garantiert auch Jan Wellem ins Grab gebracht hätten und vor denen sie den kleinen König schützen musste, damit ihr eigener missratener Sohn nicht nach der Krone greifen konnte.

Der zweifelhafte Mediziner und Alchemist Konrad Dippel war inzwischen wieder nach Dänemark zurückgekehrt und wegen Verleumdung eines hohen Beamten zu lebenslanger Haft auf der Insel Bornholm verurteilt worden.

Levallé nutzte wie immer bei solchen Gelegenheiten die weitreichenden Kontakte, um neue Geschäfte einzufädeln, und die Brentanos berichteten erleichtert von dem ersten Sieg von Eugen von Savoyen gegen die Türken. Nur Antonia und Giovanni interessierten sich nicht für das Weltgeschehen, denn sie waren viel zu sehr mit sich selbst beschäftigt.

Der begabte junge Philosoph und Schriftsteller Voltaire konnte leider nicht anreisen, da ihn Liselottes Sohn kurzerhand in Gewahrsam genommen hatte, da er ihn angeblich beleidigt hatte. Wobei Voltaire nur in einem satirischen Vers das tatsächliche inzestuöse Verhältnis des Herzogs zu seiner Tochter aufgearbeitet hatte.

Antonia war inzwischen nach Aachen umgezogen und lebte dort unter ihrem Mädchennamen. Von Maria Sibylla Merian hatte sie erfahren, wie diese einst mit ihren Kindern aus ihrer Ehe geflüchtet war: indem sie ihren Mädchennamen wieder angenommen und sich als Witwe ausgegeben hatte. Auch nutzte sie seither ihren zweiten Vornamen als Rufnamen.

So residierte Antonia nun als Madame Billy in Aachen, denn auch Antonias zweiter Vorname war Sibylla, und sie ließ sich Madame Billy nennen, damit niemand eine Verbindung zur Gräfin Gondo herstellen konnte. Julia hatte Bernardo inzwischen so umgarnt, dass er froh war, Antonia los zu sein, vor allem da sie keine Ansprüche stellte. In den Kreisen, in denen er sich inzwischen bewegte, waren die Herren ohnehin alle mit ihren Mätressen unterwegs. Gemeinsam mit John Law und Liselottes Sohn, dem derzeitigen Regenten von Frankreich, Philippe II. von Orléans, hatte er die Bank von Frankreich gegründet.

Durch Antonia war die Kunde von dem juvenilisierenden

»Duft von Köln« bis nach Aachen vorgedrungen. Feierlich und stolz hatte sie ihre erste Bestellung als Madame Billy aufgegeben: zwölf Flaschen zu jeweils vier Livres, für die sie in Aachen gute Abnehmerinnen hatte.

Dass noch Jahrhunderte später ihr Name als die erste große Kundin von Giovanni Maria Farinas »Eau de Cologne« gefeiert werden würde, hatte sie natürlich nicht geahnt und erst recht nicht, dass Kaiserin Maria Theresa, König Ludwig XV., Friedrich der Große, Goethe, Mozart und viele andere Persönlichkeiten, die noch nicht einmal geboren waren, ihr folgen würden.

Und Giovanni?

Er war der glücklichste Mann der Welt. Sein Duft verzauberte nicht nur die Kölner, sondern auch jeden Besucher der Domstadt. Aber das Wichtigste war, dass er seine Antonia besuchen konnte, so oft er wollte, und wie der kleine Jan, der auf den Namen Johann getauft worden war, nannte er sich fortan auch Johann Maria Farina.

AUSZUG AUS DER KUNDENLISTE

since
1709

The Original Eau de Cologne was distinguished with prize medals or diplomas by the Juries of the Exhibitions of all nations in London 1851, Paris 1855, London 1862, Oporto 1865, Paris 1867, Wien 1873, Santiago 1875, Philadelphia 1876, Cape Town 1877, Sydney 1879 etc.

depuis
1709

EAU DE COLOGNE

London

Paris

The world´s oldest
fragrance company

Die heute älteste Parfum Marke der Welt

La plus ancienne
maison du parfum du monde

Berühmte Kunden · Famous customers · Clienti illustri · Clients célèbres

1716 Madame Billy · 1718 Barbiery à Bruxelles · 1721 Monsieur Estienne à Paris · 1734 König Friedrich Wilhelm I. von Preußen · 1736 Kurfürst Clemens August von Köln · 1737 Graf Ernst von Königseck · 1737 Landgraf von Hessen Kassel · 1738 Kaiser Karl VI. in Wien · 1739 Chevalier D´Orival · 1740 Kaiserin Maria Theresia · 1745 Louis XV, Roi de France · 1745 Graf Carl Ernst von Truxesse · 1745 König Friedrich der Große · 1745 Voltaire · 1746 Comte de Lautrece · 1748 Graf Anton von Hohenzollern · 1748 Herzögin von Bayern · 1758 Fernando VI, Rey de España· 1764 Marie Jeanne Comtesse du Barry · 1765 Prinzessin von Fürstenberg · 1765 Prinz von Thurn und Taxis · 1782 Wolfgang Amadeus Mozart · 1791 Stanislas II Poniatowski, Roi de Pologne et Grand-Duc de Lituanie · 1799 Prinzessin F. von Preussen · 1799 Erbprinzessin von Mecklenburg · 1799 Johann Wolfgang von Goethe · 1802 Herzögin von Kurland · 1802 Prinzessin von Oranien und Nassau · 1804 Napoléon Bonaparte · 1809 Marie Caroline Bonaparte, Reine de Naples · 1811 Impératrice Marie Louise · 1811 Kaiser Franz I. von Österreich · 1815 Zar Alexander I. · 1815 Alexander von Humboldt · 1815 Clemens Fürst Metternich · 1818 Dom João VI, Rei de Portugal· 1822 Dom Pedro I, Imperador do Brasil · 1824 Heinrich Heine · 1830 King William IV · 1834 Honoré de Balzac· 1837 Queen Victoria · 1841 König Friedrich Wilhelm IV. von Preußen · 1843 Zar Nicolaus I. · 1843 Fürst Paul Alexander zur Lippe · 1845 Herzog Heinrich von Anhalt · 1846 König Ernst August von Hannover · 1847 König Christian VIII. von Dänemark · 1848 Herzog Bernhard Erich von Sachsen Meiningen · 1850 König Friedrich August von Sachsen · 1850 König Friedrich VII. von Dänemark · 1855 Zar Alexander II. · 1855 König Johann von Sachsen · 1855 Großherzog Karl Alexander von Sachsen Weimar · 1855 Wilhelm Kronprinz von Preußen · 1861 König Wilhelm I. von Preußen · 1863 Albert Edward, Prince of Wales · 1865 Gustave Flaubert · 1866 Großherzog Ludwig III. von Hessen · 1866 Dom Luis, Rei de Portugal · 1868 Kronprinz Friedrich Wilhelm von Preußen · 1868 Empereur Napoléon III. · 1868 Impératrice Eugénie · 1868 König Karl I. von Würtemberg · 1868 Friedrich Großherzog von Baden · 1868 Benjamin Disraeli · 1870 Alexandra Princess of Wales · 1870 Friedrich Herzog von Sachsen Anhalt Dessau · 1872 König Ludwig II. von Bayern · 1872 Kaiser Franz Josef I. von Österreich · 1872 Kaiserin Elisabeth (Sisi) · 1873 König Leopold II. von Belgien · 1873 König Albert von Sachsen · 1874 Kronprinzessin Victoria von Preußen · 1874 König Oscar II. von Schweden · 1876 · Vittorio Emanuele II, Re d'Italia · 1877 Amedeo Duca d'Aosta · 1877 Principessa Margaretha di Svezia · 1877 König Christian IX. von Dänemark · 1877 Marc Twain · 1878 Umberto I. Re d'Italia· 1878 Margaretha, Regina d'Italia · 1879 Großherzog Ludwig IV. von Hessen · 1880 · Koning Willem III der Nederlanden · 1881 König Carol I. von Rumänien · 1882 Friedrich Franz II. Großherzog von Mecklenburg Schwerin · 1888 Kaiser Wilhelm II. · 1889 Franz von Lehnbach · 1889 Oscar Wilde · 1894 König Otto von Bayern · 1894 Prinzregent Luitpold · 1894 · Koningin Emma der Nederlanden · 1901 King Edward VII. · 1910 King Georg V. · 1921 Thomas Mann · 1925 Franz Lehár · 1925 Rosa Albach-Rettig · 1927 König Gustaf V. von Schweden · 1928 Konrad Adenauer · 1935 Marlene Dietrich · 1951 Kaiserin Soraja von Persien· 1959 Indira Gandhi · 1959 Romy Schneider · 1964 Francoise Sagan · 1970 Hildegard Knef · 1987 Princess Diana · 1999 Bill Clinton · 2000 Prinzessin Brigitte von Preußen · ·

Farina-Haus 1709

Farina-Haus 1849

Farina-Haus seit 1899

Nachwort

An erster Stelle möchte ich natürlich meiner Familie danken, die so viel Geduld mit mir hatte, wenn ich wieder mal wochenlang am Wochenende keine Zeit hatte oder die halbe Nacht am Computer verbracht habe. Vielen Dank aber auch an die Familie Farina, die mich mit vielen Informationen über ihren berühmten Vorfahren versorgt hat, und meinen Verlag, der mich so wunderbar unterstützt hat, damit ich erneut in die Geschichte des »Dufts von Köln« eintauchen konnte.

Was vor genau dreihundert Jahren in Europa geschah, ist so spannend wie ein Bestseller und lehrreich für die heutige Gesellschaft, Politik und Wirtschaft. Daher habe ich für den zweiten Teil meines Romans um Johann Maria Farina die wichtigsten Fakten und Figuren aufgegriffen und in die Geschichte verwoben, von der Flüchtlingskrise durch die Auswirkungen des Edikts von Fontainebleau bis zur Spekulationsblase der South Sea Company und dem windigen Finanzhai John Law, den sexuellen Eskapaden des Bruders von König Ludwig XIV. und dessen Sohn, der die Herrschaft über Frankreich als Vormund des minderjährigen Ludwig XV. übernahm. Judenverfolgung, Ausländerfeindlichkeit, Geheimgesellschaften und die mystische Interpretation der Grundsteinlegung meiner Geburtsstadt Karlsruhe haben mir spannende Ansatzpunkte für die Geschichte geliefert.

Selbst die Zwerge sind nicht meiner Phantasie entsprungen. Früher waren sogenannte Zwerge aufgrund ihrer besonderen Fähigkeiten ein wichtiger Bestandteil der Gesellschaft. Beispielsweise für die Glasbläser in Murano: Die kleinen Menschen hatten offenbar einen ganz besonders ausgeprägten Geruchssinn und konnten mineralische Vorkommen, die zur Färbung und Herstellung des streng gehüteten Glasgeheimnisses von Murano essenziell waren, riechen. Außerdem konnten sie aufgrund ihrer geringen Körpergröße besser Mineralien und Edelsteine aus engen Bergstollen abbauen.

Diese Minderheit wurde spätestens im Mittelalter brutal verfolgt, ausgebeutet und auf Jahrmärkten zur Schau gestellt. Heute gibt es in Deutschland etwa hunderttausend kleine Menschen, die so gut wie keine Unterstützung für ihre besonderen Bedürfnisse erhalten.

Für mich spannend war aber vor allem meine Recherche über den damaligen Umbruch in Medizin und Pharmazie. Medikamente und Parfüms waren damals noch in der traditionellen Medizin in den »Aquae mirabiles« oder »Eaux admirables« vereint. Unter diesem Begriff wurden alkoholische und wässrige Lösungen mit Duft- oder Heilstoffen zusammengefasst und durch einen Namenszusatz spezifiziert. So auch das »Eau de Cologne« von Johann Maria Farina.

Die damals »moderne« Medizin experimentierte hingegen mit Aderlassen, Quecksilber, Klistieren und anderen Methoden, die sich im Nachhinein als höchst gesundheitsgefährdend herausstellten. Wer weiß, wie in ein paar hundert Jahren über die heutigen Chemiekeulen berichtet wird, die derzeit in der westlichen Welt als einzige Medizin anerkannt sind und den Pharmaindustrien zu Milliardenumsätzen verhelfen. Gleichzeitig dürfen Parfümhersteller nicht einmal mehr umfassend auf natürliche Duft- und damit auch Wirkstoffe zurückgreifen, weil unter anderem die Europäische Union zahlreiche Naturstoffe als allergen eingestuft hat und damit ein Parfüm nicht zugelassen werden würde.

Die Familie Farina würde gern auch heute noch ihr »Eau de Cologne« nach der Originalrezeptur aus dem Jahr 1709 von Johann Maria Farina herstellen, muss aber aufgrund von gesetzlichen Bestimmungen einige natürliche Duftstoffe durch synthetische ersetzen.

Ohne diese Naturstoffe gäbe es überhaupt keine modernen Medikamente, weder Antibiotika noch Schmerzmittel noch sonstige Medizin. In den Forschungslabors werden Wirkstoffe identifiziert, isoliert, modifiziert und für die Massenproduktion chemisch oder in Biokatalysatoren synthetisiert. Beispielsweise gehen alle Antibiotika auf Pilze zurück, und das vorhandene Potenzial pilzlicher Wirkstoffe ist riesig und kaum untersucht, da es so gut wie keine Forschungsgelder dafür gibt. Gleiches gilt für die Schmerztherapie, beispielsweise geht Aspirin auf Salix, die Weide, zurück, der Wirkstoff Salicylsäure verrät noch die Herkunft. Die Liste könnte man endlos fortsetzen.

Naturstoffe lassen sich nicht patentieren und sind daher für die Industrie uninteressant. Staatlich gefördert werden heute auch fast nur noch Forschungen, die für die Industrie wirtschaftlich interessant sind.

Mein Roman ist deshalb ein gesellschaftskritischer Text, der sich auch auf das aktuelle Geschehen bezieht.

Aber vor allem soll die spannende Geschichte den Leser in seinen Bann ziehen.

Glossar

Aachen: Staatlich anerkannte Kurstadt in Nordrhein-Westfalen. Bereits die Römer schätzten die heilende Wirkung der thermalen Quellen in Aachen, später auch Karl der Große. Im Barock kamen zahlreiche bekannte Persönlichkeiten nach Aachen zum Kuren.

Ambra: Sozusagen »Walkotze«, eine graue, wachsartige Substanz aus dem Verdauungstrakt von Pottwalen, die beim Verzehr von Tintenfischen entsteht. Der scharfkantige Sepia-Knochen wird damit umhüllt und vom Pottwal ausgeworfen. Durch die lange Zeit im Meer fermentiert die Masse und entwickelt dann erst den typischen Geruch, der früher zur Parfümherstellung verwendet wurde und dem eine heilende, aber auch aphrodisische Wirkung zugeschrieben wurde. Aus Artenschutzgründen ist die Verwendung von echtem Ambra für die Parfümherstellung verboten, denn der Duft war so begehrt, dass Wale dafür abgeschlachtet wurden.

Anna Maria Luisa de' Medici: Sie gilt als die letzte (herrschende) Medici, in Florenz 1667 geboren und dort auch 1743 gestorben. Durch ihre Heirat mit Johann Wilhelm (s. Jan Wellem) von 1691 bis zu dessen Tod 1716 wurde sie Kurfürstin von der Pfalz. Beide waren Förderer der Künste und u. a. für den Ausbau des Jagdschlosses Bensberg verantwortlich. Aufgrund von Anna Marias Heimat förderte das Kurfürstenpaar vor allem italienische Künstler. Da sich die Namen der historischen Vorbilder oft doppeln und sehr viele Frauen damals Anna und Maria hießen, wird sie im Roman kurz »die Medici« genannt.

Aqua mirabilis: Bedeutet »Wunderwasser« und wurde früher für alle wässrigen und alkoholischen Auszüge benutzt, sowohl für innere als auch äußere Anwendungen, französisch Eau admirable, italienisch Acqua mirabile. Erst eine Zusatzbezeichnung klassifizierte die Wässer, entweder auf ihre Wirkung, Inhaltsstoffe, Ort der Erfindung oder ihren Hauptbestandteil. Erst Giovanni Maria Farina entwickelte seine Aquae mirabiles ausschließlich für die äußere Anwendung, und sein »Eau de Cologne« wurde damit das erste moderne Parfüm.

Aqua Tofana: Ein Gift, das Ende des 17. Jahrhunderts unter verschiedenen Namen und wahrscheinlich auch verschiedenen Rezepturen in Umlauf kam. Es soll auf die neapolitanische Gräfin Teofania di Adamo (auch Tufania, Tufana oder Tofana) zurückgehen, die dafür 1709 oder 1719 gehenkt wurde. Es heißt, dass das Gift als »heiliges Wasser« mit einem Bild des heiligen Nikolaus von Bari in Umlauf gebracht wurde. Liselotte von der Pfalz soll es scherzhaft »Thronfolgepulver« (obwohl es flüssig war) genannt haben. Bestandteile sollen Belladonna, Arsenik, Antimon und Bleioxid gewesen sein. Mehrere hundert Menschen – darunter sehr hochrangige Persönlichkeiten – sollen dem Gift zum Opfer gefallen sein.

Asphalt: Auch Bitumen oder Erdpech genannt. Bereits in der Antike wurde Asphalt aus Erdöl hergestellt, Bitumen als flüssige Form durch Destillation. In der Antike wurde das Erdpech hauptsächlich als Dichtmaterial genutzt, aber auch medizinisch, vor allem gegen Hautkrankheiten, zur Durchblutungsförderung und gegen Juckreiz. Heute weiß man allerdings, dass Bitumen auch krebserregend ist.

Ätherische Öle: Duftöle aus Pflanzen, keine fetten Öle, sondern leicht flüchtige, aromatische Moleküle unterschiedlicher Struktur. Sie werden durch Wasserdampfdestillation oder Extraktion gewonnen.

Bellejeck: Kölner Karneval ohne Bellejeck/Schellennarr war zu Giovanni Maria Farinas Zeiten undenkbar. Mit spitzer Zunge nahm er zur Freude seines Gefolges und der Kölner Bürger die Obrigkeit in der närrischen Zeit aufs Korn.

Benjamin Buchsbaum, Dr.: Bekannter jüdischer Arzt aus der Frankfurter Judengasse. Im 17. und 18. Jahrhundert nahmen in vielen Ländern die antisemitischen Sanktionen ab, und es wurden an vielen europäischen Universitäten auch jüdische Studenten zugelassen, so auch Benjamin Buchsbaum, der 1669 in Padua promovierte. Auch seine Kinder wurden Ärzte in Frankfurt (genaue Lebensdaten unbekannt).

Bergamotte: Citrus Bergamia, eine Citrushybride, die noch heute vor allem wegen ihrer Duftstoffe angebaut wird, hauptsächlich in Kalabrien. Stammt vermutlich aus Westindien und wurde um 1700 herum nach Europa eingeführt. In Italien fand Bergamotte schon früh Verwendung in der Naturheilkunde. Das Bergamotteöl, das aus der Schale der Bergamottefrüchte gewonnen wird, ist grundlegender Bestandteil der Parfümherstellung und gibt u.a. dem Kölnisch Wasser seinen typischen Duft. 1714 wird Bergamotte erstmals in den Geschäftsbüchern der Eau de Cologne und Parfümeriefabrik Johann Maria Farina in Köln erwähnt. Es hat einen frischen, fruchtigen, blumigen Duft und wurde früher auch in der Zahnmedizin, als Desinfektionsmittel bei Operationen und als Mittel gegen eiternde Wunden verwendet. Bekannt ist auch der Earl-Grey-Tee, der mit Bergamotteöl aromatisiert wird.

Brentano: Altes lombardisches Adelsgeschlecht, das bereits 1282 erstmals in Como erwähnt wurde. Zwei Linien der Brentanos ließen sich im Laufe des 17. Jahrhunderts in Frankfurt am Main nieder, das damals ein Zentrum des Fernhandels zwischen Italien und Deutschland war. Die Brentanos handelten vor allem mit Weinen, Gewürzen und Zitrusfrüchten. 1695 kam Antonio Brentano aus der Linie Toccia nach Frankfurt und gründete im Nürnberger Hof ein Handelshaus, das bis 1848 bestand.

Bruderschaft der Schlange: Gilt als ältester Geheimbund der Welt und soll auf die Sumerer zurückgehen, auch Karl der Große soll der Bruderschaft angehört haben bzw. Großmeister gewesen sein.

Craveggia: Eine kleine Gemeinde in der italienischen Provinz Verbano-Cusio-Ossola, Region Piemont. Sie ist bekannt für ihr Heilwasser. Craveggia liegt im Valle Vigezzo, unweit von Santa Maria Maggiore, Giovanni Maria Farinas Heimat.

Edikt von Fontainebleau (1685): Darin widerrief Louis XIV. die von seinen Vorgängern eingeräumte Religionsfreiheit und löste eine Flüchtlingswelle unter den Protestanten aus. Anfang des 18. Jahrhunderts verstärkte Louis XIV. noch einmal den Druck auf Andersgläubige und schritt in dem protestantisch geprägten Süden militärisch ein (Krieg in den Cevennen 1702–1710).

Edmond Halley (1656–1742): Berühmter englischer Astronom, dem es als Einzigem und Erstem gelang, die totale Sonnenfinsternis am 3. Mai 1715 vorherzusagen. Seine Hauptforschungsgebiete waren der Erdmagnetismus und der südliche Himmel. Bekannt wurde er aber vor allem durch seine Entdeckung eines periodisch wiederkehrenden Kometen, der später nach ihm benannt wurde: der Halleysche Komet, der etwa alle 76 Jahre wiederkehrt.

Eirini d'Eirinis († 1730): D'Eirinis war ein griechischer Arzt und kam vermutlich um 1700 in die Schweiz. Dort machte er sich aber nicht als Mediziner einen Namen, sondern als Mineninspektor, 1712 entdeckte er ein großes Asphaltvorkommen in La Presta im Jura. Zunächst interessierte er sich auch nur für die medizinisch-therapeutische Bedeutung von Asphalt, das bereits in der Antike eine große Rolle gespielt hatte, im Mittelalter aber an Bedeutung verlor. Die Romanfigur des Dr. d'Emiris ist an den historischen d'Eirinis angelehnt.

»Eiszeit« 1708/1709: Ein unglaublich kalter Winter, bei dem viele Menschen ums Leben kamen, Ernten ausgefallen sind und monatelang dicke Eis- und Schneeschichten die gemäßigten Breiten überzogen haben. Als Ursache werden die dramatische Vernichtung der indigenen Bevölkerung in den amerikanischen Kolonien und die damit verbundene natürliche Wiederbewaldung Amerikas gesehen. Wissenschaftlich unumstritten ist, dass Wiederbewaldung Kohlendioxid kompensiert und dadurch das Klima abkühlt. Was auch bedeutet, dass die Klimaerwärmung vermieden werden könnte, wenn darin ein tatsächlicher weltweiter Konsens bestehen würde, vorrangig vor sonstigen wirtschaftlichen Interessen.

Elektrisierapparat nach Francis Hauksbee (1666–1713): Ein elektronischer Generator, der durch Handkurbeln angetrieben wird und eine schwache elektrische Strömung erzeugt. Die Apparatur von Hauksbee war ein Prototyp, der vielfach von anderen Wissenschaftlern modifiziert wurde. Später wurden diese Apparate therapeutisch eingesetzt, »um die Säfte zu beschleunigen«.

Extraktion: Verfahren zur Trennung von Stoffen, in der Parfümindustrie zum Herauslösen von Duftstoffen, vor allem durch Lösungsmittel wie Hexan oder Benzol, früher möglichst reiner Alkohol.

Franciscus Blondelius oder François Blondel (1613–1703): Ein im 17. Jahrhundert berühmter Kurarzt, der sich vor allem auf Heilwässer und Trinkkuren spezialisiert hatte. Seine Schriften wurden in mehrere Sprachen übersetzt und seine Therapien in Aachen fortgesetzt.

Friede von Utrecht (April 1713): Mit der Unterzeichnung des Friedensvertrags von Utrecht wurde das Ende des Spanischen Erbfolgekrieges (1701–1714) eingeleitet. Die Vertragsunterzeichnungen wurden in mehreren Schritten vollzogen, und erst mit den Verträgen in Baden und Rastatt (1714) kehrte wirklich Frieden ein.

Giambattista Basile (1575–1632): Gilt als Europas erster großer Märchenerzähler. Seine Werke enthalten viele berühmte Märchen, die später auch bei den Gebrüdern Grimm auftreten.

Giftmorde: Sowohl Ende des 17. als auch Anfang des 18. Jahrhunderts versetzte eine Welle von Giftmorden vor allem den Hochadel von Europa in Angst und Schrecken. Liselotte von der Pfalz sprach und schrieb über diese Gifte scherzhaft als »Erbschafts-« oder »Thronfolgepulver«. Tatsächlich erschütterten in dieser Zeit vor allem Erbschaftskriege den Frieden Europas, und sehr viele Anwärter auf eine Krone starben »unerklärlicherweise«. Die berühmtesten Giftmischerinnen dieser Zeit waren Marie-Madeleine Brinkvillier (1630–1676) und Catherine Monvoisin, genannt La Voisin (1640–1680), deren Kundennetz bis weit in den französischen Hochadel ging und die für Hunderte von Morden verantwortlich gewesen sein sollen. Ihre Elixiere waren aber keinesfalls nur tödlich, sie hatten auch einige aphrodisische Rezepturen in ihrem Sortiment und auch dafür Kunden aus allerhöchsten Kreisen. Die Verflechtungen waren so pikant, dass Ludwig XIV. die Untersuchungen einstellen ließ. Wenig später versetzte die italienische Gräfin Tufania, Tufana, Teofania oder Tofana (die Quellen sind uneinheitlich) die adlige Welt oder besser die Männerwelt in Angst und Schrecken. Sie soll Mitte des 17. Jahrhunderts in Neapel geboren und ebenda 1709 oder 1719 hingerichtet worden sein, einige Quellen behaupten, sie wäre in einem Kloster untergekommen. Sie soll ihr Gift vor allem für Frauen, die unter ihren Männern litten, gemischt haben und verschickte es als »harmloses« Nikolaus-Wasser. Aber auch nach ihrem Tod hörte das heimliche Morden nicht ganz auf, und selbst Mozart zitterte noch vor dem Aqua Tofana.

Giovanni Francesco Straparola (um 1480–um 1558): Italienischer Märchensammler, wahrscheinlich der erste in Europa, der seine Märchensammlungen auch in Büchern verfasste.

Gold von Gondo: Bereits zur Römerzeit wurde in der Region Gondo, unweit des Simplonpasses, Gold geschürft. Unter Kaspar Jodok von Stockalper erreichte die Goldsuche in Gondo eine Hochzeit, die erst Ende des 20. Jahrhunderts ganz verging. Noch heute können die Minen und Relikte des Goldrauschs am Simplon besucht werden.

Goldminen von Kaspar Stockalper: Kaspar Jodok von Stockalper (1609–1691) betrieb im Wallis zahlreiche Eisen-,

Blei-, Kupfer- und Goldminen, unter anderem die Goldminen in Gondo, die schon seit der Römerzeit bekannt waren. Der Reichtum des Schweizer Großunternehmers, dessen Export- und Importgeschäft vor allem über den Simplon führte, war legendär. Im ersten Farina-Roman übernimmt Bernardo die Goldminen einige Jahre nach Stockalpers Tod, nachdem die Nachfolger wenig erfolgreich waren. Sie sind die Grundpfeiler von Bernardos Reichtum.

Grasse: Südfranzösische Gerberstadt. Erst im Barock wurde Grasse zur Parfümmetropole. Grasse stank durch die Gerberei fürchterlich, genau wie das Leder damals. Die Idee, Leder zu beduften, kam aus Italien und wurde in Grasse perfektioniert, erst später wurde die Duftherstellung viel bedeutender als das Leder.

Hand des Buddha: Eine Zitrusfrucht, die an Sträuchern wächst und die aufgrund ihrer abgespreizten Fruchtsegmente an die Form einer Hand erinnert.

Hesperiden: Nymphen der griechischen Mythologie. Die Hesperiden hüteten in einem wunderschönen Garten einen Baum mit goldenen Äpfeln, den Gaia der Hera zu ihrer Hochzeit mit Zeus wachsen ließ. Die Äpfel verliehen den Göttern ewige Jugend. Carl von Linné benannte die Gattung der Zitrusfrüchte aufgrund ihrer Farbe als Hesperiden. Daher werden in der Parfümerie Zitrusdüfte häufig ebenfalls als Hesperiden bezeichnet.

Hesperidengärten: Parkanlagen im Stadtteil St. Johannis von Nürnberg, in denen vor allem Zitrusfrüchte kultiviert wurden, die genau wie in Versailles im Sommer im Garten ausgestellt wurden und in einer Orangerie überwinterten. Ihren Namen verdanken sie der griechischen Mythologie.

Hugenotten: Reformierte, calvinistische Glaubensgemeinschaft aus Frankreich, die aus ihrer Heimat vertrieben wurden. Vor allem durch das Edikt von Fontainebleau 1685, dem Geburtsjahr von Giovanni Maria Farina, wurden Hunderttausende zur Flucht getrieben. Die Bezeichnung geht wahrscheinlich auf den alemannischen Begriff für Eidgenosse zurück.

Isola Bella: Deutsch: Schöne Insel. Sie liegt im Lago Maggiore unweit von Stresa am Südufer des Sees und gehört zu den Borromäischen Inseln. An den »Palazzo Borromeo« auf der Isola Bella schließt sich im Süden die noch heute berühmte barocke Gartenanlage an. Die Insel gehörte, wie fast die gesamte Region, bis hinauf in die Berge, der Familie Borromeo. Carlo III. Borromeo begann 1632 den prunkvollen Barockbau für seine Frau, Gräfin Isabella, nach ihr wurde die Insel zunächst Isola Isabella getauft.

Jan Wellem: Johann Wilhelm von der Pfalz, in Düsseldorf 1658 geboren und dort auch 1716 gestorben. Aufgrund des Erbfolgekrieges residierten er und seine Frau Anna Maria de' Medici nicht in Heidelberg, sondern im Düsseldorfer Schloss. Er war Großmeister des Hubertusorden sowie Ritter des Ordens vom Goldenen Vlies und hatte insgesamt ein großes Interesse an Alchemie. In erster Ehe war Jan Wellem mit der Erzherzogin Maria Anna Josepha, Tochter des deutsch-römischen Kaisers Ferdinand III., verheiratet, und damit wären seine Kinder weit oben in der Erbfolge gewesen, beide starben jedoch kurz nach der Geburt. Maria Anna Josepha starb 1689 mit nur 35 Jahren.

Karlsruhe: Grundsteinlegung der süddeutschen Stadt war der 17. Juni 1715, ein Pentagramm soll die Stadt umgeben, und es ranken sich zahlreiche esoterische Mythen um die Bedeutung der Stadtstruktur. Das zu Karlsruhe gehörende Knielingen trägt ein Pentagramm im Wappen, der Stadtgründer Karl III. Wilhelm von Baden-Durlach (1679–1738) liegt unter einer Pyramide begraben.

Laudanum: Laudanum ist eine Droge, die aus in Alkohol gelöstem Opium und Gewürzen besteht. Im Grunde auch ein Aqua mirabilis. Laudanum war bis zum Verbot von Opiaten Anfang des 20. Jahrhunderts ein weitverbreitetes Allheilmittel, das auch Johann Wolfgang von Goethe sehr schätzte. Später nannte man Laudanum auch Opiumtinktur.

Der Arzt und Naturforscher Theophrastus Bombastus von Hohenheim (1493–1541), besser bekannt als Paracelsus, hat die Rezeptur erfunden und glaubte, ein Allheilmittel kreiert zu haben. Er nannte seine Tinktur daher auch »Stein der Unsterblichkeit«. Seine Hauptbestandteile waren zu etwa neunzig Prozent Wein und zu etwa zehn Prozent Opium, darüber hinaus enthielt Laudanum Kräuter und Gewürze. Paracelsus war ein Alchemist, und sein Ausspruch »Nichts ist, was Gift ist, allein die Dosis macht, dass ein Ding kein Gift ist« ist heute noch von Bedeutung.

Leibärzte von Ludwig XIV.: Die unzähligen medizinischen Behandlungen des Sonnenkönigs durch seine Leibärzte füllen ganze Bände und lassen einen erschaudern. Vor allem die Zahnoperationen bzw. das völlige Entfernen der Zähne Seiner Majestät inklusive eines herbeigeführten Kieferbruchs wurden häufig zitiert und diskutiert. Vor allem Ludwigs Leibarzt Dr. Antoine d'Aquin oder Daquin (1629–1696) kommt schlecht dabei weg und soll für den Kieferpfusch verantwortlich gewesen sein. Unter Daquins Behandlung soll der Sonnenkönig vor allem Abführmittel bekommen haben, und zwar fast täglich, hinzu kamen jährlich über 200 Einläufe und fast 50 Aderlässe – eine wahre Tortur. Tatsächlich fiel Daquin dann auch in Ungnade und musste 1693 den Hof verlassen. 1715 war Daquin längst gestorben, aber ich habe mir an dieser Stelle eine kleine Ungenauigkeit erlaubt, was die Daten betrifft, da ich diesen Arzt zu spannend fand, um ihn auszulassen. Es war aber stets eine ganze Gruppe von Leibärzten für den König verantwortlich.

Liselotte von der Pfalz: Elisabeth Charlotte, Prinzessin von der Pfalz, genannt Liselotte von der Pfalz (1652–1722), war die Tochter des Kurfürsten von der Pfalz und Schwägerin des französischen Königs Ludwig XIV. Berühmt ist sie für ihre spitze Zunge und ihre zahlreichen Briefe, die sie an Freunde und Verwandte schickte. Ein Teil der Briefe wurde als Buch (»Briefe der Liselotte«, Insel-Verlag 1924) veröffentlicht.

Ludwig XIV.: Der berühmte Sonnenkönig, unter ihm entstand Versailles, der Inbegriff der barocken Architektur. Ludwig XIV. wurde 1638 in Saint-Germain-en-Laye geboren und starb 1715 in Versailles. Seit 1643 bis zu seinem Tod war er König von Frankreich und Navarra, mit seiner 72-jährigen Regierungszeit war er das am längsten regierende Staatsoberhaupt in der europäischen Geschichte und der klassische Vertreter des Absolutismus. Wegen seiner verschwenderischen Hofhaltung und seiner intensiven Kriegsführung führte er sein Land in eine tiefe Finanzkrise.

Ludwig XV.: Urenkel und Nachfolger des Sonnenkönigs. Nach dem Tod von Ludwig XIV. im August 1715 bestieg sein nur fünfjähriger Urenkel Ludwig XV. den Thron, nachdem alle anderen Erben verstorben waren. Die Regierungsgeschäfte übernahm zunächst der Neffe von Ludwig XIV., der Sohn der deutschen Prinzessin Liselotte von der Pfalz, Herzog Philippe II. von Orléans (1674–1723).

Magdalena Wilhelmine von Württemberg (1677–1742): Die Frau des Markgrafen Karl III. Wilhelm von Baden-Durlach, dem Gründer der Stadt Karlsruhe. Die Heirat war, wie damals die meisten Ehen des Hochadels, eine strategische und keinesfalls aus Liebe geschlossen. Magdalena von Württemberg zog nicht mit in die neue Residenz in Karlsruhe, sondern blieb in der teilweise zerstörten Karlsburg in Durlach. Überliefert sind ihre Beschwerden über die zahlreichen Liebesdienerinnen, die im sogenannten Bleiturm im Schloss Karlsruhe untergebracht waren.

Maria de' Medici (1575–1642): Tochter des Großherzogs von Toscana, zweite Frau des französischen Königs Heinrich IV., Mutter Ludwigs XIII. Für den noch Unmündigen übernahm sie nach Heinrichs Ermordung die Regentschaft. Ihre Vormachtstellung wollte sie allerdings auch nach Ludwigs Thronbesteigung nicht aufgeben, weswegen sie 1617 nach Blois verbannt wurde. Auf Vermittlung Richelieus konnte sie an den französischen Hof zurückkehren, zerstritt sich jedoch abermals mit Ludwig und auch Richelieu und floh

1631 nach Brüssel und schließlich zu Peter Paul Rubens nach Köln, wo sie auch, geächtet und enteignet, starb.

Maria Sibylla Merian (1647–1717): Künstlerin und Naturforscherin, berühmt vor allem für ihre detaillierten Beobachtungen und Zeichnungen der Metamorphose der Schmetterlinge.

Mazeration: Extraktionsverfahren für Düfte und Heilmittel aus verschiedenen Pflanzenteilen mit Hilfe von Lösungsmitteln, damals Alkohol oder Öle, heute auch chemische Lösungsmittel. Es gibt Kalt- und Warmmazerationen, die Duft- und Wirkstoffe werden den Pflanzen dabei sehr schonend entzogen, sind dann aber in Öl oder Alkohol gelöst.

Melisse: Botanisch »Melissa« in verschiedenen Arten, Lippenblütler aus dem mediterranen Raum, wird als Heil-, Gewürz- und Teepflanze verwendet, aber auch in der Parfümindustrie wie viele andere Gewürzkräuter auch. Beim Zerreiben riechen die Blätter zitronig, weswegen sich auch der Name »Zitronenmelisse« eingebürgert hat.

Mississippi-Spekulation: Nach den Erbfolgekriegen waren die europäischen Staatskassen leer, und mächtige Schulden drückten insbesondere den französischen Staat, was sich nach dem Tod von Ludwig XIV. in vollem Ausmaß offenbarte. John Law nutzte diese Situation nicht nur für die Gründung einer Bank mit Hilfe seines Freundes, des neuen Regenten von Frankreich, Philippe II. von Orléans, sondern auch zur Gründung der Mississippi-Kompanie. Damit sollten Aktien an französischen Kolonien in Amerika (Region Mississippi/ Louisiana) ausgegeben und gehandelt werden. Law schaffte es durch fabulierte Gewinnaussichten und hochrangige Freundschaften, einen regelrechten Run auf die Aktien auszulösen, bis schließlich klar wurde, dass diese gigantischen Gewinne aus vermeintlichen Silber- und sonstigen Bodenschätzen niemals zu erlösen waren, und die ganze Blase platzte.

Mouche: Bedeutet Fliege und ist die Bezeichnung für die im 17. und 18. Jahrhundert sehr gebräuchlichen Schönheitspflaster. Sie wurden zumeist aus schwarzem, gummiertem Taft hergestellt. Ursprünglich wohl dazu gedacht, Pockennarben insbesondere im Gesicht zu verdecken, kontrastierten sie gut zur damals modernen Blässe der Haut. Es entwickelte sich eine eigene Symbolik, je nachdem, in welchem Teil des Gesichts oder des Dekolletés die Mouche getragen wurde.

Neroli: Auch Neroliöl, ein aus der Blüte der Pomeranze Citrus aurantium, seltener aus der Orange Citrus sinensis gewonnenes Destillat – ein ätherisches Öl. Traditionell Sizilien zugeschrieben (Neroli soll seinen Namen der Legende nach von der sizilianischen Prinzessin Nerola erhalten haben, die diesen Duft überaus liebte), wird es heute vorwiegend in den Ländern des Maghreb, also Tunesien, Marokko und Algerien, aber auch in Spanien und in der Karibik angebaut. Wertvoller natürlicher Bestandteil in Parfüms, Neroli ist im Duftprofil zart-blumig, frisch, süß, strahlend, lieblich und wird für die Herznote eingesetzt.

Panazee: Ein Universalheilmittel, das es nie wirklich gab und das unter den Alchemisten so begehrt war wie der »Stein der Weisen«.

Paolo Feminis: Geboren 1666 in Crana (unweit Santa Maria Maggiore), gestorben 1736 in Köln, laut Angaben des Gemeindezentrums Santa Maria Maggiore. Um Paolo Feminis und das Verhältnis zur Familie Farina ranken sich viele Geschichten. Wahrscheinlich kam er 1695 nach Köln, übernahm dort einen Laden von einer entfernten Verwandten und handelte unter anderem mit Aqua mirabilis, Wunderwasser, gegen allerlei Beschwerden. In einigen Quellen wird er als Erfinder des »Eau de Cologne« bezeichnet, wofür es aber keinerlei Dokumente gibt, bis auf einen dubiosen Vertrag von 1736, als die Farinas schon längst mit »Eau de Cologne« handelten und Feminis starb. Seine Mutter Paola ist erfunden, ihr richtiger Name ist laut Familienstammbaum

Domenica Rassigia, und sie starb 1666, wahrscheinlich im Kindbett.

Paracelsus: Rufname des Arztes, Astrologen, Mystikers und Alchemisten Philippus Theophrastus Aureolus Bombastus von Hohenheim, geboren 1493, gestorben um 1543 in Salzburg. Er galt als Revolutionär der Medizin und Pionier der ganzheitlichen Medizin. Samuel von Hahnemann, der Erfinder der Homöopathie, studierte Paracelsus intensiv und übernahm einige seiner Erkenntnisse. Zu seinen medizinischen »Erfindungen« gehört aber auch die Droge Laudanum, der er selbst den Namen gab und die auf Opium und Alkohol basiert. Er selbst galt als bekennender Konsument der Droge.

Paullinis »Heilsame Dreck-Apotheke«: Das »medizinische Werk« von Christian Franz Paullini (1643–1712) erschien 1696 und beschäftigt sich hauptsächlich mit Fäkalien als Medizin.

Pentagramm: Fünfeck, fünfzackiger Stern und magisches Zeichen, auch Drudenfuß genannt, war von der Antike bis zur Neuzeit ein Schutzsymbol, erst später wurde es teilweise satanisch umgedeutet.

Pfälzischer Erbfolgekrieg (1688–1697): Vordergründig ging es bei diesem von Ludwig XIV. provozierten Krieg um das Erbe der Pfalzgrafschaft nach dem Tod des Pfalzgrafen Karls II. (1685). Der Pfalzgraf hatte keine direkten Nachkommen. Im Namen seiner Schwägerin, Liselotte von der Pfalz, der Schwester des verstorbenen Pfalzgrafen, erhob Ludwig XIV. Anspruch auf die Pfalz, trotz expliziten Verzichts im Ehevertrag von Liselotte von der Pfalz und entgegen dem Willen seiner Schwägerin. Es ging Ludwig XIV. aber vor allem um die Wiener Allianz, gegen die er sich zur Wehr setzen wollte, und um eine Anerkennung seiner Unionspolitik durch den Papst. Daher verschärfte er gleichzeitig die Religionsfreiheit, annullierte das Edikt von Nantes, führte das Edikt von Fontainebleau ein, das die Hugenottenvertreibung auslöste.

Pomeranzen: Zitrusfrüchte. Die Pomeranze wurde vermutlich in China durch eine Kreuzung von Pampelmuse und Mandarine gezüchtet. Ihre Früchte sind kleiner und bitterer als die der gewöhnlichen Orange, und ihre Schale ist dicker. Die Parfümerie nutzt verschiedene Teile der Pflanze: Aus den Blüten werden das Neroliöl und Hydrolat gewonnen. Blätter, Zweige und unreife Früchte werden für das Petitgrainöl gemeinsam destilliert.

Protestantenverfolgung Köln 1714: Nach dem Ende des Spanischen Erbfolgekrieges kehrte der Kurfürst Joseph Clemens von Köln aus dem französischen Exil zurück und verschärfte, ganz im Sinne der französischen Krone, die Rechte der Protestanten. Durch eine Beisassenordnung wurde ihnen die gewerbliche Niederlassung untersagt. Als Folge erließ Kurfürst Johann Wilhelm von der Pfalz (Jan Wellem) ein Dekret, das ihnen die Niederlassung in Mülheim erlaubte.

Simplonpass: Passlandschaft im östlichen Wallis. Napoleon I. ließ die Simplon-Straße bauen, um das obere Rhone- mit dem Toce-Tal zu verbinden. Sie führt von Brig auf die Passhöhe (2.005 Meter ü. d. M.), von dort über das Dorf Simplon durch die Schlucht von Gondo und das Diveria-Tal nach Domodossola.

Spanischer Erbfolgekrieg: Dauerte von 1701 bis 1713/14 und ging im Wesentlichen um das Erbe des Spanischen Throns und die damit verbundenen Allianzen. Die führende Rolle spielten dabei Ludwig XIV. und Kaiser Leopold I. Ausgetragen wurde der Krieg vor allem in Oberitalien, den spanischen Niederlanden, Süddeutschland und Spanien. Der Utrechter Frieden im April 1713 brachte noch nicht den endgültigen Frieden, der erst 1714 geschlossen wurde.

Spanische Silberflotte: Während der spanischen Kolonialzeit wurden zahlreiche Schätze aus der Neuen Welt in die alte Heimat gebracht, viele Schiffe wurden von vor allem englischen Piraten und Kaperern (mit offiziellem Kaperbrief der englischen Krone ausgestattet) überfallen. In Kriegszeiten war die Gefahr auf hoher See besonders groß. Daher geriet auch durch den Spanischen Erbfolgekrieg der gesamte See-handel, aber vor allem der Transport von Schätzen aus der Neuen Welt ins Stocken. Nach Kriegsende wollte die spanische Krone daher sofort große Mengen Gold und Silber in die spanische Heimat verschiffen lassen. Noch während der Friedensverhandlungen verließen acht Schiffe die spanische Heimat, um in die Neue Welt zu segeln und die Schätze an Bord zu nehmen. Doch bereits auf dem Hinweg verlor die Flotte vier Schiffe im Sturm, die Rückreise verzögerte sich mehrmals, sodass die Flotte erst zur Hurrikansaison im Juli 1715 in See stach. Nur wenige Tage nach dem Auslaufen in Kuba gerieten die schwer mit Silber beladenen Schiffe jedoch in einen Hurrikan und gingen alle unter.

Thomas Steinhaus, Professor der Medizin: Bis Ende des 17. Jahrhunderts wurden in Köln keine öffentlichen Sektionen durchgeführt, auf Initiative des in Padua promovierten Professors Thomas Steinhaus wurde eine eigene Sektion für die Anatomie an der Universität in Köln eingeführt und das »Theatrum Anatomicum« gebaut.

Toce: Wildwasserfluss, der in der Schweiz entspringt und in den Lago Maggiore mündet. Unweit des Simplonpasses stürzt er 145 Meter in die Tiefe. Er ist einer der schönsten und imposantesten Wasserfälle Europas.

Weihrauch: Pflanzenharz von großer kultischer Bedeutung, das aus dem Weihrauchbaum (Boswelli) gewonnen wird. Bereits in der Antike wurde das Harz gewonnen und zu kultischen Zwecken verbrannt. In der katholischen Kirche ist das Räuchern von Weihrauch auch heute noch ein essenzieller Kult – obwohl heute aus Kostengründen meist synthetischer Weihrauch verwendet wird. Bereits im Barock wurde häufig günstiger Ersatz gewählt – damals Fichtenharz. Wissenschaftlich nachgewiesen ist inzwischen die psychoaktive Wirkung von Weihrauch.

Zibet, Castereum, Castoreum: »Bibergeil«, Sekret aus den Drüsen des Bibers, von diesem zum Markieren seines Reviers und zur Fellpflege gebraucht. In der Medizin wurde

Castoreum als Mittel gegen Epilepsie, Krämpfe und Hysterie eingesetzt. Heute darf es nur noch für die Homöopathie verwendet werden. Zibet wiederum ist ein Sekret aus den Analdrüsen der Zibetkatze, das stark verdünnt einen moschusähnlichen Geruch entwickelt und früher in der Parfümerie sehr begehrt war, heute aber (zum Glück aus Artenschutzgründen) weitgehend verboten ist.

Ina Knobloch
FARINA – DER PARFÜMEUR VON KÖLN
Broschur, 400 Seiten
ISBN 978-3-95451-747-3

Johann Maria Farina, der sensible Junge, der besser riechen als
sehen kann, wird zum Liebling der venezianischen Gesellschaft,
denn er kreiert etwas, nach dem alle lechzen: ein Parfüm, das
ewige Jugend verheißt. Im Rausch der ersten Liebe ist er besessen
von dem Gedanken, einen einzigartigen Duft für seine Angebetete
zu schaffen, und treibt sie damit geradewegs in die Arme seines
Erzfeindes. Den Abgrund vor Augen ändert er seine Rezeptur und
widmet sie der Stadt, die seine Liebe rettet – und aus dem Aqua
mirabilis wird das weltberühmte Eau de Cologne …

www.emons-verlag.de